BASTEI LÜBBE

GILLIAN WHITE

Teufelsbrut

Aus dem Englischen von
Eva Malsch

BASTEI
LÜBBE

BASTEI-LÜBBE-TASCHENBUCH
Band 12346

Deutsche Erstveröffentlichung
Titel der englischen Originalausgabe:
Mothertime

First published in Great Britain in 1993 by Orion

Printed Juni 1995
Einbandgestaltung: Manfred Peters
Titelillustration: Anne Heng
Satz: hanseatenSatz-bremen, Bremen
Druck und Bindung: Elsnerdruck, Berlin
ISBN 3-404-12346-8

1

Um halb drei Uhr am Weihnachtsmorgen nahmen sie ihre Mutter gefangen.

Es ging nicht anders. Es war eine gute Tat – oder zumindest notwendiger Selbstschutz. Eine traurige, kluge Entscheidung, wie sie normalerweise von Staatsbeamten getroffen wird, die ungefährdet hinter dicken Glasscheiben sitzen.

Tiefer Winter.

Mitternacht.

Trostlos und eiskalt, aber kein Wind stöhnt.

»Und noch etwas, himmlischer Vater, manchmal wache ich auf und habe schreckliche Angst vor all den Dingen, die mir tagsüber passieren könnten. Warum hast du uns Menschen so geschaffen, daß wir verstehen können, was Qualen sind . . .?«

Durch das helle Viereck des Vorhangs, durch den sicheren verschleierten Abstand fremder Leute können wir beobachten, wie Vanessa Townsend ihr Gespräch mit Gott beendet. Soeben hat sie »Das Schweigen der Lämmer« beiseite gelegt. Winternebel umgibt die antiquierte Straßenlampe vor ihrem Fenster, schweigend festgehalten von nächtlicher Stille. Das hellwache Mädchen duftet schwach nach Johnson's Powder, in makelloses Weiß gekleidet, wartet auf die Heimkehr der Mutter, zwingt sich, gut achtzugeben.

Sobald es ruhig im Haus geworden ist und die Mutter sich nach oben ins Bett geschleppt hat, wird Vanessa mit den Kissenbezügen umherschleichen, die sie hinten in ihrem Schrank versteckt, dann kann sie das Licht abschalten und ihr Gehirn. Der Morgenmantel liegt auf der Bettkante bereit. Innerhalb der Hausmauern scheint nichts zu geschehen, die Stille ist vollkommen.

Letztes Jahr erlebten sie kein richtiges Weihnachtsfest, und Vanessa schwor auf ihre heilige Bibel, sie würde so etwas nie wieder geschehen lassen. Sie trägt die Verantwortung, sonst gibt es niemanden, der sie übernehmen könnte. Nur von ihr hängt es ab, und sie glaubt, sie hätte sich an alles erinnert – genauso, wie es früher war. Der Kühlschrank ist gefüllt, und in der Speisekammer steht ein Marks&Spencer-Weihnachtskuchen. Auch an die Cracker hat sie gedacht, sogar an eine Packung Feuerwerkskörper.

Dominic, »der Mann im Haus«, Camilla und die Zwillinge, Sacha und Amber – nun, die schlafen jetzt, mit der strengen Anweisung ins Bett gebracht, sie sollten es bloß nicht wagen, vor sieben Uhr aufzuwachen. Aber das muß Vanessa ohnehin nicht befürchten. Alle sind erschöpft. Sie schleppten die Kiste mit dem Weihnachtsschmuck vom Dachboden herunter, dann verbrachten sie den Abend damit, die Halle zu schmücken, den Salon, den süß duftenden Baum, den sie nach dem Tee bei Mr. Gribble abgeholt hatten. Es dauerte eine halbe Ewigkeit, alles herzurichten, denn es ist ein großes Haus, sehr elegant, in georgianischem Stil, mit hohen Zimmerdecken und breiten Treppenfluchten. Die beiden erleuchteten Ananasfrüchte von Tiffany, die auf ihren schmiedeeisernen Pfosten neben der grandiosen marineblauen Eingangstür Wache halten, gehören zu Mutters Protest gegen alles, was sie »die Mittelmäßigkeit dieser verdammten Welt von Boots, Barratts und Bradford & Bingley« nennt. Das ganze Haus ist jetzt nach ihrem Geschmack eingerichtet – bonbonfarben, mit wattierten Vorhängen und Schleifen, mit bohnengrünen Jadevasen in Alkoven, von Spots angestrahlt, und Teppichen, so dick, daß man überall unbemerkt umhergehen kann.

Unter dem Baum liegen die Geschenke für Mutter – eins mit einem Band, das teuer aussieht und von Daddy stammen muß. Es blieb den Kindern vorbehalten, die Weihnachtspost zu öffnen, die von der Mutter ignoriert wurde. Oder sie riß die Kuverts achtlos und gleichgültig auf. Sie verteilten die Karten auf dem Kaminsims, in Bücherregalen, auf Wattestreifen entlang der Wände, um alle ordentlich zur Schau zu stellen.

Hundertsiebenundvierzig Karten. Irgendwo müssen also irgendwelche Leute leben, die Mutter früher einmal gemocht haben. Sie behauptet immer, sie sei sehr beliebt.

Am Abend, als Dominic gerade auf der Trittleiter balancierte und Silberfäden über den Baum mit dem Weihnachtsengel drapierte, wurden sie von Ilses Rückkehr bei der Arbeit gestört. »O Gott!« Ihre blauen Augen drohten hervorzuquellen. In ihren goldgelben Leggings und dem wattierten seidigen blauen Anorak sah sie wie eine Weihnachtskartenfigur aus – ein Engel mit einem Rotkehlchen auf der Schulter. Sie hob zwei zierliche behandschuhte Hände, als wollte sie einen Steptanz vollführen. »Was wird Mrs. Townsend sagen, wenn sie das sieht?«

Die Kinder erstarrten und gafften sie an. Hinter den runden Brillengläsern der Zwillinge glitzerten die Augen wie Steine. Zu beiden Seiten ihrer kleinen Köpfe umklammerten riesige karierte Schleifen dichtes steifes Haar. Ein gezwungenes Lächeln entblößte Zahnlücken. Sie können sich's leisten, Ilse zu ignorieren, und es würde ihnen leichtfallen, schon morgen für die Kündigung des Mädchens zu sorgen. Ilse weiß das auch. Mutter wäre schockiert, wenn sie erführe, wie oft Ilse ausgeht, während sie auf die Kinder aufpassen müßte. Oder wie oft sie Männer in ihr Schlafzimmer mitnimmt, hoch oben in der Lebkuchenfassade des alten Hauses. Sie hat ihren eigenen winzigen Balkon, aber dort muß sie nicht so kokett wie Julia warten, denn sie benutzt ihre eigene Hintertreppe.

»Morgen wird's vielleicht schneien. Das haben sie im Radio gesagt.« Ilse inspizierte den Baum. Am Boden lag ein Päckchen für sie. Vanessa hatte den Geschenkanhänger für die ganze Familie unterschrieben, Mutter eingeschlossen. Aber Ilse zeigte nicht das geringste Interesse.

»Hier schneit es nie zu Weihnachten«, erklärte Camilla der Schwedin.

»Ihr solltet längst im Bett liegen, vor allem die Kleinen.« Ihre Lippen waren geschwollen und rissig. Den Kragen hatte sie hochgeschlagen, um zu verbergen, was Dominic ihre Vampir-Bisse nennt. Sie machte sich nicht die Mühe, noch irgendwas zu sagen. Mit einem manierierten Seufzer wandte sie sich ab und verschwand. Sie hörten, wie sie in der Küche Eiswürfel in ein Glas warf und dann mit ihrem Drink nach oben ging. Am Nachmittag hatte sie ihr Haar gewaschen und ihre Kleidung für den nächsten Tag bereitgelegt. Am ersten und zweiten Weihnachtsfeiertag mußte sie nicht arbeiten. Sie würde bei ihren neuen Freunden in Wimbledon wohnen.

Die Zeit verstrich – es wurde Mitternacht, dann eins, halb zwei. Jetzt sitzt Vanessa im Bett, ganz in Weiß wie ein Porzellankind, die Beine unter der Decke ausgestreckt wie ein schlafender Polizist. O ja, all die Geschenke in den Kissenbezügen sind sorgfältig verpackt und mit Anhängern versehen, im Lauf der letzten Monate liebevoll ausgesucht, erstanden mit dem Geld, das sie der Mutter unter Vorspiegelung falscher Tatsachen entlockt, bei Schulausflügen oder Einkäufen gespart hat. Erstaunlich, wieviel dabei zusammenkam . . . All diese kleinen Summen fügte sie den größeren Beträgen hinzu, die Daddy ihr gab. Es ist auch verwunderlich, wie einfach das Leben verläuft, seit Mutter sich in Bart verliebt hat, eine Beziehung, die viel länger dauert als irgendeine andere, an die sich ihre älteste Tochter erinnern kann, seit Daddy weggegangen ist.

Die zehnjährige Camilla sagt, Bart sei eine Null.

Mutter kommt heim. Vanessas Augen verdunkeln sich. Sie hat das Gefühl, schon jahrelang auf ihre Mutter zu warten.

In ihrem Schlafzimmer im ersten Stock des dunklen Hauses, schwach beleuchtet von der Nachttischlampe, über der Vorderveranda an der Camberley Road, hört Vanessa den flüsternden Motor, als Barts neuer BMW lethargisch anhält. Dicke Reifen saugen sich am Rinnstein fest. Sie sieht die Scheinwerfer verlöschen, wie die Lider eines Zechers, die sich trunken hinabsenken. Geparkte Autos säumen die Straße, dunkle Hügel, die sich säuberlich aneinanderreihen, dicht an dicht, denn ringsum wollen die Leute diese besondere Nacht zu Hause verbringen. Sie möchten bei ihren Kindern sein. Überall da draußen ist es so, wie es sein sollte. Die Stille der Weihnachtsnacht, sanfte, vom Feuerschein erhellte Vorfreude auf den Weihnachtsmorgen. Nicht einmal die Bäume im Park auf der anderen Straßenseite seufzen in finsterem Schweigen. Und der Nebel hängt wie eine Girlande um den Lampenpfosten. Als Kind glaubte Vanessa, im Gestrüpp am Wegrand würden Wölfe lauern, die zwischen Eichen und Birken dahinschleichen, inmitten der fernen Kiefern heulen, die sich so einsam vor dem Himmel abzeichnen.

Mutter kommt heim.

Vanessas Nerven spannen sich an, und sie runzelt die runde Stirn, während sie abwartet, ob Bart hereinkommt oder davonfährt, wie er es manchmal tut, zurück zu seiner Frau in Potters Bar, die nicht weiß, daß er mit Mutter ausgeht, sondern glaubt, er wäre mit Freunden in seinem Fitneßclub in der City. *Bitte, komm herein, Bart, bitte, komm herein!*

Vanessa weiß, daß Mutter wegen dieser Ehefrau den ganzen Weihnachtstag allein sein wird. »Niemand mag mich«, wird sie schluchzen und das konstante Geplärr des Fernsehers übertönen. (Sie liebt Spielshows.) Die langen roten Fingernägel zusammengekrallt, wird sie sich zum Spiegel neigen, die tränennassen Wangen voller zerflossener Wimperntusche. »Und ihr seid auch nur hier, weil euer Vater euch nicht haben will, Kinder – der und seine ekelhafte, arrogante Frau!«

Der Fitneßclub wird geschlossen sein. Alles ist geschlossen, sogar Alis Laden an der Ecke, aber wenn Bart Glück hat, wird er ein Telefon finden und Mutter anrufen. Und sie wird mit ihm reden, über den Apparat im Schlafzimmer gebeugt, im schrecklichen Chaos ihrer ungepflegten Kleider, die den Teppich wie verwehte Blütenblätter bedecken. Wenn er sich nicht meldet, wird der Weihnachtstag verdorben, noch schlimmer als sonst sein. Bestenfalls können sie hoffen, daß Mutter schlafen wird, bis das Telefon klingelt – daß dies ihre Laune bessern möge –, daß sie etwas anderes anziehen wird als den schlampigen Morgenmantel.

Während die Zeit vergeht, wird Mutter in die geballte Stille jenseits des wilden Fernsehgeschreis murmeln: »Verdammt, ruf doch an!«

Die Nonnen in der Schule lächeln sanft und sagen, Weihnachten sei die Zeit der Unschuld. Vanessa besucht die Klosterschule zum Heiligen Herzen, weil Daddy Katholik ist und das Schulgeld bezahlt. Nächstes Jahr wird auch Camilla dorthin gehen, wenn sie die schwierige Aufnahmeprüfung besteht. Beim Krippenspiel durfte Vanessa die Maria spielen, obwohl sie zu den jüngsten Schülerinnen zählt, »weil dein Gesicht eine seltene Reinheit ausstrahlt – eine gewisse süße Heiterkeit, meine Liebe, besonders wenn du so dreinschaust«, bemerkte Schwester Agnes und hob ihr Kinn mit einem eiskalten Finger hoch, während sie das Profil betrachtete.

Diese Worte hat Vanessa auf die erste Seite ihres Tagebuchs geschrieben und hütet sie nun wie einen kostbaren Schatz.

Mutter jammert, Vanessa sei ein unscheinbares Kind, das vielleicht, wenn es Glück hat, eines Tages erblühen wird, aber sie zweifelt daran. »Vor allem, du gerätst nach deinem Vater, und dagegen kann man wenig tun.« Vanessa versteht nicht, was Mutter meint. Sie sieht Daddy überhaupt nicht ähnlich, wenn sie auch wünscht, es wäre so. Die Leute behaupten, Mutter sei schön, aber ihre Kinder wissen, daß sich hinter der glanzvollen Fassade keinerlei Schönheit verbirgt. Nicht einmal das Haar ist echt; unter den diversen Perücken, die im vollgestopften, parfümierten, stickig heißen Dschungel des Schlafzimmers auf ihren Ständern hocken, pflegt sich mausgraues, borstiges, kurzgeschnittenes, nur selten zur Schau gestelltes Haar zu verbergen. Im Haus wandert sie mit einem Kopftuch umher, wie eine Trümmerfrau, hinterläßt überall ihre eigene, ganz besondere Verwüstung, randvolle Aschenbecher und halbleere Gläser. Die Farbe in ihrem Gesicht heißt Clinique und wird mit Pinseln aus Zobel- und Dachshaar aufgetragen. Früher mag sie die Titelseiten der alten Zeitschriften geziert haben, die sie in ihrem Nußbaumschrank verwahrt und manchmal wehmütig betrachtet. Aber jetzt ist sie nicht mehr schön oder glamourös. Sie ist häßlich und zornig, und in den Kniekehlen hat sie kleine rote Adern. Weil sie so viele Kinder bekommen hat – und das nur, weil Daddy Katholik ist.

Am nächsten Tag werden die Kinder aufpassen müssen, um sie nicht zu stören.

Letzte Woche trat Mutter in einem alten TV-Werbespot auf, der zum Spaß gesendet wurde. In einem engen

Rock und Netzstrümpfen schob sie einen Staubsauger vor sich her. Vanessa lächelt zwischen zwei aneinandergelegten Daumen, während sie sich daran erinnert. Caroline Heaten, wie Mutter damals hieß, starrte ihnen vom Bildschirm entgegen – eine fremde Frau mit Wimpern, die wie Spinnenbeine aussahen, und hochgetürmtem Haar. »Still! Schaut doch alle hin!« Aufgeregt neigte sich Mutter vor, und ihr Gesicht wurde so schmal, das Kinn so spitz, daß sie einer Hexe glich. Glücklicherweise war Bart noch nicht eingetroffen, also blieb ihr diese Demütigung erspart, denn der altmodische Spot wirkte einfach idiotisch. Das Publikum in der Fernsehsendung brüllte vor Lachen, und als Mutter das merkte, streckte sie sich auf dem Sofa aus und streichelte ihren eigenen Arm. Sie wurde blaß, und ihr Mund kräuselte sich um die Zigarette wie ein Beutel, von einer Schnur zusammengezogen. Vanessa spürte einen schmerzhaften Stich in der Brust. Sekundenlang tat ihr die Mutter leid wie nie zuvor. Den Glanz in den traurigen Augen hielt sie für Tränen. Aber als Camilla ihr Kichern nicht unterdrücken konnte, fuhr Mutter hoch und schlug sie ins Gesicht. Die Zehnjährige schnappte nach Luft. Mutters Gesicht war völlig ausdruckslos.

Oft jammert sie über ihre entschwundene Prominenz. Daddy ist immer noch berühmt.

Wann immer er auf dem Bildschirm erscheint, schaltet sie den Fernseher ab, aber Dominic zeichnet jede »Update«-Sendung in seinem Zimmer mit dem Videorecorder auf, sogar die Wiederholungen. Wenn Mutter ausgeht, schauen sich die Kinder diese Videos begeistert an, obwohl sie nicht viel von dem trockenen politischen Zeug verstehen.

Aber es ist nicht so, wie es in der Geburtsnacht des kleinen Jesus sein sollte.

Man kann nur versuchen, es irgendwie richtig zu machen.

Bald wird Mutter das Haus betreten. Verzweifelt hofft Vanessa, Bart möge mitkommen, denn seine Anwesenheit würde Mutters Reaktion auf die Weihnachtsvorbereitungen mildern. Wenn er da ist, beherrscht sie sich. Mit ihren Fingerspitzen verteilt sie kalte, flatternde Küsse, und manchmal streicht sie über einen Kinderkopf, der zufällig in ihre Nähe gerät.

Vanessa hört den Fluch und das heisere Gelächter, bevor die Autotür knallt, bevor die hochhackigen Stiefel klicken. Sie gehen um die lange silberne Motorhaube herum und nähern sich dem Gehsteig. Hohle Geräusche, als die Stiefel zum Haus trippeln, zu den kalten weißen Ananasfrüchten – immer macht Mutter diese langen Schritte, wie ein Model oder eine Katze –, das Wagenfenster surrt herunter, und Vanessa hört eine gedämpfte Bemerkung von Bart, dann lallt die Mutter: »Du hast schon alles gesagt, Bart. Also brauchst du's nicht noch schlimmer zu machen. Jetzt weiß ich, woran ich bin, also hau ab, du Arschloch!« Ihre bösartige Stimme durchsticht die sanfte nächtliche Stille wie eine Nadelspitze. »Verdammt noch mal, verschwinde endlich!«

»Halt den Mund, halt den Mund, halt den Mund!« Vanessas hektisches Flüstern sprudelt so schnell aus dem Mund, daß es allen Speichel mitnimmt. Sie fährt sich mit der Zungenspitze über die trockenen Lippen. In einer Minute wird das Haus leicht erzittern, wenn Mutter die Tür zuwirft.

Das lauschende Kind hebt ein wenig den Kopf, das kleine, müde Gesicht nimmt einen ernsten, nervösen Ausdruck an. Viertel vor zwei, verrät der Wecker auf dem Nachttisch mit den Lamettastreifen, denn sie hat der Versuchung, ihn zu schmücken, nicht widerstehen können. Nun huscht sie durch das Zimmer und nimmt den Kamm vom Toilettentisch, der einem Altar gleicht, mit weißem Musselin behangen, auf dem eine schlanke, nicht entzündete Kerze steht. Ein flüchtiger Blick in den Spiegel zeigt große, dunkle Augen, die nicht mit der Wimper zucken. Schmerz liegt darin, so wie in Daddys Blick, und ein Hauch von Violett. Sie kriecht wieder ins Bett und schiebt die Ärmel des weißen Nachthemds zurück. Im Laden, wo sie's kaufte, gab es alle möglichen Farben – sie wählte Weiß, wegen der reinen Ausstrahlung. Sie beginnt, ihr glattes braunes Haar zu kämmen, in langsamem, beruhigenden Rhythmus, fast besessen von der Intensität ihrer eigenen Bewegungen. Inzwischen ist das Auto weggefahren, und nach einer langen Pause hört sie das Gefummele mit dem Schlüssel am Schloß. Mit klirrendem *Peng* fällt er auf die Verandastufen, und Mutter stolpert – aus ihrem Mund dringt ein seltsamer, gurgelnder Laut.

Niemals geschieht etwas Schönes, wenn Mutter daheim ist.

Oh, lieber Gott, hilf mir. Zeig mir, was ich tun soll. Das sorgsam geplante Weihnachtsfest wird sich in eine elende Farce verwandeln, in ein wildes Durcheinander, von der enthemmten Mutter erzeugt.

Die Zwölfjährige starrt nachdenklich in ihren Schoß und preßt die Hände fest zusammen, verbiegt den glänzenden rosa Kamm, bis er entzweibricht – als hätte sie zu heftig mit der Hoffnung gespielt, sie zu sehr geliebt, sie so leidenschaftlich mit Zärtlichkeiten überschüttet, daß das Gefühl sterben mußte wie jener Wassermolch, den sie einmal fand, der Kaltblüter, der ihre Liebe nicht brauchte. Tat sie das wirklich?

Es sei besser zu lieben, als geliebt zu werden, sagt Mutter, denn da müsse man nicht soviel Verantwortung tragen.

»Stille Nacht, heilige Nacht.« Vanessa weiß, daß sie weint, denn sie schmeckt die salzigen Tränen. Sie möchte nicht weinen, keine Flecken ins Kissen machen, nicht gestaltlos und schutzlos sein.

2

Der Krach auf den Stufen scheucht Vanessa in Camillas Zimmer. Barfuß, das Gesicht von wippenden Ringellöckchen umrahmt, schaut sie so verblüfft drein wie Schneeweißchen, vom Bären aufgeschreckt.

»Ich dachte, du würdest schlafen«, sagt Vanessa.

»Mutter ist wieder da.«

»Ja, ich weiß. Ich hörte die Tür zufallen. Jetzt versucht Mutter, die Treppe hinaufzusteigen. Gleich wird sie sehen, was wir gemacht haben.«

»Ist Bart mit ihr hereingekommen?« Hoffnung schwingt in der schrillen Frage mit.

»Nein. Ich glaube, sie hat sich mit ihm zerstritten.«

Verständnisvoll nickt Camilla. Ihr spitzes Gesichtchen verzerrt sich, und sie reißt die schrägstehenden Augen weit auf, so wic immer, wenn sie von Sorgen und schwierigen Problemen gequält wird. Wenn sie sich in Szene setzt und ihren speziellen Schmollmund zieht, sieht sie genauso wie die todschick gekleidete Mutter auf den Fotos in den alten Zeitschriften aus. Und das Haar schimmert wie pures Gold. »Was wird sie jetzt tun?«

»Keine Ahnung. Das hängt davon ab, wie schlimm sie sich fühlt.«

»Was soll aus dem Baum werden, wenn wir ihn nicht beschützen? Wird sie ihn kaputtmachen?«

Halb krank vor Angst, kann Vanessa nicht antworten. Sie weiß, was sie sagen muß, also kann sie es genausogut aussprechen. »Gehen wir lieber hinunter. Vielleicht – wenn sie ihre Geschenke auspackt . . .«

»Wir sollten alle dabeisein, besonders Dominic.« Mutter mag Dominic.

»Aber wir wollen doch nicht, daß sich die Zwillinge fürchten.«

»Sei nicht albern, Vanessa. Sacha und Amber fürchten sich nicht mehr. Ebensowenig wie du.«

Ist das der Grund, warum sie sich so sehr um ein richtiges Weihnachtsfest bemüht hat? Weil sie sich fürchtet? Ist es eine Trotzreaktion? Oder hat sie es aus reiner Angst heraus getan? Wenn Vanessa auf Weihnachten verzichtet, wird sie vielleicht auch ihre Kindheit verlieren. Wie auch immer, im Augenblick hat sie das alles satt. Sie hätte wissen müssen, daß es niemals klappen würde. Was hat sie überhaupt erwartet? Daß Mutters Gesicht vor Freude strahlen, daß der Anblick der Lichter am Weihnachtsbaum sie zurückverwandeln würde in eine wundervolle Frau, so als wäre sie von einem Zauberstab berührt worden? Der Versuch war einfach lächerlich, und jetzt müssen sie den Preis dafür bezahlen. Während der Vorbereitungen sah alles noch ganz anders aus.

»Wenn ihr euch bei Robin beschweren wollt – ich kann euch genau erzählen, was dann passieren wird«, sagte Mutter letztes Jahr, als sie zeitig am Morgen erwachten und glaubten, die vertrauten, mit Geschenken gefüllten Kissenbezüge würden am Fußende der Betten stehen. Hastig und ärgerlich brachte sie ihre Ausreden vor. Sie sei krank, im Kopf ganz durcheinander, und wie könne man von ihr erwarten, sie würde sich zurechtfinden, nach allem, was Daddy ihr angetan habe? »Er wird ganz schrecklich nett sein«, warnte sie die Kinder, »und vor Mitleid zerfließen, und dann könnt ihr alle zusammen über mich herziehen. Sicher wird er mit euch ausgehen und kaufen, was immer ihr wollt, um mein schlechtes Benehmen wiedergutzumachen. Aber ich weiß, was am Ende des Tages geschehen wird, denn Suzie will euch auf keinen Fall in der Wohnung haben. Übrigens, hier müssen wir bald ausziehen. Dann habt ihr kein Zuhause mehr. Robin wird aufhören, die Instandhaltungskosten zu zahlen. Und wir können es uns nicht leisten, noch länger hier zubleiben. Ihr werdet alle in Internate gesteckt, Gott weiß wo! Er ist ja so furchtbar eigensinnig und unvernünftig.« Sie starrte ihre Kinder an, eins nach dem anderen, und jedes schien unter dem durchdringenden Blick zu verwelken. In die Augen wilder Tiere darf man nicht zurückstarren, denn das schürt ihre Feindseligkeit, und alles wird noch schlimmer. Sie sog den Zigarettenrauch tief in ihre Lungen und blies ihn fast fröhlich in die Luft. »Was glaubt ihr also, wo ihr die Feiertage verbringen werdet?«

»Bei Granny?« schlug Vanessa fast tonlos vor.

Mutter schnaufte verächtlich. »Bildet euch das bloß nicht ein! Der Staat trifft besondere Vorkehrungen für Kinder wie euch. Diese Beamten nehmen ihre Formulare, inspizieren Isobels Haus und stellen fest, daß es völlig ungeeignet ist. Isobel haßt Kinder. Außerdem hält Robins Mutter eisern an ihren strengen Grundsätzen fest. Sie regt sich schon über ein winziges Staubkörnchen auf. Niemals käme sie mit euch zurecht. Nein, es gibt andere, speziell ausgebildete Leute, die euch aufnehmen werden. Zweifellos wird Robin euch manchmal besuchen oder irgendwas mit euch unternehmen, so wie jetzt, wenn's ihm gerade in den Kram paßt.«

»Und wo bleibst du, wenn wir in den Ferien zu solchen Leuten kommen, Mutter?« Dominics Wangen hatten sich gerötet. Ihr einziger Sohn. Er war sichtlich den Tränen nahe.

»Wo ich bin, interessiert niemanden. Es war niemals wichtig, und es wird auch niemals wichtig sein«, brach es aus Mutters gepeinigter Seele hervor.

Sie schaltete den Fernseher aus. Niemand von der Familie war vollständig angezogen. Damals hatte die Affäre mit Bart noch nicht begonnen. Es gab einen jungen Burschen namens Douglas – den verrückten, meist gedopten, verdreckten Douglas mit fettigem schwarzen Haar und

Silbernieten am Rückenteil seiner Jacke. Während dieser Phase trug Mutter ihre lange, glatte Perücke mit den Ponyfransen – orangegelb, ein krasser Kontrast zu ihrem Gesicht. Dazu schwarze Polohemden und hautenge Jeans. Ein Hammel, als Lamm verkleidet. Sie tanzte mit Douglas im Salon, bis spät in die Nacht hinein. »On the Wings of Love«. Wegen seiner klobigen Stiefel fiel es ihm schwer, sich anmutig zu bewegen. Sie kaufte ihm ein Motorrad, damit er einen Job bekam und in ganz London Pakete austragen konnte. Daddy lachte, als die Kinder es ihm erzählten. Es hörte sich so an, als wollten sie Mutter verpetzen. Er grinste, während Suzie die Brauen hob und eine Grimasse schnitt. Einmal beobachtete Vanessa, wie ihr Mund die Worte formte: »Misch dich nicht ein.« Mit der üblichen honigsüßen Verachtung.

Ist Mutter ein hoffnungsloser Fall, wie Granny zu behaupten pflegt?

Jedenfalls verschwand Douglas eines Morgens – zweifellos zu Suzies größter Belustigung – in einer riesigen Auspuffwolke und kehrte nie zurück. Aber Mutter verwahrt sein Foto in ihrer Geldbörse, im Fach für die Briefmarken.

Also saßen sie am Weihnachtsmorgen des letzten Jahres alle verwirrt und entmutigt da und sahen den »Zauberer von Oz«. Während sich Dorothy eine halbe Stunde später auf der gelben Straße entfernte, bemerkte Mutter mit sanfter Stimme, als hätten sie die ganze Zeit ein angeregtes Gespräch geführt: »Und so rate ich euch, den Mund zu halten. Weihnachten bedeutet ohnehin viel mehr als nur Geschenke. Das werdet ihr alle verstehen, wenn ihr älter seid. Ich gebe euch ein bißchen Geld, und ihr könnt morgen zum Schlußverkauf gehen. Das wird euch sogar noch viel mehr Spaß machen. Ich habe Mrs. Guerney gesagt, sie soll uns irgendwas in den Kühlschrank stellen. Wahrscheinlich kalten Truthahnbraten, wenn ihr schon so versessen drauf seid.«

»Dürfen wir ein bißchen Weihnachtsschmuck im Haus verteilen? Bitte!«

»Das würde sich doch gar nicht lohnen. Jetzt nicht mehr. Ihr hättet mich früher dran erinnern sollen. Dann hätte ich Mrs. Guerney gebeten, euch zu helfen. Oder Gwyneth.« Als Gwyneth kurz vor ihrer Niederkunft gekündigt hatte, war sie von Ilse ersetzt worden. Mutter fand das furchtbar deprimierend und erklärte, sie würde nie wieder schwangere Waliserinnen einstellen. »Die kommen nach London, um sich hier zu verstecken. Allmählich müßten diese Leute mit ihrer elenden, strengen Religion, die genauso grau ist wie ihre verdammten kleinen Hausmauern, ihre moralische Verantwortung übernehmen, so wie wir es ja auch tun. Und die drei Treppenfluchten strengen sie natürlich viel zu sehr an.« Sie hatte tatsächlich Daddy die Schuld gegeben. Auch seine Religion nannte sie elend. »Euer Vater hat schon immer Märtyrerinnen geliebt. Deshalb ist er auch auf die zimperliche Suzie hereingefallen. Aber letzten Endes wird er ihr Leben zerstören. Vielleicht . . .« Und nun lächelte sie. »Vielleicht geht sie eines Tages in Flammen auf. Hoffentlich bin ich dabei, damit ich zuschauen kann.«

Mutter durfte nicht solche Witze über Märtyrerinnen machen.

Für Vanessa oder Camilla oder Dom, die nicht an den Weihnachtsmann glaubten, war es nicht so schlimm, aber für Sacha und Amber. Danach kam Sacha zu Vanessa und wisperte: »Aber was ist aus unserer Wunschliste geworden? Ich und Amber haben zusammen eine geschrieben und in den Schornstein gesteckt.«

»Manchmal gehen die Listen im Himmel verloren, besonders nachts. Aber ich werde an den Nordpol schreiben und erklären, was diesmal passiert ist, damit es nicht noch mal vorkommt.«

Vanessa überlegte, ob sie Daddy vom verdorbenen Weihnachtsfest erzählen sollte. Obwohl sie nur ungern petzte. Am Morgen würde er anrufen, das hatte er versprochen. Über dieses Problem dachte sie lange und gründlich nach. Wenn sie's ihm sagte, würde das die Wirkung haben, vor der Mutter sie gewarnt hatte? Würde er beschließen, seine Kinder wegzuschicken, in verschiedene Internate? Manchmal ist es schwierig, an Daddy heranzukommen, weil er so stark von Suzie beeinflußt wird. Und vielleicht würde er gar nicht zuhören, wenn sie protestierten. Er wollte keinen Ärger. Freimütig diskutierte er mit ihnen über die Situation und betonte, es sei wichtig, daß sie alles verstünden.

Seinen Fitneßraum im Erdgeschoß hat er immer noch nicht ausgeräumt, aus Angst, Mutter aufzuregen. Damals verließ er mit einem einzigen Koffer voller Papiere das Haus. Den Rest ließ er zurück. Mutter packte alles zusammen, seine Kleidung, seine Bücher und Fotos, warf es in den Garten, übergoß es mit Benzin und zündete es an. Wütend stocherte sie mit einem Rechen in dem schwelenden Haufen herum. Sie tanzte, stieß spitze Schreie aus, als die Flammen emporloderten. Mr. Morrisey, der Nachbar, stand auf seiner Seite des hohen Holzzauns. Sein dünner Hals erhob sich über den Planken, die Schatten des Feuers verliehen seinem Gesicht hohle Wangen und schienen es zu verlängern, als würde er einen hohen Zylinder tragen und eine Rolle bei der grotesken Zeremonie spielen – vom zuckenden rötlichen Widerschein umhüllt wie ein Zauberer. »Ich will mich nicht beklagen, Mrs. Townsend«, rief er, »aber sind Sie auch wirklich sicher, daß Sie dieses Feuer unter Kontrolle haben? Der Wind bläst in meine Richtung!« Seine falschen Zähne glänzten.

Mutter beorderte die Kinder zu sich, aber sie wollten

nicht an dem Ritual teilnehmen. Sie sahen vom Haus aus zu, auf der Fensterbank in Camillas Zimmer aneinandergedrückt. Dominic, das Gesicht rauchig umschattet, sagte immer wieder: »Vielleicht sollten wir Daddy anrufen und ihm erzählen, was sie macht.« Er preßte ein Kissen an seinen Bauch, als hätte er Schmerzen. Aber sie wußten, wie sinnlos es war. Daddy konnte nicht rechtzeitig herkommen, um irgendwas zu retten, und außerdem würde nur ein häßlicher Streit ausbrechen.

Als sie ihn später über das Feuer informierten, meinte er, es sei richtig gewesen, daß sie nichts unternommen hatten.

Die Ausstattung des Fitneßraums ließ sich nicht verbrennen, da sie hauptsächlich aus Metall bestand. Und sie war sehr schwer, großteils im Boden oder an den Wänden verankert. Mutter versuchte nicht, sie zu vernichten. Aus den Augen, aus dem Sinn.

Daddy sagt, eines Tages, wenn sich die Wogen geglättet hätten, würde er eine Spezialfirma engagieren und das Zeug abholen lassen. Bis dahin bleibt das Kellergeschoß verschlossen, obwohl Ilse oft gefragt hat, ob sie den Hometrainer und die Gewichte benutzen dürfe. Niemand geht hinunter. Wahrscheinlich ist mittlerweile alles verstaubt und eingerostet. Einmal stieg Vanessa die Kellerstufen hinab, um reinzuschauen. Sie hatte vergessen, daß die winzigen Scheiben der vergitterten Fenster weiß gestrichen worden waren, um Daddys Privatsphäre zu schützen. Ganz fest drückte sie ihr Gesicht gegen die Stäbe, konnte aber nichts sehen.

Daddy bemitleidet die Kinder. »Eure Mutter ist so sprunghaft. Sie kann sich einfach nicht mit der veränderten Lage abfinden, und irgend jemand müßte ihr endlich helfen, ihre Trunksucht zu überwinden. Sie tut das nur, um Aufmerksamkeit zu erregen und sich an mir zu rächen. Das verstehen wir natürlich, Suzie und ich. Niemals war eure Mutter imstande, Schwierigkeiten zu meistern. Ich tat ihr gar keinen Gefallen, als ich so lange bei ihr blieb. Im Augenblick ist es jedenfalls besser, die Dinge auf sich beruhen zu lassen. Es braucht seine Zeit, aber bald werdet ihr feststellen, daß ich recht habe. Eure Mutter wird sich zusammenreißen und ihr eigenes Leben führen. Immerhin ist Caroline eine Überlebenskünstlerin. Ich weiß, ihr habt es jetzt sehr schwer. Für dich, Vanessa, muß das alles besonders schrecklich sein, weil du die Älteste bist. Ich verlasse mich auf dich. Selbstverständlich kannst du jederzeit zu mir kommen. Das weißt du doch? Ich wohne ja nur eine billige U-Bahn-Fahrt entfernt, und ich bin telefonisch immer zu erreichen. Ich möchte wissen, was passiert, Vanessa. Ihr seid meine Kinder, das werdet ihr immer bleiben, und ich liebe euch alle sehr.«

Aber jedesmal, wenn Vanessa bei Daddy anruft, hört sie einen scharfen Unterton in Suzies Stimme.

Mutter ist zu Hause.

»Weck Dominic, hol die Zwillinge, und wir gehen hinunter. Wenn wir alle zusammen sind, können wir sie vielleicht dazu überreden.«

Wozu? Wozu wollen sie Mutter überreden? Niemand weiß es. Warum diese seltsame Sehnsucht nach Dingen, die Schmerzen bewirken? Weil sie den schönen Baum mit den vielen Lichtern schützen möchten.

Es dauert nicht lange. Nach dem Krach herrscht unheimliche Stille im Haus. Geisterhaft versammeln sie sich auf dem schwacherleuchteten Treppenabsatz, müssen nichts mehr sagen oder erklären. Sie fühlen sich eng miteinander verbunden. Dominic schluchzt in seinen Morgenmantel. Seine Nerven flattern, sein Asthma macht sich bemerkbar. Er geht voran, schlurft in seinen Nilpferdpantoffeln die Stufen hinab. Die Zwillinge, noch im Halbschlaf, blinzeln und rücken ihre Drahtbrillen zurecht. Sie fragen nicht, was geschieht. Camilla folgt Dominic, und Vanessa bildet die Nachhut, eine strahlendweiße Fee, an deren Händen die müden Finger der Zwillinge kleben.

O nein! Mutter reißt das Lametta herunter, von einem Zweig nach dem anderen. Der geschmückte Baum neigt sich nach rechts, so daß die Beine des Weihnachtsengels in die Luft ragen – das sieht furchtbar lächerlich aus.

Mutter schluchzt, immer noch im Mantel. Sie hat sich nicht die Mühe gemacht, die Lampen anzuknipsen, und so wird der Raum nur von den Weihnachtslichtern in ihrem ganzen schimmernden Glanz erhellt, so rein, so sanft, eine Gloriole um jedes einzelne Glühbirnchen. Die Lederpolsterung des Sofas spiegelt die Farben wider, hinter dem Kamingitter schwelt die Asche.

»Nicht! Nicht!« Amber läuft ins Zimmer, die Arme ausgestreckt, dann bleibt sie wie festgewurzelt stehen, weil sie spürt, wie vergeblich der Protest wäre. Zwei schmale, unberührte Lamettabündel zwinkern einander im Halbdunkel zu.

Mutter schluchzt, dann lacht sie. Sogar in ihrem Wahn muß sie die beklemmende Anwesenheit ihrer Kinder spüren; hinter ihr bilden die weißen Gesichter einen Halbkreis, eine märchenhafte Mondsichel. Sie verlangsamt ihre Bewegungen, ehe sie sich umdreht und Vanessas Blick für eine oder zwei Sekunden festhält – dann schließt sie die Kinder wieder aus, verloren in der Dunkelheit. Ihre Augen verlöschen, jedes so traurig wie ein gepreßtes Blütenblatt, völlig unfähig, der Herausforderung zu begegnen.

»Nicht!« schreit Amber wieder, ein Häschen, vom Reißverschluß ihres Schlafanzugs eingesperrt. »Warum machst du das?« Das wütende Kind wendet sich zu Vanessa, die winzigen Hände geballt. »Warum macht sie das? Warum?«

Mutter gleicht einer Schlange – abstoßend – verkommen wie eine Hure. Sie stolziert zum Couchtisch, wo die grüne Flasche und das Glas warten. Ein Klirren und das Plätschern des Gins, der rasch eingegossen wird, sind die einzigen Geräusche im Raum.

»Du mußt nichts machen, Mutter. Alles ist schon erledigt. Wir haben uns drum gekümmert. Es soll eine Überraschung sein.« Vanessa spricht in sehr energischem Ton. Keine Furcht schwingt darin mit. »Du hast wirklich keinen Grund, alles zu zerstören.«

Mutters Gesicht entgleist genauso trüb wie ihre Stimme; alle Züge konzentrieren sich auf die Stelle, wo die Lippen warmen Alkohol kosten. »Und was soll das sein? Eine verdammte Familienfeier?« Die Fragen klingen so leblos, wie sie aussieht. Ihr Feuerzeug flammt auf, eine unsichere Hand nähert sich einer verbogenen Zigarette. »Scheiße!« schreit Mutter, als das Flämmchen ihren Daumen versengt, dann sinkt sie aufs Sofa, lehnt sich zurück, läßt den Rauch aus ihrem Mund und ihrer Nase quellen. Diese grauen Schwaden sind das weichste an ihr.

Sie legt sich der Länge nach hin, streckt die Beine aus, benutzt die Spitze eines Stiefels, um den anderen abzustreifen, schüttelt ihn herunter, tritt ihn beiseite. Dann hält sie das Bein hoch und krümmt die bestrumpften Zehen.

Irgendwo. Irgendwoanders auf der Welt schlafen kleine Kinder friedlich. Und unter einer Kiefer könnte ein Dachsbau liegen, mit einer ganzen Dachsfamilie, die sich zwischen die Wurzeln kuschelt. Irgendwo.

»Okay, ihr habt das Zeug an den Baum gehängt, und jetzt könnt ihr es wieder runternehmen«, faucht Mutter. »Es macht mich nervös, weil es mich an zuviel erinnert – an schreckliche Dinge und falsche Versprechungen . . . O Gott, ich hab' das alles so satt. Und euch auch! Es wird Zeit, daß ihr das Leben so seht, wie es wirklich ist – nicht so, wie ihr's gern hättet. Die harten Tatsachen des Lebens!

Darauf muß man euch endlich mit der Nase stoßen. Seid ihr denn so unsensibel, daß ihr überhaupt nicht begreift, was in diesem Haus geschehen ist?«

Die Kinder rühren sich nicht. Dann beobachtet Vanessa, wie Amber sich ein wenig vorbeugt und zu zittern beginnt.

Mutters Stimme ist eisig. »Habt ihr nicht gehört?« Sie versucht, mit den Fingern zu schnippen, aber die sind zu schwach und zu schlaff. Als sie das merkt, läßt sie die Hand sinken.

Niemand rührt sich. Wenn sie sich bewegten, würden sie es alle gleichzeitig tun, wie die Bestandteile eines Gases oder einer Flüssigkeit, einer Essenz reiner Verzweiflung. Aber sie sind zu keiner Regung fähig.

Unter Mutters geschlossenen Lidern zeichnet sich die Form der Augäpfel ab. In verächtlichem, sanftem Ton fügt sie hinzu: »Dann muß ich's eben selber machen. Gott steh mir bei! Eines Tages werde ich von hier verschwinden! Und was zum Teufel ist eigentlich mit dir los, Vanessa, du kleine, prüde Gans? Du hast doch die verdammte Jungfrau Maria gespielt, nicht wahr? Das paßt genau zu dir, dachte ich, als du mir davon erzähltest. Ständig beobachtest du mich. Immer starrst du mich an, die fromme Nase gerümpft, als wäre da ein Geruch, den du nicht erträgst und dessen Ursprung du nicht findest. Nun, leider bin ich dieser Gestank, Darling. Ich stinke so gräßlich, daß du's nicht aushältst, denn ich bin eine Kloake voller Löcher. Warum kommst du nicht näher und schnupperst an mir, Vanessa? Zwischen meinen Beinen. Unter meinen Armen. Du lieber Himmel!« Plötzlich bekommt sie einen Schluckauf. »Als hätte ich noch nicht genug durchgemacht!«

Hör auf, Mutter, hör auf! Du tust dir selber viel zu weh, und weil du stärker bist als ich, kann ich dir nicht helfen . . . Vanessa hält den Atem an und schmeckt Blut, das aus ihrer zerbissenen Unterlippe quillt. Sie beißt noch fester hinein, und sie staunt, weil sie immer noch Kraft dafür findet. Mutter ist schlecht, durch und durch, voller Bösartigkeit! Und sie trägt die Last schrecklicher Sünden.

In diesem Augenblick drängt es Vanessa zu fragen: »Mutter, gab es jemals eine Zeit, wo du mich liebtest?« Aber sie kennt die Antwort ohnehin. Erinnerungen an jene mildere Zeit, wo Mutter ihr Bestes getan hat, drohen sie zu ersticken.

Jetzt wird Mutter von grausigem Gelächter geschüttelt, verstummt aber sehr schnell, als wäre es zu schmerzhaft, als könnte sie die Fröhlichkeit nicht bewältigen und müßte zu husten beginnen. Mühsam setzt sie sich auf, einen gestiefelten Fuß am Boden, greift benommen nach ihrem Glas, und die Kinder sehen die helle seidige Flüssigkeit in ihren Mund laufen. Sie schluckt, heftig hebt und senkt sich die Brust. Plötzlich reißt sie die Augen auf und stöhnt: »Mir ist übel.« Mit der freien bebenden Hand wischt sie über ihre Lider. »So übel. O Gott, ich fühle mich richtig beschissen.« Flecken bedecken ihren Mantel und den Rock, braune Flecken wie von getrockneten Essensresten. Sie neigt den Oberkörper vor, krümmt sich zusammen, erbricht auf den Teppich. Sofort verdrängt der Gestank den Kieferndunft. Unablässig sickert das Zeug aus ihrem Mund, ungebrochene Stränge aus Schleim, und sie erschauert vor lauter Bitterkeit. Sie würgt und ächzt, bis nur noch brauner Schaum von ihren Lippen sprudelt.

Nichts bewegt sich außer den Augen der Kinder; unbehaglich flackern sie von einem zum anderen. Endlich gelingt es Mutter aufzustehen. Ihr Gesicht ist milchweiß. Sie schwankt ein wenig, dann bricht sie auf dem Läufer vor dem Kamin zusammen.

»Oh, oh, oh, oh ...« Anscheinend kann Camilla ihre Klage nicht unterdrücken.

Aufmerksam beobachten sie Mutter und warten ab, ob sie noch atmet oder ob sie gestorben ist. Ist denn der Tod so einfach? Mutter gefällt es, wenn Burl Ives »Dippity Doo Da, Dippidy Day« singt. Sie sagt, heutzutage kann man keine Eiswaffeln mehr kaufen, nur noch Tüten. Sind diese gewöhnlichen Dinge nicht unglaublich? Allmählich fängt Mutters Brust wieder an, sich regelmäßig zu heben und zu senken. Das Zittern verebbt. Die schlaffen Lippen klaffen auseinander, die Zunge fällt heraus wie bei einem müden alten Hund.

Vanessa blickt auf. Es bereitet ihr große Mühe, den Hals zu recken. Die Schultern fühlen sich steif an, als hätte sie zu lange in kalter Zugluft gesessen. Sie tritt vor, drückt Mutters verbogene Zigarette im Aschenbecher aus. Von dieser Bewegung animiert, durchquert Dominic – der Mann im Haus, der immer noch ins Bett macht, was aber niemand weiß außer Vanessa und Mrs. Guerney – das Zimmer und zieht einen der schweren Vorhänge beiseite. »Wir brauchen Luft, wir müssen das Fenster aufmachen. Hier drin stinkt es zu sehr.« Und dann dreht er sich um, sein Gesicht strahlt vor hellem Entzücken. »Seht doch! Schaut her, Sacha! Amber! Ilse hat recht. Es schneit!«

Wie sehr beneidet Vanessa ihn um diese ungeheure, wundervolle kindliche Freude . . .

3

Vanessa kniet nieder, wäscht ihre Mutter und glaubt, eine dünne Schicht böses Gewebe wegzuwischen. Die verweinten Augen sind rußigschwarze Flecken.

»Aber wir wollen doch nicht, daß sie aufwacht«, lispelt Amber durch ihre harte rosa Zahnlücke. »Wenn sie wach wird, verdirbt sie alles. Können wir sie nicht irgendwo schlafen lassen? Nur bis nach Weihnachten?«

Wenn Vanessa unscheinbar ist, so sind die Zwillinge schlicht und einfach häßlich – nicht so wie Mutter in früheren Zeiten oder die hübsche Ballettschülerin Camilla oder Dom mit seiner dunklen, zigeunerhaften Schönheit. Die kleinen runden Brillen verbessern den Gesamteindruck keineswegs, aber ohne sie können die Zwillinge ja kaum etwas sehen. Die hellen, gefleckten Augen hinter den Gläsern erwecken nicht den Anschein, als würden sie besonders gut funktionieren, und man muß genau hinschauen, um Wimpern zu erkennen. Die kantigen Gesichter werden von ausgeprägten Backenknochen in Koboldfratzen verwandelt, die Ellbogen stehen spitz hervor und erinnern an die Gliedmaßen von Marionetten. Sacha und Amber haben kurzes, glattes Haar in einem dumpfen Karottenrot und einen blassen Teint. Die Sommersprossen auf den Nasen wirken verschmiert, so als hätten die beiden vergessen, sich zu waschen. »Noch nie habe ich ein so altmodisches Paar gesehen wie euch zwei«, pflegt Mrs. Guerney zu bemerken, »in diesen Fair-Isle-Pullovern mit dem runden Ausschnitt – nicht farbig genug für meinen Geschmack, abgesehen von den Strickbündchen. Mit euren langen, dünnen Hälsen solltet ihr lieber einen Kragen tragen. Ein lebhaftes Grün würde zu euch passen. Und diese Kilts! Welche Kinder ziehen denn heutzutage noch Schottenröcke an?«

Daddy hat die Kilts im Scotch House gekauft. Vanessas Kinn zittert, wenn sie Mrs. Guerney so reden hört, und sie wird wütend, denn was weiß diese Frau schon mit ihren arthritischen Knien und den ekligen, unförmigen Fingern? »Ihr seid okay«, versichert sie den Zwillingen und weiß sehr wohl, wie verlegen sie sind, weil ihnen die Anziehungskraft und der Charme anderer Kinder fehlen, so wie ihr selber.

»Manchmal weiß ich gar nicht, warum ich's überhaupt noch versuche«, klagte Mrs. Guerney eines Tages. »Wann immer ich was sage, wird's wörtlich genommen, und wenn ich meine Meinung äußere, greift man mich an.«

Vanessa sieht Daddy mit ihren eigenen Augen, durch eine rosarote Brille. Sie mag sich nicht vorstellen, daß er »seinen Samen verstreut«, wie die Nonnen es ausdrücken. Am allerbesten ist er, wenn er im TV auftritt, so seriös, in einem schneeweißen Hemd und einem dunkelgrauen Anzug. Die großen Augen sanft und tiefgründig.

In der Woche kommt Mrs. Guerney jeden Morgen, um im Haus sauberzumachen – schon seit Vanessa denken kann. Sie besitzt ein Foto von sich selbst als Baby, in einem Kinderwagen, den die Putzfrau durch den Park schiebt. In ihrem karierten Einkaufskarren bringt sie die Lebensmittel, die täglich gebraucht werden. »Warum nicht?« sagt sie. »Ich komme ohnehin am Laden vorbei.« Also entscheidet Mrs. Guerney, was sie essen. Sie bereitet Pasteten oder Schmorgerichte vor, ehe sie geht, schiebt sie in den Ofen und stellt die Garzeit ein, dann klebt sie einen schmutzigen Zettel mit Instruktionen aufs Tablett. Meistens kommt Mutter erst um sieben nach Hause, oder sie ist nicht hungrig, oder sie will in einem Restaurant essen. Und da sie ständig um ihre Figur besorgt ist, ißt sie ohnehin nur wie ein Spatz. Sie öffnet den Kühlschrank und nimmt sich nur ein paar Bissen, weil ihr Mrs. Guerneys derbe Kochkünste mißfallen. Und so kümmert sich Vanessa um das Essen, manchmal auch Ilse. Sie waschen und kochen das Gemüse, decken den Küchentisch und servieren die Mahlzeiten. An den Wochenenden gibt es Salat, Quiche oder kalten Braten und Käse, Apfelkuchen und süße Aufläufe, von Mrs. Guerney zubereitet.

»Die liebe Mrs. Guerney ist wirklich ein Segen für uns«, bemerkt Mutter, wenn die Frau in der Nähe ist und alles hört. Genau das findet auch Vanessa, wenn sie die nette, dicke Mrs. Guerney in ihren uralten, abgetretenen Pantoffeln betrachtet. Ohne Mrs. Guerney wäre das Leben noch schlimmer, und sie würden sich deutlicher von anderen Familien unterscheiden. Obwohl sie Vanessa »hochnäsig« nennt, behandelt sie alle fünf immer noch wie Kinder.

»Mutters Perücke ist verrutscht. Man sollte sie runternehmen. Sie ist voller Asche.«

»Weck sie nicht! Bitte, bitte, bitte, weck sie nicht!«

Vanessa kniet auf dem Teppich vor dem Kamin und blickt zu Amber auf. Das verzweifelte Kind hüpft von einem Bein aufs andere und zupft nervös an der Unterlippe. »Mutter wird nicht aufwachen. Ich glaube, sie schläft bis zum Nachmittag.« Will sie denn, daß Mutter jemals wieder aufwacht?

Nur zu gut weiß Vanessa, daß Gott ihre Gedanken hört – Mutter ist verdorben und vergiftet alles. Mutter treibt sie zu bösartigen Überlegungen – viel zu ungeheuerlich, um gebeichtet zu werden. Wenn man jemandem den Tod wünscht, so ist das genauso schlimm, als würde man ihn tatsächlich umbringen. Heimlich liest Vanessa Märchen wie »Dornröschen«, »Die kleine Meerjungfrau«. Sie kämpft gegen die Bestseller an, die beängstigenden Bücher, die sie sich zu lesen zwingt, weil sie es tun sollte. Könnte doch ihr Atem für alle Zeiten unschuldig riechen – nach Reispudding und Bird's-Senf, das Haus müßte nach frischgebackenem Brot duften, nach Gartenwicken in blauen Porzellanvasen . . .

»Beinahe hätte sie sich den Kopf am Feuerbock angeschlagen. Dann wäre vielleicht ihr Schädel gebrochen. Oder sie hätte ins Feuer fallen können.«

»Aber das ist nicht passiert, Dom. Und jetzt müssen wir sie irgendwohin bringen, wo sie's bequemer hat.«

In diesem Augenblick faßt Vanessa ihren Entschluß. Es grenzt fast an ein Wunder, denn eben noch ist ihr Gehirn wie tot gewesen, und jetzt entscheidet sie, was zu tun ist – eine brillante Idee, eher eine Vision. Und so einfach! Alles wird klappen, und in gewisser Weise wird es auch für Mutter besser sein. Sie muß Weihnachten nicht ertragen, keine weiteren Leidenswege mit Bart gehen. Sie braucht sich nicht zu sorgen, was sie anziehen soll, nicht mehr zu qualvollen Vorsprech-Terminen zu gehen, nach denen sie immer noch ein bißchen häßlicher ist, etwas boshafter, ein wenig zorniger. Ständig gibt sie den Kindern die Schuld und dem armen Daddy – die Schuld an der Zerstörung ihres Talents, ihrer Schönheit, ihrer geistigen Fähigkeiten, und sie versinkt in schwarzen Depressionen, die allen Dingen den letzten Zauber rauben.

Vanessa ist erst zwölf, immer noch ein Kind, und sie dürfte sich nicht mit solchen Dingen belasten. Jesaja sagt, man müsse dem Herrn einen Weg ebnen, einen geraden Weg. *Okay, dann werde ich's tun.* Mutter ist jetzt sauber, ein Großteil ihres Make-up, das ihre Augen verkleistert hat, klebt am Flanellappen. Sie sieht bleich aus und dünner als sonst, als wäre sie sehr krank. Langsam, ohne einen Tropfen zu verspritzen, legt Vanessa den Lappen in die Wasserschüssel. Sie steht auf und starrt eine Zeitlang auf Mutter hinab, voller Angst, sie könnte erwachen und sich bewegen, bevor der Plan durchgeführt werden kann. »Wir müssen es ihr bequem machen. Ja. An einem Ort, wo's ruhig ist, wo sie nicht gestört wird. Wenn wir sie in ihren Mantel wickeln, können wir sie leichter hinbringen. Sie soll nirgendwo anstoßen.« Vanessa ist außer Atem. Ihre Worte stolpern übereinander, die Stimme klingt hysterisch.

»Wohin bringen wir sie denn?« fragt Camilla interessiert.

»In Daddys Fitneßraum. Da ist sie am allerbesten untergebracht.«

»Brr! Im Keller ist es furchtbar kalt.« Aber hinter Sachas Brillengläsern funkelt erwartungsvolle Vorfreude.

»Nicht, wenn wir ihr ein Bett machen. Wir decken sie gut zu.« Hartnäckig hält Vanessa an ihrer Absicht fest, denn denn sie weiß, daß sie recht hat.

»Das wird Mutter nicht gefallen. Sicher möchte sie aufs Sofa gelegt oder in ihr Schlafzimmer gebracht werden.« Camilla schaut so unbehaglich drein, wie sich ihr Einwand anhört. »Daddys Fitneßraum ist richtig unheimlich. Vanessa, ich glaube, du bist verrückt geworden.«

Herausfordernd zuckt Vanessa die Achseln. »Wir verfrachten sie in die Sauna.«

Wann sind sie, die Kinder, vom rechten Weg abgekommen? Die Trauernden bei dieser Zeremonie haben alle trockene Augen, konfrontiert mit dem Tod der Liebe. Verwirrt starren sie sich an, nicht ganz sicher, ob sie begreifen, was jetzt geschieht. Dann fährt sich Dominic mit der Zunge über die Lippen, betrachtet seine Fingernägel und schlägt bedächtig vor: »Wir könnten sie in der Sauna einsperren. Nur bis nach Weihnachten.«

»Aber wenn sie aufwacht und merkt, was wir getan haben?«

Niemand beantwortet Camillas Frage. Alle schweigen, stellen sich Mutters Gesicht vor, ihren wilden Zorn, die Flüche.

»Wenn wir sie lange genug da unten lassen, können wir vielleicht mit ihr reden und erklären, warum wir's getan haben. Sie hätte nichts zu trinken und wäre nüchtern«, gibt Dominic zu bedenken. Wenn er sich bemüht, klingt alles, was er sagt, sehr vernünftig. Mutter meint, er verstehe es großartig, die Nerven anderer Leute zu beschwichtigen. »Sie hätte ihre Ruhe. Und sie jammert doch immer, daß sie Ruhe haben will.«

»Sie hätte ihre Ruhe, aber es wäre würdelos. Und Ilse?« Camilla ist ans Fenster getreten, um den Schneefall zu beobachten. Vor dem Hintergrund der dunklen Nacht sehen sie, wie die Flocken träumerisch herabgleiten, alle

Geräusche ersticken und sie vom Rest der Welt abschneiden, vom Kummer, sehen, wie das Haus in eine weiße Decke gehüllt wird.

»Ilse wird nichts davon mitkriegen. Sie schläft und geht schon vor dem Frühstück weg. Morgen abend kommt sie erst spät zurück, und bis dahin ist alles wieder okay. Mutter darf uns das Weihnachtsfest nicht verderben.«

»Aber wenn sie zu schreien anfängt?« Dieser Gedanke beschwört einen Alptraum herauf.

»Wenn sie da unten ist, hört man sie nicht.«

»Und wenn Daddy anruft?«

Vanessa lächelt spöttisch, um ihre Angst zu überspielen. »Der will sicher nicht mit Mutter reden. Wir sagen, sie würde immer noch im Bett liegen. Und er wird sogar erleichtert sein, wenn er nicht mit ihr sprechen muß. So ist es immer. Er geht ihr aus dem Weg, Suzie zuliebe.«

»Aber wenn Bart vorbeischaut?«

»Es ist Weihnachten. Der kommt nicht. Außerdem haben sie gestern abend gestritten. Wir wußten doch alle, daß das mit Bart nicht lange dauern würde.« Vanessas Herz schlägt schneller, und sie bemüht sich, ruhig zu bleiben.

Verkrümmt liegt Mutter da, während über sie diskutiert wird, immer noch wie eine Leiche, in ihrem zottigen Pelzmantel und einem glänzenden schwarzen Stiefel. Unwillkürlich erschauert Vanessa. »Sie war zu krank«, sagt sie und wirft den ersten Erdklumpen ins Grab, weil niemand anderer das wagt. »Niemals hätte sie Kinder kriegen dürfen.«

»Wer hat das behauptet?« fragt Camilla.

»Suzie. Sie hat es Daddy erzählt. Ich hab's gehört.« Ein neuer, harter Unterton schwingt in Vanessas Stimme mit. Eine unerschütterliche Sicherheit.

»Die hat leicht reden«, meint Camilla.

»Bereitet alles vor!« befiehlt Dominic plötzlich. »Inzwischen hole ich den Schlüssel.«

Und so sind die Würfel gefallen, die ersten vorsichtigen Aktivitäten beginnen. Auf dem Weg nach draußen schaltet Dominic das Licht ein, und zum erstenmal sehen die Kinder ihre Umgebung ganz deutlich. Das Zimmer ist immer noch schön, erfüllt von Weihnachtsfarben in verwirrender Dichte. Sanft drehen sich Lamettafäden, Papierketten glitzern über dem Spiegel, über dem Feuer. Das einzig Häßliche ist Mutter, die in seltsamer Haltung daliegt, den Kopf in den Nacken geworfen, die Perücke schief, der Rock über den Knien hochgeschoben. Die schlaffen, mit Ringen geschmückten Finger wirken gespenstisch. Stinkend und verkommen, mit Schnaps und Nikotin vollgepumpt, aber immer noch ein Geschöpf Gottes.

»Es gibt keine andere Möglichkeit«, erklärt die jungfräuliche Vanessa in ihrem weißen Nachthemd kategorisch und beseitigt alle Zweifel. »Wir müssen es tun. Also fangen wir an.«

Gehorsam befolgen die anderen ihre Anweisungen.

4

Trotz der tiefen Ohnmacht wehrt sich Mutter gegen das Bewegtwerden – eine verbogene Gummipuppe in eng anliegender schwarzer Spitze. Immer wieder fallen Arme und Beine zurück. Und sie ist so schwer.

Vanessa entfernt die kastanienrote Perücke – eine glatte, seidige Pagenfrisur, die bis zu Mutters Schultern reicht, und gibt sie an Camilla weiter, die sie an Sacha weitergibt, die sie an Amber weitergibt, die sie fallen läßt. Die Perükke riecht nach trockener Haut und ungewaschenen Bürsten, ist wärmer als Mutter, als wäre deren ganze Energie durch den Körper nach oben gewandert, um ihn durch den Kopf und das Haar zu verlassen. Wie Vanessa weiß, stammt Mutters Haar von armen Menschen, so wie transplantierte Nieren und gespendetes Blut und verhungernde Babys.

»Ich glaube immer noch, daß sie tot ist!« klagt Amber. »Vielleicht sollten wir ihr die Perücke wieder aufsetzen. Ohne die sieht sie so schrecklich aus – ganz nackt.«

»Sie sieht aus wie nach einer Chemotherapie.« Verblüfft drehen sie sich zu Camilla um, die hastig erklärt: »Mit einer Chemotherapie wird Krebs behandelt. Vielleicht war Mutter krank und hat uns nie davon erzählt.«

»Unsinn! Falls Mutter Krebs hätte, würden es alle wissen. Wir merken es doch immer, wenn sie Halsweh oder Kopfschmerzen oder wunde Füße hat. Und wenn sie Krebs hätte, würde Daddy vielleicht sogar zurückkommen.« Das ist Ambers größte Hoffnung. Damit lebt sie Tag und Nacht; wohin immer sie geht – sie nimmt diese Hoffnung mit, streichelt sie gelegentlich und hütet sie wie eine Pavianmutter, die ihr Junges mit sich herumträgt. Niemals läßt sie diese Hoffnung in ihren Gebeten aus, und wenn sie Daddy sieht, fragt sie ihn danach. Sobald Suzie aus dem Zimmer geht, kauert sich das kleine Mädchen wie eine Katze auf seine Knie, spielt mit seiner silbernen Uhrkette und fragt danach – obwohl Vanessa ihre Schwester oft genug vor diesem Thema gewarnt hat.

»Es ist nur Zeitverschwendung. Daddy hat's im Augenblick schon schwer genug, da solltest du ihm nicht auch noch zur Last fallen. Er kommt nicht zurück, Amber, weil er Suzie liebt. Und wenn du Daddy wärst, würdest du jemals wieder mit Mutter zusammenleben wollen?« Sie erinnert sich an die wilden Streitereien, an Daddys angespanntes Gesicht, das zerbrochene Porzellan, die Essensreste an den Wänden, an hysterisches, trunkenes

Gelächter, wenn Daddys Freunde da waren, seinen in die Hände gestützten Kopf, an die Demütigungen seiner Ehe mit Mutter.

Seine neue Wohnung ist still und friedlich – Suzie ordentlich und zurückhaltend. Sie hat Daddy und alles andere. Inständig hofft Vanessa, Suzie wäre unfruchtbar.

Wenn Amber ihre gräßlichen Fragen stellt, legt Daddy den Kopf in den Nacken, und seine Lider wirken riesengroß, wenn sie herabsinken, um den Schmerz in seinen Augen zu verbergen. Vanessa und die anderen spitzen heimlich die Ohren, lauschen gebannt auf die Antwort. »O Püppchen . . .« Er seufzt tief auf. »Wenn du bloß alt genug wärst, um das zu verstehen!« Jedesmal, wenn er die Kinder heimbringt, sorgt er dafür, daß sie genug Geld haben. Er versucht, sie abzuliefern, ohne hereinzukommen, geht so schnell, kommt so selten zu Besuch, daß sein Geruch nach Mutters wütendem Freudenfeuer das Haus sehr schnell verlassen hat.

Amber fragte Vanessa eines Tages: »Warum hat er uns nicht mitgenommen, wenn er uns so sehr liebt?«

»Wir sind zu viele. Und er lebt in einer Wohnung.«

»Nur weil er Katholik ist. Mutter sagt, alles ist seine Schuld.«

»Ich glaube nicht, daß Daddy an irgendwas schuld ist«, erwidert Vanessa energisch, in kaltem, eigensinnigem Ton, das Herz von unerträglichem Kummer erfüllt. »Ich denke, er ist ein Opfer, so wie wir alle. Meinst du nicht auch?« Ja. Weinerliche Opfer, die sich nicht wehren.

Wenn sie sich nach Liebe sehnen, weiß es niemand. Mutter ist ruhiger, seit Daddy ausgezogen ist. Sie geht öfter aus – an manchen Tagen sehen die Kinder sie gar nicht –, und natürlich hat sie ihren kleinen Job.

Sie ziehen ihr den Pelzmantel aus, legen ihn auf den Boden und rollen Mutter hinein. Einmal reißt sie die Augen auf. Die Kinder schnappen nach Luft, weichen entsetzt zurück. Vanessas Herz droht zu bersten – die wilden Schläge dröhnen in ihren Ohren, Blut hämmert vor ihren Augen, ihr Kopf scheint zu platzen. Nein! Nein! Nein! Sie möchte gern leiden, um Jesu willen, aber nicht so! Mord wäre eine Todsünde, und sie würde in den Augen des Allmächtigen ganz abscheulich dastehen. Ihre angstvollen Augen fixieren den Schürhaken, aber sie weiß, daß sie ihn niemals auf Mutters Kopf schmettern könnte. Oder doch? Das findet sie nicht heraus, denn Mutter sabbert ein bißchen, ihre Nase zuckt, dann drehen sich die Augen nach hinten in den Schädel, bevor sie wieder zufallen. Unglücklich, mit den Gefahren der Hölle konfrontiert, beschließt Vanessa, hinterher für ihre bösen Taten Buße zu tun.

»Puh! Und ich dachte schon, es wäre vorbei.« Amber kichert, dann wimmert sie.

»Wenn sie jetzt aufwacht, merkt sie gar nicht, was wir machen. Wir könnten sagen, wir haben sie nur in den Mantel gewickelt, um sie zu wärmen.« Sacha fürchtet sich viel mehr, als sie zugeben will.

»Vielleicht sollten wir ihre Hände fesseln«, sagt Vanessa.

Camilla protestiert, aber die älteste Schwester steht auf und läuft zum Weihnachtsbaum. Trotz ihres Lächelns ist sie den Tränen nahe. Sie kniet neben den Geschenken nieder, inspiziert dic Anhänger, sucht ihr Geschenk für Mutter heraus. Dann reißt sie die schöne, kunstvolle Verpackung und die Schleife auf, zerrt an dem hellroten Tuch, um seine Widerstandskraft zu prüfen. Mutter hätte es ohnehin nicht gefallen. Camilla sagt immer noch nein, als Vanessa Mutters Arme vorsichtig über der Brust verschränkt und zähneknirschend zusammenbindet. Aufmerksam betrachtet sie ihre Mutter – und was sie ihr angetan hat. Der weiche Schafwollstoff wird keine Schmerzen verursachen, nicht einmal dann, wenn sich die

Gefangene dagegen stemmt. »Jetzt können wir nicht mehr zurück«, erklärt sie Camilla leise und ernst. »Sobald wir es beschlossen hatten, wußten wir, daß es kein Zurück gibt. Mutter muß aus dem Weg geräumt werden.«

»Nur bis nach Weihnachten«, entgegnet Camilla fast flehend, aber Vanessa antwortet nicht.

»Es ist kalt im Fitneßraum.« Dominic kehrt zurück, die Ärmel seines Morgenmantels zielstrebig hochgekrempelt. »Ich hab' den elektrischen Heizventilator runtergetragen. Trotzdem brauchen wir ein paar Decken. Seid ihr soweit?«

»Glaubt ihr wirklich, daß Ilse schläft?« Es ist nur eine rhetorische Frage, denn wie jeder weiß, droht von dieser Seite keine Gefahr.

Der braune Pelzmantel bildet einen praktischen Schlitten. Dominic rollt den Teppich beiseite, und die anderen ziehen Mutter am Mantelsaum zur Tür. In melancholischer Würde gleitet sie über die hölzernen Böden, und die Kinder keuchen wie ein Gespann von Eskimohunden. Die tiefe Stille wird nur vom Geräusch der Atemzüge durchbrochen, vom leisen Rascheln des Fells, vom Knarren einiger Dielenbretter. Ein Kissen stützt Mutters Kopf und hebt ihn ein wenig hoch. Wenn sie sich umdrehen, sieht es so aus, als würde sie ihnen Anweisungen geben, Befehle erteilen.

In derselben Weise wird sie die Treppe hinab befördert. Dominic hält ihren Kopf fest, der dicke Teppichboden erleichtert die Prozedur. »Immer ist er so rücksichtsvoll«, pflegt Mutter von Dominic zu behaupten. »Eines Tages wird er einen wundervollen Ehemann abgeben.« In glücklicheren Zeiten wäre es ein phantastisches Spiel gewesen, auf Mutters Pelzmantel die Stufen hinabzurutschen. Unten in der Halle führt der Weg wieder über einen Holzboden. Es ist halb drei, wie die Großvateruhr verrät, trotzdem spürt Vanessa nicht, daß an diesem Morgen von Christi Geburt die Zeit verstreicht. Sie schleifen Mutter zur Kellertür, die Dominic bereits aufgesperrt hat. Einladend steht sie offen. Mutter stöhnt nicht, rührt sich nicht, immer noch bewußtlos.

»Sie muß verdammt viel gesoffen haben«, meint Dominic, dann fügt er hinzu: »So ein Biest!« Das Schimpfwort, in ruhigem Ton ausgesprochen, von einem normalerweise so sanftmütigen Jungen, klingt erschreckend.

Kälte strömt herauf, ihr frostiger Atem bewegt die kunstvolle Papierglocke, die sie an die Deckenleuchte der Halle gehängt haben. Eisige Luft und die unheimliche Kelleratmosphäre strahlen herauf, auf Bahnen aus schillerndem Licht. Vanessa freut sich über den kühlen Strom, denn er ist sauber, aber ihr Gesicht fühlt sich heiß und böse an.

Es muß einfach geschehen. Wenn es vorbei ist, wird sie in ihr Zimmer gehen und dankbar ein feierliches Tedeum singen. Aber jetzt muß der Allmächtige ihr beistehen, nur noch für eine kleine Weile. Es fällt ihnen schwer, Mutter über die steile eiserne Wendeltreppe hinabzubugsieren. Nun müssen sie hart arbeiten, ihre Last halb schleifen, halb tragen und aufpassen, daß der Pelzmantel nicht durch die Lücken zwischen den schmalen Stufen rutscht. Sie zwingen Mutter, sich zusammenzukrümmen. Ihre Haut ist feuchtkalt und klebrig wie Lehm.

Vanessas Augen fixieren Mutters Gesicht, das schlaff und ausdruckslos bleibt, so als hätte der Geist den Körper vorübergehend verlassen. Vielleicht befindet sich die Seele bereits im Fegefeuer. Dann müßte Vanessa, eine gute Christin, für sie beten, statt sie irgendwo zu verstecken. Ihr wird schwindlig, Gewissensbisse plagen sie. Sie muß eine Ruhepause einlegen, hört für einige Sekunden auf, den anderen zu helfen. Aber schließlich schaffen es die fünf irgendwie, indem sie nicht nur ihre körperliche Stärke aufbieten, sondern die gesamte Willenskraft.

Die Arme über der Brust gekreuzt, rutscht Mutter die letzten drei Stufen hinab, wie eine Leiche auf der letzten Reise ins Feuer des Krematoriums.

Selbst als der Raum noch benutzt wurde, wirkte er immer leer. Stumme Maschinen warten auf Beine und Arme, die sie zum Leben erwecken, auf das Fett menschlichen Schweißes, um geölt zu werden. Die Ziegelwände sind weiß gestrichen, der Boden besteht aus Linoleum in dumpfem Rot. Der Kessel der Zentralheizung gibt ein konstantes leises Dröhnen von sich, aber keine Wärme. Massive alte Rohre führen von ihm die Wände entlang. Zaudernd umlaufen sie den Raum, bevor sie sich neben der Tür nach oben schlängeln und durch die Decke verschwinden, wo der Anstrich abblättert. Das lederne Pferd riecht wie ein nasses Tier, das kleine Trampolin, an der hinteren Wand ordentlich zusammengeklappt, ist mit Flecken bedeckt, die wie Schimmel aussehen. Rost verdunkelt die dünnen Metallteile. Lichtsplitter glitzern in den silbrigen Chromstangen und die ganze Szenerie wirkt so steril und funktionell wie das Innere eines Kühlschranks. Falls Vanessa erwartet hat, hier unten irgend etwas von Daddy zu finden, wird sie enttäuscht. Sie nimmt nicht einmal einen Hauch seines vertrauten Körpergeruchs wahr.

»Wie hier alles von den Wänden widerhallt . . . Wahrscheinlich sind die Fenster zugeschneit.« Camilla dreht am Knauf der Tür, die auf die Straße führt. Versperrt, verriegelt, die Angeln mangels regelmäßiger Benutzung verrostet . . . Sie versucht, durch das kleine Fenster neben der Tür zu spähen.

»Erinnerst du dich nicht? Daddy hat alle Glasscheiben streichen lassen. Weil er beim Training nicht von neugierigen Nachbarn angestarrt werden wollte. Und die Gitterstäbe waren schon immer da. Ich glaube, früher wurden hier unten Lebensmittel gelagert, die man vor Dieben schützen mußte. Kommt schon, beeilen wir uns!« Vanessas Herz schlägt immer noch heftig, aber alle anderen wirken erstaunlich ruhig.

Mühelos gleitet Mutter über das Linoleum und wirft einen bedrohlichen Schatten an die Wände. Sie steuern den größten, farbenfrohesten Einrichtungsgegenstand im Raum an, die Sauna aus schwedischem Kiefernholz, hübsch gebaut wie ein skandinavisches Blockhäuschen. Das abgezogene Holz schimmert in hellem Beige, der Farbe, die Mutter am allermeisten haßt. Daddys Sauna erhebt sich in der Mitte des Fitneßraums wie ein kleines Haus, von Kinderhand gezeichnet, in einem frostigen Garten voller Maschinen, Stangen und Seilen. Das Pferd könnte eine grasende Kuh sein, denkt Vanessa, neben einem Geländer.

Dominic hat das Licht in der Sauna bereits angeschaltet, eine nackte Vierzig-Watt-Birne, so daß das Innere einladend erscheint, fast gemütlich. »Ich dachte, sie hat's gern hell, wenn sie aufwacht«, erklärt er beiläufig. »Jetzt knipse ich den Heizventilator aus. Und bevor wir gehen, stellen wir die Sauna an, nur auf harmlose zwanzig Grad.« Er ist schön. Sein schwarzes Haar kräuselt sich im Nacken, die Haut sieht aus wie cremiger Kaffeelikör und läßt die Zähne, wenn er lächelt, wie durchscheinendes Perlmutt weiß leuchten. Manchmal braucht er sein Atemgerät, aber nicht heute nacht. Sein Asthma verschlimmert sich, wenn er darüber nachdenkt, doch jetzt hat er keine Zeit dafür, zu vieles geht ihm durch den Sinn. Stolz schwingt in seiner Stimme mit, und das klingt so, als wollte er gelobt werden, weil er eine Lego-Windmühle vollendet oder seinen kleinen Ferrari mit Fernbedienung ohne Daddys Hilfe repariert hat.

Er hat das Vorhängeschloß von der Kellertür entfernt und an den Doppelgriffen der Sauna befestigt. Wenn das Metall zusammenschnappt, läßt sich die massive Holztür nicht öffnen.

Mit vereinten Kräften hieven sie Mutter auf die Holzbank. Vor Erschöpfung und Aufregung zittert Amber am ganzen Körper. Dominic beugt sich über Mutter und betrachtet sie gründlich, bevor er das Tuch von ihren Handgelenken löst. Inzwischen holen die Zwillinge Decken aus dem Trockenschrank. Mutter hat's gut. Wenn ihr kalt wird, kann sie sich nicht nur in ihren Pelzmantel, sondern auch noch in mehrere flauschige rosa Wolldecken kuscheln. Wegen ihrer Fürsorge haben die Kinder nicht das Gefühl, etwas furchtbar Schlimmes zu tun. Wenn sie sich so sehr um ihren Schützling bemühen, wird der liebe Gott ihnen doch sicher verzeihen? Aber Vanessa erkennt, daß nur ihr allein die Tragweite der Tat bewußt ist.

Ehe sie gehen, stellen sie einen Eimer mit frischem Wasser aus Daddys Dusche in die Ecke. Mit Hilfe des hölzernen Schöpflöffels kann Mutter trinken. Zum Essen wird sie nichts brauchen.

»Und wenn sie pinkeln muß – oder sonst was?«

»Keine Ahnung«, erwidert Vanessa kühl.

»Sie muß eben das Gitter hochheben und sich über den Abfluß hocken. Und mit dem Wasser kann sie alles wegspülen.« Dominic hat sich das genau überlegt, und Vanessa wirft ihm einen dankbaren Blick zu, denn während der letzten grausigen Stunde hat sie nicht an solche Dinge gedacht, sondern nur an ihren verzweifelten Wunsch, Mutter loszuwerden.

»Also muß sie sich mitten auf den Boden kauern, nicht wahr?«

»Dagegen können wir nichts machen«, faucht Vanessa ihre Schwester Amber an. »Oder willst du deinen alten Plastiknachttopf in der Dachkammer suchen?«

»Ich hab' ja nur gefragt! Darf ich nicht einmal was fragen?«

»Das Essen können wir durch das Loch schieben, wo die Rohre durchgehen.« Sogar Camilla steht jetzt auf der

Seite ihrer Geschwister und stellt praktische Erwägungen an. »Diese Öffnung ist groß genug für einen Teller.« Aber niemand findet Freude an diesem Vorschlag. Schweigen sinkt herab und verdichtet sich. Wenn sie einen Teller durch die ausgesägte Öffnung schieben, die einem Mauseloch in einer Karikatur gleicht, wird Mutter hellwach sein . . . Doch nun sind sie schon so weit gekommen. Es gibt kein Zurück mehr. Sie müssen weitermachen.

Es ist Dominic, der den Schlüssel im Vorhängeschloß herumdreht. Er gibt ihn Vanessa, die ihn an Camilla weiterreicht, und die drückt ihn in Ambers Hand. Rasch wandert der Schlüssel voran, als wäre er von eigenem Leben erfüllt, so wie Mutters warme, kitzlige Perücke. Sacha nimmt ihn aus Ambers Fingern, steigt die Wendeltreppe hinauf, flaumig wie ein Schneemann in ihrem Schlafanzug und den Pantoffeln, und verkündet mit ihrer hohen Zwitscherstimme: »Ich hänge ihn an den Haken in der Küche neben den Schlüssel für den Gartenschuppen. Dann kann sich Mrs. Guerney um Mutter kümmern. Trinken wir jetzt alle Kakao?«

Was? Glaubt Sacha, Mrs. Guerney würde ins Haus kommen und die böse Tat wegschrubben wie Flecken, die sie mit ihren Malfarben gemacht haben? Glaubt Sacha, die Putzfrau würde ihren großen, schmutzigen Scheuerlappen nehmen und all diese Farben der Angst in ein wäßriges Grau verwandeln, in dem sie schließlich alle verschwinden würden? Vanessa wird feuerrot und richtet ihren furchtsamen Blick auf Camilla, die zögernd am Fuß der Treppe innehält.

In wachsendem Entsetzen fragt sich Vanessa, wie sie das alles durchstehen soll. Ihre müden Augen brennen, als ob sie mit Sand gefüllt wären. Beinahe bricht ihre Willenskraft zusammen, als sie die Wahrheit begreift – offenbar haben sie sich vorgestellt, irgendein Spiel zu spielen! Die Zwillinge – Sacha und Amber – gleichen den Männern, die Jesus ans Kreuz schlugen. O Gott, sie wissen gar nicht, was sie getan haben.

Man muß es ihnen erklären und sie bestechen, damit sie den Mund halten.

Erschöpft klettert sie die Wendeltreppe zur Halle hinauf und schließt die Kellertür hinter sich. Schweres, massives Holz. Sie denkt an einen Grabstein. Von heller Wut erfüllt, weil sich die erhoffte Erleichterung nicht einstellt, möchte sie mit quietschender Kreide an die Tür kritzeln: »Ruhe in Frieden!« Und sie wünscht, es wäre möglich gewesen, Mutter tatsächlich zu begraben.

5

Während Robin Townsends fünf kleine Kinder den Schlaf der Gerechten schlafen, gehen zwei gute Ehefrauen in ihre Küchen hinunter, um die Truthähne in den Ofen zu schieben.

In den ehemaligen, zu Wohnungen umgebauten Stallungen in South Kensington versuchen Suzie und Robin, ein Baby zu zeugen – natürlich nicht in diesem Augenblick, aber diesem Ziel widmen sie einen Großteil ihrer Energie. Das ist verständlich, denn sie leben erst seit achtzehn Monaten zusammen, und so ist das Schlafzimmer natürlich nicht nur ein Ort, wo man schläft und sich umzieht und das Haar trocknet.

Glaubt Suzie, sie könnte Robins Liebe umadressieren, sobald er ein neues Kind bekommt – von ihr? Bildet sie sich ein, ein Baby würde ihn von seinen Schuldgefühlen befreien? Letzte Nacht saß sie da und starrte in den Himmel und dachte, der große Stern direkt über ihrem Dach müßte ein gutes Zeichen sein – vielleicht.

Suzie Townsends Truthahn wiegt vierundzwanzig

Pfund, obwohl sie ihn nur zu sechst essen werden. Aber sie brät nur einmal im Jahr einen Truthahn, damit er was Besonderes bleibt, und sie ißt das Fleisch gern kalt. Außerdem liebt sie gute Hausmannskost, Suppen und Currys. In ihrem gerüschten Negligé betritt sie die Küche mit der Kieferntäfelung, den ungestrichenen roten Ziegelwänden und zahlreichen Topfpflanzen und verknotet den Gürtel um ihre wohlproportionierte Taille. Sie trägt keine Pantoffeln, und die lackierten Zehennägel schimmern in hübschem hellem Korallenrot.

Sie schaltet das Radio ein, um Weihnachtslieder zu hören, und zieht die Jalousien hoch. Wie wundervoll – es schneit! Sie kann sich nicht entsinnen, wann sie zum letztenmal am Weihnachtsmorgen Schnee gesehen hat – vermutlich irgendwann beim Skifahren? Sicher wird es bei diesem Wetter gefährlich sein, Auto zu fahren. Zum Lunch erwartet sie Robins Eltern und ihre Mutter Eileen. Wegen der Townsends wird die Mahlzeit furchtbar förmlich verlaufen, ganz egal, wieviel es zu trinken gibt. Natürlich wird Suzie als Gastgeberin alle Mühsal ertragen. Macht nichts. Gestern abend, nach der Rückkehr aus der Oper, hat sie den Tisch im Speisezimmer gedeckt, und er sieht zauberhaft festlich aus, auf dezente, geschmackvolle Weise – großteils in schottischem Stil. Das ist ein Segen, überlegt sie, während sie tapfer mit dem riesigen Vogel kämpft und sich an Delia Smith' Anweisung erinnert, ein großes Folienpäckchen zu formen. Wenn man ein neues Leben beginnt, kann man sich die modernsten Dekorationen bei Harrods aussuchen. Man muß nicht aus sentimentalen Gründen das ganze alte Zeug mit sich schleppen.

Ja, sie hat den Tisch gedeckt, und die verschiedenen Beilagen warten auf ihren Tellern im Kühlschrank, mit Folie abgedeckt, ebenso wie die Brotsauce, die kalte Consommé und die Cognac-Butter. Suzie füllt ihren Truthahn nicht, denn sie haßt es, ihre Hand hineinzuschieben.

Während der Backofen mit den beiden Etagen vorgeheizt wird, kehren ihre Gedanken zum alten Problem zurück, mit dem sie letzte Nacht so viele schlaflose Stunden verbracht hat, das Gesicht nachdenklich im Kissen vergraben.

Robins Kinder. Verdammt! Nur mit Mühe konnte sie ihn dazu bringen, die Geschenke schon letzte Woche in der Camberley Road abzuliefern. »Nur für alle Fälle, wenn wir nicht mehr dazu kommen . . .«

»Was meinst du? Ich dachte, das hätten wir schon beschlossen.« Plötzlich sah er so niedergeschlagen aus wie ein Kind, und sein ernstes Gesicht verzerrte sich fast weinerlich.

Hastig beteuerte Suzie: »Ich weiß, Robin, ich weiß, aber manchmal gehen auch sorgfältig geschmiedete Pläne schief. Stell dir mal vor, wie schrecklich es wäre, wenn irgendwas dazwischenkäme und du die Kinder nicht herholen könntest! Dann müßten sie glauben, du hättest sie vergessen. Also bring schon jetzt die Geschenke hin, für alle Fälle.«

»Warum ist diese lächerliche Geheimnistuerei nötig? Die geht mir furchtbar auf die Nerven.«

»Hättest du gefragt, ob du die Kinder am Weihnachtstag hierherholen kannst, wäre Caroline sicher dagegen gewesen – das weiß doch jeder. ›Wie grausam von dir, mir meine Familie wegzunehmen!‹ hätte sie gejammert. ›Du hast mir ohnehin schon alles geraubt, und jetzt auch noch die Kinder, am wichtigsten Tag des Jahres!‹ Ich kann fast hören, wie sie das sagt. Aber wenn du unerwartet auftauchst, wird sie wahrscheinlich ausgegangen sein oder im Bett liegen, und es wäre eine ganz andere Situation.«

»Ja, aber ich möchte die Geschenke persönlich übergeben. Du verstehst das nicht, Suzie. Es ist so wunderbar, sie zu beobachten, wenn sie die Päckchen öffnen. Das macht mir die allergrößte Freude, wenn ich ihnen was schenke. Letztes Jahr habe ich das versäumt, und ich würde es sehr bedauern, wenn ich's mir auch diesmal entgehen ließe. Sicher, das ganze ist wahnsinnig peinlich. Weder Ilse noch Mrs. Guerney werden dasein. Wir sollten die Geschenke hierbehalten, so wie ich's ursprünglich vorhatte.«

Sie werden die Stalltür öffnen und im Garten spielen, dachte Suzie. *Sie werden Schmutz in die Wohnung schleppen. Sie werden die Topfpflanzen umwerfen. Und wenn ich sie zu beruhigen versuche, werden sie Robin so lange belästigen, bis er ihnen alte Videos vorspielt. Den ganzen Weihnachtsnachmittag werden wir dasitzen und alte Videos sehen.*

Suzie gibt Bücher über Gartenarbeit heraus. Sie ist eine Spezialistin für Orchideen und am glücklichsten, wenn sie in ihrem Gewächshaus herumwerkeln oder ihre Hecken stutzen kann.

Später meinte sie: »Es war richtig, die Geschenke schon jetzt rüberzubringen. Letztes Jahr hast du dich halb krank gesorgt. Aber dann ging alles gut. Caroline ist eine Schauspielerin, und wenn sie sich vor niemandem produzieren kann, schafft sie's, sich halbwegs ordentlich zu benehmen. Sie hat dir viel zu lange was vorgemacht – dir und ihrer gesamten Umgebung. Wahrscheinlich ist sie glücklich und zufrieden, wenn sie mit ihrem allerneuesten Mann unter dem Mistelzweig knutschen kann.«

O Gott, wenn nicht Weihnachten ist, gibt's eben andere Probleme. Die Wohnung ist zwar größer als so manche Häuser, aber wohl kaum geeignet, um fünf aufgeregte Kinder, die schwerfälligen Townsends und Suzies hausbackene alte Mutter zu beherbergen, die alle in reizbare Stimmung geraten werden, wenn sie sich dumm und dämlich gefressen haben. Zur Halbzeit des grausigen Ereignisses wird Robin wahrscheinlich zusammenbrechen und in seinem Arbeitszimmer verschwinden, und sie muß allein mit dem Chaos fertigwerden.

Sie hat versprochen, eine besondere, kindergerechte Teestunde zu organisieren, mit Papierhüten und Knallfröschen und einem amüsanten Imbiß, der zu jeder Tageszeit eingenommen werden kann – wenn sie auch hofft, daß dies nicht nötig sein wird. Tapfer kämpfte sie sich durch überfüllte Geschäfte, taumelte in dichtem Gedränge auf den Gehsteigen nach Hause und schleppte ihre Einkäufe, hauptsächlich Fastfood-Packungen von Marks.

Nun blickt sie wieder aus dem Fenster, mit ihrem üblichen schiefen Lächeln, das auf ihrem Gesicht vertraut wirkt. Sie ist klein, im Gegensatz zu dem Model Caroline, alles an ihr ist klein, sogar ihre kontrollierte, seidige Stimme. Hübsch und geschmeidig wie eine Katze, besitzt sie faszinierende grüne Augen, die auf provokante Weise schräg stehen, wann immer sie lächelt. Vielleicht wird es noch stärker schneien, womöglich den ganzen Tag, immer dichter, und der Schnee wird liegen bleiben. Wenn Robin auch daran zweifelt – Suzie versteht sein Bedürfnis, die Kinder zu sehen. Sie wünscht nur, die Situation wäre anders und er könnte in der Camberley Road mit ihnen zusammensein, denn sie würden es sicher vorziehen, den Weihnachtstag in ihrem eigenen Heim zu verbringen.

Vanessa, Camilla und Dominic mögen Suzie nicht und begegnen ihr mit kühler Höflichkeit. Sobald Robin ihnen den Rücken kehrt, zeigen sie deutlich, was sie von ihr halten. Glücklicherweise sind die Zwillinge, Amber und Sacha, noch zu jung, um diese eifersüchtigen Spiele zu betreiben. Nein, Suzie ist entschlossen, alles zu tun, um den drohenden Besuch der Kinder zu verhindern, deren Vater ihr neuer Ehemann ist. Heftige Schuldgefühle quälen den armen Robin, obwohl er nicht den geringsten Grund dazu hat. Seine Reue und seine Selbstvorwürfe flößen ihr beinahe Ehrfurcht ein, aber ein Telefongespräch müßte ihn doch beruhigen? Ein gut getimter Anruf wird sein Leid lindern.

Ebenso wie ein Baby.

Flink und anmutig wie immer nimmt Suzie die Toastscheiben aus dem Toaster und steckt sie in den Ständer. Sie schaltet die Kaffeemaschine ab, zieht die Kanne heraus und stellt sie neben den Milchkrug auf das Tablett. Ihre Katzenaugen verengen sich, während sie die Grapefruits vorbereitet. All diese kleinen Liebesdienste sind völlig neu für Robin. Niemals hat Caroline ihm das Frühstück ans Bett gebracht. Und am Anfang seines Zusammenlebens mit Suzie versuchte er, sich genauso zu verhalten wie zuvor, als müßte sie getröstet werden, bevor er sich ihr näherte – verwöhnt, verhätschelt, in Watte gepackt, damit sie nicht in scharfkantige Splitter zerbrechen und ihn schneiden konnte. Es war erbärmlich. Die ganze traurige Geschichte von Robins Ehe ist erbärmlich, wenn die Freunde auch behaupten, früher habe sich Caroline anders benommen.

»Überleg doch mal, Suzie«, sagte einer. »Warum zum Teufel hätte er sie heiraten sollen, wenn sie schon damals so schrecklich gewesen wäre? Manchmal geschehen Dinge, die einen Menschen verändern.«

Suzie weiß es besser und lächelt herablassend. Eine Zeitlang – kurz nachdem Robin seine Frau verlassen hat – sah Suzie sich sogar gezwungen, ihre Existenz zu verleugnen. Ihr Protest »Aber Robin, das ist doch lächerlich!« stieß auf taube Ohren.

»Nur für eine kleine Weile, Suzie, mir zuliebe!« Er flehte sie so jämmerlich an, daß sie verlegen wurde und ihm den Gefallen nur zu gern tat.

Zum erstenmal entdeckte sie andere Wesenszüge an ihrem Liebsten. Das war nicht der Mann, der mit den Fingern schnippte, um Kellner herbeizurufen, der wortgewandte, intelligente Kommentator von »Update«, der

Diktatoren und ausländische Botschafter mit geistreichem Witz und zynischem Charme interviewte und sich vehement auf den Golfkrieg konzentrierte.

In jenen Tagen, die erst etwa anderthalb Jahre zurückliegen, hat Caroline lange Schatten geworfen. Welch ein armseliges, kindisches Benehmen! So eine dumme Gans! Sie tauchte bei BBC auf und machte skandalöse Szenen, bis die Pförtner angewiesen wurden, die Sicherheitsbeamten zu alarmieren, sobald sie irgendwo in der Nachbarschaft erblickt wurde. Es war gespenstisch. Robins Angst wirkte ansteckend, und Suzie – normalerweise ruhig und gelassen – ertappte sich dabei, wie sie auf Zehenspitzen umherschlich und kaum noch wagte, die Morgenpost anzufassen, nachdem der erste Knallfrosch explodiert war. Und sie zögerte auch, Robins Auto zu benutzen, nachdem Caroline in die riesige Tiefgarage eingedrungen war, wo er es abzustellen pflegte. Zum Glück verstand sie nichts von Autos, riß einfach alles heraus, was sich unter der Motorhaube bewegen ließ. Da der Wagen natürlich nicht ansprang, konnte Robin auch nicht wegfahren. Und das war gut so. Möglicherweise hätte er sich sonst umgebracht.

Und das Geld, das sie diesem Privatdetektiv in den Rachen schob – Robins Geld! Wie Wasser fließt es zwischen Carolines Fingern hindurch.

O Gott! Was sollte das alles? Diese Dinge geschahen, bevor Caroline merkte, daß Robin sie wegen einer anderen Frau verlassen hatte. – Die Weihnachtsglocken läuten. Lautlos tanzen Schneeflocken herab. Armer Robin. Und diese armen kleinen Kinder – was für Chancen haben sie mit einer solchen Mutter? Hoffentlich waren sie in jenen frühen Tagen zu jung, um die Ereignisse zu verstehen.

Wie schamlos Caroline ist . . . Suzie greift nach den Grapefruit-Tellern und überlegt, ob die Tragödie auch ihre komischen Seiten hat. Eines Tages werden sie vielleicht in die Vergangenheit zurückblicken und lachen – zum Beispiel über den Zwischenfall, als faszinierte Studiozuschauer die Mäuler aufrissen und beobachteten, wie die Kamera auf Alan Bean loszoomte, der in seinem Fischgrätenjackett dasaß, das Mikrofon am Revers, und während seiner Live-Berichterstattung kettete sich hinter ihm eine hysterische Frau ans Geländer. Robin, die Liste seiner relevanten Fragen in der Hand, erkannte Caroline sofort. Das sah man ihm an. Er zuckte nicht mit der Wimper, drehte sich aber halb in seinem Sessel um, als Alan Bean – unfähig, die Störung noch länger zu ignorieren – bemerkte: »Dieser Lady scheint der Besuch des Premierministers in China zu mißfallen. Vielleicht sollten wir . . .«

Abgesehen von den Lippenlesern konnte kein einziger Fernsehzuschauer im ganzen Land Carolines obszönes Geschrei verstehen. »Seht doch, was er getan hat! Verdammt noch mal, seht doch, was mir dieses Arschloch angetan hat!«

Wie lächerlich! Warum sollte er ihr so was antun?

»Nein, nein«, widersprach Robin seelenruhig und verzog angesichts seines Zwölf-Millionen-Publikums keine Miene. »Reden Sie einfach weiter, Alan.«

Zwei schwerhörige Fernsehzuschauer schrieben an den Sender und verlangten zu erfahren, wen Caroline gemeint habe und warum das alles geschehen sei. Immer wieder wird man mit unsensiblen komischen Käuzen konfrontiert. Natürlich wies Robin seine Lakaien an, diese Zuschriften zu ignorieren.

Suzie lacht leise auf. Man kann wirklich nichts weiter tun, als abzuwarten, bis die Zeit ihre heilsamen Kräfte entwickelt. Caroline ist eine grauenhafte, massive Bedrohung, immer noch schön auf brutale Art, und scheinbar eine unausweichliche Gefahr. Es gab eine Zeit, wo Suzie befürchtete, Robin würde dem Alkohol verfallen, um zu überleben. Die große Dachkammer über der Kensington-Wohnung bleibt leer und wartet auf Robins geliebte Fitneßgeräte. Sie fragt nicht danach, obwohl sie selber gern einen Fitneßraum hätte. Mit seinen fast vierzig Jahren findet er es sehr wichtig, sich fit zu halten, und es bereitet ihm eine geradezu absurde Freude, daß er letztes Jahr den Londoner Marathon geschafft hat. Unter der Woche joggt er jeden Morgen, dreimal wöchentlich spielt er Squash. Sonntags bringt er ihr das Frühstück ans Bett, dann geht er in die Kirche. Wenn er endlich den Zeitpunkt für richtig hält, seine geliebten Fitneßgeräte zu holen, die ihm so grausam vorenthalten worden sind, wird das schlimmste Trauma vorbei sein. Dann können sie alle endlich wieder anfangen, sich wie vernünftige Menschen zu benehmen. Suzie lächelt hoffnungsvoll. Wahrscheinlich wird er sich die Geräte noch in diesem Jahr bringen lassen. Neuerdings ist Caroline ruhiger geworden, und die Kinder machen einen fröhlicheren, fast normalen Eindruck.

Energisch sagt sich Suzie, daß sie die Situation gelassener sehen muß. Es ist Weihnachten, und deshalb sollte sie etwas freundlichere Gedanken hegen.

Glücklicherweise neigt Caroline zur Promiskuität. Dem Himmel sei Dank für all diese anderen Männer! Zweifellos führt sie sich grauenhaft auf und gibt den Kindern ein schlechtes Beispiel, aber solange sie mit ihren Affären beschäftigt ist, fällt sie nicht aus der Rolle. Und wenn das Schicksal gnädig gestimmt ist, könnte einer dieser Liebhaber bei ihr bleiben und Robin für immer von seiner Bürde befreien. Andererseits – in Suzies Phantasie erscheint ein überdeutliches Bild von Carolines gequältem, leidendem Gesicht, und sie seufzt. Vielleicht wird sich diese Hoffnung niemals erfüllen.

Sorgsam rückt Suzie Townsend den Stechpalmenzweig zurecht, den sie auf das Frühstückstablett gelegt hat. Irgendwie stört er den hübschen, sauberen Gesamteindruck. Die blutroten Beeren lenken vom frischen Farbenspiel in Grün und Weiß und Gelb ab. »Oh, the holly bears a berry«, summt sie selbstzufrieden und entfernt den ekelhaften Zweig mit spitzen Fingern. »Frohe Weihnachten, du alte Schlafmütze!« ruft sie, während sie eifrig die Treppe zum Schlafzimmer hinaufsteigt. Ihre Lippen verziehen sich zu einem Sexy-Lächeln. Es gibt Mittel und Wege, Robin an diesem Morgen von seinem Kirchgang abzuhalten, und Suzie, trotz ihrer zierlichen Figur eine starke Frau – und eine eingefleischte Ungläubige, ist fest entschlossen, ihr Bestes zu tun.

6

Drüben in Potters Bar herrscht eine ganz andere Atmosphäre.

Das Haus, in hellem Kanariengelb gestrichen, hat ein flaches Dach und ist mit hohen Hypotheken belastet. In der Küche steigt Ruby Dance über Geschenkpapier, ungeöffnete Päckchen, Kinder, Lätzchen und Fläschchen hinweg und steuert den Truthahn an, um ihn zu stopfen. Seit halb sieben ist sie auf den Beinen, versucht, hysterische Kleinkinder zu beruhigen, und räumt Papier beiseite, damit man sich einigermaßen voranbewegen kann, ohne zu stolpern.

Vorhin, als sie die Halle durchquerte, hörte sie das unverkennbare *Ping* des Telefonanschlusses im Schlafzimmer, ging aber weiter – fest entschlossen, es zu ignorieren. In ihrem Leben gibt es so viel zu tun, also darf sie ihrer Phantasie nicht gestatten, ihr jene Streiche zu spielen, die ihr derzeitiger seelischer Zustand nicht verkraften würde.

Sie sorgt für Bart und ihre vier kleinen Kinder. Mit ihrer Schwester Elspeth und deren Freund wären sie zu acht, doch es kommen noch Barts Eltern und sein sonderbarer Bruder Lot dazu, der die Anstalt über Weihnachten verläßt, und so sind es im ganzen elf Personen. Eine ungerade Zahl, und es ist schwierig, alle am rechteckigen Tisch im Speisezimmer unterzubringen. Wo ist das Weihnachtstischtuch? Hat sie es schon aus dem Bügelkorb genommen, oder liegt es immer noch ganz zuunterst, seit dem letzten Jahr?

Reiß dich zusammen, ermahnt sie sich, dann schreit sie, um den Lärm zu übertönen: »Du wirst dir den Schädel einschlagen, Naomi, wenn du noch lange versuchst, auf einem Bein zu balancieren!«

Damians Stuhl wird sie ans Tischende stellen, da kann sie ungehindert zwischen der Küche und dem Speisezimmer hin und her laufen und sich gleichzeitig um das dreizehn Monate alte Baby kümmern. Dumm, wie sie nun mal ist, hat sie keine Vorbereitungen getroffen und Delia Smith' Countdown ignoriert. Und jetzt – das reine Chaos! Puh! Sie bläst ihre zerzausten Ponyfransen nach oben, und nun sieht ihr Kopf aus, als hätte man eine Pfanne voll verbrannter Rühreier darauf geschüttet. Mit ihrer ersten Tasse Kaffee an diesem Morgen setzt sie sich in das Durcheinander und zündet ihre fünfte Zigarette an. Dann greift sie nach einem Cocktailspießchen und stochert Salbei- und Zwiebelspuren unter ihren Fingernägeln hervor.

Letzte Nacht war Bart neben ihr ins Bett gefallen. Sie hatte Damian gerade hingelegt und glitt erleichtert in ihre Traumwelt hinüber, als sie vom kalten Luftzug der hochgezerrten Decke und dem Klicken der Nachttischlampe aufgeschreckt wurde. »Du willst doch nicht mehr lesen!« stöhnte sie. »Es ist schon schrecklich spät.«

»Du weißt, daß ich nie einschlafen kann, wenn ich vorher nicht lese.«

»Unsinn! Dann hättest du eben früher ins Bett gehen sollen.« Besorgt dachte sie an den Schinken.

»Ich konnte nicht weg. Da war eine Party im Club.«

»Eine Party im Fitneßclub? Du wirst noch ins Gerede kommen. Was hast du denn getrunken? Küß mich Bart, aber richtig.«

Der Kuß war so hart und trocken, daß seine Zähne an ihren schabten. Das Bett knarrte und brachte sie in die Stimmung eines gefrorenen Sees. »Wein«, erwiderte er. »Es ist doch nicht schlimm, wenn man ab und zu ein Glas Wein trinkt. Außerdem habe ich dich angerufen.« Seine Hand glitt über ihre Schenkel, aber sie stieß ihn erschöpft weg.

Ja, er hatte angerufen, und sie war kraftlos und weinend und tief enttäuscht zu Boden gesunken. Er hatte nämlich versprochen, nach Hause zu kommen und ihr zu helfen. Tränen tropften von ihrer Nasenspitze, als sie das letzte Geschenk einwickelte, und mußten abgeleckt werden, weil sie die unregelmäßigen Papierkanten, die mit Klebeband befestigt werden sollten, mit beiden Händen zusammenhielt. Es ist doch verständlich, sagte sie sich. Er arbeitet so hart, daß er ein bißchen Freizeit mit seinen Freunden braucht, und im Club trifft er Klienten. Das ist wichtig, *wirklich.* Zu Hause kann er sich nicht entspannen. Überall werden Anforderungen gestellt – ständig muß man irgendwas saubermachen, reparieren, wegwischen, Kinder trösten oder in den Arm nehmen. Seit Naomi zur Schule geht, ist es ein bißchen einfacher, aber drei Kinder sind immer noch den ganzen Tag zu Hause, und jeden Nachmittag muß sich Ruby mit Kinderwagen und Halteriemen über drei Hauptstraßen hinwegkämpfen, um ihre Tochter abzuholen. »Schlimmer kann's nicht mehr werden«, pflegt Bart zu versichern. »Kopf hoch, altes Mädchen! Immerhin haben wir jetzt gute Chancen, die Kurve zu kratzen. Wenn's uns bessergeht, übersiedeln wir vielleicht aufs Land. Dann kannst du den ganzen Tag im Gras liegen und dich sonnen. Woran denken die Frauen eigentlich, wenn sie ein Sonnenbad nehmen?«

»Und woran denken Männer, wenn sie Auto fahren? Aber zieh jetzt erst mal deine Hand unter meinem Rock hervor.« Ruby weiß nicht, wie ihr ein Tapetenwechsel helfen soll. Eigentlich braucht sie nur Zeit – und jene Heiterkeit, die ihr irgendwie abhanden gekommen ist.

Großer Gott, sie kann sich wirklich nicht beklagen. Wären sie zu einer Party eingeladen worden, hätte Bart einen Babysitter engagiert und sie mitgenommen. Ruby hätte ihr altes schwarzes Kleid hervorgesucht und sich hübsch gemacht. Wäre er bloß nicht auf die Idee gekommen, dieses teure Auto zu kaufen ... Natürlich weiß sie, wie wichtig das Image ist. Und kurz vor der kostspieligen Neuerrungenschaft hat sich die Lage ein wenig gebessert. Jetzt, nur wenige Monate später, klammert sich der arme Bart mit weiß verkrampften Fingerknöcheln und zerbrochenen Nägeln an seine Firma. Zwei seiner besten Designer mußte er bereits entlassen.

Zu Neujahr wollen sie heim nach Esher fahren. Ruby hat beschlossen, ihren Vater um Hilfe zu bitten, und die wird er ihr nicht verwehren, denn sie ist seine Lieblingstochter. »Ich hab's dir ja gesagt!« wird Mummy betonen, aber die Dances können sich keinen gekränkten Stolz leisten.

Ein Kind schreit – nichts Ernsthaftes. Ruby zuckt zusammen, eine Marionette im kirschroten Morgenmantel, sieht die Bescherung am Boden und greift automatisch nach einem Putzlappen.

Als das Telefon läutet, flucht sie. Was soll das? Wie unhöflich, so früh am Morgen anzurufen! Um sich einen Weg in die Halle zu bahnen, schiebt sie ein Dreirad beiseite, an dessen Haltegriff ein aufsässiges Kind hängt. »Hallo?« Der Stuhl scheint ihr einladend zuzulächeln, weil nichts darauf liegt. Sie setzt sich und schlägt die Beine übereinander. Dabei öffnet sich der Morgenmantel und entblößt schockierend unrasierte Beine.

»Ist dort Mrs. Dance?«

»Ja.« Wieder einmal bläst sie die zu langen Ponyfransen hoch und betrachtet die chaotische Umgebung.

Am anderen Ende der Leitung entsteht ein kurzes Schweigen, und Rubys Blick irrt in wachsender Sorge umher. Wo steckt Damian? O nein, nicht im Oberstock. Am liebsten hätte sie Bart zugerufen, er solle den Kleinen im Auge behalten. Sie hat vergessen, das verdammte Gitter vor die Treppe zu stellen.

»Ja«, wiederholt sie ungeduldig und hätte gern hinzugefügt: ›Reden Sie doch endlich!‹

»Ich habe Ihnen etwas sehr Wichtiges mitzuteilen.«

Welch eine seltsame Ausdrucksweise! Arbeiten Abonnentenwerberinnen auch am Weihnachtstag? Ruby runzelt die Stirn und zieht den Morgenmantel über ihre Beine. Die hätte sie vor Weihnachten wirklich rasieren müssen. Sie wartet. Die Besitzerin der Stimme ist ihr unbekannt.

»Mrs. Dance, bedauerlicherweise hat Ihr Mann eine Affäre mit einer geschiedenen Schauspielerin in Highgate – schon seit Oktober. Ich dachte, das sollten Sie erfahren.«

Rubys Körper verkrampft sich, beginnt vor Angst zu vibrieren. »Wer zum Teufel sind Sie?«

»Eine Freundin. Mein Name spielt keine Rolle.«

»Aber heute ist Weihnachten!« schreit Ruby und sinkt in sich zusammen.

Lange nachdem die Anruferin aufgelegt hat, umklammert Ruby immer noch den Hörer. Und als sie endlich merkt, was sie tut, drückt sie ihn an sich wie ein Baby.

Natürlich weiß sie es. Sie hatte beschlossen, sich nichts

anmerken zu lassen. Aber das ist jetzt nicht mehr möglich. Das war kein schlichter obszöner Anruf, die Person hat die Wahrheit gesagt. Verwirrt schaut sie sich im Durcheinander ihres Heims um, erschrocken über die Intensität ihrer Gefühle. Bevor sie Mutter geworden ist, hat sie sich solche Dinge niemals vorgestellt ... Der Weihnachtstag muß ein glückliches Ereignis sein ... Und gerade in dieser kostbaren Zeit wollte sie das Beisammensein mit den Kindern genießen. »Bastard, Bastard«, flüstert sie.

»Mummy! Mummyyy ...«

»Ich komme gleich.«

»James ist auf deinen Stuhl geklettert, und jetzt kriecht er über den Küchentisch!«

»Schon gut, Naomi, ich komme gleich. Alles okay. Ich muß nur kurz nach oben laufen.«

Untermalt von den Geräuschen einer blutrünstigen Schlacht in der Küche, steigt Ruby die mit Luftballons übersäten Stufen hinauf und streicht sich das blonde Haar hinter die Ohren, damit sie genau sehen kann, wohin sie tritt. Sie stößt die Tür zum Schlafzimmer auf. Hellwach sitzt Bart im Bett und schaut sich einen idiotischen Trickfilm in seinem Miniaturfernseher an. Sie steht auf der Schwelle und starrt zu ihm hinüber, mit stechendem Blick.

Sogar um diese allerschlimmste Tageszeit sah er hübsch aus, ein bißchen verlebt zwar, und allmählich bekam er ein Doppelkinn. Gierig gruben sich die Augen in seinen Kopf hinein, während ihn die Jagd nach dem Geld aufzufressen drohte. Ein Schwein. Er betrog sie, sogar wenn er grunzend auf ihr lag, denn dann stellte er sich sicher die andere Frau vor, die Schauspielerin in Highgate, o Gott!

»Steh auf«, sagte Ruby gefährlich leise.

»Wie bitte?« Bart riß die schuldbewußten Augen auf und kroch tiefer unter die Decke.

»Hör mal, ich weiß nicht, ob ich das alles ertragen

kann, also werde ich nicht hier herumstehen und mich wiederholen.« Sie ballte die Hände und merkte, daß sie einen Stern aus Silberfolie umklammerte. Ein verirrter, zerknüllter Stern. Weihnachten ist nur eine Wildnis aus lauter Abfall. Einmal hob sie einen Schneeball auf, der sich als erfrorene Amsel entpuppte. »Ich bin unwirklich, Bart. Ich bin unwirklich, und dieses Haus ist unwirklich, und du bist unwirklich. Steig aus dem Bett und such Damian. Danach mußt du die Kartoffeln schälen und den Tisch decken. Und wenn du damit fertig bist, darfst du dich auf den Boden legen und mit deinen verdammten Kindern spielen! Verstehst du mich, Bart?« Rubys müde Stimme schwillt zu einem Schrei an.

»Was ist eigentlich los?« Aber er springt aus dem Bett. Offenbar weiß er es!

»Soeben erhielt ich einen ungewöhnlichen Anruf. Die Frau erzählte mir – nun, was passiert ist. Ich bin über alles informiert, Bart. Nur ihren Namen kenne ich nicht, aber ich glaube, damit kann ich leben.«

»Ich habe keine Ahnung . . .«, versucht er zu protestieren und fummelt albern am Gürtel seines scharlachroten Seidenpyjamas herum. Das kann sie nicht mit ansehen. Sie erträgt es nicht, auf irgendeine Stelle unterhalb seiner Taille zu schauen. Der Anblick seines Gesichts ist schon qualvoll genug. Einfach lächerlich.

Brüsk unterbricht sie ihn. »Wenn du auch nur ein einziges Wort zu deiner Verteidigung sagst, verlasse ich dich, und du kannst zu ihr gehen. Ich nehme die Kinder, das Auto, und ich fahre nach Hause. Es liegt ganz bei dir, Bart. Von jetzt an liegt alles nur noch bei dir.« Ohne die Hilfe seines Schwiegervaters wird Barts Firma zusammenbrechen, und das weiß er. Ruby zuckt die Achseln. »Ich bin viel zu müde, um bei deinen Spielchen mitzumachen. Falls du die Kuh anrufen und ihr alles erklären willst – nur zu! Aber ich gebe dir nur zehn Minuten.

Wenn du dann nicht unten bist, angezogen und arbeitswillig, verlasse ich dieses Haus. Du wirst es nicht verkaufen. Nicht jetzt. In zwei Monaten bist du bankrott.«

Sie eilt aus dem Zimmer und lauscht angestrengt, aber er hebt den Telefonhörer nicht ab. In der Küche angekommen, wirft sie den zerknitterten Silberstern in den Abfalleimer. Dann steht sie an der Spüle und starrt blind auf den Rosenkohl, den sie unter fließendem Wasser wäscht. Die kleinen Strünke werden mit tiefen, präzisen Schnitten versehen. Genußvoll hantiert sie mit dem Messer. Ein Fingernagel bricht ab, und sie weint leise vor Schmerz und Frust. Betrogen, betrogen – schrecklich hintergangen, in vielerlei Hinsicht.

Als Bart herunterkommt und traurig neben ihr vor das Abtropfbrett tritt, schaut sie ihn nicht an. »Es war ohnehin schon vorbei«, beteuert er in aufrichtigem Ton. »Ich weiß nicht einmal, warum es geschehen ist. Das kann ich dir nicht erklären.«

Ruby mißtraut Geschenken – allen Geschenken. Langsam dreht sie sich zu ihm, weicht seinem Blick aber immer noch aus. Während sie sich ausdruckslos in der chaotischen Küche umsieht, erwidert sie: »Ich weiß, warum. Oh, das weiß ich sehr gut. Aber ich tat es nicht. Obwohl es möglich gewesen wäre. Sogar sehr oft. Oh, verdammt noch mal, erst letzte Woche hätte ich mit diesem Bendix bumsen können. Steh nicht herum! Um Himmels willen, mach den Sherry auf!« Fast unhörbar fügt sie hinzu: »Du Bastard, du weißt doch, daß es Jahre dauert, bis man so was überwindet. War es so wundervoll? Hat es sich gelohnt?«

»Nein«, entgegnet Bart. »Sie war eine Hure.«

In der Camberley Road Nummer vierzehn lachen Vanessa und Camilla noch immer. »Das hast du gut gemacht! Ich wünschte, wir könnten noch jemanden anrufen, denn ich würde gern hören, wie du das noch mal machst.«

»Um Bart müssen wir uns jetzt nicht mehr kümmern«, meint Vanessa. »Der ruft heute vormittag nicht mehr an – vielleicht nie mehr!«

»Und nachdem du's ihr gesagt hattest? Wie klang ihre Stimme? Hat sie geschrien? Hätte ich's doch bloß gehört!«

Nachdenklich runzelt Vanessa die Stirn. Die Hand, in der sie den Hörer gehalten hat, schwitzt immer noch. »Sie sprach ganz ruhig und normal. Nicht hysterisch. Ich glaube, sie wußte es schon, und das enttäuscht mich irgendwie.«

»Also ist es ihr egal«, erwidert Camilla erstaunt und spielt mit Mutters Adreßbuch.

»O nein, ganz bestimmt nicht.«

7

Du weißt doch, daß wir bald runtergehen müssen.«

»Warum?«

»Wenn wir Mutter am Leben erhalten wollen, müssen wir runtergehen. Sie muß was essen.«

Was immer sie auch tun – sie schlagen nur die Zeit tot. Was geschieht, nehmen sie kaum wahr, so als wäre ein riesiges Netz über sie geworfen worden und zöge sie jetzt davon. Sie haben eine Grenze überschritten, und nun sitzt Mutter vielleicht unten im Keller und fletscht die Zähne. Dieser Gedanke erschreckt und fasziniert Vanessa gleichermaßen.

Letzte Nacht lauschte sie dem leisen Rieseln des Schnees vor ihrem Fenster und versuchte, sich nur an schöne Dinge zu erinnern. Den Wind wollte sie nicht hören, der das Wolfsgeheul aus dem Park heranwehte und unentwegt atmete wie ein Lebewesen – mit einem Atem, so kalt und beängstigend wie der Tod.

Während des schwindelerregenden Morgens – Camilla half ihr, die Kissenbezüge mit den Geschenken zu verteilen, Dom und die Zwillinge schliefen nach dem grausigen Ereignis der frühen Stunden erstaunlich schnell wieder ein – verstrich keine einzige Minute, wo Vanessa nicht an den Augenblick dachte, wo sie die Kellertür öffnen und zum Fitneßraum hinabsteigen würden. Vor allem der Zwang, mit Mutter *reden* zu müssen, quälte sie. Nicht so sehr, was Mutter sagen würde, vielmehr die Worte, die sie selber finden mußte.

Vanessa und Camilla gingen erst nach drei wieder ins Bett. Um Punkt halb acht schleiften die jüngeren Kinder ihre Kissenbezüge ins Zimmer der ältesten Schwester. »Obwohl wir schon seit Stunden wach sind.« Sie malte sich Mutters wütendes Gesicht hinter dem runden Lukenfenster aus, von der Scheibe flachgedrückt, hochrot vor Zorn. Dieses Fenster besteht nicht aus Glas, das in der feuchten Saunahitze beschlagen würde, sondern aus dickem, etwas milchigem Plastik. Es befindet sich in der oberen Türhälfte, genau in der richtigen Höhe für Mutters Gesicht.

An diesem Morgen ist Vanessas Haar straff aus dem Gesicht gekämmt und auf dem Oberkopf zu einem schlichten Knoten festgesteckt. Sie weigert sich, Mutters Spangen und Schleifen zu verwenden. Ihr flaschengrünes Samtkleid mit Nonnenkragen und gestärkten weißen Manschetten stammt von Laura Ashley. Mutter meint, es sei zu lang, die Proportionen von Kopf und Beinen würden nicht stimmen. »Vor allem, wenn du diese schwarze Strumpfhose dazu trägst. Du siehst aus wie eine Gottesanbeterin.«

»Ist Mutter schon wach?«

Wie wichtig wäre es jetzt für sie alle, einander zu lieben ...

Barts unerwarteter Anruf am frühen Morgen erschreckte die Kinder.

In der Küche treffen sie Ilse, das schwedische Au-pair-Mädchen. Sie preßt frische Orangen in ihr Glas und trägt bereits ihren Mantel. Offenbar möchte sie früh aufbrechen. »Hat sich Mrs. Townsend über den schönen Weihnachtsbaum gefreut? Ich hörte sie gar nicht nach Hause kommen. Es muß sehr spät gewesen sein.«

»Mutter war ganz begeistert.« Warnend runzelt Vanessa die Stirn und schaut die Zwillinge an. Bei dieser Lüge schmiegt sich Sacha an sie und versucht, ihren Kopf im Samtkleid zu verstecken, aber Amber scheint nichts zu merken. Bis jetzt hat sich keine Gelegenheit ergeben, die Kinder zu instruieren. Sie bemüht sich, möglichst beiläufig zu sprechen. »Werden Sie zum Haus Ihrer Freunde kommen, nachdem es so stark geschneit hat?«

»Sie holen mich an der Ecke ab. Wahrscheinlich muß ich wegen des Schnees stundenlang warten. Hoffentlich können sie mich morgen abend wieder hierherfahren.«

»Mutter macht's sicher nichts aus, wenn Sie's nicht schaffen.«

Dominic ist viel zu leichtsinnig, aber das fällt Ilse offenbar gar nicht auf. »Ich tu' mein Bestes. Wahrscheinlich schläft Mrs. Townsend noch.«

»Warum? Wollten Sie mit ihr reden?«

»Ich hätte ihr nur gern gesagt, daß ich jetzt gehe.«

Amber hüpft mit ihrem neuen Springstock in der Küche herum. Sie ist so wahnsinnig aufgeregt, daß man nicht feststellen kann, ob sie sich an Mutter Gefangennahme erinnert. »Sie haben ein Geschenk bekommen, Ilse«, sprudelt sie hervor, das Gesicht gerötet, das Haar zerzaust. Schon jetzt sieht sie wie ein mutterloses Kind aus. »Und es wartet unter dem Baum auf Sie!« Schokoladeflecken ziehen sich über das Vorderteil ihres Schlafanzugs.

O nein! O nein! Ilse wollte schon gehen, aber jetzt zögert sie, und sie haben vergessen, den Weihnachtsbaum gerade hinzustellen. Ein paar Lamettafäden hängen immer noch daran.

»Camilla, geh doch nach oben und hol Ilses Geschenk herunter!« befiehlt Vanessa.

Ilse ist entzückt über die funkelnden Ohrringe und nimmt sich sogar die Zeit, sie anzulegen. »Die will ich haben!« ruft Sacha und klettert auf einen Stuhl, um den Schmuck unsanft zu befingern.

Die Schwedin hat den Kindern schon letzte Woche die Geschenke gegeben – Weihnachtskarten, Juxsachen und Süßigkeiten. »Sagt Mrs. Townsend, ich freue mich sehr, und wenn ich zurückkomme, werde ich mich bei ihr bedanken.« Niemals hätte Mutter ein solches Geschenk ausgesucht. Sie findet Ohrringe vulgär und geschmacklos.

Ilse zieht den Reißverschluß ihres Anoraks hoch und verknotet die Kapuzenbänder. Alle rufen: »Frohe Weihnachten!« Sie winken und lächeln auf der Schwelle des Hauses, während in der Ferne die Farben im Schnee dunkler werde. Dann schließen sie die Tür, und es entsteht der Eindruck, ein lebenswichtiges Bindeglied zur Vergangenheit hätte sich losgerissen und würde nun davonstapfen in eine jungfräuliche, unberührte Zukunft.

Was macht Mutter jetzt? Ist sie wach, da unten im Fitneßraum? Angespannt lauscht Vanessa auf verräterische Geräusche, denn die Kellerstufen führen zur Falltür, die links vom Hauseingang liegt.

Nachdem Ilse weggegangen ist, führen sie ihren Plan durch und rufen Barts Frau an. Vanessa schickt die kleineren Kinder aus dem Zimmer, »weil ich ernst bleiben muß, und ihr würdet nur herumalbern und zu lachen anfangen.«

»Aber was wirst du sagen?«

»Das weiß ich noch nicht, Dom, ich muß es mir erst

überlegen. Du könntest dich nützlich machen und Holz holen, wir sollten ein Feuer im Kamin anzünden.«

Vanessa hat noch immer nicht entschieden, was sie sagen wird, als sie den Hörer abhebt, aber sobald sie zu reden anfängt, fällt es ihr ganz leicht. Die Mitteilung ist ja auch schlicht und einfach. Barts Nummer steht auf der ersten Seite von Mutters Adreßbuch. Darüber sind mehrere Namen wütend durchgestrichen.

»Wir schalten den Fernseher nicht ein. Ich finde es schöner, wenn es still ist – oder habt ihr was dagegen?« Die Flammen lodern aus dem Kamingitter . . . Wie eine Weihnachtskarte. Mühsam richten sie den Baum in seinem Eimer auf, hängen das abgerissene Lametta daran, dann sitzen sie ringsherum und öffnen die Päckchen von Daddy und den Großmüttern. Sacha hockt mit gekreuzten Beinen da und hat ein Saftglas neben sich auf dem Teppich stehen – was normalerweise streng verboten ist.

»Es ist so seltsam. Man kann sich gar nicht vorstellen, daß Mutter irgendwo im Haus ist.« Schüchtern schneidet Camilla das Thema an. »Selbst wenn sie oben im Schlafzimmer ist, liegt irgendwas Sonderbares in der Luft. Ständig glaubt man, sie könnte runterkommen, und man horcht auf ihre Schritte, aber heute morgen spür' ich nichts davon.«

Vanessa hat ihre heimliche Hoffnung niemandem anvertraut. Dieses Jahr war es ihr sehnlichster Wunsch, Daddy würde sie am Weihnachtstag alle zu sich holen. Immerhin hat er sich inzwischen mit Suzie »häuslich eingerichtet«. Früher lachte er und benutzte in einem fort die gleiche Ausrede: »Wir haben nicht genug Teller für euch.«

Und so wurde ihr das Herz schwer, als sie die Päckchen sah, die er am letzten Schultag abgeliefert hatte. Er mußte ziemlich spät hergekommen sein, sonst hätte Mrs. Guerney die Geschenke entfernt. Sie stapelten sich in der Halle. Offenbar hatte Mutter ihn hereingelassen und ihm gesagt, er solle sie einfach dahin legen. »Euer Vater war da, mit seinen üblichen sündteuren Bestechungsgaben«, erklärte Mutter bissig, als Vanessa Fragen stellte. Klebriger, scharlachroter Lippenstift ließ die Worte noch bösartiger erscheinen. »Bringt alles nach oben und versteckt es irgendwo, bis zum Weihnachtstag.«

Vier umfangreiche Tragetaschen von Hamley's enthielten mehrere Päckchen, und Vanessa schaute sie nicht genauer an. Am Heiligen Abend verteilte sie alle rings um den Baum, und da fiel ihr das Paket für Mutter mit der großen Schleife auf. Während sie jetzt Daddys Geschenke auspackt, fragt sie sich, ob die anderen dasselbe gehofft haben – daß Daddy wie ein Ritter in schimmernder weißer Rüstung auftauchen und sie alle entführen wird. Er könnte ihnen helfen, einen Schneemann zu bauen. Natürlich verschweigt sie diese Überlegungen, denn es wäre zu schmerzhaft, mit den Geschwistern über solche Dinge zu reden.

Beinahe findet sie es auch zu qualvoll, die Päckchen von Daddy auszupacken. In ihrem Herzen lauert ein Verdacht, für den sie sich selber haßt. Hat er alles persönlich ausgesucht oder Suzie losgeschickt? Er geht nur ungern einkaufen. Und noch schlimmer – falls Suzie das für ihn erledigt hat, würde Vanessa es merken? Ein kompliziertes Problem, denn die von Suzie gekauften Geschenke würden ihr mißfallen. Alles, was Daddy selber ausgewählt hat, würde sie natürlich heiß und innig lieben. Sie ist alt genug, um zu wissen, wie lächerlich solche Gefühle sind, aber noch zu unreif, um sich davon zu befreien.

»Wow! Brill! Nintendo!« Triumphierend wirft sich Dominic nach hinten, das Geschenkpapier balanciert auf seinem Kopf. Aber wie wird er mit seinem neuen Computerspiel zurechtkommen, wenn Daddy ihm nicht hilft, alles zusammenzusetzen? Letztes Jahr plagte er sich stundenlang mit der Gebrauchsanweisung für seine Kamera herum, und am Neujahrstag schluchzte er frustriert. Vielleicht wird Daddy nicht kommen, um sie abzuholen, und will sie statt dessen besuchen.

Nun öffnet Dominic das Geschenk von Isobel und Joe – Granny und Grandpa Townsend, ein Tischlerwerkzeugkasten für Kinder, völlig unpassend. Er benutzte Werkzeuge für Erwachsene, seit er groß genug war, sie festzuhalten. Vanessa stellt sich vor, wie Mutter reagieren würde, wenn sie bei ihnen wäre. »Wie absurd! Einfach idiotisch!«

Für Sacha hat Daddy – oder war es Suzie? – ein Marionettentheater ausgesucht, für Amber ein Puppenhaus. Zu beiden gehören viele Päckchen mit Kulissen, Versatzstücken, Möbeln und kleinen Figuren. Die Zwillinge sind sichtlich entzückt, ihre Wangen röten sich, aufgeregt ballen sie die kleinen Hände. Keine sagt was, aber Sacha schafft es, ihr Glas umzustoßen. Niemand beachtet den Johannisbeersaft, der schnell wie Quecksilber über den dicken chinesischen Teppich läuft.

Was macht Mutter jetzt? Schmiedet sie böse Rachepläne? Oder verfällt sie dem Wahnsinn?

Vanessa legt ihre Geschenke beiseite, von Sorge und Scham erfüllt, denn was soll geschehen, wenn sie ihr nicht gefallen? Daddy wäre zutiefst gekränkt. »Ich stelle jetzt den Truthahn in den Ofen. Inzwischen könnt ihr meine Päckchen für mich öffnen.« Sie würde es nicht ertragen, im Mittelpunkt der allgemeinen Aufmerksamkeit zu stehen, und fühlt sich gehemmt – niedergedrückt von der Verantwortung nicht nur für die Kinder, sondern neuerdings auch für Mutter.

Eine Zeitlang steht sie reglos mitten in der Küche. Sie holt mehrmals tief Atem, langsam und bedächtig, bis der Schmerz und der Zorn in ihrer Brust nachlassen, dann geht sie zur Spüle und drückt ein feuchtes

Geschirrtuch an ihr Gesicht. Aber sie braucht sich nicht zu sorgen.

Denn während sie den tiefgefrorenen Vogel in die große Bratpfanne legt und Tränen aus einer undefinierbaren Quelle zurückhält – Wut, Reue, Trauer –, kommt Camilla in die Küche. »Mach die Augen zu, und ich drücke dir die Schachtel in die Hand. Los, tu's schon, so wie im Kino.«

Vanessa stellt sich taub.

»Es ist okay, wirklich. Ich schwöre dir, das wird dir gefallen. Suzie hätte so was niemals ausgesucht.«

Obwohl ihre Schwester erst zehn Jahre alt ist, muß Vanessa ihr trauen. Das Schächtelchen aus dem Juwelierladen ist winzig. Watte verdeckt den Schmuck. Es muß etwas Exquisites sein! Vorsichtig nimmt Vanessa ein kleines Kruzifix heraus und schaut Camilla mit leuchtenden Augen an.

»Das sind ganz bestimmt echte Diamanten«, versichert Camilla, »sonst hätte Daddy das Kreuz nicht gekauft.«

Funkelnd reflektieren die Steine das Licht. Das Kruzifix hängt an einer Silberkette, und das andere Geschenk von Daddy, das Camilla ebenfalls mitgebracht hat, ist eine Bibel, in weißes Leder gebunden. Vanessa weigert sich, ihre Gefühle zu verraten. Es ist etwas ganz Besonderes, das sie mit Daddy teilt – tiefe Frömmigkeit. Aber er hat ihr was Falsches geschenkt. Mühsam verbirgt sie vor Camilla, was sie empfindet.

Das sind Geschenke für eine erwachsene Frau. Sie ist keine Nonne, sondern ein kleines Mädchen. Was versucht er? Will er sie an Gott verkaufen? Was wird er ihr nächstes Jahr schenken? Ein paar Kerzen?

Ihre mangelnde Dankbarkeit ist ihr durchaus bewußt, als sie sich über den Truthahn beugt. »Und was hast du bekommen?« fragt sie Camilla.

»Komm doch und schau es dir an! Ein Tutu und eine

CD vom Schwanensee! Das Tutu zieh' ich gleich an. Mal sehen, ob's mir paßt. Dominic will mich darin fotografieren. Und wenn's wirklich paßt, behalte ich es den ganzen Tag an.«

»Wir müssen nach Mutter sehen.«

»Nicht jetzt.«

»Doch.«

»Warten wir lieber noch ein bißchen.«

Nun stürmen die Zwillinge in die Küche. Vanessa starrt sie verblüfft an. Blitzschnell müssen sie aus ihren Schlafanzügen und in die gestärkten neuen Schwesternuniformen mit den roten Kreuzen auf den elastischen Hauben geschlüpft sein. Die Kittel stehen hinten offen, sie haben sich nicht die Mühe gemacht, die Druckknöpfe zu schließen.

»Lächelt!« befiehlt Dominic, der ihnen gefolgt ist, hinter seine Kamera geduckt. »Du sollst nicht schmollen, Sacha, sondern lächeln!«

Ihre kindliche Nacktheit wirkt so verletzlich. Von hinten sehen sie dünn und rosig aus, wie Babypuppen aus Plastik. »Das hat uns Granny geschickt. Glaubst du, daß man bei Boots Taschen für Kinder kaufen kann?« fragt Sacha ihre älteste Schwester und klopft mit einem Finger auf den harten Truthahn. »Wollen wir das essen?«

»Sieht gräßlich aus«, meint Dominic und verzieht angewidert das Gesicht. »Schieb den Truthahn noch nicht in den Ofen. Halt ihn mir hin, weil ich ein Foto machen will.«

»Ich glaube, ich hätte ihn schon gestern abend aus der Gefriertruhe nehmen sollen, aber das macht nichts. Wir braten ihn eben ein bißchen länger. So eilig haben wir es ja gar nicht.« Das Weihnachtsfest, das Vanessa geplant hat, entgleitet ihr in jeder Hinsicht. Als Köchin versagt sie genauso wie bei der Lösung aller Probleme, die mit Mutter zusammenhängen.

Müde sinkt sie in Mrs. Guerneys Polstersessel, und ihre Stimme nimmt einen ernsten Klang an – so fromm wie Mutter Augustus, die bei der Versammlung Anweisungen gibt. »Nachdem wir nun die Geschenke ausgepackt haben, müssen wir in den Keller hinuntergehen und nachsehen, ob Mutter okay ist.« In diese sanfte Ermahnung bezieht sie auch Amber ein. »Das ist schrecklich schwer für dich, für uns alle. Ihr beide müßt verstehen, daß wir nun ein Geheimnis haben. Was immer passieren wird, wer immer Fragen stellt – wir dürfen niemandem erzählen, wo Mutter steckt. Daran müßt ihr immer denken. Das ist wirklich wichtig.«

»Und wenn Daddy fragt?«

»Nicht einmal Daddy dürfen wir was verraten. Sonst würden wir alle ganz schlimmen Ärger kriegen.«

»Vielleicht sollten wir die Zwillinge da raushalten. Sie sind noch zu klein.« Camilla wendet sich von der Gruppe ab, die den Tisch umringt, und spielt gleichmütig mit den Schaltern am Herd. Aber Vanessa bemerkt, daß ihre Schwester noch größere Angst empfindet als sie selber.

»Ihr könnt uns da nicht raushalten«, widerspricht Sacha energisch, und ihre winzigen Brillengläser funkeln mißbilligend. »Granny hat uns zur Abwechslung mal was Schönes geschickt. Nun haben wir uns genau richtig angezogen. Wir sind Krankenschwestern. So, wie wir jetzt aussehen, können wir gut für Mutter sorgen.«

»Aber Mutter ist nicht krank«, erwidert Vanessa etwas zu schnell. Sie haßt die Vorstellung, Mutter könnte tatsächlich erkranken und müßte gepflegt werden.

Andererseits ist sie nicht gesund. Der heisere Husten, die angespannten, nervösen Bewegungen . . . Schon seit langer, langer Zeit fühlt sie sich nicht wohl, und Camillas besorgter Blick über die Schulter bestätigt die Lüge ihrer Schwester.

8

Sie bilden eine seltsame Prozession. Vanessa, in festlichem Grün, trägt die Speisekarte, gefolgt von Camilla, einer hübsch herausgeputzten Ballerina, und Dominic, der sich noch nicht richtig angezogen, aber die kostbare Kamera um seinen Hals gehängt hat. Sacha und Amber, zwei Miniatur-Krankenschwestern, klammern sich ans Geländer, die Finger dünn und steif wie die Eisenstange. Vorsichtig klettern sie die steile schwarze Wendeltreppe hinab, als würden sie sich in ein tiefes, unbekanntes Gewässer wagen. Dieser Fluß wimmelt von Stromschnellen, scharfkantige Steine bedecken den Grund.

Alle schweigen. Vanessas Augen fixieren das Lukenfenster. Sie erschrickt, weil es glasklar glänzt, und blinzelt nervös. Nichts ist zu hören. Kein wildes Geschrei. Keine Flüche. Würde in der Sauna nicht dieses schwache Licht schimmern, könnte man glauben, niemand wäre darin. Damit hat sie nicht gerechnet.

Sie wollen die Speisekarte einfach durch die Öffnung rings um die Rohre schieben. Dadurch weichen sie dem Problem aus, mit Mutter zu reden, falls sie Schwierigkeiten macht. Sie bekommt Cornflakes und Toast, kann zwischen Rühreiern und gekochten Eiern wählen, zwischen Tee und Kaffee.

»Glaubst du, wir müssen ihr wirklich so viel anbieten, daß sie sich was aussuchen kann?«

»Sie hat immer gern eine gewisse Auswahl, das weißt du doch, Dom. Und wir versuchen ja gar nicht, sie zu bestrafen.« Vanessa bemüht sich, etwas zu erklären, das sie selber verwirrt. »Nur um sie zu beruhigen.« Also haben sie die Speisekarte auf Mrs. Guerneys dicken Einkaufszettelblock geschrieben. »Guten Tag!« ist am oberen Rand des Blatts gedruckt. Sacha trägt das Weihnachtspäckchen von Daddy für Mutter, weil sie's am allerwenigsten erwarten kann, herauszufinden, was drinsteckt.

Sie warten, bis das letzte Kind den Fuß der Treppe erreicht, dann gehen sie auf die Sauna zu. Vanessa läßt das Lukenfenster nicht aus den Augen, Adrenalin strömt heftig durch ihre Adern, und sie macht sich auf einen furchtbaren Schock gefaßt. So ist ihr zumute, wenn sie an Schluckauf leidet und erwartet, einer von den anderen würde sie plötzlich anschreien oder aus einem Versteck springen, um sie zu kurieren. Das funktioniert immer, aber es hat ihr stets mißfallen. Viel lieber würde sie mit weit zurückgelegtem Kopf Wasser trinken. Sie wischt die warmen, feuchten Hände an ihrem Kleid ab.

Je näher die Kinder der Sauna kommen, desto unbehaglicher fühlen sie sich, desto deutlicher spürt Vanessa die Atmosphäre einer sonderbaren, fernen Unwirklichkeit.

Sie versammeln sich vor der Kiefernholztür und starren Vanessa erwartungsvoll an, denn nun wird ihnen bewußt, daß sie als einzige groß genug ist, um durch das Fenster zu spähen. Aber sie muß sich auf die Zehenspitzen stellen. Sie seufzt und schüttelt beklommen den Kopf. »Oh, das ist so grauenhaft.«

»Nun mach schon!« drängt Dominic und zieht die glatten Brauen hoch. »Sie ist eingesperrt, also kann sie dir nichts tun.« Der Widerhall jedes einzelnen Worts erfüllt den hellerleuchteten Raum.

»Nein, warten wir noch ein bißchen«, entgegnet Vanessa, von der entnervenden Angst ergriffen, Mutter – so dominant und stark – könnte geflohen sein und sich irgendwo im Fitneßraum verstecken, hinter dem Pferd oder drüben in der Ecke, hinter dem Stapel der schimmernden Gewichte.

»Beeil dich!« Camilla erschauert, ihre Stimme ist nur ein Flüstern. »Ich friere hier unten.«

»Weil du kaum was anhast«, betont Sacha.

Vanessa tritt vor die Tür und berührt das Kruzifix, das an ihrem Hals hängt. In ihrer klebrigen Hand fühlt es sich hart und kalt an, strahlt Vernunft und Mut aus – bewundernswerte Eigenschaften, die ihr nach Daddys Meinung angeboren sind. *Glaubt nicht, ich wäre gekommen, um der Welt Frieden zu bringen. Ich bin nicht gekommen, um ihr Frieden zu bringen, sondern das Schwert.* Dominic hat recht. Selbst wenn Mutter sich noch so sehr anstrengt, sie kann ihr nichts zuleide tun.

»Nie habe ich meine Ruhe!« pflegte sie zu jammern, wann immer ihr jemand in die Quere kam, wenn sie sich umzog oder telefonierte oder Musik hörte. Nun muß Vanessa an einen mißgelaunten Wellensittich denken, in dessen Käfig man einen Finger steckt.

Zusammengesunken sitzt die Gefangene auf der Bank, in ihren Pelzmantel gehüllt. Sie kann die Ankunft der Kinder nicht gehört, das plötzlich aufflammende Licht im Fitneßraum nicht bemerkt haben. Vanessas Knie beginnen zu zittern. Aber Mutter muß doch . . .

»Hoffentlich ist dir klar, was du getan hast.« Mutter bleibt sitzen, betrachtet angelegentlich ihre Fingernägel, hebt nicht einmal den Kopf, spricht Vanessa nicht direkt an, weiß aber, daß sie genau verstanden wird. Alle Kinder hören die Worte. Die Stimme klingt rauh und heiser nach dem üppigen Alkoholkonsum, und sie fährt fort, in jenem trübsinnigen Ton, den sie immer anschlägt, wenn sie stinksauer ist. »Und ich hoffe, die Folgen deiner Handlungsweise sind dir bewußt.«

Durch das Lukenfenster beobachtet Vanessa die Speisekarte und den darin eingewickelten Bleistift. Beides gleitet durch die Öffnung, wie ein besonderes Geschenk, das in einen Briefkasten geworfen wird. Zwischen Mutters Fingern steigt eine Rauchspirale hoch, von einer schwelenden Zigarette.

»In diesem Land gibt es nur wenige Spezialanstalten für geistesgestörte Kinder. Aber man wird trotzdem eine passende Unterkunft für dich finden.«

Was soll das heißen? Der Boden unter Vanessas Zehenballen fühlt sich hart und unnachgiebig an. Ihr Herz schlägt so heftig, daß sie glaubt, es würde sie jeden Augenblick aus dem Gleichgewicht bringen. Und ihr Mund ist staubtrocken. Krampfhaft schluckt sie, um den Klumpen in ihrem Hals hinunterzuwürgen.

Mutter kann nicht aufhören. Sie redet weiter, unkontrolliert wie ein schmutziger Schneeball, der auf seiner raschen Talfahrt zur Lawine wächst. »Der Aufenthalt in einer solchen Anstalt ist zeitlich unbegrenzt. Es ist nicht so, als würde man ins Gefängnis wandern. Die Gerichte legen keine Haftstrafen für ein oder zwei oder drei Jahre fest. In Fällen wie deinem liegt die Entscheidung bei den Ärzten – den Experten.« Obwohl sie schwach und niedergeschlagen aussieht und völlig hilflos ist, speit sie die Worte in wilder Gehässigkeit hervor. »Wahrscheinlich werden sie nett zu dir sein – auf ihre Art.«

»Mutter, du warst betrunken – und krank. Du hättest dich verletzen können . . . Mir fiel nichts anderes ein . . .«

»Da wir gerade von Krankheit reden, Vanessa – ich finde, du solltest dich in einen stillen Winkel setzen und gründlich über das nachdenken, was du getan hast. Diese unheilvolle Religion, für die ihr euch so begeistert, du und dein Vater, behauptet doch, das Leid würde den Menschen läutern, auch wenn er es selbst herbeiführt. Sicher hast du deine jüngeren Geschwister beeinflußt, so wie immer. Sie sind unschuldig. Niemals hätten sie so was Böses getan, wären sie nicht von dir aufgehetzt worden. Was um alles in der Welt wolltest du damit erreichen? Hast du auch nur eine Sekunde lang an die Folgen deiner Handlungsweise gedacht?«

Vom Fusel besänftigt, wirkt Mutter noch unheimlicher

als bei ihren Wutanfällen. Vanessa erklärt durch verkniffene Lippen: »Wir wollten fragen, ob du was essen möchtest.«

»Sei nicht albern, Vanessa.«

»Und wir haben dir Daddys Geschenk gebracht.«

»Du machst dich doch lächerlich!« Mutter zieht an ihrer Zigarette.

»Magst du's nicht?«

Keine Antwort. Wann wird Mutter, immer noch auf seltsame Weise Herrin der Lage, ihre Befreiung fordern? Darum bittet sie nicht, sie erwartet, sofort herausgelassen zu werden. Seelenruhig sitzt sie in der Sauna, die Beine bequem ausgestreckt, als würde die kleine Holzhütte ihr gehören, als hätte sie schon immer darin gelebt. Sachas Frage schockiert die anderen. »Wenn du das Geschenk nicht willst – darf ich's aufmachen, Mutter?«

Wieder keine Antwort. Reglos sitzt Mutter auf der Bank.

»Sie kann nicht hungrig sein«, meint Dominic. »Kommen wir später noch mal wieder. Vielleicht möchte sie kein Frühstück und lieber irgendwann ein Stück Truthahn versuchen. Wie sieht sie denn aus?«

Zitternd sinkt Vanessa auf die Fersen hinab. Ihr Gesicht schimmert fast weiß, als sie sich zu den anderen wendet. »Genauso wie immer, auch wenn sie keine Perücke trägt. Und kein Make-up. Sie ist ziemlich blaß.«

»Und böse?«

Was soll sie darauf antworten? Mutter sieht viel schlimmer aus als böse. Eiskalter Zorn – das wäre die richtige Beschreibung ihres Zustands. Vanessa denkt an den ungekämmten, zottigen Kopf, obszön ohne Tuch, und erwidert, immer noch bebend »Stinksauer.«

Amber ist enttäuscht, weil die Speisekarte unausgefüllt zurückgegeben wird. Sie kauert unter der Öffnung und wartet. »Die nächste Karte will ich schreiben«, fordert sie, unbehelligt von der angespannten Atmosphäre und nicht sonderlich aufgeregt.

Keinem ist wirklich klar, was hier passiert, denkt Vanessa, nur Camilla und vielleicht Dominic. Ihr Bruder ist klug für seine acht Jahre. Alle sind sie frühreif. Deshalb muß sie das Problem mit ihnen besprechen. Als Älteste trägt sie die Verantwortung. Aber wenn Mutter noch länger in Gefangenschaft bleiben soll, haben die anderen auch ein Wörtchen mitzureden. »Also, Mutter ist offenbar okay«, erklärt sie. »Was sollen wir tun?«

»Ich weiß nicht, was du meinst.« Dominic geht zum Fuß der Treppe, um den Thermostat der Sauna zu inspizieren. »Warum müssen wir irgendwas tun? Was glaubst du denn?«

»Je länger wir sie hier unten festhalten, desto größeren Ärger werden wir kriegen.«

»Wie können wir sie denn rauslassen?« Camillas angstvolle Miene verrät, daß sie die Situation sehr gut versteht. »Sie hat doch schon gesagt, was mit dir passieren wird. Irgend jemand wird dich in eine Spezialanstalt bringen. Wenn das stimmt – warum sollten wir sie dann herauslassen?«

»Aber sie kann doch nicht für alle Zeiten da drin bleiben.«

»Warum nicht?« Dominics leises Lachen klingt eigenartig. »Niemand wird sie vermissen.«

»Und wenn sie nicht zur Arbeit geht?«

»Wir erfinden irgendeine Ausrede, zum Beispiel, daß sie ins Krankenhaus zurückgegangen ist – oder ins Sanatorium.«

»Da hätte sie den Leuten vorher was gesagt.«

»Dann sagt sie's ihnen eben jetzt. Camilla kann Mutters Stimme großartig nachmachen, und wenn wir lange genug üben, kriegen wir auch die Handschrift hin.«

Verblüfft hört Vanessa zu, während Camilla und Dominic die Einzelheiten erörtern. Das alles klingt so simpel, als würden sie die Regeln eines neuen Brettspiels erfinden. Zweifellos werden sie auch von Mutter belauscht, aber sie fällt ihnen nicht ins Wort. Kein Geräusch dringt aus der Sauna, nur das schwache Summen der Heizung.

Was sie sagen, liegt durchaus im Bereich des Möglichen. Mutters Stimme, im Anrufbeantworter aufgezeichnet, würde sich in honigsüßem Ton melden, wann immer das Telefon klingelt. »Caroline Heaten ist im Moment nicht zu erreichen. Wenn Sie eine Nachricht hinterlassen wollen und Ihre Nummer nennen, wird sie später zurückrufen.« Das hört sich an wie eine Einladung ins schwarzweiße Schlafzimmer, im Stil uralter Filme mit Fuchspelzen, Pillbox-Hüten und zierlichen Riemenschuhen. Den Text würden sie beibehalten oder auch ändern. Daddys Geld wird jeden Monat auf die Bank überwiesen, und die Scheckkarte steckt in der Handtasche. Die liegt immer noch am Boden des Salons, wo Mutter sie fallen ließ. Damit können sie Geld aus dem Automaten ziehen, wann immer sie was brauchen, und Mutter hat Kundenkonten in allen großen Londoner Kaufhäusern.

Daddy bezahlt das Schulgeld. Das Problem Bart ist bereits erledigt, und Daddy tut verständlicherweise alles, was in seiner Macht steht, um Begegnungen oder Telefongespräche mit Mutter zu vermeiden. Ein Anruf Camillas würde die Agentur für Kinderstars DOTS – Daughters On The Stage – beruhigen, wo Mutter an drei Tagen pro Woche arbeitet. Diesen schlechtbezahlten Job bekam sie aufgrund alter Zeitungsausschnitte und PR-Fotos und der Behauptung, sie habe »Kontakte« zum Theater. Allen Leuten erzählt sie, die Tätigkeit würde ihr Spaß machen, weil sie dadurch in Verbindung mit dem Showbusiness bleibt. Aber Vanessa vermutet, daß Mutter die Klienten der Agentur haßt . . . Sie verabscheut die begabten kleinen Schauspieler, weil sie im Gegensatz zu ihr

Erfolg haben und im Rampenlicht stehen, während sie selber nur davon träumen kann.

Jahrelang hat sie Camilla drangsaliert. Die zweitälteste Tochter – hübsch und clever und ein Naturtalent auf der Bühne – sollte Mutters Träume verwirklichen. Alle Kinder mußten das ertragen, sogar die linkische, unscheinbare Vanessa, sich in Pantomimen und anderen Aufführungen produzieren. Die dreijährigen Zwillinge triumphierten verwirrt und heulend in »Cinderella« am London Palladium.

»Camilla geht auf die Königliche Akademie für Schauspielkunst«, befahl Mutter, noch bevor das Mädchen laufen konnte. Und die gehorsame, sanftmütige Camilla hüpfte Mutter zuliebe umher, lächelte geziert, drehte Pirouetten, besuchte die Tanzschule, und deren Leiterin, die verkrüppelte einstige Primaballerina Ceci Koch, verkündete: »Dieses Kind ist zur Tänzerin geboren.« Mutter strahlte.

Und eines Tages, ohne ersichtlichen Grund, wollte Camilla einfach nicht mehr weitermachen. »Ich tanze nur noch in meinem Schlafzimmer, wenn ich allein bin.«

»Das hat doch keinen Sinn, verdammt noch mal!« schrie Mutter in verständnislosem Zorn. »Sei nicht so dumm! Warum willst du tanzen, wenn niemand zuschaut, du Närrin?«

»Ich sehe mich selber im Spiegel.«

Letztes Jahr wuchs Camilla aus ihrem Trikot heraus, und die abgenutzten Ballettschuhe wurden ihr zu eng. Mutter weigerte sich, neue Sachen zu kaufen, und bemerkte grimmig: »Das wäre völlig sinnlos.«

Vanessa glaubt, Mutter würde Camilla diese bittere Enttäuschung nie verzeihen.

Gelegentlich besucht Camilla mit Daddy und Suzie eine Ballettaufführung. Letztes Mal, nach dem »Schwanensee«, sagte sie, es habe ihr gut gefallen. Aber am nächsten

Tag war sie still und in sich gekehrt, und Vanessa sah sie in ihrem Schlafzimmer weinen.

Ilse bekommt ihr Gehalt von der Bank, per Dauerauftrag. Das weiß Vanessa, denn Mutter beschwert sich oft über diese Regelung, die es ihr verwehrt, die zahlreichen Stunden abzuziehen, die das pflichtvergessene Mädchen außer Haus verbringt. »Ich müßte sie wöchentlich bezahlen, in bar, so wie Mrs. Guerney. Dann hätte ich alles besser unter Kontrolle.« Einmal versuchte sie sogar, der Putzfrau zerbrochenes Geschirr in Rechnung zu stellen. Aber da machte Mrs. Guerney nicht mit. Sie zog ihren geblümten Kittel aus, packte ihre Pantoffeln ein, setzte den Hut auf und drohte, sofort zu verschwinden, worauf sich Mutter widerstrebend geschlagen gab.

»Eure Mutter ist nicht dumm«, meinte Daddy. »Ohne Mrs. Guerney käme sie keine Sekunde lang zurecht, und das weiß sie sehr gut.«

Sie würden den Schlüssel zu Mutters Schreibtisch finden, Schecks für die monatlichen festen Kosten ausstellen, sich ein neues Scheckheft schicken lassen, wenn das alte aufgebraucht ist. Die Bank müssen sie niemals betreten.

Daß kein Wagen benutzt würde, dürfte niemandem auffallen, da Mutter keinen besitzt. Mr. Morrisey, der Nachbar, Eigentümer von drei Autos, fragte einmal, ob er ihre Garage mieten könne. Aber sie findet es vulgär, irgendwas zu vermieten. Und außerdem – warum soll sie »diesem ekligen kleinen Kerl mit den Furunkeln am Hals« einen Gefallen tun? »Wahrscheinlich würde er seine Grenzen überschreiten und alle möglichen Sachen bei uns lagern.« Seit ihrem letzten kostspieligen Führerscheinentzug pflegt sie zu behaupten, es lohne sich nicht, ein Auto zu fahren. »Ehrlich gesagt, ich nehme lieber ein Taxi. Der Verkehr in London wird immer schlimmer, und man findet nirgends Parklücken.«

O ja, es gibt gewisse Möglichkeiten, die Situation zu betrachten, und sie erscheinen durchaus sinnvoll; sie heißen Tagträume – ganz einfach und wundervoll. Aber ehe Vanessa sich vollends hinreißen läßt, weist sie mit leiser Stimme auf die offensichtlichen Hürden hin. »Mutter wird nicht bis in alle Ewigkeit stillbleiben. Wenn sie gegen die Tür hämmert oder zu schreien anfängt, werden's Ilse und Mrs. Guerney hören. Und wenn sie laut genug brüllt, können's wahrscheinlich auch die Leute hören, die auf dem Gehsteig vorbeigehen.« Wegen des frischgefallenen Schnees läßt sich nicht feststellen, wie laut das Geräusch der Schritte da draußen sein könnte und ob es Mutter aufrütteln würde. Vanessa erinnert sich nicht an frühere Wintertage. Die Kinder betreten den Fitneßraum nur selten. Der war Daddys Domäne, als er noch hier wohnte, und er zog es vor, allein zu trainieren.

Dominic runzelt die Stirn. Ausnahmsweise zittern seine Lippen nicht, und er sagt mit leiser, hoher Stimme: »Wenn sie so was tut, wird sie bestraft. Und wenn sie sich anständig benimmt, belohnen wir sie.«

»Aber Dominic! Wie können wir sie bestrafen?« Eingeschüchtert von Mutters unmittelbarer Nähe, erschrickt Vanessa über seine wilde Entschlossenheit und starrt ihn verblüfft an. Er dürfte auch keine Fotos machen, nicht in einer solchen Situation. Dominic, hübsch wie ein Mädchen, scheint sich eisern zu beherrschen, und seltsamerweise wirkt er eher wütend als verängstigt.

Er zuckt die Achseln, ohne die Frage zu beantworten, und Camilla, fast nackt in ihrem rosa Tüll und den dünnen Ballettschuhen, muß schon halb erfroren sein. »Kommt, wir besprechen das oben. Hier sollten wir nicht drüber reden.«

Als sie den Keller verlassen, beobachtet Vanessa, wie ihr Bruder die Saunaheizung auf sechsundzwanzig Grad dreht. Ein rücksichtsvoller, vernünftiger Junge. Offenbar glaubt er, Mutter würde frieren. Natürlich, sonst hätte sie ihren Pelzmantel ausgezogen. Daß sie ihn immer noch trägt, kann Dominic allerdings nicht wissen, denn er hat sie nicht gesehen.

9

Kann außer mir noch jemand hören, wie mein Herz schlägt?«

»Fürchtest du dich, Vanny?« Mit kleinen, flinken Händen hat Sacha Mutters Geschenk auf den Küchentisch gelegt, und nun wickelt sie es vergnügt aus, während Vanessa und Camilla Kartoffeln schälen. »Diese Schleife werde ich behalten. Warum hat Daddy so was an Mutter verschwendet?«

»Inzwischen müßten wir den Truthahn riechen«, bemerkt Camilla düster.

Es klingelt an der Tür. Alle fünf erstarren und fixieren das ausgepackte Geschenk (eine häßliche gläserne Obstschale, mit zarten Blümchen verziert), so als hätte es die kalte Angst entfesselt. Schließlich reißen die jüngeren Kinder ihren Blick von der Schüssel los und richten ihn auf Vanessa. Wer würde am Weihnachtsmorgen unangemeldet hier auftauchen? Solange Daddy in der Camberley Road wohnte, kamen sie alle am zweiten Weihnachtsfeiertag. Der Tag der offenen Tür ... Erschöpfte, überreizte Kinder führten ihre neuen Spielsachen vor, Daddys Freunde lachten und tranken im Salon. Mutter liebte solche Partys. Erst gegen Abend, wenn sie zuviel Alkohol konsumiert hatte, wenn ihr Mund erschlaffte und die Augen glasig wurden, beschwor sie peinliche Szenen herauf. Einmal verwandelte sie sich in einen Hund – Vanessa erinnert sich noch genau daran – und kroch am

Boden umher, zwischen die Beine der anderen, im verschütteten Maracuja-Sorbet. Sie trug ihre braune Krausaarperücke und sah aus wie ein Spaniel. Auf allen vieren, die Zähne gefletscht, führte sie einen Feldzug gegen ihren Mann. Daddy und sein Co-Kommentator, Alex Graham, versuchten, sie nach oben zu verfrachten, aber sie knurrte die beiden wütend an und wollte nicht gehen – nicht einmal, als einige Frauen in ihren engen Cocktailkleidern auf dem Teppich niederknieten und ihr gut zuredeten. Wie eine Ertrinkende an einen Strohhalm klammerte sie sich an ihre Schande. Keines der Kinder sagte etwas. Aber Vanessa, völlig verkrampft vor Sorge und Kummer, bemerkte das grausame kleine Lächeln, das ihre Geschwister unterdrückten.

Am Weihnachtsmorgen wurden immer nur ein paar Auserwählte eingeladen. Vielleicht verfolgt Mr. Morrisey von nebenan irgendwelche widerlichen, öden Pläne bezüglich des Schnees, der weggeschaufelt werden muß . . .

Wieder ertönt die Klingel, bösartig wie eine Alarmglocke. Sicher ist Mutter unten im Fitneßraum wach und wird sie hören. Es würde zu viele Probleme aufwerfen, den Besucher zu ignorieren. Selbst wenn er unverrichteterdinge weggehen sollte – Vanessa muß herausfinden, wer es ist. Sonst würde sie's nicht ertragen. Sie hat keine Zeit, nach oben zu laufen, durch ein Fenster zu spähen, den Zwillingen klarzumachen, daß sie den Mund halten müssen. Mit schmerzenden Beinen, das bleiche Gesicht verkniffen, halbtot vor Angst, geht sie in die Halle und öffnet die Vordertür.

Vor der Schwelle, im Schweigen der sanft herabgleitenden weißen Flocken, ist nichts von Mutter zu hören.

»*Daddy*!« Nicht länger eine Geächtete, wirft sich Vanessa in die Geborgenheit seiner Arme, einfach nur sein kleines Mädchen, das nie erwachsen wird, kein bißchen böse und verworfen ist und sich an seinen kuscheligen braunen Dufflecoat drückt.

Hinter seiner Schulter duckt sich der dunkelblaue Jaguar in den Schnee – ROB 1. »Was für ein spießiges Nummernschild!« würde Mutter spotten. »Wie eitel!«

»Frohe Weihnachten, Darling«, sagt Daddy.

Verzeih mir, Vater, denn ich habe gesündigt . . . O Daddy, hilf mir! Wenn er wüßte, was wir getan haben! Vielleicht könnte er – attraktiv und wohlhabend und einflußreich – alles wieder in Ordnung bringen . . . Kein Laut dringt aus dem Keller. Liegt Mutter da unten still im dunklen Teich ihres Selbstmitleids? Stellt sie sich tot, um die Kinder zu erschrecken?

»Wo ist Caroline?«

»Sie liegt wieder im Bett.«

»Ist sie krank?«

»Nein, nein, wir haben gesagt, sie soll sich ausruhen. Und wir kochen gerade das Dinner. Das macht uns großen Spaß. Am Abend müßte es fertig sein. Sie hat's uns erlaubt, und jetzt schaut sie sich eine Fernsehsendung an.« Die Lüge ist ausgesprochen, klingt freudig erregt, gleicht einer Papierschlange, übermütig in die Luft geworfen.

Daddys klare graue Augen nehmen einen argwöhnischen Ausdruck an. »Sie war also schon auf?«

Vanessa zwingt sich zu einem, wie sie hofft, unbefangenen Lächeln. »Natürlich. Wir haben alle miteinander die Geschenke ausgepackt. Warum hast du nicht gesagt, daß du uns besuchen würdest?«

»Weil ich euch nicht enttäuschen wollte, falls was dazwischengekommen wäre. Dann sah ich, wie stark es schneit, und beschloß, loszufahren, solange die Straßen noch passierbar sind.« Er schlägt die kalten Hände zusammen, während er seiner Tochter in die Wärme des Hauses folgt, zum warmen Küchenlicht. »Letztes Jahr war ich am Weihnachtsmorgen nicht da, und das mache ich heute wieder gut.«

Beide wissen, daß er mehr riskiert hat als eine Autofahrt im Schnee, nämlich Suzies Mißbilligung am anderen Ende der Strecke und Mutters bitteren Haß an diesem, ihren Sarkasmus, ihre krasse Gefühllosigkeit. Trotzdem ist er imstande, Mut aufzubringen und die Initiative zu ergreifen. Vanessa hätte an ihn glauben sollen. Wäre er von Anfang an entschlossen gewesen, nicht herzukommen, hätte er Dominic sicher kein Nintendo-Computerspiel geschenkt.

Daddy bläst kalte Ballons aus weißer Luft in die Küche und hält sich am Türrahmen fest, als seine Kinder ihn anspringen und sekundenlang an ihm hängen wie verrückter Weihnachtsschmuck. Sofort trifft er seine Entscheidung, von plötzlichem, wunderbarem Selbstvertrauen erfaßt. »Was würde Caroline sagen, wenn ich euch für ein paar Stunden in meine Wohnung hole? Wird euer Spezialdinner so lange im Ofen überleben? Isobel und Joe sind schon da.« Vorsichtshalber erwähnt er Suzie nicht.

»Das würde Mutter bestimmt nichts ausmachen.« Dominics Stimme klingt viel zu selbstsicher. »Und der Truthahn ist noch lange nicht fertig.«

»Ich könnte sie mal fragen«, erbietet sich Camilla viel zu bereitwillig, mit einem schlauen, wissenden Blick. Aber alles ist okay. Daddy merkt nichts.

»Gut, meine hübsche Ballerina. Freut mich, daß dir das neue Outfit paßt. Tanz hinauf und sprich mit Caroline, aber nimm dich in acht. Ärgere sie nicht.«

»Inzwischen zieh' ich mich an«, sagt Dominic. »Darf ich mein Nintendo mitnehmen?«

Daddy zögert nur kurz und denkt kaum an Suzie, ehe er zustimmt. Sein Blick fällt auf Mutters Geschenk, immer noch von zerrissenem Papier umgeben, und er lächelt schief. »Gefällt's ihr nicht?«

»Oh, doch!« Vanessa erträgt den violetten Schatten nicht, der seine Augen verdunkelt wie ein Schmerzensschrei. Wenn er herausfände, daß ihr das Kruzifix mißfällt ... »Sie will die Schale später mit Obst füllen – und hat sie nur deshalb hier stehenlassen.« Ihre Finger umschließen das Kreuz, das an ihrem Hals hängt. Welch ein angenehmes Gefühl, Mutter in eine Phantasiegestalt zu verwandeln ...

»Und sie war ganz begeistert von der großen Schleife«, mischt sich Amber ein. In vollen Zügen genießt sie das Spiel. Die anderen wissen, daß sie lügt, doch die Regeln haben sich geändert, oder sie sind unwichtig geworden. »Die hat sie sich ums Haar gebunden, nicht wahr, Sacha?«

Daddy hebt die buschigen schwarzen Brauen, gibt aber keinen Kommentar ab. Wahrscheinlich ist er einfach nur erleichtert, weil er seine Kinder so heiter und gelassen antrifft. Also haben sie das Richtige getan. Indem sie Mutter vom Weihnachtsfest ausschließen, ermöglichen sie sogar dem müden, besorgten Vater, sich zu amüsieren. So ähnlich wie damals, als sie die unanständigen Fotos fanden und versteckten, damit er sie nicht sehen und sich aufregen würde. Eine blutjunge Mutter, die sich selbst erniedrigte und nackt posierte, pervers in ihrem verzweifelten Versuch, Aufmerksamkeit und Bewunderung zu erregen ... Vanessa holte tief Atem, nachdem sie die Bilder ganz genau betrachtet hatte. Schockiert angesichts ihres eigenen dünnen Körpers, der sich zu runden begann, verbrannte sie ein Foto nach dem anderen über einer weißen Kerze – ein Ritual. Der Rauch färbte sich dunkel, roch beißend, schmerzte in ihren Augen.

Je länger sie über diese Dinge nachdenkt, desto leichter kann sie sich einreden, richtig gehandelt zu haben. Es steht ihr zwar nicht zu, Mutter zu verurteilen, aber sie hält es für ihre Aufgabe, Daddy Kummer zu ersparen, ihn vor der extremen Verhaltensweise seiner Exfrau zu schützen. Oft genug hat Vanessa den morbiden Wunsch verspürt, Mutter wäre tot oder infolge eines Unfalls an den Rollstuhl gefesselt – hilflos und abhängig und *ungefährlich.* Dann würde sie die Kranke pflegen, eine friedfertige, gehorsame Tochter, die freudig ihre Pflicht erfüllt. Aber nun ist sie von diesen bösen Gedanken befreit. Ihr neuerworbener Mut bestärkt sie im Gefühl ihrer Rechtschaffenheit. Nun bereut sie, daß sie kein Geschenk für Daddy gekauft hat, in Mutters Namen. Aber das wäre vielleicht übertrieben gewesen.

In einem Punkt muß sie Mutter jedenfalls zustimmen – sie dürfte nicht so altmodisch sein, müßte sich entspannen, sich einfach gehenlassen. Zum Beispiel jetzt, an diesem Weihnachtsmorgen – statt glücklich zu sein, sorgt sie sich, weil sie das Haus verlassen wird, wo Mutter im Keller sitzt, allein und gefangen. Womöglich krank. Vanessa leidet.

Einem Gerücht zufolge schläft Schwester Agnes niemals ohne eine Flasche Gallenkrautsaft unter dem Kissen. Damit reibt sie jeden Morgen ihre Lider und Lippen ein. Vanessa schlug im Lexikon nach und fand heraus, daß Gallenkraut bitter schmeckt. Sie nahm eine Zitrone mit ins Bett und versuchte es damit – ein klebriges, unangenehmes, ätzendes Gefühl. Nach drei Tagen entschied sie, daß sie noch keinen so abgrundtiefen oder grandiosen Selbsthaß empfand wie Schwester Agnes.

Viel bitterer als die Zitrone attackierte Mutter Vanessas äußere Erscheinung, ihr Verhalten und – am allerschlimmsten – ihren religiösen Glauben und die Liebe zu Daddy. »Du hast nicht nur das Aussehen und das Temperament deines Vaters geerbt, sondern auch seinen Hang zu hirnloser Frömmelei. Und das ist nach meiner Ansicht sehr gefährlich.«

Monatelang redete sich Vanessa ein, sie müsse diese

Galle schlucken und alles geduldig ertragen. Das Leid, das Mutter ihr antue, würde einen besseren, gottgefälligen Menschen aus ihr machen, denn »der Gerechte wird aus der Not erlöst«. Aber die anderen? Daddy? Was sollte aus ihnen werden? Nein, so konnte es nicht mehr weitergehen.

Nach glaubwürdigen fünf Minuten kehrt Camilla in die Küche zurück. »Sie sagt, sie ist mit allem einverstanden.« Dann drückt sie ihre rosa Tüllwolken an den Küchentisch, verbessert sich hastig, und die Korrektur klingt etwas überzeugender. »Sie sagt, wenn wir mit dir gehen wollen, hat sie nichts dagegen, Daddy.«

Mit nervösen Fingern streicht er über die Bartstoppeln an seinem Kinn. »Vielleicht sollte ich nach ihr sehen ...«

»Das wäre ihr bestimmt nicht recht.«

»Natürlich nicht. Aber manchmal vergesse ich ...« Sein Lächeln wirkt unecht, und alle ignorieren es.

»Sie sieht fern und wünscht dir fröhliche Weihnachten.«

»Oh ...« Erleichtert atmet er auf. Also ist es okay, wenn er sich seine Kinder ausleiht. Er klatscht in die Hände. »Nun, dann fahren wir los. Zieht euch warm an! Womöglich bleiben wir im Schnee stecken.« Wie kann dieser liebevolle, kluge Vater, der ihnen niemals seine eigenen Ambitionen aufzwingt, ihre Bedürfnisse mißachten und auch nur erwägen, sie zu trennen und in verschiedene Internate zu stecken? Das ist nur eine von Mutters Lügen – ersonnen, um ihnen den Wind aus den Segeln zu nehmen. Es sei denn, Suzie ...

Aber könnte es stimmen, was Mutter über diese Spezialanstalten gesagt hat? Das befürchtet Vanessa, und sie fühlt sich sehr verletzlich, als sie daran denkt. Daddy würde es wissen, aber wie kann sie ihn danach fragen?

Bei einer kurzen, demütigenden Inspektion des Truthahns, der allmählich auftaut, quillt das Wasser beinahe über den Rand der Bratpfanne, und sie schöpft etwas davon ab, ehe sie die Tür des Backofens schließt. Vermutlich wird der Vogel am Abend nicht fertig sein, und wenn sie jetzt alle weggehen, muß sie ihn bei schwacher Hitze schmoren lassen. Aber nachdem sie so viele Süßigkeiten verschlungen haben, kann niemand hungrig sein. Der Plastikbeutel mit den Innereien klebt wahrscheinlich immer noch im Bauch des Truthahns fest. Den wird sie rausziehen, wenn niemand zuschaut, oder so tun, als hätte sie's einfach vergessen. Oder vielleicht steckt gar kein Beutel drin.

Niemand fand die Geschenke, die sie gehortet hatte. Aber was das Essen anging, wäre sie beinahe entlarvt worden. Als Mrs. Guerney die Weihnachtsvorräte entdeckte, die Vanessa gekauft hatte, zitterte sie vor Verblüffung. »Das ist ja nicht zu fassen! Was ist denn plötzlich in deine Mutter gefahren?«

Vanessa log nicht. Sie schwieg einfach, starrte Mrs. Guerney ausdruckslos an und betete, die Frau möge sie nicht verraten. Eine Woche vor Weihnachten wäre es beinahe zu einer Katastrophe gekommen. Während Mrs. Guerney mit ihrem Staubtuch über die Lexika im Bücherregal wedelte, irgendwo zwischen »Orgasmus« und »Osteopath«, schwatzte sie drauflos, unbeherrscht wie eh und je. »Dieses Jahr wollen Sie ganz besonders üppig Weihnachten feiern, was, Mrs. Townsend?« Vanessa saß am Kamin, umklammerte ihr Buch und gab vor zu lesen, bekam aber kaum Luft vor Angst.

Mutter hatte es wie immer eilig. Maßvolle Ungeduld schwang in ihrer Stimme mir. »Mrs. Guerney, auf meinem Bett liegen ein paar Sachen, die in die Reinigung müssen, und ich habe einfach keine Zeit, sie hinzubringen. Vielleicht wären Sie so freundlich . . .«

Nur selten hörte sie der Putzfrau zu. Und Mrs. Guerney weiß das. »Deshalb leg' ich immer einen Zettel hin, wenn ich ihr was Wichtiges sagen muß.«

Bevor sie das Haus verlassen, geht Daddy in den Salon und und bewundert den Baum. »Wie in alten Zeiten«, meint er und lächelt in wehmütiger Sehnsucht nach einer Vergangenheit, die so weit entfernt liegt, daß Vanessa sich nicht daran erinnern kann. Und er? Weiß er noch alles davon? »Hoffentlich wird's jetzt besser. Das Schlimmste haben wir vielleicht schon hinter uns.«

Eifrig klammern sich die Kinder an ihn, vor allem die Zwillinge, glücklich über seine Gesellschaft und seine gute Laune. Fünf Minuten später schlittern die kleinen Mädchen zum Auto, schwelgen quietschend im brandneuen Schnee. Mit den wippenden Bommeln an ihren Mützen sehen sie aus wie tanzende Gnome, Geschöpfe aus der Unterwelt.

Als Vanessa die Haustür schließt und über den Gehsteig stapft, lauscht sie atemlos auf Schreie und Flüche aus dem Keller, die krachenden Schläge einer Faust gegen die Saunatür. In die Angst mischt sich eine seltsame Erregung, beinahe eine Euphorie. Die Stille wirkt unheimlich. Vielleicht sind die Mauern so dick, daß kein Laut hindurchdringt. Warum stellt sie sich vor, Mutter würde lächeln? Sie schaut Dominic an, der strahlend sein Nintendo umklammert, die Wangen glühend, als hätte er keinerlei Probleme. Wenigstens wird Mutter nicht frieren, und das ist ihm zu verdanken. Darum brauchen sie sich keine Sorgen zu machen. Sie denkt an den Truthahn, der nun im Backofen all das blutige Wasser ausschwitzt.

Ihr Blick wandert über die Fassade des Hauses, und sie fürchtet, es würde irgendwie sein Geheimnis verraten. Aber nein, es läßt sich nichts anmerken.

In Daddys Auto fühlt sie sich sicher wir nirgends sonst auf der Welt. Sie ist wieder die geliebte Tochter auf dem Beifahrersitz, und sie fährt weg von dem sonderbaren, gefährlichen Haus, wo ein Gift im Keller wuchert. Die luxuriöse Innenausstattung des Wagens duftet nach Leder, der

Motor surrt vergnügt, als würde er sich an die Zeiten erinnern, die sie alle gemeinsam verbracht haben.

Camilla trägt ihren Mantel über dem Tutu. Sie hält die Ballettschuhe in der Hand, und ihr Gesicht hat die nervöse Anspannung verloren. Es leuchtet vor Freude. Der Schnee verstärkt das Gefühl der Sicherheit, hüllt sie alle in einen liebevollen Kokon, während das Auto durch verlassene Straßen kriecht – im Schneckentempo, um nicht ins Schleudern zu geraten. Ängste und Zweifel verfliegen, während sie fremde Reifenspuren und die Weihnachtsbäume anderer Leute inspizieren.

»Hast du einen Baum, Daddy?«

»Ja, aber da hängt silberner Schmuck dran.«

»Oh.«

»Suzie hat alles ausgesucht.«

»Ah.«

Niemand sonst bemerkt es, aber Vanessa sieht voller Mitleid, wie sich seine schwarz behandschuhten Finger fester um das Lenkrad krampfen.

10

O Gott, Suzie . . . Warum geht alles schief, und warum ist das Leben so schrecklich unfair? Warum konntest du Robin nicht davon abhalten, seine Kinder zu holen? Sie will nichts weiter, als ihre Bücher herausgeben, ihre Orchideen pflegen und Robin ein Baby schenken, bedauerlicherweise in dieser Reihenfolge. Aber während sich's die Orchideen im Gewächshaus bei konstanten, sorgsam kontrollierten sechzig Grad Celsius gemütlich machen – was geschieht mit dem Samen, der sich durch die feuchten, dunklen Tiefen ihres Schoßes kämpft? Wie kommt er voran? Oder ist er gestern abend in der Badewanne herausgerutscht und in den Abfluß hinuntergeschlüpft?

Das Leben ist so unfair, und Suzie wäre eine viel bessere Mutter als Caroline, die sich wie ein Kaninchen vermehrt.

Dominic, Robins schöner, altkluger Sohn, erzählte Suzie haargenau, was Caroline über die neue Wohnung seines Daddys in den umgebauten ehemaligen Stallungen gesagt hatte. »›Ist das nicht süß?‹« Unverwandt starrte er Suzie an, während er die Kommentare seiner Mutter in großspurigem Triumph wiedergab. »›Und wie typisch für deinen Vater, in einem Pferdestall zu enden!‹«

»Nun, Dominic . . .« Suzie riß sich zusammen und antwortete so ruhig wie möglich: »Findest du, daß es hier wie in einem Pferdestall aussieht?«

»Nein, eher wie in einem Pub.«

Robin lachte unbehaglich. Tröstend nahm er seine neue Ehefrau in die Arme. »Er meint die niedrigen Zimmerdecken und deine Antiquitäten. Die Räume in der Camberley Road sind größer.« Dort war sie noch nie, also konnte sie's nicht wissen.

Sicher, die Zimmer in der Wohnung sind ziemlich klein, abgesehen vom Obergeschoß, wo Robin die Decke erhöhen, den Boden verstärken und Dachfenster hatte einbauen lassen. Dieser leere Raum wartet jetzt auf die Fitneßgeräte.

Dominic schaut Suzie lauernd an, und das zerrt an ihren Nerven. Wenn sie sich blitzschnell umdreht, fängt sie seine Blicke auf, sieht die langen schwarzen Wimpern über den dunklen, eindringlichen Augen, das schiefe, wissende Lächeln. Und doch ist er ein unschuldiges Kind, erst acht Jahre alt. Offensichtlich hat sie Probleme mit Carolines Kindern, und sie bemüht sich, die Schwierigkeiten zu meistern, ohne all zu großen Erfolg.

Jetzt beobachtet sie durch die rautenförmigen Fensterscheiben, wie Robins Auto lautlos die schmale Straße heraufgleitet, über das schneebedeckte Kopfsteinpflaster, durch das Garagentor, das sich surrend hebt. Plötzlich erschrickt sie, denn ihr wird bewußt, wie sie aussehen muß – von da unten betrachtet. Sie kaut an der Unterlippe, schlingt die Finger ineinander. Die Glyzinien vor der Hausfassade, gestern noch kahl und dünn, sind jetzt mit Schnee gepolstert und erinnern Suzie an ihre Metzgerfinger. Sie starrt auf das Autodach hinab, das in der Garage verschwindet. Zu allem Überfluß auch noch eine Wagenladung Kinder, um Himmels willen!

Nachdem Suzie mit Robin zusammengezogen war, wurde sie nicht nur gezwungen, sich vor Caroline zu verstecken, sondern auch vor den Kindern. Diese Demütigung mußte sie ertragen, weil er die fünf gelegentlich nach Ammerton Mews einlud, an Samstag- oder Sonntagnachmittagen. »Das Schlafzimmer müßte doch tabu sein. Können wir die Tür nicht abschließen?« fragte sie erbost, ihre privaten Habseligkeiten in den Armen, eine Selleriestange zwischen den Zähnen. Sie stieg die schmale Treppe zu ihrem Peugeot GTI hinunter, der mit geöffnetem Kofferraumdeckel bereitstand. »Großer Gott, ich fühle mich wie ein Flüchtling, wie eine Obdachlose. Das wirkt sich nicht gerade günstig auf mein Selbstvertrauen aus.«

»Ich gehe lieber auf Nummer Sicher, Suzie. Wenn ich den Kindern von uns erzähle, will ich's richtig machen. Sie haben schon genug gelitten, und ich will sie nicht schockieren.«

Die großen schwarzen, mit ihren Kleidern vollgestopften Müllsäcke waren schon ziemlich abgenutzt. Sie hatte soviel wie möglich unter dem Bett versteckt. »Könnten wir's ihnen nicht jetzt sagen? Bitten wir sie doch einfach, ein Geheimnis zu bewahren und Caroline nichts zu verraten. Die Kinder kennen sie besser als sonst jemand, sie würden es verstehen.«

»Das wäre furchtbar unfair. Sie sind viel zu klein, um solche Geständnisse zu verkraften. Und Caroline ist eine so raffinierte Manipulantin, daß sie sogar aus einem Stein Wasser herauspressen könnte, wenn sie Verdacht schöpft — vor allem, wenn's um mich geht.«

»Wahrscheinlich wissen sie's ohnehin schon«, erwiderte Suzie. Ihre eigene Kindheit war glücklich gewesen, und sie erinnert sich kaum daran, nur an lange, warme Sommertage, an Hütten aus Zweigen und Blättern, die sie im Garten baute. Darin saß sie mit ihren Puppen und probte ihr künftiges Familienleben . . . Niemand wäre jemals auf den Gedanken gekommen, Suzie aus einer ihrer kleinen Hütten zu verscheuchen. Und all die Dinge, die sie sich in jungen Jahren vorgenommen hatte — zum Beispiel niemals ihre Namen aufzugeben, auf keinem Briefumschlag nur von einem S repräsentiert zu werden; niemals einen Mann in sich eindringen zu lassen (wenn sie ein Baby haben wollte, dann nur mittels künstlicher Befruchtung, mit Hilfe eines perfekten Samenspenders), niemals einen Fernseher und eine Nachttischlampe mit einem Mann zu teilen . . .

Und so ist es verständlich, daß sie immer noch gewisse Ressentiments hegt. Ganz natürlich nach einem so nervenaufreibenden Anfang.

»Sind sie da? Habe ich gerade ein Auto gehört?«

Suzie setzt eine passende Miene auf und dreht sich geschmeidig um. Tristes weißes Licht füllt den Raum, ungebrochen bis auf das orangegelbe Flackern des Kaminfeuers und die Kerzen in den Wandleuchtern. »Ja, Isobel, sie sind da. Ich gehe in die Küche hinunter und begrüße sie.«

»Werden sie mit uns essen? Wann, sagtest du, ist das Dinner fertig, Suzie? Leider hab' ich's vergessen.«

Suzie strafft die Schultern. O nein, Isobel hat gar nichts vergessen, sie will dieses Thema nur in den Mittelpunkt rücken.

So verschieden Suzie und Caroline auch sind – in der Beurteilung von Robins Mutter würden sie übereinstimmen. Sie leidet an einer gräßlichen rückläufigen Form von Senilität. Statt sich gehenzulassen, während sie ihre siebziger Jahre hinter sich bringt, und in schlampiger Konfusion zu versinken, ist sie furchtbar pingelig geworden. Und statt ihren Lebensabend entspannt und ein bißchen geistesabwesend zu genießen, beobachtet sie ihre Umgebung so scharfäugig und wachsam wie ein Raubtier. Voller Angst, die Kontrolle zu verlieren, organisiert sie ihr Leben mit Hilfe langer Listen und streng geregelter Verdauungsfunktionen.

Natürlich mißbilligt sie Mahlzeiten, die am Nachmittag serviert werden, selbst wenn es der Weihnachts-Lunch ist. Sie würde es vorziehen – nein, sie *erwartet* es, daß das Essen Punkt eins auf dem Tisch steht. Die ordentliche, tüchtige Suzie paßt viel besser zu Robin als Caroline. Warum wehrt sich ihre Schwiegermutter dann so beharrlich gegen kleine Veränderungen? Okay, sie lehnt Scheidungen ab, vor allem wenn Kinder betroffen werden. Aber sie hat die liderliche, chaotische Caroline niemals akzeptiert, und sie weiß sehr gut, was Robin während seiner vierzehnjährigen Ehehölle durchgemacht hat.

In steifer Haltung sitzt Isobel neben den blauen Flammen des Kohlengasfeuers. Suzies üppige Arrangements aus getrockneten Blumen stehen zu beiden Seiten des polierten Kupferabzugs. Die alte Frau trägt ein weiches Jerseykostüm, dessen Farbe man eierschalengrün nennen könnte, aber Suzie denkt eher an fleckige Vogelscheiße.

Am anderen Ende des Raums, neben dem silbernen Weihnachtsbaum, spielt ihr großer, rundlicher Mann Solitär, in einen schicken Anzug gezwängt. Die weißen Spielsteine sind viel zu klein für seine Finger. Irgendwie schafft Joe es immer, sich in den Hintergrund eines Zimmers zurückzuziehen. Vertraulichkeiten alarmieren den scheuen Mann. Über seinen Ohren wachsen zwei Haarbüschel, die wie Kopfhörer aus weißer Watte aussehen. Er hört zu, beteiligt sich aber nicht am Gespräch zwischen Isobel und Suzies Mutter Eileen, die sich's in einem weichen Lehnstuhl bequem macht, die bestrumpften Füße auf dem antiken Kamingitter.

Beide Frauen haben Robin ermutigt, die Kinder zu holen – trotz Suzies verzweifelter, an ihre Mutter adressierter Gesten. Jedes Argument, das ihr in den Sinn kam, führte sie ins Feld. »Wenn du sie nicht nach Hause bringen kannst? Wenn die Schneepflüge gar nicht erst ausrükken? Wenn die Straßen unpassierbar werden? Wenn die Kinder hier übernachten müssen?« Und dann: »Es wäre schrecklich, wenn die Zwillinge sich wieder so aufregen würden wie letztes Mal, als sie gehen mußten. Wie grausam, sie ausgerechnet am Weihnachtstag unglücklich zu machen . . .« Im Flüsterton fügte sie hinzu: »Außerdem wäre es ziemlich stressig für dich, wenn du sie ständig zwingen müßtest, sich ordentlich zu benehmen – auf so engem Raum, in Isobels unmittelbarer Nähe.« Schließlich fragte sie, in der Hoffnung, ihre Schwiegermutter umzustimmen: »Soll ich den Lunch verschieben?«

»Nein«, entgegnete Robin. »Selbstverständlich nicht. Wir werden planmäßig essen. Währenddessen können die Kinder spielen. Solche Dinge sind wirklich unwichtig, Suzie. Es kommt nur darauf an, daß ich sie am Weihnachtstag sehe, und sie sollen zum Tee hierbleiben. Ist das zuviel verlangt?«

»Aber du bist doch bald wieder hier?« fragte Isobel bestürzt. Offensichtlich mißfiel es ihr, von ihrem Sohn im Stich gelassen, Suzies Fürsorge und Eileens schleppender Konversation ausgeliefert zu werden. »Halt dich nicht in der Camberley Road auf, und bring die Kinder sofort hierher.«

Joe schaute nur zu und lauschte und sagte nichts. Seiner Frau war es egal, wie die Einzelheiten geregelt wurden. Sie fand nur, »es wäre eine Schande, das wunderbare Essen verderben zu lassen«. Sie genoß es, »richtig umhegt und wie eine Queen behandelt zu werden«. Die liebe Mummy setzt Suzie niemals unter Druck, eine umgängliche, heitere Person, vollauf zufrieden mit ihrer runden Figur, in orangegelber Hose und dunkelblauem Pullover – wenn ihr das Gespräch mit der eigensinnigen Isobel auch etwas mühsam erscheint. Sie überlegt, ob sie ihr Cottage verkaufen soll, weil sie die Gartenarbeit nicht mehr schafft. Das alles erörtert sie mit Isobel, und man sieht ihr an, was sie denkt: Kein Wunder, daß der arme Robin so ernsthaft und verantwortungsbewußt ist, bei dieser Mutter . . .

Und so ist es geschehen. Nichts hat geklappt. Wann immer es um seine Kinder geht, rast Robin dorthin und dahin und kommt nirgendwohin – von seinen Schuldgefühlen getrieben.

Bis zu dem Augenblick, wo Suzie die beschlagenen Autofenster sah, hatte sie sich an die Hoffnung geklammert, die unberechenbare Caroline – immer so fest entschlossen, Robin bei jeder Gelegenheit eins auszuwischen – würde sich weigern, ihm die Kinder an diesem besonderen Tag zu überlassen. Aber nein. Völlig im Bann ihrer allerneuesten Affäre, wollte sie wahrscheinlich die Chance nutzen, den Tag allein und ungestört mit ihrem Liebhaber zu verbringen.

Einige Stunden mit den Kindern wäre schon schlimm genug, denkt Suzie. Aber der ganze Tag! In einer Minute werden der Mittagsfriede und die sorgsame Organisation zusammenbrechen.

Alle schönen Pläne durchkreuzt . . . Von bösen Ahnungen gepeinigt, verläßt Suzie ihre Gäste und geht nach unten. Die Wohnung – drei kleine Cottages, vom früheren Eigentümer miteinander verbunden – entspricht keineswegs der Vorstellung, die man sich von einer Wohnung macht, aber so wurde sie in der Broschüre der Immobilienagentur bezeichnet, bei der Robin sie gekauft hat. An einer Seite erhebt sich der alte, hohe Torbogen, seine beschlagene Eichentür ist immer noch intakt, aber jetzt führt sie nicht mehr in den alten Hof mit dem Kopfsteinpflaster, sondern in Suzies gepflegten Garten. Das Gewächshaus schmiegt sich an die sonnige alte Südmauer, und die ganze Anlage wirkt pittoresk und idyllisch. Sogar Caroline, die diese Adresse endlich eruiert hatte und hergekommen war, um Ärger zu machen, mußte zugeben, es sei ein Traumhaus. Allerdings betonte sie: »Aber immer noch ein Stall. Ein Umbau ist und bleibt ein Umbau. Hier drin wird man sich nie wie in einem richtigen Haus fühlen, so alt es auch sein mag.«

Biest.

In der Küche, die Suzie so liebt, wuchern Grünpflanzen. Die Jalousien aus Kiefernholz funktionieren tatsächlich, und der Herd mit dem steinernen Sockel steht vierschrötig und dramatisch in der Mitte des Raums. Ein Glück, daß sie eine gute Köchin ist. Eine schlechte Köchin würde sich von dieser Küche eingeschüchtert fühlen. Sie öffnet die Stalltür zum Garten und lächelt gezwungen, als sie alle hereinläßt. »Frohe Weihnachten!« ruft sie fünfmal mit ersterbender Stimme und stürzt sich in den Alptraum, ohne eine Miene zu verziehen. Aber da sie keine eigenen Kinder hat (noch nicht, noch nicht), keine Tante oder Patentante ist und auch nie mit den Kindern anderer Leute zusammenkommt, fällt es ihr schwer, nicht herablassend mit ihnen zu reden. Das merkt sie nur zu deutlich.

Doch sie wird sich ändern, sobald ihr eigenes Kind geboren ist.

Wie immer sind sie sehr höflich. Sie werden Eileen vorgestellt, begrüßen Isobel, danken ihr artig für die Geschenke. »Freut mich, daß euch die Schwesterntrachten gefallen«, sagt sie zu den Zwillingen. »Aber für dieses Wetter eignen sie sich wirklich nicht, Robin. Wäre es nicht netter gewesen, wenn die beiden am Weihnachtstag irgendwas Festliches angezogen hätten?«

Nachdem Robin seinen Willen durchgesetzt hat, kann er sich's leisten, wohlwollend zu lächeln. »Ich werde dir noch einen Sherry einschenken, Isobel.«

»Danke, ich habe schon genug getrunken. Essen wir noch immer nicht?« Isobel beißt eine Olive entzwei. Bitterer Nelkenpfeffer verfängt sich zwischen ihren Vorderzähnen und bleibt dort unbemerkt stecken. »Wie geht es deiner Mutter?« fragt sie Vanessa.

Das ernsthafte Kind sitzt an einem Sofaende, genauso haltungsbewußt wie die Großmutter, kerzengerade und blaß, im dunkelgrünen Kleid, und streichelt das neue Kruzifix. Es scheint ihr zu gefallen, Gott sei Dank, denkt Suzie. Sie wußte nicht recht, für welches sie sich entscheiden sollte.

Von allen Kindern Robins ist Vanessa das einzige, mit dem Suzie nähere Bekanntschaft schließen möchte. So ruhig und in sich gekehrt. Was verbirgt sich hinter dieser schützenden Fassade? Könnte Suzie die Gunst Vanessas erringen, würden die anderen sie bald auch akzeptieren. Immer wieder bemüht sie sich um das stille, bleiche Mädchen und wird jedesmal höflich zurückgewiesen. Sie fühlt sich zutiefst verletzt. Es ist so unfair.

»Es geht ihr gut«, antwortet Vanessa.

Ihre Großmutter runzelt die Stirn, und in ihren Augen erscheint ein unheimlicher hellgrüner Glanz. »Das erzählen mir alle, wenn ich danach frage, aber es ist eine unverfrorene Lüge.« Sie faltet die dünnen Hände im Schoß, wobei sie das Kind unbewußt nachahmt. »Ständig wollen mir die Leute einreden, mit Caroline sei alles in Ordnung. Ich weiß nicht, warum. Aber ich habe diese besondere Situation nie verstanden. Als deine Eltern heirateten, konnte ich nie ganz begreifen, was sich da unter der Oberfläche abspielte. Nun . . .« Vertraulich lächelt sie Eileen an, die ihr ein sherry-süßes Grinsen schenkt. »Es liegt wohl am Unterschied zwischen den Generationen. Ich hätte wirklich mit ihr in Verbindung bleiben sollen. Immer wieder schreibe ich auf meine tägliche Liste: ›Caroline anrufen.‹ Aber deine Mutter kann so schwierig sein. Vielleicht nach Weihnachten . . .«

Das Schweigen ist ein leerer Luftzug. Am anderen Ende des Raums bekommt Joe plötzlich einen heiseren Hustenanfall. Alle wenden sich zu ihm, doch er vertieft sich in sein Solitär.

Eileen fühlt sich bemüßigt, ihre Tochter zu fragen: »Kann ich dir wirklich nicht helfen, Schätzchen?«

»Nein, Mummy. Ich hab' schon fast alles erledigt. Ruh dich einfach nur aus.«

»Ich glaube, Mutter hat neue Pläne«, verkündet Vanessa unvermittelt und mit erstaunlich lauter Stimme.

Robin wird sichtlich blaß, wie ein Soldat, der die Schlacht gewonnen glaubt, sich umdreht und mit ansehen muß, daß seine Gegner sich neu formieren. »Pläne?« Er konzentriert sich auf das Nintendo, kauert mit Dominic am Boden, zwischen Antennen und Drähten. Dauernd pfeift der Junge durch die Zähne, eine nervtötende Angewohnheit. Alle anderen starren Vanessa an und warten auf eine Erklärung.

»Nach Weihnachten wird Mutter nicht mehr daheim sein. Sie möchte wieder nach Broadlands fahren, und ich glaube, sie hat für vierzehn Tage ein Zimmer bestellt.«

»Da siehst du's! Und als ich dich vor ein paar Minuten fragte, sagtest du, deiner Mutter würde es gutgehen. Carolines Alkoholproblem ist wirklich ein großes Unglück«, fährt Isobel fort, zu Eileen gewandt, die ihr in beschwipster Anteilnahme zunickt.

Dann versichert sie hastig, sie wisse Bescheid, und fügt in tröstlichem Ton hinzu: »Die meisten Familien haben einen versteckt.«

»Wie bitte?«

»Einen Alkoholiker, meine Liebe«, erläutert Eileen leichthin. »Die meisten Familien. Oder sie verstecken Homosexuelle, bankrotte Verwandte und Geisteskrankheiten.«

In letzter Sekunde schluckt Suzie die Bemerkung hinunter, die ihr auf der Zunge liegt (»Aber wir nicht, Mummy. So was gibt's nicht in unserer Familie.«). Es wäre albern, so was zu sagen, während die Kinder dasitzen und interessiert zuhören. Und so fragt sie: »Aber sie reist doch erst ab, wenn ihr wieder in der Schule seid?«

Robin herrscht sie ungeduldig an: »So funktioniert das leider nicht, Suzie. Es ist nicht so einfach. In einer solchen Anstalt kann man sich keinen bestimmten Termin geben lassen, so wie bei einer Nasenoperation.« Er wendet sich zu seiner ältesten Tochter: »Warum hat sich Caroline dazu entschlossen? Ist irgend etwas Besonderes geschehen?«

Er kauert immer noch am Boden, über die Gebrauchsanweisung des Nintendo gebeugt, und seine Stimme scheint aus weiter Ferne heranzudringen. Wie einfach wäre es, wenn man das Auf und Ab im Leben per Knopfdruck regeln könnte, so wie die Computerfigur Mario . . . Dann würde man sich stets im richtigen Augenblick da- und dorthin drehen und alle Krisen unbeschadet überwinden. Broadlands ist sündteuer, kostet doppelt soviel wie ein Luxushotel, aber darf er sich weigern, seiner Exfrau die dringend nötige Therapie zu bezahlen? Immerhin hängt von ihrem Wohlbefinden das Glück seiner Kinder ab.

»Mutter hat sich mit ihrem Freund Bart zerkracht.«

Er stöhnt und wirft Suzie einen kurzen, wissenden Blick zu. »Das mußte ja so kommen«, sagt er lahm. »Wirklich ein Pech, daß es ausgerechnet zu Weihnachten passieren mußte. Trinkt sie sehr viel?« Armer Robin. Im Grunde will er es gar nicht wissen.

»Nein«, versichert Vanessa, das verkniffene kleine Gesicht todernst.

Großer Gott – sie ist erst zwölf Jahre alt. Schockiert verfolgt Eileen dieses Gespräch, das den Kindern offenbar vertraut ist und ganz beiläufig geführt wird.

»Nein, es ist noch nicht so schlimm. Aber ich hörte, wie sie am Telefon jemandem sagte, sie könnte das alles leichter ertragen, wenn sie vom Personal in Broadlands unterstützt würde.« Mit glasigen Augen starrt das Mädchen ins Kaminfeuer. »Mutter will keinen Rückfall bekommen, weißt du . . .«

»Nun, wenigstens hat Caroline endlich die richtige Einstellung zu ihrem Problem gefunden – das ist immerhin ein Segen.« Isobel bemerkt den roten Pfeffernelkenfleck zwischen ihren Zähnen, zupft mit einem weißen Fingernagel daran und verbirgt diese Aktivitäten hinter vorgehaltener Hand.

Sollte Caroline nach Broadlands gehen, wäre es auch für Suzie ein Segen, denn dann müßte sie für einige Zeit keine unliebsamen Zwischenfälle befürchten. Zwei Wochen lang ungestörter Friede. Das Leben in der Camberley Road wird reibungslos verlaufen, wenn die Hausherrin nicht da ist. Die Kinder werden in der Schule sein, und dem Himmel sei Dank für dieses Juwel namens Mrs. Guerney. Daß diese Frau noch immer Carolines Beleidigungen erduldet, gehört zweifellos zu den Weltwundern. Und Ilse sorgt trotz all ihrer Fehler zumindest für eine angenehme Atmosphäre. Außerdem sind die Kinder schon sehr selbständig für ihr Alter, keine Babys, die vierundzwanzig Stunden pro Tag betreut werden müssen.

Hin und wieder, wenn Robin unter besonders starkem Druck steht, spielt er vage mit dem Gedanken, seine fünf Sprößlinge in Internate zu schicken. Einmal sprach er mit Caroline darüber, und sie meinte, das wäre grauenhaft für die Kinder. »Zu viele Veränderungen in ihrem Leben, so kurz hintereinander«, betonte sie. Immer neue Schuldgefühle . . .

Suzie hütet sich, einen Kommentar abzugeben, aber sie erkennt das Problem. Die Kinder, die einander so nahe stehen, müßten sich trennen. Robin findet, die Zwillinge wären noch zu klein, um ihr Heim zu verlassen. »Und wie sollen sie das Leben in der Camberley Road ertragen, wenn die älteren Geschwister woanders sind und sie nicht mehr beschützen?«

Was die Kinder sich wünschen, weiß Suzie ganz genau. Sie wollen hier in der Wohnung leben! Und was möchte Robin? Vor ein paar Wochen gab er ihr – nur nebenbei – einen Wink mit dem Zaunpfahl. »Wenn ich auf meinen Fitneßraum verzichte, hätten wir da oben Platz für drei Schlafzimmer.«

Großer Gott! Einmal träumte Suzie, Caroline wäre gestorben und die Kinder würden in Pyjamas durch die Wohnung schlurfen, wie Peter-Pan-Gespenster.

Jetzt entgleitet er ihr wieder, die Augen am Bildschirm des Computerspiels festgeklebt – einer seiner Tricks, die ihre Nerven strapazieren. In einem Zimmer voller Leute kann er ein Buch lesen, auf Partys verzieht er sich mit diesem oder jenem Freund in eine stille Ecke und überläßt es Suzie, sich unter die anderen Gäste zu mischen. »Du regst dich viel zu sehr auf«, sagt er, wenn sie ihm Vorwürfe macht. »Das stört niemanden.«

»Natürlich stört es die Leute«, erwidert sie wütend. »Wenn sie zu uns kommen, wollen sie dich sehen und mit dir reden. Du bist hier die prominente Persönlichkeit – nicht ich!«

Das monotone Gepiepse des Computerspiels ist noch schlimmer, viel schlimmer als das Flackern der alten, oft gespielten Videos, die sie sich manchmal stundenlang anschauen mußte. Was soll sie tun? Sie spürt Isobels wachsenden Ärger, sieht das Taschentuch, das ihre Schwiegermutter zerknüllt, die zusammengepreßten Lippen, den Stahlblick. Wenn sie die Gefühle seiner Mutter so klar erkennt, warum zum Teufel merkt er selber nichts davon? Und die Kinder, besonders die Zwillinge werden immer unruhiger.

»Warum geht ihr nicht alle in den Garten und spielt im Schnee?« trillert Eileen fröhlich.

»Aber sie haben keine Handschuhe mitgebracht ...«

»Larifari!« beharrt Eileen. »In ihrem Alter spüren sie die Kälte gar nicht. Und bevor sie nach Hause fahren, hängen wir ihre Sachen zum Trocknen vor den Kamin.«

Isobel schluckt, und Suzie lächelt freudlos. Ihr kostbarer Garten ... Der heimtückische Schnee verbirgt die Beete, und einen Teil der seltenen, verletzlichen Sträucher kann man gar nicht sehen. Sogar ihr würde es schwerfallen, sich einen Weg durch das Steingärtchen zu bahnen.

»Also – raus mit euch!« kreischt Eileen, puterrot im Gesicht, und klatscht enthusiastisch in die Hände. »Ist das nicht eine reine Freude? Erinnerst du dich, Suzie?«

Aber durch Suzies Kopf schwirren tausend andere Gedanken, und seltsamerweise erinnert sie sich an gar nichts. »Geht bloß nicht ins Gewächshaus, ja?« ruft sie den Kindern mit schwacher Stimme nach.

11

Im Haus der Dances läuft die Heizung auf vollen Touren, trotz aller finanziellen Probleme – weil Weihnachten ist, weil sie Gäste erwarten, weil es schneit und weil's der clevere Bart seiner Frau so gemütlich wie nur möglich machen möchte. Er liebt sie und will sie nicht verlieren. Außerdem ist ihr Vater steinreich. Eben erst hat sie zu zittern aufgehört.

Ruby Dance kann sich an kein einziges Weihnachtsfest erinnern, wo sie so verwöhnt worden wäre. Ihr Mann benimmt sich wie ein richtiger Familienvater. Vor dem Eintreffen der Gäste ist alles fertig – der Tisch gedeckt, das Essen vorbereitet und unter Kontrolle, die Nachkommenschaft gebadet und festlich gekleidet, das Wohnzimmer einigermaßen in Ordnung.

Aber Ruby, die vor der Mittagszeit niemals trinkt, schenkt sich schon den dritten Sherry ein. Bevor sie es erfuhr, bevor sie sich gestattete, die Tatsache zu akzeptieren, daß Bart mit einer anderen bumst, hatte sie den grausigen Gedanken in den Hintergrund ihres Bewußtseins verdrängt und dort begraben. Wie konnte sie diesen ungeheuren Betrug verkraften und dazu alles andere, das ihre Tage und Nächte durcheinanderwirbelte? Die zerstörten Nächte und die Tage voller Kindergeschrei, die Sorgen ums Geld und Barts Firma, mit der es zusehends bergab ging? Den Großteil ihrer Zeit verbrachte sie auf den Knien wie eine erschöpfte Pennerin. Sie hat diese ewige Knauserei gründlich satt, die Busfahrten. Wie lange muß sie noch ohne Auto leben?

Aber jetzt weiß sie es. Und das Wissen nagt an ihr wie eine Ratte mit langem, grauem, glänzendem Schwanz, die sich durch den Abfall frißt, immer tiefer hinab in den Müll unbewußter Ängste. Die Ratte erreicht Rubys Selbstwertgefühl, ihre Fähigkeiten als Ehefrau und Mutter. Ist sie immer noch jung und hübsch? Würde irgendein anderer Mann sie begehren, abgesehen von diesem Bendix? Wenn sie verlassen wird – könnte sie je wieder jemanden finden? Was soll mit den Kindern geschehen?

Und Barts Affäre . . . Bart behauptet zwar, sie sei belanglos gewesen – aber wie intensiv war sie? Ruby kann das Thema nicht ignorieren, obwohl es wie eine schmerzhafte Last auf ihrer Seele liegt. Er hat bereits den unvernünftigen Versuch zugegeben, die Hure heute morgen anzurufen, um irgendein Mißverständnis vom letzten Abend zu bereinigen.

»Aber du hast gesagt, es sei vorbei«, jammert Ruby.

»Klar, es war schon vorbei. Ich wollte nur mir ihr telefonieren, um zu sehen, ob sie okay ist. Und als ich den Anrufbeantworter hörte, fand ich das ziemlich seltsam.«

Rubys Spürsinn erwacht. »Warum?«

»Weil sie fünf Kinder hat, und ich bezweifle, daß sie um diese Zeit alle weg waren.«

»Fünf Kinder! Also ist sie eine Rumtreiberin. Wie heißt sie?«

»Bitte, Ruby, würdest du damit aufhören? Diese Diskussion macht uns beide fertig.«

»Nein, Bart, tut mir leid, aber ich kann's nicht dabei bewenden lassen. Ich weiß, es ergibt keinen Sinn – trotzdem muß ich ihren Namen wissen.« Sie fürchtet, daß es eine ihrer Freundinnen ist – oder eine Bekannte, der sie auf der Straße arglos zulächeln würde.

»Nun, sie heißt Caroline.«

»Caroline – und wie noch?«

»O Ruby, bitte nicht!«

Ein irres Licht funkelt in ihren Augen. Sie sitzt da, die Hände geballt, und beobachtet, wie Bart am Boden kniet und unfachmännisch Damians Windeln wechselt. »Caroline – und wie noch, um Himmels willen?« Er sieht sich gezwungen, Damian vorübergehend im Stich zu lassen und die Schokoladekringel am Weihnachtsbaum vor James' Greifzangenfingern zu retten.

»Ihr Nachname«, sagt Bart traurig, eine Sicherheitsnadel zwischen die Zähne geklemmt, das Haar in wilder Verzweiflung zerzaust, »lautet Townsend.« Dann hebt er den rotgeränderten Blick aus seiner unterwürfigen Position empor, wie ein Sklave zu seiner königlichen Herrin.

Aber an diesem Vormittag fühlt Ruby sich nicht wie eine königlichen Hoheit. Damian zerrt am Saum ihres weihnachtlichen Schottenrocks und entblößt die abgetragenen, zwei Jahre alten Stiefel. »Und wieso hattest du Angst, es könnte ihr schlechtgehen?« Je mehr sie über die Affäre ihres Mannes erfährt, desto größer wird der masochistische Drang, noch mehr herauszufinden. Aber jede Einzelheit, die sie hört, macht alles noch schlimmer, schürt ihren Kummer. Sie möchte Bart zwingen, sie von ihrem Unglück zu befreien, aber auf diese Weise funktioniert das nicht.

»Weil ich unfreundlich zu ihr war. Ich sagte, der Abend sei beendet, und auf der Rückfahrt wurde sie hysterisch . . .«

»Auf der Rückfahrt? Von wo?«

»Wir hatten ein paar Stunden in einem Nachtclub verbracht.«

»In welchem? Wart ihr allein?« Zu zweit? Das wäre schrecklich. Hätten sie sich mit Freunden amüsiert, würde es Ruby nicht so verletzen. Ungeduldig wartet sie auf die Antwort. »Wissen deine Kumpel Bescheid?«

»Nein.«

»David muß doch was wissen.« Er ist Barts Geschäftspartner.

»Vielleicht ahnt Dave irgendwas, aber ich habe ihm nichts erzählt.« Bart kämpft mit dem lebhaften Baby, versucht, es beruhigend anzulächeln und gleichzeitig mit Ruby zu sprechen. Bald verliert er die Schlacht auf dem Teppich.

»Ach, komm schon, Bart! Du hast die ganze schmutzige Geschichte für dich behalten? Willst du mir wirklich einreden, du hättest dich niemandem anvertraut?« Das kann sie nicht glauben. Irgend jemand wußte es von Anfang an – jemand, der sich über ihre Naivität amüsierte. »Und diese Caroline möchte weitermachen?«

»Sie ist einsam, Ruby. Ihr Mann hat sie verlassen, und die Scheidung war ziemlich schwierig. Es ist noch nicht lange her.«

»Mein Gott!« Ruby erschreckt Damian, der in seiner schlechtsitzenden Windel über den Teppich wankt und sich in ihre Arme wirft. Kühl schiebt sie ihn von sich und übergibt ihn ihrem Mann. »Oh, wie schrecklich! Das rührt mich ja zu Tränen! Was muß diese Frau durchgemacht haben! Und wie nett von dir, Bart, daß du sie angerufen und dich nach ihrem Befinden erkundigt hast, sobald ich hinuntergegangen war, um für deine Kinder zu sorgen und alles für dieses verdammte Weihnachtsfest vorzubereiten ...«

»Ruby, bitte, hör auf ...«

»So hat sie nie mit dir geredet, was? Wahrscheinlich war sie niemals müde!« Rubys Augen verengen sich, ihr Gesicht läuft dunkelrot an. Zwischen zusammengebissenen Zähnen stößt sie die schreckliche Frage hervor: »Wer hat bezahlt? Im Nachtclub und in all den Restaurants und schummrigen Bars mit seidenen Polsterbänken, wo eure amourösen Begegnungen stattfanden? WER HAT BEZAHLT, ZUM TEUFEL?«

Berechtigterweise schlägt Bart das Gesicht vor die Hände. »Ich.«

Ruby lehnt sich in schmerzlichem Triumph zurück. »Ich verstehe«, sagt sie zu keiner bestimmten Person. »Ich verstehe, ich verstehe.«

»Ich hab's von meinem Spesenkonto genommen.«

»Also kannst du's von der Steuer absetzen«, erwidert

sie und lächelt verzerrt. »Dann ist ja alles okay, nicht wahr? Während ich durch die Kaufhäuser trottete und nach Sonderangeboten suchte, damit die Kinder ein halbwegs schönes Weihnachtsfest erleben . . .«

»Was kann ich denn sagen?« stöhnt Bart, völlig am Boden zerstört.

»Sag mir nur, wie lange es schon dauert.« Ruby gleicht einem Automaten, der auf Hochtouren läuft.

»Was meinst du?«

»Wann hast du sie kennengelernt?«

»Im Oktober.«

»Und wie?«

»Ich ging in ein Pub, auf dem Heimweg nach der Arbeit. Wir hatten gerade den Barker-Auftrag verloren. Und da saß sie an der Theke . . .«

»Verfügbar und vermutlich mit Syphilis infiziert. Hoffentlich hast du entsprechende Vorkehrungen getroffen. Also wirklich, wie in einem alten Western.« Sie stellt sich Caroline vor, eine langbeinige Puppe mit knallroten Lippen, im Mundwinkel eine Zigarette, und lebensmüden Augen. Übrigens ein zutreffendes Phantasiebild, nur die Perücke fehlt.

»Ich brauchte irgendwen, mit dem ich reden konnte – jemanden, der unbeteiligt war. Weil ich Angst davor hatte, nach Hause zu gehen und dir alles zu erzählen.«

»Oh? Nun machst du dir's verdammt einfach und drängst mich in die Rolle der nörglerischen alten Xanthippe. Was für eine Scheiße! Diesen Unsinn hast du irgendwo gelesen, nicht wahr?« Rubys Lippen pressen sich zusammen.

»So hab' ich's nicht gemeint, das weißt du. Ich wußte, du würdest dich schrecklich aufregen.«

»Und hat sie dir geholfen – so wie ich's nicht geschafft hätte?«

»Sie hat mir zugehört.«

»Und dann hast du sie gebumst.« Als Bart nicht antwortet, fragt sie: »Wo hast du sie gebumst?«

»Ich brachte sie heim.«

»Ach ja, das Haus in Highgate.«

Verwirrt starrt er sie an. »Wieso weißt du das?«

»Jemand hat hier angerufen und mich informiert. Wer könnte das gewesen sein?«

»Keine Ahnung.«

»Wie sieht sie aus? Beschreib sie mal, ganz genau.« Inmitten dieses Dramas läutet es, was in solchen Situationen oft geschieht, an der Tür. Ein melodisches Klingeln ertönt, das heitere Neuankömmling ankündigen müßte – insbesondere weil Ruby eine Girlande aus Mistelzweigen an die Eingangstür gehängt hat, ein Zeichen der Lebensfreude, während im Haus in Potters Bar eisige Grabesstimmung herrscht.

Lunch um elf. Inzwischen ist Ruby bei ihrem vierten Sherry angelangt und erkennt, daß es keine Rolle spielt, ob der Truthahn und die Kartoffeln roh sind, ob die Sauce grau und klumpig wird. Solche Befürchtungen kann man jetzt vergessen. Das konnte man, ehrlich gesagt, schon immer.

Vielleicht ist es das letzte Weihnachtsfest, das die Familie zusammen verbringt. Wenn Ruby sich weiterhin so fühlt wie jetzt, wird sie Bart nicht länger im Haus dulden, nicht am Eßtisch, vom Schlafzimmer gar nicht zu reden.

Es ist der Schnee, der diesen Weihnachtstag so grauenhaft realistisch gestaltet.

»Frohe Weihnachten, frohe Weihnachten, frohe Weihnachten.« Die Begrüßung nimmt kein Ende, denn alle Gäste der Dances haben es irgendwie hingekriegt, gemeinsam einzutreffen. Ruby steht auf, entfernt Spielzeug, sammelt Mäntel ein. Sie zwingt ihren Mund zu lächeln, beteiligt sich an Gesprächen, ist aber gleichzeitig völlig losgelöst von der Welt, von Empfindungen. In ihrem Innern existiert sie einfach nicht mehr. Erstaunt beobachtet sie sich selbst.

Sie heißt ihre kleine Schwester Elspeth und deren neuesten Freund Kurt herzlich willkommen, dann Barts gesellige Eltern, die sie immer geliebt haben und das auch zeigen. »Hoffentlich weiß Bart, was für ein Glückspilz er ist«, tönte es unter Harry Dances Zylinder hervor, als er die Hochzeitsrede hielt.

Auch mit Barts geistig behindertem Bruder Lot versteht sie sich gut. Für ihn nimmt sie sich viel Zeit. Er lebt in einer Anstalt in Kentish Town, faltet in der Werkstatt Geschenkkartons, und an Feiertagen wird er in Potters Bar gern gesehen. Bei Rubys Hochzeit fungierte er als Page. Er vergöttert sie und ist viel zu arglos, um das zu verbergen. Gutmütig witzelt die Familie über seine offenkundige Schwärmerei für Ruby.

Lot wurde bei einer Zangengeburt verletzt, in jenen Tagen, wo so was fashionabel war, wo hochbezahlte Ärzte nicht warteten, bis die Frauen ihre Babys aus eigener Kraft herauspreßten, und möglichst schnell auf ihre Golfplätze oder an die Theke zurückkehren wollten. Die arme Pat Dance bekam keine Entschädigung, als die furchtbare Wahrheit ans Licht kam. Allmählich erkannte sie, daß Lot unfähig war, nach dem Spielzeug zu greifen, das ihm der zehn Jahre ältere, aufgeweckte blonde Bart hinhielt. Doch die Eltern liebten das sanftmütige, andersgeartete Kind genauso, vielleicht sogar noch mehr. Der bitter nötige Alltagskampf um seine Rechte beanspruchte einen Großteil ihres Lebens.

O ja, der Weihnachtstag wäre auf chaotische Weise sehr amüsant, könnte Ruby auch zu Bart freundlich sein. Aber das ist unmöglich. Und wer sollte ihr das verübeln?

Nur ein einziger Gast spürt, daß irgendwas nicht stimmt – der geistig behinderte Lot. Mitte Zwanzig, ist er der Jesus in jedem Epos, eine beunruhigende Präsenz, der Göttliche mit durchdringenden Augen und weltfernem Lächeln, groß und leichtfüßig und dünn. Seine Kleidung und die pechschwarzen Haare wehen anmutig hinter ihm her, und sein Leid wirkt irgendwie distinguiert. Einmal wurde er fälschlicherweise als schizophren eingestuft, aber er paßt in keine Kategorie und geht seinen eigenen seltsamen Weg, in schwermütiger Schönheit, unheimlich graziös. An diesem Vormittag fühlt er sich unbehaglich. Irgendwas ist nicht in Ordnung, das weiß er, und er wirft Ruby lange, sorgenvolle Blicke zu.

Das Weihnachtsessen wird ein grandioser Erfolg, weil sich der zerknirschte Bart intensiv darum bemüht hat, und die Kinder benehmen sich wunderbar. Naomi strahlt. Ihr schönes, fast weißes Lockenhaar gleicht dem feingesponnenen silbernen Fiberglasschmuck an den Tannenzweigen, und sie sieht aus wie ein Engel.

Nach dem Lunch schlägt Harry vor, alle sollten mit den Kindern hinausgehen und im Schnee spielen. »Dann kannst du eine wohlverdiente Erholungspause genießen, Ruby.«

Sie seufzt. »Inzwischen werde ich den Tisch abräumen.«

»Ich helfe dir«, sagt Lot, und die anderen lächeln liebevoll.

»Geh du raus und amüsier dich. Ich bringe hier alles in Ordnung.« Wenn Bart nicht aufpaßt, wird bald jemand merken, daß hier was faul ist.

»Ich würde lieber im Haus bleiben und mir ein bißchen Ruhe gönnen. Und Lot fühlt sich hier im Warmen sicher wohler. Er haßt es, wenn er mit Schneebällen beworfen wird.« Mühsam spielt Ruby Theater. Sie könnte sich Elspeth anvertrauen, aber an einem solchen Tag ist es den Schwestern unmöglich, unter vier Augen miteinander zu reden, ohne Aufsehen zu erregen. Wahrscheinlich könnte sie auch Pat Dance einweihen. Da die Schwiegermutter in ihrem eigenen Leben soviel Leid erfahren hat, sprudelt sie über vor echter Güte und verständnisvoller Hilfsbereitschaft. Doch dann wäre der Weihnachtstag für alle verdorben. Pat würde darauf bestehen, die Sache hier und jetzt zu klären, in Gegenwart der ganzen Verwandtschaft, ohne viel Federlesens. Nein, Ruby muß abwarten, bis die Gäste gegangen waren, bevor sie Bart erneut attackiert. Und in der Zwischenzeit wird sie den unerträglichen Schmerz, der sich immer tiefer in sie hineinfrißt, notgedrungen bewältigen.

Lot und Ruby stehen allein in der Küche des stillen Hauses. Er starrt sie an und bemüht sich, sie zu verstehen. Geduldig wartet er, die markanten Züge im Schatten, während ihr der Dampf des fließenden heißen Wassers ins blasse Gesicht steigt. Mit einem Lächeln versucht sie, ihn zu beruhigen, aber das mißlingt, und sie schnüffelt unglücklich. Sogar das Spülmittel versprüht boshaften, heiteren Weihnachtsglanz.

Eine warme Träne rollt über ihre Wange. Ruby wischt sie mit dem Handrücken weg, voller Angst, Lot könnte was merken und sich aufregen. Sie muß sich zusammenreißen, nur noch eine kleine Weile. Aber sie kann es nicht, scheint alle Kontrolle verloren zu haben. Wenn sie jetzt nicht mit irgend jemandem redet, wird sie ersticken oder über dem fettigen Geschirr erbrechen.

Lot sitzt neben ihr, ein wundervoller, geduldiger Zuhörer. Sein ganzer Körper versteift sich, während der Kummer aus seinem Idol herausströmt, aus seiner Traumfrau, seiner Königin. Als sie verstummt, sagt er, die Augen ausdruckslos wie Kameralinsen: »Sie muß sehr böse sein. Der schlechteste Mensch, der je auf dieser Erde geboren wurde.«

»Ganz so schlimm wird's nicht sein, Lot«, entgegnet sie und schnauft ein bißchen hysterisch. »Immerhin hatte auch Bart damit zu tun. Zu so was gehören immer zwei, weiß du.«

Aber es ist zu spät. Ihre Worte dringen nicht mehr in Lots Bewußtsein. Wie so oft gleitet er in tiefe Trance hinüber. Ruby steht auf und fühlt sich kaum besser. Aber sie nimmt das schmutzige Geschirr erneut in Angriff, während er am Küchentisch sitzen bleibt, den Kopf in die Hände gestützt, in jene verwirrende Sphäre versunken, die außer ihm niemand kennt.

Es ist so einfach wie die Geschenkschachteln, die er herstellt. Den Karton hochbiegen, falten, alles zusammenstecken. A mit B und C verbinden. Er wird diese böse Frau finden und vernichten, so daß sie niemandem mehr weh tun kann, schon gar nicht Ruby. Und die schmutzigen Überreste wird er wegräumen. Denn Lot weiß – o ja, er versteht sehr gut, was geschehen ist. Er mag die Welt mit ungewöhnlichen Augen betrachten, doch er hat sicher die richtigen Schlüsse gezogen.

Um es kurz und bündig zu sagen – Ruby Dances Herz wurde gebrochen.

12

Als Daddy aufsteht und sich streckt und erklärt, es sei an der Zeit, die Heimfahrt anzutreten, stürzt Sachas Gefühlsausbruch ihre älteste Schwester in schmerzliche Verlegenheit. Irgendwie scheint das auf Vanessa – vorübergehend die Ersatzmutter – abzufärben. Das Schweigen der anderen ist peinlich, die Szene um so schlimmer, weil sie vor einer Fremden stattfindet – Suzies netter, dikker, gemütlicher Mummy.

»Ich will bei dir bleiben!« verlangt Sacha, so kindisch und direkt wie üblich. Sie klammert sich an Daddys altes Sportsakko, fadenscheinig und vertraut, von jenen entschwundenen Tagen her, wo klebrige Bonbons in den Innentaschen steckten; es riecht nach ihm, und sie zerrt daran.

Gequält schaut er Suzie an, die langsam ihre Augen schließt. »O nein, nicht schon wieder«, murmelt sie und seufzt tief auf.

»Nur bis zum zweiten Weihnachtstag!« Sachas Kopf dreht sich auf dem Babyhals hin und her, sie breitet die Arme aus, als wollte sie den ganzen Raum umfassen, mit plumper, hysterischer Geste. »Es ist egal, wo wir schlafen!« Die Brillengläser funkeln wild. »Irgendwo! Wir brauchen keine Betten, nicht wahr, Amber? Sag's ihnen!«

Daddys Knieglenke knacken, er hebt die Hosenbeine ein wenig an und kauert sich vor das kleine Mädchen. »Es wäre nicht richtig, Sacha, das verstehst du doch.« Er spricht sanft und ruhig. »Ich würde die Situation ausnutzen und gegen die Regeln verstoßen. Wegen des Schnees habe ich euch schon morgens abgeholt. Ihr wart den ganzen Tag hier, und nun wartet Mummy zu Hause auf euch.«

»Welche Regeln?« Es hat keinen Sinn, und Daddys Beharrlichkeit ist albern. Wenn Sacha sich dermaßen aufregt, kann niemand vernünftig mit ihr reden. Sie ist noch zu klein, um irgendwas einzusehen. Schreiend wiederholt sie ihre Forderung, immer schriller, die Stimme halb erstickt von ihrem Schluchzen, in tiefster Verzweiflung.

»Es wird dunkel.« Tapfer bietet Daddy seine ganzen Überredungskünste auf. »Und ich mache mir Sorgen wegen der Straßen. Wenn der Schnee friert . . .« Seine Worte, von Lügen durchdrungen, verlieren sich in einem eisigen Nirgendwo, wie die letzte Zeile einer herausgerissenen Buchseite.

Angespannt beobachtet Suzie die Ereignisse, Fältchen bilden sich rings um ihre Augen. Alle schauen zu. Eileen ist anzumerken, wie gern sie sich einmischen würde. Ihr runder Körper neigt sich vor, die Ellbogen ruhen auf den

Knien, aber die rastlosen Hände wollen sich ausstrecken, helfen und trösten und heilen. Die gütigen blauen Augen im freundlichen Gesicht mustern das bestürzte Publikum. Sie leckt sich über die Lippen, will etwas sagen, aber sie schweigt. Und die gebrechliche, grimmige Isobel, die Scheidungen haßt, würde liebend gern alle erinnern: ›Seht ihr, was ich meine? Das kommt davon, wenn man so egoistisch ist.‹

Was passiert hier? Es darf nicht Wirklichkeit sein. Vanessa macht sich bittere Vorwürfe. Ein Gefühl der Machtlosigkeit erfaßt sie, so plötzlich, daß ihr fast schwindlig wird. *Und Mutter?* Wie können sie hierbleiben und Mutter allein lassen, die ganze Nacht, ohne Essen, ohne Aufsicht? Sie hätte Sachas Reaktion vorhersehen müssen.

»Wir hatten so einen schönen Tag, Püppchen«, schmeichelt Daddy. »Es war so lustig, im Schnee zu spielen, mit den Knallbonbons. Bitte, verdirb jetzt nicht alles.«

Doch der Zorn treibt das Blut noch dunkler in Sachas Wangen. Sie ist keiner Vernunft zugänglich. Und die ängstliche verwirrte Amber bleibt ihrer Gewohnheit treu, wiederholt jedes Wort ihrer Zwillingsschwester, so wie immer, wenn sie in übermäßige Aufregung gerät.

»Ich laufe weg!« schreit Sacha.

»Ich laufe weg«, sagt Amber.

»Und dann wird es euch leid tun!«

»Und dann wird es euch leid tun.«

Sacha wirft sich auf die Couch und vergräbt ihr tränennasses Gesicht unter einem riesigen geblümten Kissen. Ihre Klage »Ihr seid gemein!« dringt nur sehr gedämpft hervor und bleibt unverstanden, bis sie von Amber interpretiert wird, die stocksteif daneben steht, eine Hand auf der Armstütze des Sofas. »Ihr seid gemein.«

»Hör mal, Püppchen . . .« Entnervt tätschelt Daddy den heißen, zuckenden, von der Krankenschwesterntracht verhüllten Rücken seines weinenden Kindes. Keiner seiner Küsse trifft das Ziel. In *Radio Times* wird er »energisch und scharfsinnig« genannt. Manche Leute ziehen es vor, von Robin Townsend interviewt zu werden, statt als Karikatur in »Spitting Image« zu agieren. »Ich verstehe, warum du uns gemein findest und glaubst, wir würden deine Gefühle mißachten. Aber du irrst dich – nicht wahr, Suzie?«

Suzie hockt auf einer Stuhlkante und nickt ermutigend, was besagen soll: Wir alle haben so was schon durchgemacht.

»Wir alle wissen doch, was passieren würde, wenn du auch am zweiten Weihnachtsfeiertag hierbleibst. Morgen abend müßten wir die gleiche Szene noch mal ertragen.«

»Nein! Nein! Nein!« Sachas Protest, durch das Kissen halb abgewürgt und von bebendem Schluchzen unterbrochen, ist kaum verständlich. »Ich würde ganz still gehen, Ehrenwort! Wahrscheinlich würde ich schon um sechs ins Auto steigen, ohne daß ihr mir's sagt.«

Arme Sacha. Sie hat ein Loch in der gestrengen Phalanx dieser mißtrauischen Erwachsenen entdeckt und versucht, sich nun hindurchzuzwängen.

»Das glaube ich nicht, Darling . . .«

»Großer Gott!« ruft Eileen. Das sanft gewellte weiße Haar gerät in gefährliche Schräglage, während sie das Drama verfolgt, erst auf den einen Arm gestützt, dann auf den anderen. Lautlos formen ihre Lippen: »Meine Lieben, das ist einfach gräßlich.«

»Eine begreifliche Reaktion . . .« Isobel wühlt die eiskalten Unterströmungen auf, die geschlossenen Lider weiß und durchscheinend wie Hostien. »Immerhin, was haben die Kinder daheim zu erwarten?«

»O Isobel, bitte!« faucht Robin.

»Ich hasse euch alle!« kreischt Sacha durch das Kissen.

»Ich hasse euch alle«, sagt Amber automatisch. Das orangegelbe Haarbüschel, das unter dem Gummiband der Schwesternhaube hervorsprießt, wippt wie ein Fragezeichen. Sommersprossen verdunkeln ihr Gesicht.

Nun meldet sich Vanessa zu Wort, so energisch wie möglich. Sie muß das Kind irgendwie zum Rückzug veranlassen und weiß nicht, wie sie es bestechen soll, abgesehen vom Versprechen, die Lieblingsgeschichte ungekürzt vorzulesen – vom Lederpferd, das *geliebt* wird und *zum richtigen Leben* erwacht, im Gegensatz zu den teuren mechanischen Spielsachen und der goldhaarigen Puppe. »Sacha, denk mal an unser Festessen, das im Ofen steht. Wir brauchen deine Hilfe, wenn wir alles vorbereiten, und du weißt doch – *wir wollen Mutter eine Freude machen.*«

»Ich hasse Mutter!« schreit Sacha. »Ich will ihr keine Freude machen!«

Vor lauter Seelenleid wie im Delirium wird sie jeden Moment mit der furchtbaren Wahrheit herausplatzen. Natürlich könnte man hoffen, daß ihr niemand glaubt, aber . . .

»Okay, Robin, behalten wir sie hier.« Die Entscheidung, von Suzie hastig und mürrisch verkündet, schlägt wie eine Bombe ein. Sie geht zum Fenster, und was am erstaunlichsten ist – sie meint es ernst. Da steht sie, hält den Vorhang fest, hält vielleicht auch Tränen zurück, aber man kann ihr Gesicht nicht sehen. Vielleicht lächelt sie spöttisch.

Wie Vanessa interessiert zur Kenntnis nimmt, hat Suzie während Sachas Szene nie die Beherrschung und ihr ruhiges Selbstvertrauen verloren. Nur Daddys wegen. Sie will ihm zeigen, was für eine Märtyrerin sie ist, wie sehr sie von seinen Kindern gepeinigt wird. Durch die kleinen Rautenscheiben, das dicke Glas, das alles verzerrt, blickt sie ins schwindende Tageslicht hinaus.

Die anderen sind völlig verblüfft. Sofort verstummt Sacha, gibt nur gelegentlich leises Schnüffeln von sich. Alle starren Suzies kerzengeraden Rücken an, und Joe hüstelt leise am anderen Ende des Raums. Das soll kein besonderer Kommentar sein, er muß sich nur räuspern. Isobels chronische Ungeduld mit ihrem Mann wird spürbar. Den ganzen Nachmittag hat er sich in sein Schneckenhaus zurückgezogen.

»Also, ich finde, das ist eine großartige Idee!« Eileen strahlt übers ganze Gesicht.

»Ich könnte Caroline anrufen. Mal sehen, was sie dazu meint. Und ich müßte ihr ohnehin sagen, daß sie den Backofen ausschalten soll . . .«

»O ja, Daddy, ja!« Sacha springt vom Sofa auf und hüpft wie verrückt umher. Ihre rosa Zungenspitze bohrt sich begeistert durch die Zahnlücke, die Tränen sind bereits getrocknet.

»Ich will nicht hierbleiben – das kann ich nicht.«

Dem Himmel sei Dank! Vanessa unterdrückt den Impuls, durch das Zimmer zu laufen und Dominic abzuküssen, ihren coolen, vernünftigen Helden fest in die Arme zu nehmen.

Daddy blinzelt. »Du möchtest nicht hier übernachten, Dom?« Violette Flecken schimmern in seinen Augen. »Wieso nicht, um alles in der Welt? Warum kannst du nicht?«

»Weil ich mein Atemgerät vergessen habe.« Durch gesenkte Wimpern späht der Junge verstohlen zu Vanessa hinüber.

»Es wäre wirklich nicht richtig, wenn wir hierbleiben würden, Daddy«, erklärt sie. »Mutter wäre sehr böse. Sie will später weggehen, und jetzt wartet sie auf das Abendessen, das wir ihr versprochen haben. Den ganzen Tag waren wir hier, und nun sollten wir uns um sie kümmern.« Noch einmal dankt sie dem Allmächtigen, weil er ihr die Stimme wiedergegeben hat.

Daddy nickt. »Natürlich hast du recht. Vielleicht ein andermal.«

Den Daumen im Mund, die Fußknöchel gekreuzt, steht Sacha da und versteht die Welt nicht mehr. »Aber Suzie hat doch gesagt, wir dürfen hier übernachten«, fleht sie. »Nicht wahr, Suzie?«

»Das war keine gute Idee«, wirft Daddy rasch ein.

Das schmollende Kind hebt den Kopf und begegnet Vanessas eindringlichem Blick. Sacha hat alles vergessen, was mit Mutter zusammenhängt, und jetzt kehrt die Erinnerung zurück. Geheimnisse, die sie nicht verraten darf, Ereignisse, die im Dunkeln bleiben müssen, sonst wird es schrecklichen Ärger geben . . . Sie kräuselt die Lippen, preßt sie zusammen und schämt sich plötzlich. Nur zu gut weiß sie, wie nahe sie daran war, ihre Geschwister in große Schwierigkeiten zu bringen.

Ihr abrupter Sinneswandel wird natürlich seltsam wirken und allgemeine Neugier erregen, aber natürlich haben all diese Erwachsenen nicht die leiseste Ahnung . . . Vanessa sagt sich, ihre Sorge sei überflüssig, aber wie leicht ist es, sich vorzustellen, sie könnten besondere Fähigkeiten besitzen, so wie der liebe Gott, und sie nun beobachten und abwarten, was sie tun würde.

»Wenn wir jetzt heimfahren – bitte, holst du uns dann morgen wieder, Daddy?« bettelt Sacha, von Schuldgefühlen und Reue gequält. Ungeschickt rückt sie ihre Brille zurecht.

»Das wäre schwierig, Püppchen. Morgen besuchen uns nämlich viele Leute, und da würdest du dich nur langweilen.«

»Den ganzen Tag?«

»Ja, leider.«

Der zweite Weihnachtstag, der Tag der offenen Tür, genauso wie früher in der Camberley Road, als Daddy noch dort wohnte . . . Merkwürdig, das Leben mancher Menschen ändert sich nicht, während für andere – Vanessa schaut Sacha an – ganze Welten einstürzen. Sie beschließt, ihrer kleinen Schwester heute abend die ganze Geschichte vom Lederpferd vorzulesen und keine einzige Zeile auszulassen.

»Bringen diese Leute ihre Kinder mit?«

»O nein, das glaube ich nicht.« Aber sogar Sacha mit ihren sechs Jahren ist klug genug, um zu merken, daß Daddy lügt. Selbst wenn er ihr seine Halbwahrheiten so clever auftischt wie ein Zauberer – sie kriechen durch seinen Ärmel nach unten, und er muß sich die Hand am Hosenbein abwischen. Er zwingt sich zu einem fröhlichen Grinsen. »So, kleine Rasselbande! Holen wir unsere Mäntel, und bedanken wir uns bei Suzie.«

Vanessa ist böse auf Daddy. Sieht er Sachas verzerrtes Gesichtchen denn nicht? Tut ihm der Anblick von so viel Kummer nicht weh?

»Danke für die Einladung ...« – »Danke für den guten Tee ...« Notgedrungen lächeln sie Suzie an, denn in ihren Händen liegt das Glück der Kinder. Aber Vanessas Lächeln erinnert an eine Madonnenstatue, die bei religiösen Prozessionen durch die Straßen getragen wird – bleich und wächsern, eine starre Maske.

Sie helfen Daddy, seine Schneeschaufel zu suchen, und er legt ein paar Kartoffelsäcke in den Kofferraum des Autos, um es zu beschweren. Vor der Garage flüstert Sacha ihrer ältesten Schwester zu: »Es ist unfair, daß Suzie so eine Mutter hat.«

»Was? Eileen?«

Nun scheint sich Sacha ihrer Illoyalität zu schämen, und sie fügt nur zögernd hinzu: »Ja ... Warum können wir nicht so eine Mutter haben? Und ein Cottage namens Poppins und Katzen und einen schönen verwilderten Garten ...« Den Kopf gesenkt, scharrt sie mit einem kleinen roten Stiefel im Schnee – unfähig, die richtigen Worte zu finden. »Dann wären wir anders.« Sie läuft zu ihrem Vater, umklammert einen Knebelknopf seines Dufflecoats. »Nimm dir auch einen Schokoladeriegel mit, Daddy, falls du irgendwo steckenbleibst.« Ihre Fürsorge wirkt verzweifelt echt. Wie kann sie ihm so schnell verzeihen? Und wie kann er das zulassen?

Wären wir anders?

Während der Heimfahrt beschwichtigt die weiße Farbe des Schnees Vanessas hektische Gedanken. Dominic kann nicht zu reden aufhören, über alberne, lachhafte Dinge, die keine Rolle spielen und wahrscheinlich nicht einmal stimmen. Man könnte glauben, sein Leben würde glücklich und normal verlaufen. »Weißt du, Daddy, daß man ein richtiges Begräbnis abhalten muß, wenn man ein menschliches Bein findet?«

Daddy konzentriert sich auf die gefährliche Fahrt. »Tatsächlich?«

»Ja. Letztes Jahr riefen die Ratsmitglieder von Westminster einen Priester, weil man ein Frauenbein gefunden hatte, das in einem Kanal geschwommen war. Und das mußte begraben werden.«

»Wirklich?«

»Wenn man die restliche Leiche findet – gräbt man dann das Bein wieder aus und beerdigt alles zusammen?«

»Das nehme ich an. Aber man sollte meinen, sie hätten das Bein verbrannt.«

»O nein, vielleicht braucht man's später noch – als Beweismittel, falls die Frau ermordet wurde.«

Vanessa schaut aus dem Fenster, um festzustellen, ob die Bänder immer noch den Stamm eines bestimmten Baums umschlingen, dann lehnt sie sich zurück und seufzt erleichtert. Ja, sie sind noch da, wenn sie auch naß und schlaff herabhängen und ihre Farben fast verloren haben. Traurig registriert sie, daß keine Blumen mehr daliegen. Das ist die Stelle, wo im Frühling ein Sechzehnjähriger, der ein Auto gestohlen hatte und damit eine Spritztour machte, tödlich verunglückte. Bis vor kurzem umgaben Blumen den Baum, gegen den der Wagen geprallt war – alle möglichen Blumen, steife, sündteure Buketts und schlichte kleine Sträuße, deren Anzahl sich im Lauf des Jahres zusehends verringerte.

Wann immer Vanessa vorbeikommt, betrachtet sie schweren Herzens die Unfallstelle und den mangelnden Blumenschmuck. »Die Mutter des Jungen muß glauben, die Leute hätten ihn vergessen«, vertraute sie Daddy eines Tages an. »Was geschieht, wenn die Bänder vermodern? Sie wird denken, daß sich niemand mehr für ihren Sohn interessiert, und noch unglücklicher sein.«

»Sicher nicht.« Daddy ist sehr klug und versteht sogar so entsetzliche Dinge wie den Tod. »Sie weiß, daß eine Blumenspende nur den Beginn der Trauer anzeigt. Wenn die Blumen welken, machen sie im Herzen der Leute Platz, damit etwas Dauerhafteres darin wachsen kann.«

»Manchmal bist du furchtbar trübsinnig, Vanny – wie nennt man das doch gleich? Morbid . . .« Die traurigen Tatsachen des Lebens machen Camilla viel weniger zu schaffen.

Heute liegen keine Blumen unter dem Baum. Mag es morbid sein oder nicht – Vanessa wird während der Ferien Schneeglöckchen pflücken und hierherbringen. Sie versucht, durch das beschlagene Autofenster zu spähen, und überlegt, wo die Mutter des armen Jungen wohnen könnte.

Alle anderen Gebäude erstrahlen in hellem Licht, nur die Nummer vierzehn wirkt dunkel und abweisend. Jetzt ist das Haus ein Gefängnis, und genauso bedrohlich sieht es auch aus. Vanessa glaubt, die Geisterwölfe hinter den hohen Kiefern drüben im Park heulen zu hören. Ihr Atem stockt – die Vierzig-Watt-Glühbirne in der Sauna . . . Kann man sie von der Straße aus sehen? Vor Erleichterung erschauert sie genauso, als hätte sie zu lange warten müssen, bis sie auf die Toilette gehen kann. Durch die weißgestrichenen Kellerfenster dringt kein Licht. In Zukunft müssen sie gründlicher über solche Einzelheiten nachdenken. Das Martyrium hat eben erst begonnen. Und schon nach so kurzer Zeit waren sie sträflich leichtsinnig. Mühelos hätte man ihnen auf die Schliche kommen können.

»Eure Mutter muß sehr müde gewesen sein«, meint Daddy. »Sie ist noch immer nicht aufgestanden. Wollt ihr, daß ich warte? Ich glaube, ich sollte wirklich mit euch reingehen.«

Aber er will nicht warten ... Und so sagen sie: »Nein, wir sind okay.«

Es schneit immer noch, aber man merkt es kaum, denn die Flocken haben sich in federleichten Puderzucker verwandelt, der durch ein feinmaschiges Sieb herabrieselt. Dick liegt die frischgefallene Schneeschicht da, verharscht und funkelnd an der Oberfläche, die sich im kalten Abendwind härtet und vereist.

Es fällt schwer, aus dem Wagen zu steigen, all die Wärme, Daddys Lächeln und sein Versprechen, er würde morgen früh anrufen, draußen auf der Straße zurückzulassen. »Bedankt euch in meinem Namen bei Caroline!« ruft er durch den schmalen Spalt des geöffneten Autofensters. »Sagt ihr, ich komme nicht mit rein, sonst bleibe ich womöglich stecken! Ich lasse den Motor lieber laufen!«

Danke, danke, danke. Ständig müssen sie irgendwem danken, jeder scheint ihnen einen Gefallen zu tun, immer wieder, als wären sie Bettler, die nichts zu geben haben, die Art von Kindern, die man in den Wald schickt, zum Brennholzsammeln.

Schweigend schließt Camilla die hintere Autotür. Vanessa sieht Dominic schwankend davonlaufen, eifrig bestrebt, sich von dem Menschen zu entfernen, den er am allermeisten liebt. Sie weiß, daß die Zwillinge – sobald sie im Haus sind – all die neuen teuren Geschenke ignorieren und die Schachtel mit den Papierpuppen aus dem Katalog hervorholen werden.

»Ruf mich notfalls an, Darling, ja?«

»Natürlich, Daddy«, versichert Vanessa. »Gute Nacht.«

»Laßt euch den Truthahn schmecken! Frohe Weihnachten!« ruft Daddy, als er im schützenden Lichtkreis seines Wagens vorsichtig davonfährt.

13

Bewaffnet mit der Perücke am Verlängerungsrohr des Staubsaugers, statten die Kinder ihrer Mutter den zweiten Besuch ab. Dominic folgt seinen Schwestern mit dem Fotoapparat und trägt eine Taschenlampe, denn Vanessa meint, es könnte den Nachbarn auffallen, wenn sie nach monatelanger Dunkelheit plötzlich Licht im Keller sehen. Und dann würden sie sich wundern, was da vorgeht. »Ich glaube, eine Taschenlampe sieht man von der Straße aus nicht, wenn du eine Hand drüberhältst und in die andere Richtung leuchtest.«

Es ist schon sieben Uhr und sinnlos, auf den Truthahn zu warten. Niemand ist hungrig nach dem Tee bei Suzie – nichts Hausgemachtes, nicht einmal Sandwiches, Eileen würde ihnen so was nicht servieren. Und der Vogel sieht auch gar nicht verlockend aus, sondern weiß und wässerig, mit blutigem Schleim gefüllt. Sie beschließen, den Backofen auf volle Stärke zu drehen. Im Abzug surrt der Ventilator. Das Dinner wird erst am späten Abend fertig sein.

Vanessa hebt in salbungsvoller Geste die Hand, als sie die Kellertür erreichen. Die Kinder stehen eine Zeitlang da, und sie betet stumm, während die anderen lauschen.

Sie hatten darüber diskutiert, welche Perücke sie mitnehmen sollten, über die Grundidee allerdings nicht. Darin stimmten alle überein. Ohne dieses wichtige kosmetische Hilfsmittel würde Mutter sich nackt und gedemütigt fühlen. Wenn man's ihr vorenthielte, wäre das noch grausamer, als würde man sie ihrer Kleider berauben.

Aber welche Perücke? Allein schon der Aufenthalt in Mutters Schlafzimmer strapazierte die Nerven. Ihre Aura schien aus allen halboffenen Schubladen zu strömen, aus dem mit Talkumpuder bestreuten Boden der Duschkabine, aus den klebrigen Cremetiegeln auf dem Toilettentisch und den welken Blumen mit dem Kärtchen zwischen braun verfärbten Blütenblättern, die noch nicht auf den königsblauen Teppich geflattert waren. »Von Bart«. Die Atmosphäre in diesem Raum wirkt zornig, unberechenbar, verwirrend – hängt mit Lebenserfahrungen zusammen, mit Erinnerungen an Fehlschlägen und der Mühsal, erwachsen zu werden. In Mutters Zimmer fühlt sich Vanessa immer wie eine strenge, altjüngferliche Tante.

»Hier dürfen wir nichts anrühren. Es muß genauso aussehen wie jetzt, wenn Mrs. Guerney kommt.« Vanessa bewunderte Dominics kluge Voraussicht. Angesichts des Durcheinanders war sie versucht, aufzuräumen – nicht zuletzt, um das Chaos ihrer eigenen Gedanken zu ordnen, das sie immer schmerzlicher quälte, während der Besuch bei Mutter näherrückte. Der stickig heiße, exotische Raum beunruhigte sie, aber sie mußte einen klaren Kopf behalten.

Asche zu Asche. Staub zu Staub. Daddys Sachen gingen

in rituellen Opferflammen auf, und am Tag, nachdem er weggegangen war, rief Mutter die Maler an. Seinem Auszug folgte eine Reihe zusammenhangloser, merkwürdiger Ereignisse. Eine Zeit, in der man den Kopf gesenkt hielt, in der sich alles verschob und ineinanderfloß . . . Das ganze Haus wurde neu ausgestattet, sogar die Küche.

Monatelang lebten sie zwischen Staubschonern, gingen zwischen stählernen Trittleitern, atmeten den fast berauschenden Duft frischer Farbe ein, zogen von einem Schlafzimmer ins andere, während sich die angestammten Räume verwandelten. Nichts war heilig, nichts durfte bestehen bleiben. Mutter wirkte wie besessen. Eben noch telefonierte sie mit einer Freundin, um Rachepläne zu erörtern, im nächsten Augenblick kommandierte sie die eingeschüchterten Handwerker herum.

»Keine Vorwarnung! Nicht der geringste Hinweis! Ich kann es noch immer nicht glauben.« Die erwählten Freundinnen waren ebenfalls sitzengelassene Frauen, und sie kannte mehrere. Früher hatte sie deren »Märtyrertum«, wie sie es nannte, verachtet – jetzt brauchte sie verwandte Seelen. »Nicht einmal, wenn er mich auf den Knien anflehte, würde ich ihn zurücknehmen«, behauptete sie, rekelte sich im Telefonsessel, Zigaretten und Feuerzeug im Schoß, und inspizierte stirnrunzelnd einen langen Fingernagel nach dem anderen. Wenn eines ihrer Kinder telefonierte, drückte sie auf die Gabel und sagte: »Verschwinde, bitte.« Während sie sprach, musterte sie ihr Gesicht im Hallenspiegel.

Daddy hatte die Rezession ein ganzes Jahr vor ihrem Eintritt prophezeit. Im privaten Kreis erklärt er immer noch, er finde es bizarr, wie der Westen seine Hoffnungen in die erst kürzlich befreiten osteuropäischen Länder setze und ihnen einen Lebensstil anbiete, der offensichtlich dem Untergang geweiht sei. »Wenn kein brandneues

System auftaucht, keine völlig neue Denkweise, gibt es keine Alternative außer der absoluten Katastrophe. Aber ich sehe keine Führungspersönlichkeit mit brauchbaren Visionen.«

Vanessa war froh, weil auch alle anderen Katastrophen erlebten. Warum sollten nur sie und ihre Geschwister eine Katastrophe erleiden, in ihrer frostigen Isolation in der Camberley Road, fast unbemerkt? Doch dann fühlte sie sich schuldig, erinnerte sich an Unseren Herrn und Seine Wunden. In der Schule lernte sie, wie wichtig das Leid war. Jeden Abend, wenn sie sich auszog, suchte sie ihren Körper hoffnungsvoll nach Stigmata ab, entdeckte aber nur pubertäre Pickel.

Wenn sie sich zur Frau entwickelt, wird sie Daddy verlieren.

»Werden wir's erfahren, wenn Daddy stirbt?« fragte Amber tonlos. »Wird's uns irgend jemand sagen?« Mutter bedachte sie mit einem Stahlblick, schob sie beiseite, und niemand anderer konnte antworten.

Amber ging schnurstracks nach oben und überfütterte absichtlich ihre beiden Goldfische, schüttete eine ganze Packung Fischfutter ins Aquarium. Am nächsten Morgen schwammen sie auf der körnigen Wasserfläche, die silbrigen Flossen nach oben gerichtet. Die Kinder packten sie in eine Schuhschachtel, die sie im Garten vergruben, und Amber veranlaßte sie, »Greensleeves« zu singen, weil das noch trauriger klang als eine der üblichen Hymnen. »Wenigstens weiß ich genau, wo sie liegen«, bemerkte sie zufrieden. »Und wenn's euch nichts ausmacht, wäre ich jetzt lieber allein.« Die Geschwister zogen sich zur Hintertür zurück und beobachteten, wie sie am Rand des Grabes kniete. Ihre Haarbüschel schimmerten organgerot im Licht der sterbenden Sonne.

Nie kam es Mutter in den Sinn, sie könnte Daddy aus dem Haus getrieben haben. In ihren Telefonszenen gab sie sich fröhlicher denn je, um ihre verkrampfte Miene Lügen zu strafen. »Nein, es ist ungewöhnlich. Soviel ich weiß, gibt's keine andere Frau. Er sagt, er will seinen eigenen Lebensraum ... Kannst du dir das vorstellen, Jenny? Ich habe nie an die männliche Menopause geglaubt, aber jetzt muß ich wohl umdenken. Er wird sich einen Bart wachsen lassen und demnächst in einer Männer-Selbsthilfegruppe auftauchen. So was soll's in Hackney geben. Nein, meine Liebe, natürlich hat er die Kinder nicht mitgenommen. Welcher Mann tut so was schon?« Ihr lautes, krächzendes Lachen hallte durch das ganze Haus.

Sie spielte mit dem Diamanten in der großen Goldkralle ihres Verlobungsrings. Die Kinder senkten den Blick, wenn sie vorbeigingen, und taten so, als würden sie nicht zuhören. Manchmal klemmte sie den Hörer in die Halsbeuge, goß pantomimisch einen imaginären Drink ein und riß die Augen weit auf, um äußerste Dringlichkeit zu demonstrieren. Dann brachte ihr irgend jemand ein Glas und den Gin. Aber diese Telefonate wiederholten sich so oft, daß es langweilig wurde, sie zu belauschen.

In einem exklusiven Laden hinter Harrods kaufte sie dicke Teppiche und üppige Vorhänge, so lang, daß sie am Boden schleiften. Die Polstermöbel wurden neu bezogen, sogar die Fensterbänke, und das Essen schmeckte nach Terpentin.

Es war Sommer. Heiß und süß wehte der Duft gemähten Grases durch die Luft. Daddy holte die Kinder ab und ging mit ihnen im Park gegenüber dem Haus spazieren. Vanessa hatte sich dermaßen viele Fragen zurechtgelegt, daß ihr jetzt keine mehr einfiel. Nie zuvor war sie sich in seiner Gegenwart so dumm vorgekommen.

»Warum laufen wir alle hier rum?« fragte Amber. Die kleine Gestalt hoch aufgerichtet, ging sie voraus, in der Hand das kostbare Schraubglas mit den Perlen, von dem sie sich nicht trennen wollte. In ihrem leichten Sonnenkleid sah sie aus wie ein Lavendelgemälde. Daddy stapfte schwerfällig dahin und litt unter der Hitze.

Am See blieben sie stehen, um die Boote zu beobachten und die Leute, die herumalberten. Sie setzten sich ins Gras. Eine Wespe wollte Daddy nicht in Ruhe lassen, und er schlug mit einer gedruckten Liste von Telefonnummern nach ihr. Dann gab er Vanessa das zerknitterte Blatt. Ernsthaft und etwas mühsam erklärte er ihr: »Solltet ihr mich jemals brauchen, und wenn's mitten in der Nacht ist – unter einer dieser Nummern bin ich immer zu erreichen. Wie gern hätte ich euch vorher gesagt, ich würde ausziehen . . . Doch das war einfach unmöglich. Was geschehen ist, gefällt mit ebensowenig wie euch. Leider sah ich keinen anderen Ausweg. Jetzt wohne ich nicht mehr zu Hause, aber das bedeutet keineswegs, daß ich euch weniger liebe, mich nicht mehr um euch sorge oder seltener an euch denke . . .«

»Daddy, schau, die Wespen kommen da drüben aus dem Abfallkorb.«

»Verstehst du, was ich euch klarzumachen versuche, Sacha?« Erfolglos versuchte er, mit einem ernsten, eindringlichen Blick die Aufmerksamkeit des kleinen Mädchens zu erregen.

»Es ist diese Coladose – auf die haben sie's abgesehen.« Sacha hörte ihm nicht zu. Sie hob einen Zweig auf, lief zum Abfallkorb und begann in dessen stinkendem Inhalt herumzustochern.

»Ambers Goldfische sind tot«, berichtete Dominic phlegmatisch. Sein Gesicht hatte sich im üblichen sommerlichen Kaffeebraun gefärbt, das seine Zähne und das Weiß seiner Augen blitzen ließ. »Daddy, wußtest du, daß die Farmer öfter Selbstmord begehen als andere Berufsgruppen, abgesehen von den Ärzten?«

Gequält, verschwitzt und frustriert angesichts seiner

Unfähigkeit, sich mit den Kindern zu verständigen, ging Daddy auf die Frage ein. »So? Und warum?«

»Weil sie dran gewöhnt sind, ihr Vieh zu töten, wenn's zu nichts mehr nütze ist. Und wenn ein Farmer spürt, daß er nicht mehr gebraucht wird, bringt er sich selber um, so wie früher seine Tiere. Normalerweise erschießt er sich.«

Was Dominic sagt, ist manchmal schwer zu verstehen, aber Daddy bemüht sich sehr. »Bin ich jetzt zu nichts nütze, Dom? Glaubst du das, weil ich nicht mehr zu Hause wohne? Wär's dir lieber, wenn ich sterben würde?«

»Das hab' ich nicht gesagt.« Dominic stand auf und schlenderte am Wasserrand umher. In seinen bunten Bermudas und dem hellgelben T-Shirt sah er wie ein Tourist aus. »So ein Boot mit Fernbedienung hätte ich auch gern. Josh Collins hat eins. Seine Eltern sind geschieden.«

Daddy schaute traurig drein und sagte nichts.

Danach gab's einen Riesenwirbel, weil Sacha von einer Wespe gestochen wurde. Daddy mußte ein grünes Eis am Stil kaufen und auf ihren Arm drücken. Sie bestand auf einem grünen – nur das würde sie heilen.

Camilla hatte fast den ganzen Tag still geschwiegen, aber nun behauptete sie, ihre kleine Schwester habe sich absichtlich von der Wespe stechen lassen, um die Aufmerksamkeit ihres Vaters zu erwecken.

Es war kein schöner Tag. Nach Daddys ernsten Worten fühlte sich keiner besser, im Gegenteil. Das Unbehagen wuchs.

Vanessa zog die Knie an. Sie saß in einem Sessel – mit Staubschoner – und sah einen TV-Film über verhungernde Kinder in einem flachen braunen Land. Während eines Spendenaufrufs bemerkte Mutter, es sei sinnlos, Geld dorthin zu schicken. Damit würde man nur weitere Kriege finanzieren.

Am nächsten Tag stahl Vanessa ihr fünf Pfund aus der

Handtasche und warf sie in die Sammelbüchse von St. Mary's. Dann zündete sie eine Kerze an, betete um Mutters Seelenheil und um ihr eigenes.

Amber schaute sich im neuen, fremden Salon um und meinte: »Jetzt wird Daddy nicht mehr zurückkommen, oder?«

Eines Tages kam Camilla mit durchstochenen Ohren vom Besuch bei einer Freundin zurück. Mutter blickte vom Tapetenmusterbuch auf und geriet in hellen Zorn. »Wie kannst du es wagen! Wie schrecklich vulgär! Nie wieder wirst du so sein wie früher! Du hast dich verstümmeln lassen – und mich vorher nicht einmal gefragt!«

»Hat's weh getan?« Vanessa war tief beeindruckt.

»Ja«, antwortete Camilla. »Schrecklich weh. Und ich hab's genossen.« So wie Vanessa, als sie die fünf Pfund gestohlen hat.

»Erzähl mir bloß nicht, auch du hättest die perversen Neigungen deines Vaters geerbt! Mit deiner Schwester habe ich schon genug Ärger!« fauchte Mutter und nahm einen Schluck von ihrem trockenen Martini, dann blätterte sie wieder eine monströse Tapetenseite um.

»Jeden Tag müssen wir hierher ins Schlafzimmer kommen und alles in Unordnung bringen, wenn Mrs. Guerney weg ist. Wir nehmen Kleider aus dem Schrank und legen sie so hin, als wären sie eben erst getragen worden. Mrs. Guerney hat Augen wie ein Adler.« Natürlich gleicht sie keineswegs einem Adler, eher einer ganz gewöhnlichen Amsel, viel zu beschäftigt mit den praktischen Dingen des Lebens, um ein farbenprächtiges Gefieder zu spreizen. Dominic steckte einen Finger in einen der Cremetiegel auf dem Toilettentisch, schnüffelte daran und las das Etikett, mit der Miene eines Weinkenners. »Nährcreme«, verkündete er mißbilligend und wischte sich angewidert die Hände mit einem Papiertuch ab, als hätte er versehentlich Mutter berührt. »Es muß so aussehen, als würde sie dieses kosmetische Zeug regelmäßig benutzen – und das Bett. Gerade auf die Einzelheiten kommt es an.«

Wann immer er mit Daddy zusammengewesen ist, ahmt er dessen Ausdrucksweise nach, versucht, die gleichen Wörter zu gebrauchen. Deshalb halten ihn Leute, die ihn nicht kennen, für altklug. Vanessa findet ihn eher hilflos, wenn er sich so aufführt, viel jünger als in Wirklichkeit. Dominic ist kein harter Bursche.

Müde standen die Zwillinge auf der Schlafzimmerschwelle. Die herabgerutschten weißen Kniestrümpfe entblößten die knochigen Schienbeine. Sachas Blick klebte am Boden unter dem Bett, als fürchtete sie, Mutter würde jeden Moment hervorspringen, eine kreischende Hexe, und sich auf sie stürzen.

Vanessa zog die anderen ins Zimmer. »Alles okay. Schau nicht so verängstigt drein, Sacha. Mutter ist nicht hier und kann nicht sehen, was wir machen. Das weißt du doch.«

»Ja, aber ich habe das Gefühl, daß sie's könnte.« Immerhin setzte Sacha eine energische Miene auf, fest entschlossen, zu überleben, was Mutter auch tun mochte.

»Welche Perücke?« Camilla hatte bereits den Schrank geöffnet und musterte die Perückenständer in einem der Fächer – sechs steife, beigefarbene Köpfe ohne Augen, mit Stroh ausgestopft. Einer war kahl. Sie durften nicht vergessen, die kastanienrote Perücke hierher zurückzubringen.

»Was für eine trägt sie am liebsten?«

»Welche würde am besten zu ihrer Stimmung passen?«

Schweigend dachten sie darüber nach, dann entschied Dominic: »Die schwarze.« Er nahm sie von ihrem Ständer. Sie sah ordentlich gebürstet und gepflegt aus. Die Perücken gehörten zu den Sachen, auf die Mutter besonders stolz war und die sie gut in Schuß hielt.

»Wie wär's mit sauberer Unterwäsche?« Alle starrten Amber an, die mit sanftem Lächeln erklärte: »Sie ist schon eine Nacht und einen ganzen Tag da unten.«

»Ja, darum sollten wir uns kümmern«, sagte Vanessa zu Camilla.

Mutter trägt nur seidene Unterwäsche, die sich schlüpfrig und warm anfühlt. Es fiel ihnen schwer, darin herumzukramen, denn das erschien ihnen schlimmer als alles, was sie bisher getan hatten. Sie glaubten, etwas viel zu Persönliches anzufassen, so wie Mutters nackte Haut. Und Vanessa mußte an die kalte Papierhaut jener unanständigen Fotos denken. Ehe sie die verbrannt hatten, war ihr Finger darübergefahren. »Keine Sexy-Sachen«, bestimmte Camilla. »Sie geht nirgendwo hin, niemand wird sie sehen.«

»Und wenn wir den Doktor rufen müssen?« gab Sacha hoffnungsvoll zu bedenken. Sie wirkte sehr vergnügt, wie sie so dastand, die Hände geschäftsmäßig in den Taschen ihrer gestärkten weißen Schwesternschürze.

»Sei nicht albern, Sacha.« Das hatte Vanessa schon einmal gesagt, und es klang so lahm wie zuvor. »Mutter ist nicht krank.«

Sacha verdrehte die Augen hinter ihren Brillengläsern. »Gestern war ihr schrecklich übel. Den ganzen Teppich hat sie vollgekotzt. Und ich hab' ja nur gefragt. Darf ich nicht einmal was fragen?«

Mit der ganzen Gelassenheit einer Sechsjährigen führt Sacha die Prozession zur Kellertür, das Verlängerungsrohr des Staubsaugers in der Hand, auf dessen Ende die schwarze Perücke steckt. Mit der wippenden Flügelhaube sieht sie ein wenig wie Mutter Augustus aus – oder die Choristin in St. Mary's, die immer weiße Handschuhe und ein Kruzifix trägt.

Aus unerklärlichen Gründen regt sich Vanessa auf. »Zieh keine dumme Show ab!«

»Tu' ich doch gar nicht, du Schwachkopf!« verteidigt sich Sacha. »Das ist eine feierliche Zeremonie. Eigentlich müßte irgendwo eine Orgel spielen.«

Ja, ohrenbetäubende Moll-Akkorde, die tief ins Herz dringen. Vanessa kann sie fast hören. Ihre Ohren dröhnen.

»Ich glaube, nächstes Mal sollten wir eine Glocke läuten«, fügt Sacha mit allem gebührenden Ernst hinzu. »Für Mutters Stunde. Und die Glocke müßte aus Silber sein.«

14

Es ist Mutter, die in der Sauna festsitzt. Warum erleidet dann Vanessa den wütenden, hilflosen Frust einer Gefangenen, die vom Rand des Lebens herabzugleiten droht? Warum bemüht sie sich so krampfhaft, alles zu vergessen – außer ihrem Haß?

Sie folgen ihrer Führerin, und die Augen gleichen Spionen, die zugeklebte Kuverts über Dampf öffnen. Die Schuhabsätze hallen laut auf der eisernen Wendeltreppe wider. Fürsorglich drückt Amber die neue Speisekarte an die Brust. Dominic erlaubte ihnen, eine Seite aus seinem neuen Zeichenblock herauszureißen, damit sie die Speisekarte für den Abend auf edles, steifes Papier mit ovalem Zierrand schreiben konnten. Umrahmt von Stechpalmenblättern, mit Tinte und roten und grünen Buntstiften gemalt, stehen zwei Menüs zur Auswahl, in blauen, grünen und gelben Buchstaben: Schinkensalat und Weihnachtskuchen oder Würstchen mit grünem Salat und Gebäck mit Dörrobst und Sirup und Sahnecreme.

Zitternd hält Amber den Atem an und bläst die Backen auf, als würde sie unter Wasser schwimmen. Sie tritt von einem Fuß auf den anderen und beantwortet Vanessas besorgte Frage mit einem Kopfschütteln. »Nein, ich muß nicht – ich war schon . . . Später können wir ihr was vom Truthahn bringen – ein Festmahl um Mitternacht«, flüstert sie und stößt die Luft zwischen zusammengebissenen Zähnen hervor, um ihre Nervosität zu bekämpfen.

Camilla hat Mutters Unterwäsche ordentlich zusammengefaltet und in eine Einkaufstüte gesteckt, die sie nun auf Armeslänge von sich abhält.

Irgendwie gewinnt Vanessa den Eindruck, sie würden die Sachen wie Opfergaben darbringen. Mutter sitzt da, eingekerkert in Kiefernholz, vor aller Augen verborgen. Nur die Erwählten dürfen sie sehen – eine heilige Reliquie wie das Leichentuch von Turin. Oder wie das arme, vergiftete Schneewittchen. Hinter Glas konserviert und deshalb um so mächtiger. Aber wo zieht man die Grenze zwischen einer akzeptablen Reliquie und einem Götzenbild. Die erstere, so vermutet sie, erfüllt den Zweck, Neugier zu befriedigen, und letzteres ersetzt den Allmächtigen. Im Moment erscheint ihr Mutter eher wie eine leblose Reliquie . . . Und doch dreht sich die Welt der Kinder nur um sie.

Die Luft riecht muffig und unheilvoll wie in der Krypta unter den weitläufigen Steinböden von St. Mary's, und man muß fünfzig Penny zahlen, um die alten Gebeine zu besichtigen, die dort bestattet sind. Auch dies hier ist ein geheiligter Ort, wo man Gebeine finden könnte, wo eine böse Tat begangen wurde. Dominic zieht einen Besuch der Gewölbe von St. Mary's, wo die Farben eines Gebetbuchs vorherrschen, einem Rundgang durch die alten Londoner Verliese vor, und er spricht das gespenstische Wort »Grab« immer lauter aus, bis es von den zerbröckelnden Mauern widerhallt.

Unheimlich flackert der Fitneßraum im Taschenlampenlicht. Dominic richtet den Strahl nach vorn wie eine Platzanweiserin im Kino. Der hellgelbe Kreis betont den Glanz von Metall und Chrom, hebt den kalten, fleckenlosen Stahl der Geräte hervor, die so bedrohlich wirken wie Folterwerkzeuge. Die Wände werfen das Echo der Schritte zurück. Die Sauna surrt. Ein gedämpfter Schimmer fällt durch das Lukenfenster, glücklicherweise nicht stark genug, um von der Straße aus bemerkt zu werden. Sacha tritt vor und kniet neben dem Loch nieder, durch das die Rohre verlaufen. Ihre Schwesternhaube berührt fast den Boden, als sie die Größe der Öffnung prüft. Konzentriert leckt sie sich über die Lippen. Wie ein Kaminkehrer, der seinen Stoßbesen in den Schornstein gleiten läßt, schiebt sie das Staubsaugerrohr mit der Perücke in die Sauna.

Hinter ihr beugt sich Amber atemlos hinab, die Speisekarte wie eine Schriftrolle in der Hand. »Das Loch ist so klein, daß man nichts sieht, nur den Boden.«

Vanessa, die nichts zu verschenken hat außer Worten, berührt ihr Kruzifix und stellt sich vor dem beschlagenen Fenster auf die Zehenspitzen. Tief und mühsam holt sie Luft, schickt ein stummes Gebet zum Himmel und fragt: »Bist du okay, Mutter?«

Die Gefangene hat das schwarze Kleid ausgezogen. Ein elfenbeinweißer Unterrock lugt aus dem geöffneten Pelzmantel hervor. Wo liegt das Kleid? Zusammengeknüllt in einer Ecke, neben der Strumpfhose. Auch Mutter sieht zusammengeknüllt aus, die Arme vor der Brust verschränkt, zitternd, das Haar naß und borstig, als hätte sie soeben geduscht. Offenbar haben sie nicht das ganze Make-up entfernt, bläulich-schwarze Schatten umrahmen die Augen – tote Augen in einem zerknitterten Gesicht. Die Ringe an ihren Fingern blitzen. Ihre Lippen verziehen sich zu einem grausigen Lächeln. Irgend etwas ist mit ihrer Haut geschehen, die braune Falten wirft.

Ihre ungeteilte Aufmerksamkeit gilt der Perücke, die über den Boden herangleitet und nur wenige Zentimeter vor ihren nackten Füßen haltmacht. Mutter verkrümmt die Zehen und beobachtet die Perücke, als fühlte sie sich von einer mörderischen Spinne belauert. Entsetzen sinkt auf sie herab wie ein Totenhemd. Sie scheint in sich hineinzukriechen, umschlingt die angezogenen Knie, verbirgt den Kopf in den Armen. Nun erinnert sie an Bilder von ungeborenen Babys, in weiblichen Bäuchen zusammengerollt.

Wir suchten nach Frieden und fanden nur Leid . . . Großer Gott, was haben wir ihr angetan? »Das ist die schwarze Perücke, Mutter«, erklärt Vanessa hastig. »Wir dachten, du würdest dich besser fühlen, wenn du . . .«

»Da krabbeln Würmer heraus . . .«

Was? Mutters Schock verstärkt das träumerische, schwebende, unwirkliche Gefühl, und für ein paar Sekunden vergißt Vanessa, wo sie ist. Sie verspürt eine niederdrückende Erschöpfung, als würde jemand ein Kissen auf ihren Kopf pressen. Was Mutter zwischen klappernden Zähnen faselt, kann sie nicht genau verstehen.

»Noch mehr Würmer!«

Die wartenden Kinder zucken zusammen, schauen sich an mit runden, verwirrten Augen, erschrocken über Mutters schrillen Schrei, der klirrend von allen Fitneßgeräten widerhallt.

»Schnell! Schnell! Versuch's mit der Speisekarte!«

Mit bebenden Fingern stößt Amber die Schriftrolle durch das Loch.

Vanessa sinkt auf die Fersen herab, läßt die Schultern hängen, starrt Camilla an. »O Gott, ich glaube, da stimmt was nicht mit ihr.«

»Laß mal sehen.« In aller Eile rücken sie das kleine, runde Trampolin unter das Fenster. Vanessa und Dominic halten Camillas Hände fest, als sie auf der federnden

Oberfläche balanciert, einen Wasserfall aus goldenen Locken am Rücken. Sie trägt immer noch ihr Tutu, aber darüber eine fast knielange Strickjacke aus Mohairwolle. Als sie sich aufrichtet und ein wenig vorbeugt, sieht sie so steif aus wie eine Plastikballerina auf einer billigen Spieldose, ein Figürchen, das man leicht abbrechen kann, wenn man nicht vorsichtig ist. Sie wirft nur einen kurzen Blick durch die Luke, schnappt fasziniert nach Luft, dann steigt sie mit Hilfe ihrer Geschwister vom Trampolin herunter. Ihre Hände mit den abgekauten Fingernägeln fühlen sich knochig und eiskalt an. Wegen ihres niedrigen Blutdrucks hat sie schon immer an Frostbeulen gelitten.
»Sie zittert wie Gelee. Und sie hockt da wie ein Häufchen Elend.«

»Laß mich mal sehen.« Dominic klettert auf das Trampolin, und alle Augenpaare richten sich auf sein Gesicht. Eine Minute lang beobachtet er Mutter, beide Handflächen an die Tür gelegt. Abwechselnd runzelt und glättet sich seine Stirn. »Mutter?« ruft er so unerwartet, daß die Kinder zurückspringen. Dann wiederholt er mit noch lauterer Stimme: »Mutter? Kannst du mich hören?«

»Was macht sie jetzt?«

»Du brauchst nicht zu flüstern, Camilla, sie hört dich nicht.«

»Aber was hat sie da über Würmer geschrien?«

Dominic spät wieder durch das Fenster. An seinem Hals baumelt die Kamera. »Jetzt schreit sie nicht mehr. Ich kann ihr Gesicht nicht sehen. Sie hat's in den Armen vergraben.«

»Ich will auch reinschauen!«

Von wachsender Panik erfaßt, faucht Vanessa: »Nein, nein, Sacha, nicht jetzt. Vielleicht, wenn wir nächstes Mal herunterkommen.«

»Das ist unfair!« beklagt sich das Kind weinerlich.

»Mach jetzt keine Szene, Sacha. Ich bin nicht Daddy,

und ich bin nicht in der Stimmung, um mich mit dir herumzuärgern.«

»Ich kann doch fragen!«

Dominics Berichterstattung mangelt es an echter Sorge. Er trägt die gleiche brüske Autorität zur Schau wie Daddy, wenn er im Fernsehen über schreckliche Dinge redet. Wann immer Vanessa ihren Vater darauf hinweist, antwortet er: »Was ich sage, ist schlimm genug. Das Publikum will nicht, daß ich auf dem Bildschirm auch noch zusammenbreche. Das ist nicht mein Job, Darling, außerdem würde es niemandem helfen.«

»Sie kauert in der Ecke, in ihren Mantel gewickelt«, erzählt Dominic. »Und sie zittert immer noch am ganzen Körper. Wahrscheinlich hat sie sich erschreckt, als die Perücke so plötzlich aufgetaucht ist. Wir hätten erst anklopfen und erklären sollen, was wir vorhaben. Dann wäre sie gewarnt gewesen. Und ich glaube, sie friert immer noch.«

»Wie kann sie denn frieren?«

Dominic schaut wieder in die Sauna. »Wir wissen ja gar nicht, ob der Thermostat überhaupt funktioniert. Es muß schon eine Ewigkeit her sein, seit die Heizung zum letztenmal kontrolliert wurde. Womöglich ist sie kaputt. Wenn es darin heiß wäre, hätte Mutter ein rotes Gesicht, aber sie ist ganz blaß und verkniffen.«

»Aber wir dürfen den Thermostat nicht höher drehen, Dom«, warnt Vanessa. »Der steht jetzt schon auf sechsundzwanzig Grad.«

Kühl wie der fleckenlose Stahl ringsum, so als hätte er mit alldem nichts zu tun, entgegnet er: »Es würde nichts schaden. Außerdem glaube ich, daß sie uns was vormacht. Wartet mal. Vielleicht kann ich sie mit meinem Blitzlicht aufrütteln.« Er hebt seine Instamatic ans Auge, stellt sie ein und drückt auf den Auslöser. »Keine Reaktion«, berichtet er und spult den Film weiter. »Aber ich glaube immer noch, daß sie uns was vormacht.«

»Was meinst du?« Alles wäre ganz anders, hätten sie ein warmes, sonniges Gefängnis gewählt.

»Sie will, daß wir die Tür öffnen, und auf diese Weise versucht sie, uns zu erschrecken. Deshalb spielt sie die Kranke. Wenn wir ihr ein bißchen einheizen, wird sie lernen, daß sie mit diesem schlechten Benehmen nichts erreicht.«

Belohnung und Bestrafung? Kann das der sanftmütige, mitfühlende, weichherzige Dominic sein, Mutters rücksichtsvoller Sohn, der einem Bettler seinen letzten Penny geben würde?

»Ich hab' ja gesagt, daß sie krank ist!« Triumphierend plustert sich Sacha auf.

»Aber sie ist nicht krank, Sacha. Das will sie uns nur weismachen, damit wir sie herauslassen. Und was glaubst du, was dann geschehen wird?«

»Sie wird schrecklich wütend sein.« Sachas Mundwinkel ziehen sich nach unten, und ihr Kinn ragt knotenförmig hervor wie bei einer kleinen alten Frau.

»Mit Vanessa wird was Furchtbares passieren.« Amber ist den Tränen nahe, denn Mutters Schrei hat sie zutiefst erschreckt. »Ihr habt ja gehört, was Mutter sagte, als wir letztes Mal hier waren – erinnerst du dich nicht, Sacha? Man wird Vanny wegbringen und ihr nicht einmal verraten, für wie lange. Sie kommt in eine Spezialanstalt, und wir werden sie jahrelang nicht sehen, wahrscheinlich erst, wenn sie erwachsen ist. Ganz faltig und alt, und sie wird uns nicht einmal mehr kennen.«

Sacha trägt ihren Ochsenfrosch-Schmollmund zur Schau, und ihre Unterlippe bebt, als sie die schrille Anklage hervorstößt: »Ich glaube, Mutter will nicht einmal eine saubere Unterhose haben!«

Blicklos starrt Camilla auf ihre Einkaufstüte hinab. »Nein, wahrscheinlich nicht.«

»Wir müssen für klare Fronten sorgen, versteht ihr das

nicht?« Dominic ist der einzige, den das Drama kaltläßt, und er verbirgt seine Ungeduld nicht. Während er seinen Standpunkt erläutert, fällt ihm das Atmen immer schwerer. »Mutter muß wissen, was sie erwartet. Wenn wir wieder zur Schule gehen, wird das Haus tagsüber leer sein, abgesehen von Ilse und Mrs. Guerney. Wir werden nicht da sein, und so können wir nicht auf sie aufpassen. Deshalb müssen wir ihr in den wenigen Tagen, die uns noch bleiben, deutlich klarmachen, wer hier das Sagen hat.«

»Wir drehen hier keinen Horrorfilm, Dom, und sie sieht nicht so aus, als würde sie sich krankstellen.«

»Vanessa! Mutter ist eine ausgebildete Schauspielerin!«

»Aber ich habe das Gefühl, sie ist wirklich krank.«

»Okay. Wollt ihr das Risiko eingehen?«

Unschlüssig schaut Vanessa ihren Bruder an. Es wäre eine maßlose Erleichterung, zu glauben, Mutter würde sich tatsächlich nur albern benehmen.

Jedenfalls kann Vanessa nicht mehr widersprechen, und warum sollte sie auch? Warum sollte sie Mutter verteidigen, warum sich verantwortlich fühlen?

»Geben wir ihr doch noch ein bißchen Zeit«, schlägt Dominic aalglatt vor. »Vorerst müssen wir keine Entscheidung treffen. Wir kommen immer wieder herunter und sehen, was passiert, aber wahrscheinlich habe ich recht. Sie ist nicht krank. Mutter war noch nie richtig krank. Wenn sie behauptet, sie hätte Migräne, sitzt sie in ihrem Zimmer, liest oder sieht fern und stopft sich mit Schokolade voll. Und sobald ein Mann auftaucht und sie ausführen will, geht's ihr sofort wieder gut. Wir dürfen uns nicht von Gefühlen hinreißen lassen.«

»Du redest so, als würde das bis in alle Ewigkeit dauern. Aber wir können sie nicht für immer hier unten festhalten, nicht wahr?« Vanessas Herz flattert, als der Gedanke auf sie einstürmt, als sie die beunruhigende Frage stellt, bedroht von einer kurzen, beklemmenden Vision künftiger Jahre . . . Sie selbst gezwungen, immer im Haus zu bleiben und mit dem grausigen Geheimnis zu leben, auf die Polizei zu warten, die es irgendwann herausfinden muß. Und dann wird man sie hinauszerren, mit einer Decke über dem Kopf, mitten hinein in ein Blitzlichtgewitter, und wütende alte Frauen werden Gift und Galle speien . . . Ihr ganzes Leben ruiniert – *und alles nur wegen Mutter.* »Geh weg, Dom, laß mich noch mal reinschauen.«

Mutter hebt den Kopf, runzelt die Stirn, richtet die verengten Augen entnervend langsam auf das Gesicht am Fenster. Erst jetzt scheint sie Vanessa zu erkennen. Sie sieht grauenvoll aus – verwüstet, die Zähne gefletscht. Und dann – noch schlimmer – parodiert sie die Pantomime, die sie so oft vorführt, wenn sie telefoniert und den Kindern bedeuten will, sie würde gern etwas trinken.

Vergeblich bemüht sich Vanessa, ihren Blick von der furchtbaren Szene loszureißen. Wie im Zeitlupentempo formt Mutters zuckende Hand eine Klaue, die eine unsichtbare Flasche umfaßt. Aufmerksam beobachtet sie ihre Finger, um festzustellen, ob sie auch wirklich die angestrebte Wirkung erzielt. Dann dreht sie den Kopf zur Seite und konzentriert sich auf die andere Hand, die aus pelzigen Tiefen hervorgleitet und ein Phantasieglas ergreift.

Vanessa starrt in Mutters Augen. Und da öffnen sie sich weit, um die Dringlichkeit ihres Wunsches zu bekunden. Aber es sind nicht mehr Mutters Augen. Sie haben alle Autorität verloren. Leer und blicklos, gleichen sie den Augen eines verschreckten Kindes. Flehende Augen. Flehende Hände. Wie eine ausgemergelte Gestalt, die während einer Hungersnot betet und in Lumpen neben der Mauer irgendeiner biblischen Stadt kniet.

Ihr Pelzmantel gleitet von einer Schulter, gefolgt vom Riemen des BHs, der knochige Vertiefungen entblößt und dann ... »Eine von Mutters Brüsten ist rausgerutscht!«

»O nein!«

»Laß mich sehen!«

»Nein, Sacha! Und hör zu kichern auf!« Vanessa weicht zurück, blaß und zitternd, umklammert ihr magisches Kruzifix.

Angewidert und wütend keucht Dominic: »Das macht sie absichtlich, merkt ihr das nicht?« Beinahe bricht er in Tränen aus.

»Gehen wir hinauf. Ich brauche mein Atemgerät. Lassen wir sie einfach hier. Irgendwann wird sie die Nase voll haben und sich beruhigen.«

»Hat sie genug Wasser?« fragt Camilla. »Man kommt tagelang ohne Essen aus. Aber ohne Wasser wird sie sterben.«

Also muß Vanessa noch einmal durch die Luke schauen. Beklommen stellt sie sich auf die Zehenspitzen und sieht Mutter immer noch in der grausigen Pose, in einer Hand die imaginäre Flasche, in der anderen Hand das Glas. Halb nackt bettelt sie um einen Drink, wie manche Tramps, die in Hauseingängen kauern. O armer, armer Daddy. »Ja, der Eimer ist noch fast voll, aber das Wasser muß schal geworden sein.«

»Dagegen können wir nichts tun«, meint Dominic immer noch aufgeregt, aber trotzdem imstande, praktischer zu denken als die anderen. »Bevor wir nächstes Mal runterkommen, füllen wir einen Eisbeutel mit Wasser, den verschließen wir ganz fest und schieben ihn durch das Loch.«

»Sie will keinen Truthahn, nicht wahr, Vanny?«

»Nein, Amber«, bestätigt Vanessa und erinnert sich an den dampfenden weißen Vogel. »Und ich glaube, ich möchte auch keinen.«

Dominic dreht den Thermostat der Sauna auf fünfunddreißig Grad und murmelt: »Das müßte reichen.« Und nachdem Mutter sich so schockierend benommen hat, widerspricht ihm niemand.

15

Das Telefon klingelt, als sie lustlos am Truthahn knabbern. Sie machen sich nicht die Mühe, ihn aufzuschneiden, reißen einfach nur die knusprigen Stücke runter. Am Küchentisch versammelt, lächeln sie Vanessa an, schieben den matschigen Tiefkühl-Rosenkohl auf ihren Tellern umher. »Igitt! In der Mitte ist immer noch Blut.«

»Es gibt noch Preiselbeersauce«, verkündete Vanessa aufmunternd. Mit ihrem grünen Papierhut sieht sie plump aus, was sie in Wirklichkeit gar nicht ist, wie ein mütterlicher Kardinal. »Nehmt euch noch was.«

Es ist immer eine Glocke, die Alarm schlägt. Amber hat recht – wenn sie nächstes Mal zu Mutter gehen, sollten sie eine Glocke mitnehmen.

»Wir müssen rangehen. Vielleicht ist es jemand, der's schon den ganzen Tag versucht.«

»Wir könnten sagen, daß Mutter ausgegangen ist oder schläft.«

»Das hängt davon ab, wer sich da melden wird.«

»Lassen wir den Anrufbeantworter laufen, dann entscheiden wir, was wir tun werden.«

Das drängende Klingeln zerrt an den Nerven der Kinder. Es schwillt immer lauter an, bis der Anrufbeantworter klickt und für vorübergehende Erleichterung sorgt. »Keine Bange, Caroline, ich bin's nur.«

»Charlotte!« seufzt Camilla, und das Herz wird ihr schwer. »Du mußt mit ihr reden, Vanny.«

Die Menschen gleichen eher ihren Taschen als ihren

Hunden. Die Lieblingstaschen verraten sehr viel. Mutter trägt meistens eine flache braune Krokotasche mit Reißverschluß, gepunktet und sehr schick. Und Charlotte, eine große, schlampige Person, bevorzugt eine Schultertasche aus Seehundfell, so vollgestopft, daß sie die Klappe nicht zumachen kann – während Mrs. Guerney, die einmal die Königin, die Königinmutter und Prinzessin Margaret in Fleisch und Blut gesehen hat, einen Union Jack aus Plastik benutzt, worin sie alles ordentlich verstaut. Vanessa hebt den Hörer vom Küchenanschluß ab, lehnt sich an die Wand und spielt mit dem Kugelschreiber, so wie Mutter. Sie stellt den Anrufbeantworter ab und fühlt sich wie ein Turmspringer im freien Fall, denn jetzt gibt es kein Zurück mehr. »Hallo, Charlotte.« Ihr Blick sucht Camilla.

Die blecherne Stimme am anderen Ende der Leitung durchbohrt das Schweigen in der Küche. »Bist du das, Vanessa? Frohe Weihnachten, Darling. Feiert ihr schön?«

»Ja, danke, Charlotte. Mutter ist gerade oben.« Sie wischt ihre schweißnasse Hand am Kleid ab. Soll sie sagen, Mutter würde schlafen?

»Sei so lieb und hol sie mal, ja?«

Mit Charlotte redet Mutter immer. Niemals würde sie nach unten rufen: »Um Himmels willen, Vanessa, inzwischen hast du doch gelernt, den Leuten zu sagen, ich sei nicht da!«

»Gut, ich geh' rauf.« Vanessa kann kaum etwas sehen, weil es hinter ihren Augen so heftig pocht. Sie legt eine Hand auf die Sprechmuschel und fleht: »Camilla, wirst du's schaffen?«

Dominic, der Perfektionist protestiert hysterisch: »Aber sie hat doch keine Übung!«

»Das weiß ich, aber was sollen wir sonst machen?«

»Sagen wir, daß Mutter in der Badewanne sitzt und später zurückruft.«

»Und dann?« Vanessas bühnenreifer Sarkasmus bleibt unbemerkt. Für so was fehlt jetzt die Zeit.

»Dann könnten wir abwarten, ob Charlotte noch mal anruft.«

»Aufgeschoben ist nicht aufgehoben.«

»Aber wenn sie Schwierigkeiten macht und endlos über persönlichen Quatsch faselt?«

»Es muß nicht lange dauern, wenn Mutter erklärt, sie würde sich nicht wohl fühlen.«

Mit ausdruckslosem Gesicht, eine routinierte Ballerina, trippelt Camilla zum Telefon und nimmt den Hörer. Sie räuspert sich und starrt Vanessa an. »O Charlotte, ich hab' mich schon gefragt, ob du anrufen würdest.«

»Ich versuch's schon den ganzen Tag, Darling. Wo warst du denn?«

»Ach, wahrscheinlich hab' ich das Telefon einfach nicht gehört. Die Kinder waren drüben bei diesem Typen und wurden von seiner Lady verköstigt, die jetzt wahrscheinlich in ihr Kissen schluchzt, weil sie alles mögliche kaputtgemacht haben . . .«

Vanessa betrachtet ihre Füße – die zwei übergroßen Plattfüße in den »Cellistinnenschuhen«, wie Mutter sie nennt. »Du sitzt auch da wie eine Cellistin. Kannst du dich nicht einigermaßen gesittet benehmen?« Ein Esel nennt den anderen Langohr.

»Du Ärmste!« Charlotte zerfließt vor Mitleid. »Haben sie dich ganz allein gelassen?«

»Seit wann kümmert sich hier irgend jemand um meine Gefühle?« erwidert Camilla brillant. »Ich hab' mich in aller Einsamkeit vergnügt – wie üblich.«

»Wo steckt Bart? Wahrscheinlich spielt er bei seinem kleinen Frauchen in Potters Bar den Weihnachtsmann . . .«

»Darüber möchte ich jetzt nicht reden, Charlotte.«

»Es ist doch nichts passiert?«

»Doch, leider sogar sehr viel«, entgegnet Camilla ohne Zögern. »Wenn's mir bessergeht, erzähl ich dir alles. Ich hab' eine schreckliche Nacht hinter mir. Mein Kopf fühlt sich an wie eine Autobahn, und mein Mund schmeckt wie ein Aschenbecher. Als du anriefst, lag ich gerade da, mit einer Augenkompresse, und unter der will ich mich jetzt wieder verkriechen. Hoffentlich verstehst du das.«

Die Kinder hören zu, Mund und Ohren aufgesperrt. Camilla spricht nicht nur so wie Mutter, sie sieht auch so aus. Schmollend zeigt sie mit der Spitze eines Ballettschuhs auf die Brotkrumen am Boden, wirft immer wieder das Haar nach hinten, streicht geistesabwesend mit einem Finger hindurch. Die Stimme klingt leise und selbstsicher, genau der richtige Tonfall für ein Gespräch mit Charlotte – als fürchtete sie, jeden Moment gestört zu werden. Sie redet rasch und nervös, enthüllt Geheimnisse, die belauscht werden könnten. Aber die Gänsehaut an den Armen verrät ihre Angst.

»O Caroline, es tut mir ja so leid!« Wie üblich vermag Charlottes enthusiastische Anteilnahme die unterschwellige Schadenfreude nicht verbergen. Wie kann Mutter so blind sein und eine solche Freundin haben, die aussieht wie ein Saugfisch und sich am Elend anderer weidet? Sie liebt so was. Deshalb ruft sie an. Das Unglück zeigt sich in unendlich vielfältiger Gestalt. »Eine gräßliche Frau«, meint Daddy, »ein Parasit, süchtig nach der Verzweiflung ihrer Mitmenschen. Hängt sie immer noch bei euch rum?«

Doch an diesem Abend wirkt Carolines Notlage so echt und ungekünstelt, daß nicht einmal die schamlose Charlotte noch länger drin rumstochern kann. Man hat ihr ein faszinierendes Weihnachtsgeschenk überreicht, das sie allerdings noch nicht auspacken darf, aber es wartet auf sie, und Vorfreude ist die schönste Freude. Also schwatzt sie beglückt weiter. »Du armes, armes Ding! Natürlich verstehe ich das. Nun, du weißt ja – alle Männer sind wankelmütig, und ich hab's immer gesagt – du erniedrigst dich, wenn du mit diesem kleinen Arschloch rumläufst. Klar, im Augenblick siehst du das anders, aber in ein paar Wochen wirst du dich fragen, was du jemals an ihm gefunden hast.«

»Vermutlich. Übrigens, ich hab' mir ein Zimmer in Broadlands reservieren lassen. Am Mittwoch oder Donnerstag fahre ich hin, also sehen wir uns wohl erst, wenn ich zurückkomme . . .« Nun klingt Mutters Stimme sogar tränenerstickt, und Vanessa, den Blick immer noch auf ihre Füße geheftet, sorgt sich, Camilla könnte es übertreiben.

Charlotte ist verständlicherweise pikiert. Soll ihr ein Strich durch die Rechnung gemacht werden? »Darling! Ich hatte ja keine Ahnung, daß es so schlimm ist! Einfach skandalös! Geht's dir sehr schlecht? Soll ich nicht vorbeikommen? Das wäre kein Problem. In einer halben Stunde könnte ich da sein.«

»Nein, danke. Das ist lieb von dir, und es ist mir ein Trost, daß sich jemand um mich kümmert, aber ich muß jetzt wirklich allein sein.«

»Sind die Kinder okay?«

»Ja, natürlich.« Caroline, in Camillas Gestalt, läßt sich nicht auf einen Themenwechsel ein.

Tief enttäuscht wirft Charlotte noch einen Köder aus. »Wenn du dir sicher bist, daß ich nicht kommen soll . . .«

Das verlockende Ende des Gesprächs vor Augen, bleibt Camilla vorsichtig, erlaubt sich keinen Fehler. »Sobald ich kann, melde ich mich bei dir. Unter diesen Umständen sage ich lieber nicht ›frohe Weihnachten‹.«

Charlotte gackert. »Und ich sage nicht ›ein glückliches neues Jahr‹. In solchen Wünschen schwingen immer böse

Vibrationen mit. Leg dich wieder hin, hol dir noch einen Drink, und keine Bange – im Meer schwimmen viele Fische rum. Du mußt eben tiefer tauchen und die Spitze deines Speers schärfen, um den Richtigen zu finden.«

»Gute Nacht, Charlotte.«

»Auf bald, Caroline.«

Vanessa entwendet den steifen Fingern ihrer Schwester den Hörer und führt sie zu einem Stuhl. Erschöpft läßt sich Camilla darauf fallen, streckt die Beine in der weißen Strumpfhose aus, streicht mit einer zitternden Hand über ihre Wange und sieht aus wie ein Unfallopfer, von einem ungeschickten Passanten am Straßenrand deponiert. »Oh, ich war so furchtbar!« klagt sie.

»Nein!« Dominic starrt sie ehrfürchtig an. Eine verschwitzte dunkle Locke hängt ihm in die Stirn, die Haut an seinen Schläfen wirkt fast durchsichtig. »Du warst phantastisch! Nicht mal *ich* hätte was gemerkt.«

»Wenn du so weitermachst, schaffen wir's, Camilla.«

»Wirklich, Vanny? War's okay?«

»Geradezu perfekt. Mutter wäre so stolz auf dich. Du hast nicht nur deine Stimme verändert, sondern auch deine Persönlichkeit. Hätten wir's doch aufgenommen, dann könnten wir's jetzt hören. Du würdest dich selber nicht wiedererkennen.«

Das erste Telefonat ist erfolgreicher verlaufen als erwartet, aber die Zwillinge regen sich auf. Sie mögen die nervöse Spannung nicht, den Zwang, ruhig zu bleiben, die kalte Angst, die an eine offene Gefriertruhe erinnert. Und das Weihnachtsdinner macht ihnen keinen Spaß. Niemandem scheint es zu schmecken.

Arme kleine Dinger. Für Vanessa und Camilla und Dominic, die immer noch den letzten grausigen Besuch im Fitneßraum verkraften müssen, ist es schon schlimm genug. Aber für Sacha und Amber, die müde sind und bei Daddy bleiben wollten und von den Veränderungen in den letzten vierundzwanzig Stunden völlig verwirrt wurden, muß es ein Alptraum sein.

»Kommt, ihr zwei, wir setzen uns ein bißchen ans Feuer und trinken Kakao. Und dann ab ins Bett!« Könnte Vanessa ihnen doch ein Heim voller Liebe bieten, eine Mutter, Geborgenheit – jene Segnungen, die Suzie soviel Sicherheit geben, die sie für selbstverständlich hält . . .

Vanessa möchte die Kindheit ihrer kleinen Schwestern von allem Leid befreien. *Vertrau mir ein Kind an, bevor es sieben ist* . . . Nur noch ein Jahr haben die Zwillinge Zeit, ehe sie für immer verkorkst sein werden, ehe es zu spät ist.

»Liest du uns das ›Lederpferd‹ vor?« Ambers Frage ist ein jammervolles Flehen.

»Klar, das ›Lederpferd‹. Was sonst?«

»Soll ich hier aufräumen?« Camilla zittert immer noch, erschüttert von dem qualvollen Telefongespräch.

»Nein, laß alles stehen. Darum kümmern wir uns morgen früh. Mrs. Guerney kommt, und ich bezweifle, daß Ilse heute abend auftauchen wird.«

»Wann müssen wir wieder nach Mutter sehen?«

»Heute nacht ist sie okay. Denkt nicht mehr dran – sonst werdet ihr was Schlimmes träumen. Ihr seid nicht für Mutter verantwortlich und braucht euch nicht zu sorgen.«

»Wie sie geschrien hat – mit nacktem Busen!« Ambers Kichern klingt eher wie ein Schluchzen.

Das Wohnzimmer ist warm und vertraut. Die Zwillinge kuscheln sich aufs harte Ledersofa, so gut es geht – links und rechts von Vanessa, die das zerfledderte Buch aus dem Regal genommen hat. Es hat einen Ehrenplatz im Salon, nicht weil es ein Lieblingsbuch ist, sondern alt und wertvoll. Mutter sagt, es müsse neu gebunden werden, und danach dürfe man nicht mehr darin lesen.

Der viktorianische Band mit den dicken, an den Rändern ausgefransten Pappseiten riecht nach der Vergangenheit. Mutters Mutter bekam es als kleines Mädchen geschenkt, und auf dem Vorsatzblatt steht ihre kindliche Unterschrift Elisabeth May Scott. Schon damals war es alt. Dominic und Camilla sitzen in Sesseln vor dem Kamin und tun so, als würden sie nicht zuhören. Für das »Lederpferd« sind sie schon zu groß, und mittlerweile kennen sie die Geschichte alle auswendig.

»›Es war einmal ein Lederpferd . . .‹«

»Was für ein Leder?« Ärgerlicherweise stellt Amber immer dieselbe Frage. Aber weil sie heute so viel durchgemacht hat, geht Vanessa darauf ein.

»Aus Rinds- oder Schweinsleder.«

»Nicht von einem kleinen Kälbchen?« erkundigt sich Amber besorgt.

»Bestimmt nicht.«

»Das könnte es aber auch gewesen sein.«

»Dominic, ich dachte, du hörst nicht zu!« Es ist schon spät, und Vanessa hat keine Lust, sich auf eine der peinlichen Diskussionen einzulassen, die er so liebt.

»Vielleicht war es ein ganz winziges Kälbchen, dem man bei lebendigem Leib die Haut abgezogen hat . . .«

»Nein, es war die Haut einer toten Kuh, und jetzt halt den Mund!«

»Tatsächlich?«

»Deine Schuhe sind auch aus so einem Leder, um Himmels willen!« Vanessa wappnet sich mit Geduld. »›Das Lederpferd wohnte im Kinderzimmer, das den Eltern von Amelia Ann Hunter gehörte.‹«

»Die sehr einsam war . . .« Sacha schläft schon halb. Einen Daumen im Mund, zwirbelt sie mit der anderen Hand eine Haarsträhne. An Vanessas anderer Seite gähnt Amber und erschauert.

»Soll ich weiterlesen oder nicht?«

Sacha nickt eifrig.

Es ist eine abgedroschene Geschichte, in tausend Büchern auf tausend verschiedene Arten erzählt. »Amelia Ann Hunter besaß viele Spielsachen, unter anderem eine schöne Porzellanpuppe mit goldenen Haaren und großen blauen Augen, die sich schließen konnten, weil ein kunstvoller Hebel in ihrem Kopf steckte. Die Puppe hieß Jemima und hatte einen Koffer voller wunderbarer handgenähter Kleider, so hübsch wie Amelia Anns eigene Garderobe. Und da gab es auch großartige Punch- und Judy-Marionetten, aus dem kostbarsten Holz geschnitzt. Nirgendwo fehlte auch nur der kleinste Splitter, nicht einmal an Mr. Punchs grimmiger langer Nase. Und inmitten all des Spielzeugs im Kinderzimmerschrank stand ein mechanisches Karussell, aus dem Musik tönte, wenn man es laufen ließ, mit einer Flagge an der Spitze und einer rosaweiß gestreiften Markise . . .«

»›Und da war auch das alte Lederpferd‹«, zitiert Sacha.

Vanessa runzelt die Stirn und zeigt ihnen pflichtschuldigst das erste Bild, bevor sie die Seite umblättert. Sie hat sich nie viel aus dem »Lederpferd« gemacht, aber es war schon immer Sachas Lieblingsgeschichte. Sie mustert ihre kleine Schwester und weiß, warum. Irgendwas stimmt nicht mit Sacha – mit allen Kindern von Mutter. Das alte Lederpferd sieht traurig und verlassen aus, mit ernsten Knopfaugen und ein paar häßlichen Haarbüscheln. Es ist schwer zu verstehen, wie man dieses Tier lieben kann, wenn man kein Antiquitätensammler ist. Und es ist unbegreiflich, warum ein vernünftiges kleines Mädchen dieses öde braune Ding all den anderen Spielsachen im luxuriösen Kinderzimmer vorzieht. Und doch liebt Amelia Ann, die einen eher hochmütigen Eindruck macht, dieses Pferd, nimmt es mit ins Bett, schleppt es nach unten, wenn sie der Mutter gute Nacht sagen muß – einer wachsbleichen Dame, die im Salon auf der Chaiselongue ruht, kraftlos hingegossen. Der Vater steht vor dem Kamin, im steifen Kragen, starr wie der Schürhaken, mit zorniger Miene.

Und nachts, wenn das Kinderzimmer nur vom sterbenden Kaminfeuer erhellt wird, erwacht das alte Lederpferd zum Leben. Dann erklärt es den anderen, viel schöneren Spielsachen, man könne sich in ein *wirkliches* Leben verwandeln, wenn man so geliebt werde, daß einem alle Haare ausgehen und die Augen herausfallen, daß man alt und schäbig aussieht. Forsch-fröhlich liest Vanessa weiter: »›Das widerfährt einem, wenn man *richtig* geliebt wird. Und es geschieht nicht plötzlich, es dauert sehr, sehr lange.‹«

Das ist ein bißchen unfair gegenüber den Spielsachen, die's nicht ändern können, daß sie scharfkantig und schick und elegant sind. Sacha zieht einen nassen, klebrigen Daumen aus dem Mund. »Die anderen Spielsachen müßten sich Löcher schlagen und die Gesichter mit Filzstift vollkritzeln . . .«

»Nein, Sacha, das Lederpferd ist so häßlich, weil es geliebt wurde. Anfangs, als es aus dem Spielwarenladen kam, sah es sehr hübsch aus.«

»Wie Suzies Mutter. Und jetzt machen wir unsere Mutter alt und schäbig, nicht wahr, Vanny. Wir haben sie eingesperrt. Vielleicht wird sie endlich Wirklichkeit. Wirklich und dick und nett.«

»Nett? Aber wir lieben sie nicht besonders, nicht so wie Amelia Ann ihr Lederpferd.« Mutter wäre nicht begeistert, könnte sie hören, daß sie mit diesem schäbigen alten Ding verglichen wird. Sicher ähnelt sie eher dieser vornehmen Porzellanpuppe, hart und kalt, mit spitzen Fingern. Aber dann stellt sich Vanessa ihre Mutter ohne Perücke und Make-up vor. Nein, Sacha hat recht . . . Suzie ist die Puppe, während Mutter nur so tut . . .

Warum?

Eine Zeitlang ist Sacha still, saugt am Daumen und denkt nach. Bald wird sie sich diese Haarsträhne ausreißen. Sie drückt sich noch enger an Vanessa und sagt zögernd: »Wir tun's auf andere Art, weil wir müssen.« Schon immer war sie ein seltsames, unlogisches Kind. »Das Lederpferd brauchte gar nichts zu tun, um geliebt zu werden. Es war nicht nett oder freundlich oder sonst was. Das alles wurde einfach mit ihm *gemacht.*« Nun ist sie übermüdet, und man muß sie ins Bett bringen, sonst wird sie noch völlig unmöglich.

16

W-I-G-H-T . . . Wight!«

»Das geht nicht. Wight kannst du nicht nehmen. Es ist ein Eigenname.«

»Nicht immer.«

»Natürlich, Isobel.« Nur Suzie wagt es, ihre Schwiegermutter beim Scrabble herauszufordern. Robin läßt sie um des lieben Friedens willen so spielen, wie sie will, und Eileen ist es egal.

Aber Suzie spielt, um zu gewinnen. Am liebsten würde sie ein Fenster öffnen und frische, eisige Luft einatmen, ihre Lungen mit dieser silbrigen Kälte füllen und aus ihrer Benommenheit erwachen. Übersättigt, überanstrengt, die Nerven überstrapaziert, hocken sie um den Couchtisch herum, lassen die Augen umherflackern wie Chirurgen bei einer gefährlichen Operation, weil der Wettkampf furchtbar stressig sein kann.

Im Wohnzimmer mit den geschlossenen Vorhängen und dem hell auflodernden Kaminfeuer ist es viel zu warm, aber die Heizung muß laufen, weil Isobel die Kälte spürt. Nach dem Abschied der Kinder kriecht die Zeit in

Ammerton Mews langsam dahin. Die angespannte Atmosphäre, die hinter ihnen zurückblieb, läßt sich mit Suzies Lavendelduft nicht vertreiben. Und Robins Gesicht, seit seiner Rückkehr aus der Camberley Road immer düsterer, steigert das allgemeine Unbehagen. Wie Eileen ganz richtig bemerkt: »Weihnachten ist ein Fest für Kinder. Und wenn die Kinder nicht glücklich sind, wer soll's dann sonst sein?«

Sie ist bedrückt, denn sie muß ihr geliebtes Cottage verkaufen. Fast den ganzen Abend reden sie darüber, und Suzie erträgt es kaum, daß sie das Heim ihrer Kindheit verlieren wird. Ein weiterer schrecklicher Faden im unheilvollen Gewebe dieses Tages . . .

»Jeder muß sich mit solchen Dingen abfinden.« Isobel zeigt kein Mitleid. »Das gehört nun mal zum Alter. Oh, diese armen Kinder!«

»Die sind sicher okay, sobald sie wieder zu Hause ankommen. Die Zwillinge machen immer so ein Theater, wenn sie hier weggehen müssen. Inzwischen hab' ich mich dran gewöhnt.« Aber Eileens scharfer, mißbilligender Blick bedeutet Suzie, sie würde das viel zu leicht nehmen. Ihre Worte klingen herzlos und grausam, passen nicht zu der süßen, kleinen Suzie, wie ihre Mutter sie kennt und liebt, zu dem fröhlichen kleinen Mädchen, das so sanft und liebevoll mit Puppen und Katzen zu spielen pflegte.

»Es ist mir ein Rätsel, warum Robin und du die Kinder nicht für die ganzen Ferien hierhergeholt habt.« Forschend mustert Eileen ihre Tochter, während sie ihre Brille zurechtrückt, denn nun ist sie beim Scrabble an der Reihe. Ihre rosigen Wangen erinnern an einen heiteren Weihnachtsmann. Joe will nicht mitspielen. Von seinem Solitär hat er sich abgewandt. Jetzt vertieft er sich am sicheren Ende des Raums zufrieden in ein Puzzle. »Es ist doch wundervoll, das Weihnachtsfest mit Kindern zu verbringen.«

Da Robin offensichtlich nicht antworten möchte, bleibt es Suzie überlassen, sich zu verteidigen. »So einfach ist das nicht, Mummy. Caroline hätte es niemals erlaubt.«

»Hast du sie überhaupt gefragt, Liebes?«

»Nein, weil es völlig sinnlos gewesen wäre. Leider verstehst du das nicht, Mummy.«

Robin wird Isobel und Joe um neun heimbringen, zu dem Vorstadt-Bungalow mit dem Erkerfenster, in den seine Mutter zu übersiedeln beschloß, als ihr die eiserne Kontrolle über den Haushalt ihres Tudor-Landsitzes zu entgleiten drohte. Aber Eileen übernachtet in Ammerton Mews, weil erst am nächsten Morgen Züge nach Somerset fahren.

»Ich fand sie alle sehr nett.« Überflüssigerweise nimmt Eileen die Kinder in Schutz, während sie triumphierend ihr Wort vollendet – OZON.

»Das ist nun wirklich ein Eigenname.« Empört holt Isobel Luft, und die Kameenbrosche auf ihrem flachen Busen zittert. »Ein Markenname. Dieses Mittel benutze ich in meiner Toilette.«

»Es ist eine besondere Form des Sauerstoffs, Isobel«, erklärt Robin nach kurzem Zögern, »und deshalb völlig okay. Übrigens könnten die Kinder gar nicht hierbleiben, weil ich übermorgen wieder arbeite. Ich muß unsere Neujahrssendung vorbereiten.«

»Sicher hätte es Suzie nichts ausgemacht, die Kinder zu betreuen, nicht wahr, Liebes?«

»Auch ich bin beschäftigt, Mummy. Ich sitze nicht die ganze Woche untätig rum und warte, bis Robin heimkommt. Also würden sich die Kinder schrecklich langweilen. Außerdem haben wir zu wenig Platz.«

Eileen hebt dezent die Brauen, und Isobel kräuselt die Lippen – sie hegt keine Sympathien für die Zeit, in der sie lebt, und hat kein Interesse daran, irgend jemanden zu beruhigen.

»Wenn Caroline anders wäre, gäbe es keine Probleme.« Wütend bemüht sich Suzie, Verständnis zu wecken. »Immerhin ist sie die Mutter der Kinder. Außerdem wurden sie ja eingeladen, hier zu übernachten, und das wollten sie nicht.«

»Das fand ich sehr seltsam.« Robin gewinnt immer beim Scrabble. Lässig fügt er WEIGHT zu WATCHER und sammelt noch mehr Punkte mit einem dreiteiligen Wort. Er lehnt sich zurück, schlägt die Beine übereinander und nippt siegessicher an seinem Glas.

Suzie ärgert sich. Alle geben ihr die Schuld. Auch Robin – insgeheim? Unbemerkt wirft sie einen Blick auf die Uhr. Sobald Isobel verschwunden ist, können sie aufatmen. Vielleicht wird sie ein Bad nehmen, ihren Morgenmantel anziehen und sich sogar betrinken. Verdammt, verdammt, verdammt – und zum Teufel mit Isobel!

Als Suzie zum erstenmal Robins Eltern besuchte, hätte man die frostige Atmosphäre im strahlend sauberen Bungalow mit dem Kamin aus roten Ziegel, in dem jeden Morgen staubgesaugt wurde (sie hatte noch nie von Leuten gehört, die ihren Kamin mit dem Staubsauger bearbeiteten), mit einem Messer durchschneiden können.

Natürlich kannten sich Suzie und Robin schon eine ganze Weile – ein gutes Jahr, bevor sie beschlossen, zusammenzuleben. Er fand, nun wäre es an der Zeit, die Konsequenzen zu ziehen und aus der Nummer 14 in der Camberley Road auszuziehen. Wann immer sich eine Gelegenheit bot, übernachtete er in Suzies Wohnung. Schließlich drängte sie ihn: »Du mußt es Caroline sagen, und zwar bald. Sicher hat sie schon gemerkt, daß was nicht stimmt.«

Aber Caroline, mit ihren eigenen Angelegenheiten beschäftigt, hatte keinen Verdacht geschöpft, und die Trennung traf sie wie ein Blitz aus heiterem Himmel. Inzwischen besaßen Suzie und Robin bereits gemeinsam die Wohnung in den umgebauten ehemaligen Stallungen. Sie wohnte schon seit einigen Tagen darin, hatte die Räume hauptsächlich mit ihren Antiquitäten eingerichtet, und alles war bereit für ihn. Am Tag, wo er die Camberley Road verließ, rief er sie aus seinem Büro an. »Hast du es ihr gesagt?« fragte sie und hielt den Atem an.

»Nein, das konnte ich nicht. Ich ging einfach weg.«

»Und die Kinder?«

»Ich habe mit niemandem geredet.«

»Aber deine Sachen ...«

»Ich habe nur meine persönlichen Papiere mitgenommen – keine Kleidung, keine Bücher, keine Schallplatten ...«

»Du kannst doch nicht ausziehen, einfach so, und alles zurücklassen – dein ganzes Eigentum, das du in all den Jahren zusammengetragen hast. Heute abend mußt du noch mal hingehen, mit ihr reden und deine Sachen mitnehmen.«

»Da gibt es nichts, was ich unbedingt haben will«, verteidigte er sich. »Nichts, was sich nicht ersetzen ließe.«

»Und was wirst du tun? Du kannst nicht einfach aus Carolines Leben verschwinden, du mußt ihr mitteilen, wo du bist. Sie wird glauben, du wärst verunglückt, alle Krankenhäuser anrufen – und beim Fernsehsender ...«

»Ich wollte ihr eine schriftliche Nachricht hinlegen, aber dann fand ich, das wäre nicht richtig. Ich werde gleich mit ihr telefonieren.«

»Ja, das ist auch dringend nötig. Und die Kinder! Du mußt sie sehen und ihnen deinen Entschluß erklären. Auf keinen Fall darfst du das Caroline überlassen!«

»Wir sehen uns heute abend, dann erzähl' ich dir, was passiert ist«, erwiderte er zögernd und legte auf. Es hätte ein Glückstag werden sollen, aber seine Stimme klang müde, und er wirkte niedergeschlagen wie ein Tourist, der sich in Katakomben verirrt hat.

Zitternd vor Erleichterung kam er in der Wohnung an, und nachdem er die Tür geschlossen hatte, lehnte er sich herausfordernd dagegen und keuchte wie eine Karikatur-Maus. »Sie weiß nicht, wo ich bin«, würgte er hervor, »und ich sag's ihr nicht.«

»Aber du hast sie doch angerufen?« rief Suzie erschrocken. »Was hat sie gesagt?«

»Daß ich ihr Leben zerstört habe. Sie verkündete, nie wieder würde sie sich selbst finden und den Rest ihrer Tage nur damit verbringen, mir alles heimzuzahlen.«

»Oh? Und sonst hat sie nichts gesagt?«

Robin warf seine Aktentasche zu Boden. Es war ein heißer Tag. Die Sonne strömte durch die frischgeputzten Fenster und tauchte die Luft in die Farbe von Ringelblumen. Man roch den Duft der sauberen Vorhänge. Aber Robin merkte nichts davon. Er streckte sich auf dem Sofa aus und streifte die Schuhe ab, verschränkte die Arme hinter dem Kopf und stöhnte verzweifelt. »Sie war so unvernünftig, Suzie, völlig außer sich – genauso, wie ich's befürchtet hatte. Aber übermorgen sehe ich die Kinder, darauf habe ich bestanden.« Fast flehend wandte er sich zu ihr, obwohl er in dieser Hinsicht keine Ermutigung brauchte, denn er war immer ein wundervoller Vater gewesen. Nachdenklich und ein bißchen provozierend musterte sie ihn. Sie sah, wie attraktiv er war, und sie erkannte, wie gut er seinen schnellen, aufregenden Lebensrhythmus bewältigte. Mit den verfrühten Silberfäden im Schläfenhaar, den hohen Wangenknochen, die auf dem Bildschirm so gut zur Geltung kamen, der breiten, intelligenten Stirn und der schmalen Nase wirkte er arrogant und hübsch. Aber wie üblich schüchterte diese Frau ihn ein, als hätte sie ihn irgendwie in der Hand.

Allmählich verlangsamten sich Suzies Herzschläge, und sie knöpfte ihre Bluse wieder zu. Sie hatte gehofft, am ersten Abend im neuen Heim würden sie sofort miteinander schlafen, aber – nun ja . . .

Er glaubte, er hätte seine Spuren gut verwischt. Jeden Tag fuhr er auf einem anderen Umweg nach Hause, spähte immer wieder in den Rückspiegel, um nach etwaigen Verfolgern Ausschau zu halten, gab seine neue Adresse nur den vertrauenswürdigsten Freunden. Es dauerte vierzehn Tage, bis Caroline ihn schließlich doch aufstöberte. Da explodierte der Knallfrosch in der Halle, der eines Montagmorgens durch den Briefschlitz geworfen worden war. Er richtete keinen Schaden an, verursachte nur einen kleinen braunen Brandfleck im Teppich.

»Ruf die Polizei an! Wir müssen eine gerichtliche Verfügung erwirken! Sie wird irgendwen umbringen! Erst pfuscht sie an deinem Auto herum, und jetzt attackiert sie auch noch dein Heim. Alles hätte in Flammen aufgehen können! Diese Frau ist wahnsinnig, man muß ihr das Handwerk legen.«

Er seufzte. »Bald wird sie mit diesem Unsinn aufhören. Geben wir ihr ein bißchen Zeit, dann wird sie darüber hinwegkommen. Sie ist hochgradig nervös, das war sie schon immer, und sie neigt zur Dramatik.«

Suzie fürchtete sich ernsthaft. »Großer Gott, Robin, ich glaub's einfach nicht! Womöglich bringt sie eines Tages jemanden um, und niemand wird ihr ein Haar krümmen.«

Verzweifelt versuchte er, sie zu überzeugen. »Ich kenne sie, Suzie, und du kennst sie nicht. Sie muß sich erst mal austoben. Bitte, versteh das doch!« Er schlug mit einer Faust in seine Hand.

»Und wenn sie herausfindet, daß auch ich hier wohne? Wahrscheinlich wird sie mich erschießen.«

»Sie braucht nur etwas Zeit«, lautete seine keineswegs

beruhigende Antwort, und so begann Suzie, angstvoll umherzuschleichen, hielt die Vorhänge stets geschlossen, wenn sie zu Hause war, und wann immer sie in den Garten hinter dem Haus ging, verriegelte sie die Vordertür.

Sie betrat das Haus nur durch den Hintereingang und nahm sogar die Unannehmlichkeit in Kauf, den Peugeot weiter unten an der Straße zu parken. Wie absurd das alles war ... Niemals öffnete sie die Tür, ohne vorher durch den Spion zu spähen. Immer lauschte sie zuerst den Radionachrichten, ehe sie den Anrufbeantworter abhörte. Sie fühlte sich wie ein Flüchtling. Damals war sie Caroline noch nicht begegnet, kannte nur einige Fotos, die erschreckend genug aussahen – eine große, schlanke Frau in Leder, die aggressiv auf einem Motorrad saß, um für irgendein Macho-Aftershave zu werben. »Das Bild ist schon ein paar Jahre alt«, erklärte Robin ungerührt. »Jetzt sieht sie nicht mehr so aus.« Doch das tröstete Suzie nicht. Caroline hatte einmal so ausgesehen – allzu sehr konnte sie sich nicht verändert haben.

Wenn Robins Kinder zu Besuch kamen, zwang er Suzie, die Wohnung zu verlassen.

Und eines Tages schrie Caroline ins Telefon: »Warum willst du dich scheiden lassen, Robin? Es gibt eine andere Frau in deinem Leben, nicht wahr? Warum belügst du mich? Es muß jemanden geben.«

»Ja.« Sein Gesicht war aschfahl, und er umklammerte den Hörer wie einen Dolch. »Wir werden heiraten.« Suzie stand neben ihm, holte tief Luft wie ein Hornist und feuerte ihren Champion an. Seine Stimme blieb ruhig. In seinem besten TV-Ton fügte er hin zu: »Leider spielt es keine Rolle, ob du einverstanden bist oder nicht, Caroline. Ich werde mich von dir scheiden lassen, mit deiner Zustimmung oder gegen deinen Willen.«

»Und Isobel?«

»Was – Isobel?« stotterte er.

»Sie wird nie wieder mit dir reden!«

»Droh mir nicht mit meiner eigenen Mutter, Caroline. Für mich macht es auch keinen Unterschied, was Isobel sagt.«

»Du Feigling!« Carolines Aufschrei klang wie eine rostige Messerklinge. »Und was ist mit deinem Gott? Wie willst du dein gebrochenes Ehegelübde vor ihm verantworten? Aber du kannst ja einen Priester als Mittelsmann einsetzen, nicht wahr, Robin? Niemandem brauchst du ins Gesicht zu schauen. So was erledigst du immer aus der Ferne – typisch für dich, du Wichser! Immer nur am Telefon, niemals von Angesicht zu Angesicht ... Weder mir noch deinem Gott oder Isobel oder den Kindern sagst du's persönlich. Hoffentlich wird deine Seele in der Hölle verschmoren!« Ihre Stimme schwoll zu einem schrillen Crescendo an. Es war furchtbar peinlich. Wie konnte sie sich nur so gehenlassen?

»Caroline, hör dir doch selber zu! Kannst du mir wirklich Vorwürfe machen? Ich hätte dir überhaupt nichts erzählen müssen und alles genausogut einem Anwalt übergeben können.«

»Und das hättest du auch getan, verdammt noch mal, hätte ich dich nicht nach diesem Biest gefragt. Also, wer ist sie?«

Robin legte den Hörer auf die Gabel – unfähig, noch mehr zu ertragen, und Suzie drückte einen doppelten Scotch in seine zitternde Hand.

»Ich hab's ja gesagt«, erklärte er unnötigerweise, wie ein Kind, das seine Medizin geschluckt hat. »Jetzt weiß sie's, und du mußt Isobel und Joe kennenlernen.«

»Und die Kinder«, erinnerte sie ihn sanft. »Wenn sie kommen, werde ich die Wohnung nicht mehr verlassen.«

»Natürlich nicht.« Wie müde das klang ... Es kam ihr so vor, als säße er in einem Gefängnis. Daß die Wahrheit ans Licht gekommen war, brachte keineswegs die Erleichterung mit sich, auf die sie so verzweifelt gehofft hatte.

Während sie zum angemeldeten Besuch bei Robins Eltern fuhren, durch gleichförmige, regennasse dunkle Straßen mit identischen Buchsbaumhecken, Erkerfenstern und Alarmanlagen, glänzte der Asphalt gelb im Scheinwerferlicht. Robins Stimme drang durch das leichte Rauschen zu ihr. »Surrey war ihnen zu anstrengend. Der Garten machte Joe zuviel Arbeit, das Haus Isobel.«

Und wie hielten sie es in dieser Vorstadt aus? »Sicher hätten sie sich einen Gärtner und eine Putzfrau leisten können.«

»Isobel hat kein Vertrauen zu Hausangestellten.«

Als Suzie durch das Autofenster spähte, sah sie nirgendwo Abfall. Alle Bäume sahen gleich aus. Nicht einmal so etwas Normales wie eine Bushaltestelle störte die Einförmigkeit. Ihr eigenes Heim war ein weitläufiges Haus in Somerset, und dort wohnte Eileen, sechs Jahre nach Daddys Tod, in einem grauenhaften, fröhlichen Durcheinander zwischen Einmachgläsern und Zeitschriften, hohem Gras und den zusammengebrochenen Brettern von Suzies alten Gartenhütten. Sie überlegte, ob sie wegziehen sollte, weil ihr der Haushalt zuviel wurde, aber Suzie redete ihr das immer wieder aus. »Du wärst so unglücklich. Wie kannst du all deine Erinnerungen verlassen? Hier lebt soviel von Daddy weiter, und es ist nicht allzu teuer. Und natürlich hast du deine Katzen.«

Sie ertrug den Gedanken nicht, Mummy könnte umziehen und sie selbst nie wieder das Heim ihrer Kindheit betreten, als würde sie nur dort Kraft schöpfen.

Kaffeetassen ergreifen, Magazine ordnen, hinsetzen, aufstehen, räuspern . . . Unbehaglich bemerkte Suzie die Knie, während sie alle förmlich und steif in Isobels Wohnzimmer saßen. Kantige, verängstigte Knie, die alle zur Mitte zeigten. Papageien auf Chintz. Ein Foto von Robin in goldenem Rahmen, ein kleines verblaßtes von Joe und Isobel. Schwarzweiß, mit Fliegenflecken. Niemand hatte die Fliegenflecken entdeckt – der einzige Makel im Zimmer. Robins Bild sah ihm nicht ähnlich. Es zeigte ihn im Hochzeitsanzug und kündete von einer verlorenen Zeit. Aber er schaute Suzie durch das schimmernde Glas direkt ins Gesicht, und später sollte sie sich noch oft an den Blick dieser Miniaturaugen erinnern.

Sie starrten auf den Ventilator im blitzsauberen leeren Kamin aus roten Ziegeln, der regelmäßig mit dem Staubsauger gereinigt wurde.

»Das ist Suzie.«

Isobels Hand war so kühl und trocken wie die Begrüßung. Robin hatte seine Eltern über die bevorstehende Scheidung informiert. »Natürlich waren sie schockiert, aber sie werden's verkraften und dich bestimmt mögen. Isobel verstand sich nie besonders gut mit Caroline.«

Nun wußte Suzie, warum. Isobels rosa geränderte Augen, der sanfte, mißbilligende Blick, der über sie hinwegglitt, der welke, faltige Hals, die stahlgrauen Augen. »Sie wollen also meinen Sohn heiraten, der bereits verheiratet ist.«

Was ging hier vor? Nervös, betroffen und hilfesuchend schaute Suzie in Robins Gesicht, ehe sie vorsichtig nickte.

»Vermutlich hat er Ihnen mitgeteilt, daß ich Scheidungen nicht akzeptiere – nicht einmal in diesem fortschrittlichen Zeitalter. Ich nehme an, Sie finden das merkwürdig.«

Suzie, eine Gefangene in diesem trostlosen kleinen Zimmer, schüttelte ungläubig den Kopf. Konnte das wirklich Robins Mutter sein? Welche Macht übte sie über ihn aus, daß er neben ihr zu schrumpfen schien und wie ein kleiner Junge auf ihre Anerkennung hoffte? Suzie gelobte sich, diese Frau nie wieder zu sehen. Damit würde Robin leben müssen. »Darüber habe ich mir nicht den Kopf zerbrochen. Es ist Robin, mit dem ich mich eingelassen habe, nicht seine Familie.«

»Das dürfte wohl offensichtlich sein.«

Suzie schnitt eine Grimasse, sah Robin an und wollte aufstehen, um zu gehen. »Ich glaube, das genügt jetzt. Sollen wir aufbrechen?«

»Isobel . . .« Er beugte sich vor und schlang die Finger ineinander. »Ich konnte unmöglich noch länger mit Caroline zusammenleben, Mutter. Das weißt du doch.«

»Allerdings. Aber das bedeutet keineswegs, daß du sofort ein unsittliches Verhältnis mit einer anderen eingehen mußt.«

»Ein unsittliches Verhältnis?« fauchte Suzie. »Ich warte im Auto auf dich, Robin.«

Sie saß im Wagen, lauschte dem Regen, wunderte sich und wartete. Was für eine Kindheit lag hinter Robin? Darüber sprach er nie. Was machte er da drin? Und wie konnte er seiner Mutter erlauben, sie so zu behandeln? Er hätte sie verteidigen müssen. Und es wäre *seine* Pflicht gewesen, zum Aufbruch zu drängen. Sie zitterte vor Zorn, als er endlich aus dem Haus kam und sich verlegen ans Steuer setzte. »Sie sagt, es tut ihr leid, Darling. Du mußt das verstehen. Isobel findet jede Art von Chaos unerträglich, und eine Scheidung ist für sie eine Katastrophe. Mit dir persönlich hat das nichts zu tun. Ich glaube, sie mag dich sogar.«

»Sie mag mich! Und was wollte sie dann mit diesem unmöglichen Benehmen erreichen? Sie versuchte doch mit aller Macht, einen Keil zwischen uns zu treiben!«

»Nun, sie ist sehr direkt und sagt immer, was sie denkt . . .«

Verblüfft starrte sie ihn an, dann brach sie in Gelächter aus, konnte nicht mehr aufhören zu lachen. Alle Frauen in Robins Leben schienen die Erlaubnis zu besitzen, sich gräßlich aufzuführen. Ständig entschuldigte er sie, als wäre er selber für das alles verantwortlich. Seiner Mutter mußte er mit Nachsicht begegnen, weil sie ihm moralisch überlegen war, und Carolines Exzesse duldete er, weil er sie dazu getrieben hatte. Suzie riß sich zusammen und unterbrach seine unsinnigen Erklärungen. »Wenn wir verheiratet sind, werde ich jeden Kontakt mit deiner Mutter ablehnen.«

»Sie wird sich damit abfinden, sobald sie sieht, daß mein Entschluß feststeht.«

»So? Genauso, wie sich Caroline beruhigen wird, wenn wir lange genug warten und alles über uns ergehen lassen? Nein, Robin, dazu bin ich nicht bereit – und du mußt verrückt sein, wenn du glaubst, ich würde es hinnehmen, nach allem, was du mir soeben zugemutet hast.« Sie warf ihm einen kalten, harten Blick zu. »Scharfsinnig« nannten ihn die Leute, und »clever«. Angeblich sind viele Komödianten die traurigsten Menschen, wenn sie nicht auf der Bühne stehen. Also könnten knallharte Enthüllungsjournalisten im Privatleben butterweich sein.

Beim Dinner an diesem Abend staunte sie, weil sie immer noch bei ihm saß, und sagte: »Ich muß dich wirklich sehr lieben, Robin.« Obwohl Isobel die Wiederverheiratung ihres Sohnes mißbilligte, akzeptierte sie Suzie letzten Endes, so wie er es prophezeit hatte. Zu Ostern schickte sie ihr eine Karte – der wiederauferstandene Christus schwebte gen Himmel, die Arme ausgestreckt, in krankhaftem Cartland-Rosa. Suzies Beziehung zu ihrer Schwiegermutter ist so zerbrechlich wie der Schwanz des gläsernen Habichts, der auf dem Sims des roten Ziegelkamins steht.

»Mummy, ich wünschte, du würdest nicht soviel über Robins Kinder reden, vor allem dann nicht, wenn Isobel zuhört. Es ist ohnehin schon schwierig genug.« Suzie räumt das Scrabble-Spiel weg. Endlich fährt Robin seine Eltern nach Hause. Es ist zehn Uhr, und sie fühlt sich erschöpft.

»Ich verstehe nicht, was da so schwierig ist, Liebes.«

»Jedesmal, wenn die Kinder hier sind, stehe ich Höllenqualen aus. Sie mögen mich nicht. Vanessa, das älteste Mädchen, geht mir ganz besonders auf die Nerven. Sie beobachtet alles, was ich tue, jede einzelne Bewegung.«

»Das ist mir gar nicht aufgefallen. Bist du etwa paranoid, Suzie?«

Die Mutter widerspricht ihr nur selten. Das ist ungewöhnlich und unangenehm.

»Und Dominic versucht, meine Autorität zu untergraben, wann immer sich eine Gelegenheit bietet.«

»Das bezweifle ich. Aber selbst wenn die Kinder sich wirklich so verhalten, kannst du's ihnen nicht verdenken. Kindern fällt es schwer, einen Menschen zu kritisieren, den sie lieben. Robin können sie keine Schuld geben, also machen sie dich für alles verantwortlich. Diese Situation mußt du so feinfühlig wie möglich meistern.«

»Und du glaubst, das versuche ich nicht?«

»Natürlich versuchst du's, Liebes.«

»Würde Caroline sich nicht so aufführen, gäbe es keine Probleme.« Unbehaglich wandert Suzie im Wohnzimmer umher und rückt Kissen zurecht. »Robin leidet unter Gewissensbissen, denn er weiß, was für eine katastrophale Mutter sie ist. Wenn wir ein eigenes Kind haben, wird's ihm bessergehen.«

»Aber dann wird Caroline immer noch eine katastrophale Mutter sein, oder?«

Allmählich verliert Suzie die Beherrschung. »Du findest also, sie müßten hier leben, Mummy?«

»Ich glaube, das wäre Robins Wunsch. Zumindest, bis Caroline zur Vernunft kommt. Ich finde, die Kinder sollten nicht allein im Haus bleiben, während sie in dieser

Anstalt ist – in Broadlands. Ein unglückseliges Arrangement – wenn auch die Putzfrau und dieses Au-pair-Mädchen da sind.«

»Niemals wäre ich seine Frau geworden, hätte ich gewußt, daß ich seine gestörten Kinder bemuttern muß«, erwidert Suzie in scharfem Ton.

»Du mußt selber wissen, wie du mit alldem zurechtkommst, Liebes. Ich will mich auf keinen Fall einmischen.«

›Aber du *hast* dich eingemischt, Mummy!‹ würde Suzie am liebsten schreien. ›Alle mischen sich in mein Leben ein, in meinen Haushalt und in meinen Garten, in alles, was ich tue, und ich *ertrage es einfach nicht mehr.*‹

Das Telefon klingelt. Wer kann das sein um diese Stunde? Wahrscheinlich jemand, der Robin sprechen will. Automatisch nimmt Suzie ihren Ohrring ab, als sie den Hörer ergreift. »Ah, Isobel. Sicher rufst du an, um mir zu sagen, daß ihr wohlbehalten angekommen seid und Robin die Rückfahrt angetreten hat.«

»Eigentlich nicht«, erwidert Isobel. »Obwohl er gerade losgefahren ist. Ich rufe nur an, um dir zu sagen, daß ich das Wort ›Wight‹ nachgeschlagen habe. Es bedeutet ›Wicht‹ oder ›Kerl‹, aber auch ›mutig‹ oder ›tapfer‹. Das wollte ich dir nur sagen, und du kannst Robin etwas von mir ausrichten. Nur weil er beim Fernsehen arbeitet, bedeutet das noch lange nicht, daß er alles weiß.«

»Vielen Dank für die Mitteilung, Isobel.« Suzie betrachtet ihre Katzenschlitzaugen im Wandspiegel. »Gute Nacht.«

17

Lametta und der Weihnachtsmann bringen nicht nur Freude und Fröhlichkeit mit sich, sondern auch Ärger und Unfrieden . . .

»Verdammt, was hast du ihm erzählt, Ruby? Den ganzen Tag warf Lot mir bitterböse Blicke zu. Beharrlich schwieg er und war mit seinen Gedanken ganz woanders.«

Ruby Dance fühlt sich elend. Das Zimmer dreht sich, und ihre Augen müssen mit Stroh gefüllt sein. Die Kinder sind gebadet und liegen im Bett, und da man nichts hört, scheinen sie zu schlafen – sogar Damian, vom ungeschickten Bart unter die Decke verfrachtet. Ich hätte nicht so viel Wein trinken sollen, denkt sie, und den Likör schon gar nicht. Nun liegt sie auf dem Sofa, zwischen faltigen Luftballons, und auf dem Tisch neben ihr steht eine Tasse mit schwarzem Kaffee, den ihr fürsorglicher, angstvoller Mann zubereitet hat. Sein ungeheuerlicher Verrat droht sie zu ersticken und auszulöschen, aber jetzt, wo alle anderen gegangen sind, ist es irgendwie einfacher.

Alle sagten, das Fest sei wundervoll gewesen, aber während des Nachmittags schlich sich Pat Dance an sie heran und wisperte verständnisvoll: »Alles in Ordnung, Ruby?«

»Ja, natürlich, Pat – alles ist bestens!«

»Nur Lot benimmt sich so sonderbar. Wenn beunruhigende Vibrationen entstehen, spürt er sie sofort.«

»Ich weiß wirklich nicht, was mit Lot los ist, aber ich bin okay.«

Längst bereute sie, daß sie zusammengebrochen war, während die Familie draußen im Schnee gespielt hatte. Sie hätte nichts ausplaudern dürfen. Lots Anwesenheit spielte keine Rolle – genausogut hätte sie mit einer Wand reden können. Er war nur zufällig da.

Und danach schwieg er, als alle hereintrotteten, völlig durchnäßt, die Gesichter von der Kälte gerötet. Wann immer Bart in seine Nähe geriet, wandte Lot sich ab und warf düstere Blicke über die Schulter. Und wenn Bart sich neben ihn setzte, stand Lot sofort auf und ergriff die Flucht. Einmal fragte Bart unschuldig: »Was hast du denn, Lot? Hab' ich irgendwas Falsches gesagt?«

Lot preßte die Lippen fest aufeinander, zog die Brauen zusammen und den Kopf ein, fast bis zu den Ohren. Er drehte das Gesicht zur Wand und wollte sich nicht von Bart anfassen lassen, zuckte sogar zusammen, als ihm der wohlmeinende ältere Bruder besorgt eine Hand auf die Schulter legte. »Wenn du mir nicht verrätst, was ich dir angetan habe, kann ich's nicht wiedergutmachen.«

Frostig schnüffelte Lot und starrte auf einen unsichtbaren Punkt irgendwo an der Zimmerdecke – ein Prophet im hektischen Zwiegespräch mit dem Himmel.

»Laß ihn in Ruhe«, empfahl Pat besänftigend. »Er ist nur in einer seiner komischen Stimmungen. Bald wird er sich wieder beruhigen. Wahrscheinlich liegt's an all den Aufregungen, die er heute erlebt hat.« Der Ton, in dem sie über ihren jüngeren Sohn sprach, war eine seltsame Mischung aus Bosheit und Sorge.

Auf Bart konnte sie immerhin stolz sein. Er benahm sich den ganzen Tag tadellos. Und er tat sein Bestes, um Ruby das Leben leichter zu machen.

Aber auch sie schaute ihn nicht an. Ständig wich sie seinem Blick aus, obwohl sie ihm jedesmal nachstarrte, wenn er ihr den Rücken kehrte, und sich immer wieder dieselben verzweifelten Fragen stellte: Wie konnte er mir das antun? Warum? Worin habe ich ihn enttäuscht? *Und war es das erste Mal?* Ihre Liebe zu Bart glich einer vergilbten alten Fotografie – sie wußte, wie das Bild einmal ausgesehen haben mußte, konnte sich aber beim besten Willen nicht genau daran erinnern.

Nach dem Tee erklärte sie sich sogar bereit, Scharade zu spielen. Bart – ernst und verlegen angesichts ihrer Fröhlichkeit – bedachte sie mit einem eigenartigen Blick, der zu fragen schien: Wie kannst du lachen? Ruby biß sich auf die Lippen, lachte aber noch lauter. Sie kicherte mit Elspeth, die mit Kurt flirtete, einem netten Jungen, obwohl er keinen Job und kein Geld und keine Ausbildung hatte. Meisterhaft verstand er es, mit den Kindern herumzualbern. Hätte ein unbeteiligter Beobachter durchs Fenster geschaut und Lots düstere Miene ignoriert, wäre er überzeugt gewesen, daß die Dances ein wunderschönes, ungetrübtes Weihnachtsfest feierten, genauso wie in den Werbespots. Glückliche Menschen mit strahlenden Gesichtern, wenn Lot sich auch weigerte, bei den Spielen mitzumachen. Nicht einmal sein Knallbonbon wollte er auspacken und auch keine Papierschlangen durchs Zimmer schleudern.

»Würdest du mir freundlicherweise verraten, was du ihm gesagt hast?« Bart macht Ordnung, die Stirn sorgenvoll gerunzelt, weil Lot so unberechenbar ist.

»Ich sagte ihm, warum ich so aufgeregt war . . . Verdammt, Bart, das merkte er, weil ich ins Spülwasser heulte. Also erzählte ich ihm, daß du eine andere Frau hattest.«

»O Gott, nein! Hast du ihren Namen genannt?«

»Wahrscheinlich. Armer Lot. Ich kann mich kaum erinnern, aber ich glaube, ich habe ihren Namen erwähnt.«

»Ihre Adresse auch?«

»Das weiß ich nicht. Laß mich in Ruhe, Bart! Ich hab' das alles satt. Glaubst du wirklich, daß das wichtig ist?«

»Und wie hat Lot reagiert? Tut mir leid, Ruby, ich weiß, das alles ist sehr schwer für dich, und im Augenblick erscheint es dir unwichtig. Aber du mußt wirklich darüber nachdenken.«

Ruby schließt die Augen und seufzt tief auf. »Ich glaube, er hat überhaupt nicht reagiert. Zumindest nicht, als ich ihm alles erzählte. Er sagte nicht viel, saß einfach nur da, sah schön und unglücklich aus, und dann wurde er ganz still.«

»Ich wünschte, du hättest den Mund gehalten.«

»Red nicht in diesem Ton mit mir, du Bastard!« Aber der Wutausbruch ermüdet Ruby viel zu sehr. Noch ist sie nicht stark genug, um in die Offensive zu gehen. Erbost hat sie sich aufgerichtet, und jetzt sinkt sie stöhnend zurück.

»Er versteht das nicht.«

»Und ich genausowenig. Man versucht, kultiviert zu bleiben, sich einzureden, man würde sich nicht so aufführen wie andere Frauen, denen so was passiert . . . War's nur ein sexuelles Verhältnis? Wie oft hast du mich belogen? Hast du in der Firma geduscht, bevor du nach Hause gefahren bist?« Bart ist ihr Mann. Sie hat geglaubt, ihn zu kennen. Aber nun erschreckt er sie wie ein unerwartet scharfes Messer. *Wenn er mich betrügen kann, ist er auch imstande, mich zu verlassen, und eines Tages wird er mich womöglich vergessen* . . . Sie bringt diese Vorstellung mit dem Alter und mit dem Tod in Verbindung, mit einem Leben ohne Ehe und Mutterschaft . . .

»Ich sagte doch, es sei unwichtig für mich gewesen, und ich würde meinen rechten Arm opfern, könnte ich dir versichern, es sei nicht geschehen. Was soll ich sonst noch sagen? Wie kann ich's wiedergutmachen?«

»Gar nicht. Das ist ja das Problem.«

»Was wirst du tun?« Seine Stimme klingt ängstlich.

»Tun?«

»Soll ich gehen?«

»Und wohin würdest du gehen?«

»Nun, ich könnte wieder bei Mum und Dad wohnen.«

»Sei nicht albern, Bart.«

»Wenn du mich nicht mehr in deiner Nähe haben willst . . .«

»Du mußt dableiben, Bart. Allein komme ich nicht mit den Kindern zurecht. Nicht jetzt.« Dieses Gespräch wird immer absurder. Worüber reden sie eigentlich mit diesen seltsamen Stimmen, die einander umzingeln?

»Elspeth könnte zu dir ziehen.«

Der Anblick ihrer geröteten Fingerknöchel und abgearbeiteten Hände entfacht einen neuen Wutausbruch. »O Bart, um Himmels willen, sei still und mach einfach nur Ordnung. Alles ist durcheinander – ich selber bin ganz durcheinander . . .«

»Ich mache mir Sorgen um dich – und um Lot.« Er droht zusammenzubrechen, fährt sich mit dem Handrükken über die Augen, sieht so unglücklich und verwirrt aus wie Damian, kurz bevor er zu weinen anfängt.

»Lot ist sicher okay«, erwidert Ruby. »Morgen wird er alles vergessen haben.«

»Du kennst ihn nicht. Für dich ist er nur ein hübscher, unschuldiger Junge, aber du täuschst dich in ihm. Er vergißt nichts, er schleppt seinen Groll mit sich herum, und wenn er als Kind mit niemandem über solche Gefühle sprach, wurden sie immer heftiger, bis sie schließlich explodierten. Als er sieben Jahre alt war, packte er einen Holzhammer und zertrümmerte den Gartenschuppen eines Nachbarn, weil er glaubte, der Mann hätte unsere Mutter beleidigt. Immer wieder redeten wir ihm zu, laut zu denken.«

»Jetzt ist er kein kleines Kind mehr, Bart. Er ist sanft und gutmütig, viel netter als die meisten Leute, die ich kenne. Vertrauensvoll und von schlichtem Gemüt. Du siehst immer noch einen kleinen Jungen in ihm, so wie deine ganze Familie, vor allem deine Mutter, und ich glaube, da macht ihr einen großen Fehler. Jetzt ist Lot ein erwachsener Mann, er muß nicht mehr beschützt werden.« Ruby denkt eine Weile nach, dann fügt sie hinzu: »Und dumm ist er auch nicht, er wird nur mißverstanden. Er weiß genau, wann alle anderen Insassen in dieser Anstalt Geburtstag haben.«

»So was wußte er schon immer. Er merkt sich sogar Bus- und Bahnfahrpläne . . .«

»Trotzdem wird er eingesperrt, faltet Schachteln und vergeudet sein Talent. Manchmal habe ich das Gefühl, er macht uns nur was vor und ist in Wirklichkeit ein Genie . . .«

»Nein, er ist verrückt, eingeschlossen in seiner alternativen Welt, und er *genießt* es, Schachteln zu falten. Dabei fühlt er sich sicher.«

»Nun, vielleicht sollte ich auch versuchen, so einen Job zu bekommen, denn ich fühle mich überhaupt nicht mehr sicher.« Sie fühlt sich so, als würde sie in den Wehen liegen und dringend Hilfe brauchen, aber alle lassen sie im Stich. Bei der letzten Geburt sagte Bart: »Könnte ich dir die Schmerzen abnehmen, ich würde es tun.« Das war vor dreizehn Monaten, und er meinte es ernst. Aber jetzt?

Niedergeschlagen schaut er sie an. »Ich möchte dich in die Arme nehmen, aber ich wage nicht, dich anzufassen, Ruby, denn ich habe Angst, du könntest mich wegstoßen.«

»O Bart!« Sie will schreien, mit beiden Fäusten in die Luft schlagen, irgend etwas zerstören und zertrümmern, so wie Lot damals den Gartenschuppen, aber dazu fehlt ihr die Kraft. Jetzt kann sie die Tränen nicht länger zurückhalten. Bart kniet neben ihr nieder, preßt sie ganz fest an sich, und sie flüstert schluchzend an seinem Hals: »Du Bastard, du Bastard, du Bastard . . .« Der Schmerz, in den sie sich flüchtet, wirkt so überwältigend wie die Schwerkraft.

»Ich weiß, ich weiß.« Sanft wiegt er sie hin und her, streicht ihr das Haar aus der Stirn, aber das narzissengelbe Gewirr läßt sich nicht zähmen. »Ich trage dich nach oben und bringe dich ins Bett wie ein Baby.«

»Mit dieser Tour kannst du mich nicht rumkriegen, Bart. So einfach ist das nicht. Du hast dir die Suppe selber eingebrockt ...«

»Bitte, bestrafe mich nicht. Ich versuche nicht, dich rumzukriegen, ich will mich nur um dich kümmern.«

»Du hast mir weh getan, ich sterbe ...« Ihr Gesicht verzerrt sich, und sie weiß, wie häßlich sie aussehen muß. »Wenn ich dich frage, ob du so was schon früher getan hast, würdest du's mir nicht sagen, oder?«

»Was immer ich sage, du würdest mir nicht glauben.«

Ruby schüttelt den Kopf, sie fürchtet, die Kontrolle über sich zu verlieren, wie eine Betrunkene. »Das könnte ich nicht. Wahrscheinlich werde ich dir jahrelang nicht über den Weg trauen.«

Und wenn sie ihm nicht trauen kann, warum soll sie ihm dann die Wahrheit erzählen? Wenn es ihr mißhagt, sich an all das zu erinnern – warum soll sie dann Dinge gestehen, die glücklicherweise ohnehin schon in ihrem Gedächtnis verblassen?

Lots Anwesenheit war ihr kaum bewußt. Sie dachte nicht an seinen Zustand, hätte genausogut allein in der Küche sein können. Nichts spielte eine Rolle für sie, nichts außer ihrer Wut und ihrem Kummer.

Sie wanderte umher, und ihr Kopf zuckte auf und nieder, als wäre sie ein aufgeregter Seevogel. »Ich wünschte, sie wäre tot!« schrie sie. »Ich wünschte, sie wäre tot oder hätte gräßliche Schmerzen, oder sie würde sich ganz schrecklich fürchten oder Folterqualen erleiden. Ich wünschte, ich wäre ein Mann, denn dann könnte ich zu ihr gehen, sie an den Haaren aus ihrem Haus zerren und ihr den Schädel einschlagen.« Wahnsinn. Verrückte Worte – kein einziges ernst gemeint. Und dann nahm sie die Teigrolle und schmetterte sie in die Butter. Ein ritueller Schlag.

Sie runzelt die Stirn, als sie sich genau zu entsinnen versucht. Das fällt ihr schwer, denn in ihrem Kopf verschwimmt alles.

Nach dieser Szene stand Lot auf und ergriff die Butter, die immer noch in ihrer Silberfolie steckte, mit einer kleinen Vertiefung in der Mitte – Ruby hatte sie eben erst aus dem Kühlschrank genommen, und sie war noch nicht weich geworden. Mühelos zerdrückte er die Butter in seiner schmalen Hand, gelber Brei quoll zwischen seinen langen, dünnen Fingern hervor.

Ruby bemerkte die Länge seiner Nägel, und im selben Moment las sie das Entsetzen in seinen Augen, das die reine Liebe verdrängt hatte. Da wußte sie, daß das alles ein Ende haben mußte. Sie wandte sich zum Spülbecken und erklärte, jetzt fühle sie sich viel besser und zum Tangotanzen würden zwei gehören . . .

»Sie haben getanzt?«

»Nein, Lot, ich fürchte, sie haben gebumst.«

Da sagte er nichts mehr. Ruby denkt angestrengt nach . . . Nein, danach versank er in düsterem Schweigen.

Nach Weihnachten muß sie ihn besuchen und sich vergewissern, daß alles mit ihm in Ordnung ist.

Sie erlaubt Bart, sie hinaufzutragen und ins Bett zu bringen. Was soll's, zum Teufel? Ihre Gummibeine würden einknicken, und wenn sie Glück hat, hebt er sich einen Bruch und wird wenigstens einen winzigen Teil der Schmerzen empfinden, die sie ausstehen muß. Aber es ist schrecklich – sie weiß, daß sie ihn immer noch liebt, weil sie den Bauch einzieht, um sich leichter zu machen – und um hübscher auszusehen.

18

Und jetzt, an diesem endlosen, nervenaufreibenden, namenlosen Morgen nach dem zweiten Weihnachtsfeiertag, bezweifelt Vanessa Townsend nicht, daß ihre Mutter sterben wird. Nicht an einer gewöhnlichen Krankheit wie Bronchopneumonie, Angina, Koronarthrombose, Meningitis oder der Legionärskrankheit, o nein, an keinem dieser banalen Leiden. Caroline Townsend wird, von ihren Kindern ermordet, zu einem gewissen grausigen Ruhm gelangen und ihr Name endlich fettgedruckt auf den Titelseiten der Zeitungen erscheinen.

Natürlich hätten sie die Möglichkeit, einen Arzt zu rufen. Das könnten sie immer noch tun und alles hinter sich bringen. Sie müßten nur mit Daddy telefonieren oder sich der netten Mrs. Guerney anvertrauen.

Soviel Vanessa weiß, hat die Gefangene keine Wahnsinnsanfälle mehr erlitten. Seit sechsunddreißig Stunden aufmerksam beobachtet, liegt Mutter am Boden der Sauna, halb versteckt unter der Bank, zittert, ruft hin und wieder nach einem Drink. Manchmal ist die krächzende Stimme unverständlich, oder die Lippen verzerren sich zu einem häßlichen, lautlosen Schrei. Zwischendurch schläft sie.

Da unten, in ihrem pulsierenden, summenden Holzkäfig, entwickelt sie sich zum Herzen des Hauses, was ihr in Freiheit nie gelungen ist. Die schwarze Perücke liegt immer noch da, wo Sacha sie hingeschoben hat. Mutter ißt nichts, spricht nur mit den Kindern, um Drinks zu fordern, nimmt die Besuche nicht richtig wahr, ebensowenig die Geräusche der Heizrohre oder den ersten Takt des »Snowman«, den Amber ihr langsam vorpfeift.

Nachts absolvieren Vanessa und Camilla zwei erschütternde heimliche Besuche im Fitneßraum, denn sie wollen den anderen ihre Sorge nicht zeigen. Als sie an diesem

Morgen beim Frühstück endlich ihre schlimmsten Befürchtungen aussprechen, schlägt Vanessa vor, Mrs. Guerney einzuweihen.

Dominic protestiert verächtlich. »Sie wird nicht sterben.«

»Jetzt spielt sie kein Theater mehr. Das sieht doch jeder Narr.«

»Sogar ich sehe das«, wirft Sacha ein.

»Ich weiß nicht, wie lange das noch so weitergehen kann.«

»Nächstes Mal müssen wir die Saunatür aufmachen und reingehen«, meint Camilla.

»O ja, und dann stürzt sie sich auf uns.« Nach einem trockenen, krampfhaften Schluchzen beginnt Sacha lautlos zu weinen und rührt mit einem müden Löffel in ihrem Müsli.

Vielleicht sollte Vanessa einen Priester holen. Es bleibt immer noch genug Zeit, um Mutters Seele zu retten, obwohl sie – wäre sie bei Verstand – ein solches Ansinnen erbost zurückweisen würde. Sie glaubt an gar nichts. »Wenn ihr tot seid, dann seid ihr tot«, pflegt sie geringschätzig zu behaupten, »und wenn ihr lebt, seid ihr auch meistens tot, verdammt noch mal.«

»Gerade war dieser Bart am Telefon, der Freund von eurer Mutter«, verkündet Mrs. Guerney. »Ich hab' ihm ihre Nachricht vorgelesen.«

»Bart?« Vanessa runzelt die Stirn und fängt Camillas erstaunten Blick auf. Männer! Der hat vielleicht Nerven! Also war der anonyme Anruf erfolglos. Sicher wird sich Barts Frau für die neueste Entwicklung der Dinge interessieren.

»Ich war ziemlich überrascht, weil er nicht wußte, wo sie ist. Und er schien sich zu wundern. Immerhin standen sie sich doch sehr nahe . . .« Mrs. Guerneys Doppelkinn spannt sich an. »Er wollte sie treffen, aber am Telefon nicht mir ihr reden. Seltsam, nicht wahr?«

»Mutter hat am Weihnachtstag mit ihm Schluß gemacht.«

»Also deshalb ist sie so plötzlich abgereist.« Die Putzfrau schnalzt mit der Zunge. »Und deshalb hat sie die Nachricht so hastig hingekritzelt. Ein Glück, daß sie in dieser Anstalt so kurzfristig einen Platz bekommen hat.«

»Darum ist sie heute morgen ganz zeitig losgefahren«, erklärt Camilla. »Plötzlich wurde ein Platz frei, und für den mußte sie sich entscheiden, sonst hätte ihn jemand anderer bekommen. Auf dem Zettel steht ja, daß es ihr leid tut.« Wenn man einmal zu lügen angefangen hat, gibt es kein Zurück mehr.

»Wenigstens weiß euer Vater Bescheid, und daher trägt er auch die Verantwortung für das Durcheinander in diesem Haus. Er wird täglich nach euch sehen müssen. Dieser Ilse kann man nicht trauen. Armes Ding . . .« Damit meint sie nicht Ilse, sondern Mutter. Sie inspiziert das blankpolierte Treppengeländer und wischt ein letztes Mal energisch darüber. »So zu leiden . . . Meiner Schwägerin ging's genauso. Die konnte nur weinen, wenn sie was getrunken hatte. Sonst lief sie rum und setzte eine tapfere Miene auf, obwohl sie in Wirklichkeit völlig verängstigt war.«

Am späteren Vormittag folgen sie der Putzfrau entschlossen in die Küche hinab. »Mrs. Guerney, wußten Sie, daß sich neun von zehn Männern, die mit Alkoholikerinnen verheiratet sind, scheiden lassen – während neun von zehn Frauen, die trunksüchtige Männer haben, bei der Stange bleiben?«

»Irgendwie kann man das verstehen.« Dominics Statistiken konnten sie noch nie beeindrucken. Sie hat unerschütterliche Ansichten über die meisten Aspekte des Lebens. »Manche Frauen bemuttern ihre hoffnungslosen

Alkoholiker gern. Aber die meisten Männer wollen sich nicht mit hoffnungslosen Alkoholikerinnen belasten. Und eine betrunkene Frau ist viel problematischer. Sternhagelvolle Männer sind komisch, oder sie machen einem angst. Aber besoffene Frauen findet man immer widerlich. Wer hat dir eigentlich erzählt, daß deine Mutter alkoholsüchtig war, Dominic?«

Er schweigt und verdreht nur die schwarzen Augen.

Seufzend arbeitet sie weiter. Wenn sie im Haus ist, wirkt das Leben viel normaler. Ohne es zu ahnen, bringt sie die Normalität in einer braunen Papiertüte mit, in ihren schlurfenden Pantoffeln. »Meine Schwägerin mußte zum staatlichen Gesundheitsdienst gehen.«

Obwohl Mutter es nicht weiß und nur verächtlich darüber lachen würde, ist Mrs. Guerney ihre loyalste Freundin. Ein hartes Leben liegt hinter ihr. »Ich bin imstande, Erfolge und Katastrophen gleichermaßen hinzunehmen. Aber wie kann ich das beweisen, wenn ich immer noch auf einen Erfolg warte?« Sie erinnert sich gern an die ersten Tage ihrer Bekanntschaft mit Mutter, die damals in einem Fotostudio arbeitete, gefragt war und viele Aufträge bekam. »Die Welt lag dieser Frau zu Füßen. Hätte sie's bloß gemerkt! Und ihr wißt gar nicht, was für ein Glück ihr habt, verglichen mit einigen armen Kindern, die ich kenne.«

Wenn sie Grausamkeiten beobachtete, sah sie niemals tatenlos zu. Sie lebt mit ihrer Untermieterin zusammen (deren Beiträge zum Einkommen dem Finanzamt nicht gemeldet werden), und sie liebt Kinder. Wenn ihr irgendwas auffällt, das nach Unmenschlichkeit riecht, springt sie sofort in die Bresche, den Hut kampflustig in die Stirn gezogen, und bereitet den Missetaten energisch ein Ende.

»Eure Mutter mußte ziemlich viel durchmachen«, pflegt sie geheimnisvoll zu betonen. »Sie hätte ein Star werden können mit ihrem kreativen Temperament, und wir, die nicht mit solchen Talenten gesegnet sind, müssen den Begabten einiges nachsehen. Wenn eine Frau Erfolg haben will, muß ein Mann hinter ihr stehen. Schaut euch doch die Dichter an! Lauter Männer! Unglücklicherweise gehört eure Mutter zu den Frauen, die sich nie verlieben und heiraten dürften. Aber sie verliebte sich Hals über Kopf und hörte nicht zu, als sie gewarnt wurde. Was soll man da machen?«

Dreimal verlor die Putzfrau, von Mutter gepeinigt, die Nerven, dreimal drohte sie zu kündigen, und dreimal mußte Mutter klein beigeben. Die Tage ohne Mrs. Guerneys regelmäßiges Kommen und Gehen wären so seltsam wie ein Leben an der Atlantikküste ohne das Rauschen und Seufzen der Gezeiten.

Nach ihrer morgendlichen Ankunft dauert es jeweils nur wenige Sekunden, bis man erkennt, in welcher Stimmung sie sich befindet. Manchmal bekundet ihr Gesicht, in unbeirrbare Falten gelegt, entschlossene Diskretion; sie weigert sich, in irgendwas hineingezogen zu werden, sagt kein Wort, verdreht nur die Augen. Aber an diesem Morgen zeigt sie sich bereit, ihr Herz zu öffnen, elektrisiert vom Drama um Ilses ominösen Verfolger. Die Schwedin erschien kurz nach neun, sah wie immer ziemlich angeknackst aus, entschuldigte sich wortreich und schilderte ihren kurzen, aber gefährlichen Fußmarsch von der U-Bahn-Station zum Haus. »Dieser verdächtige Kerl, der hinter den Büschen im Park gelauert hatte, stieg mir nach, bis hierher.«

Besorgt spähte Mrs. Guerney aus dem Fenster und wischte mit einem quietschenden Putzlappen über die Scheibe. »Jetzt läßt er sich nicht blicken. Bist du auch wirklich sicher, Ilse?«

»Zweifellos ist er hinter mir hergeschlichen. Ein – wie nennt man das – ein Fanatiker oder Schlägertyp oder Demonstrant, groß und mager, mit zerzaustem schwarzem

Haar, das ihm über ein Auge hing, und das andere, das ich sehen konnte, glitzerte ganz irre.« Die leicht erregbare Ilse übertrieb maßlos, denn je häßlicher der Bursche aussah, desto eher konnte sie Mrs. Guerneys Mitleid erregen. »Er sah mich ins Haus gehen. Reglos stand er da und beobachtete mich. Dann starrte er die Fenster an, als wollte er sie zählen. Glauben Sie mir, ich täusche mich nicht.«

»Uff!« Mrs. Guerneys Stimme bebte vor Empörung, und sie stürzte sich ebenso begeistert auf den Skandal wie ein Leckermaul auf eine Bonbonniere. »Nirgends ist man sicher. Überall treiben sich diese Bestien herum, zu jeder Jahreszeit, ganz egal, welches Wetter wir haben. Man sollte diese perversen Schurken einsammeln und in einen Lastwagen pferchen, so wie streunende Hunde. Und dann müßte man sie kastrieren. Nicht mal auf der eigenen Wohnzimmercouch entkommt man ihnen, in jeder Tiersendung sieht man sie, Seelöwen und Kojoten und andere wilde Biester, die sich paaren. Und diese Kerle sind genauso.«

»Würden Sie den Mann selber kastrieren, Mrs. Guerney?« Amber hörte solche grausigen Drohungen nicht zum erstenmal.

»Klar, mit meinen eigenen Händen und einem scharfen Gemüsemesser.«

»Oder mit der Käsereibe. Mal sehen, ob wir ihn finden. Wir könnten seinen Spuren im Schnee folgen.«

»Laß die arme Ilse erst mal ihren Mantel ausziehen und ihre Tasche auspacken, Amber. Außerdem ist es keine gute Idee, im Park nach irgendwem zu suchen. Darum soll sich die Polizei kümmern. Wofür zahlt man denn Steuern?«

Aber wie jeder weiß, zahlt Mrs. Guerney keine Steuern. Mutter entlohnt sie wöchentlich mit Bargeld, und sie bezieht eine Beihilfe vom Staat. Auch darin gleicht sie nach Mutters Meinung (neben ihrer Vorliebe für Hüte und Picknicks) der Queen. Und wenn man die Putzfrau von der Seite anschaut, kann man auch eine äußerliche Ähnlichkeit feststellen, obwohl sie ihr Haar ergrauen läßt, ohne eine einzige Welle. Sie ist eine großartige Putzfrau, und Mr. Morrisey von nebenan fragte einmal, ob er sie an einem Vormittag pro Woche ausleihen dürfe. Das lehnte Mutter ab. »Unser Privatleben soll nicht in der ganzen Nachbarschaft breitgetreten werden. Es ist schon schlimm genug, daß sie im Safeways arbeitet.«

»Er hat doch nichts *getan*, Ilse?« fragte sie leise und unheilvoll. »Hat er dir was *gezeigt*? Vielleicht hast du's nicht bemerkt.« Enttäuscht seufzte sie, als das Mädchen den Kopf schüttelte.

»Was sollte er ihr denn zeigen?«

»Bitte, Camilla, bring Sacha und Amber nach oben. Da sollen sie bleiben, während ich der Sache auf den Grund gehe.«

Camilla brach in Gelächter aus, Dominic lief rot an und grinste spöttisch, aber Vanessa biß sich auf die Lippen und schaute weg. Sie stand auf Mrs. Guerneys Seite, die eine rätselhafte Miene aufsetzte und fauchte: »Freut mich, daß du dich so gut amüsierst, Camilla. Ich find's nämlich gar nicht komisch, sondern widerwärtig.«

Ilse wirkt gelangweilt und resigniert, als sie in ihrem hellblauen Jogginganzug herunterkommt, auf einen endlosen Arbeitstag vorbereitet.

Ärgerlich blickt Mrs. Guerney vom Kamingitter auf, das sie gerade reinigt. »Du siehst ja schrecklich aus. Bist du krank? Hast du in den beiden letzten Nächten überhaupt nicht geschlafen?«

»Dieser Mann hat mich so aufgeregt, Mrs. Guerney.« Lustlos greift Ilse nach einer Zeitschrift und geht zum Sofa.

»Wenn die Wäsche trocken ist, muß sie gebügelt werden. Und Mrs. Townsends Zimmer könnte ein Großreinemachen vertragen, während sie weg ist. Du hast jetzt hier die Aufsicht . . .«

Aber Ilses Augen kleben bereits an Marios Possen auf dem Bildschirm. Ihre Kinnlade klappt albern nach unten, als sie Dominic am Boden in seinem Nest aus Tasten und Drähten hantieren sieht. Wenn er sie ließe, würde sie ausschließlich Nintendo spielen, bis sie das nächste Mal essen oder schlafen muß oder sich unter irgendeinem Vorwand aus dem Haus schleichen kann. Für ein paar ungestörte Stunden mit Paul würde sie alles tun.

Ein Spinnennetz aus Kummerfalten überzieht Mrs. Guerneys Gesicht. Sie erhebt sich aus ihrer knienden Stellung und breitet geschickt Zeitungspapier über den vollen Ascheimer. »Bevor ich gehe, werde ich Mr. Townsend anrufen. Nur um mich zu vergewissern . . .«

»Das ist nicht nötig, Mrs. Guerney. Wir sind okay, wirklich.« Entschlossen verteidigt Ilse ihre Position, um einer überflüssigen Einmischung zuvorzukommen. Sie zieht es vor, ungestört zu schalten und zu walten. »Wenn wir was brauchen, weiß ich ja, wo er ist, und die Kinder sind sehr verantwortungsbewußt.«

»Ich mache mir Sorgen wegen dieses Mannes – nachdem er jetzt weiß, wo du wohnst. Wenn er an der Tür läutet . . .«

»Die würde ich niemals öffnen, ohne vorher festzustellen, wer draußen steht. Ich war nur so nervös, weil er ganz plötzlich auftauchte.«

»Falls du ihn wiedersiehst, ruf die Polizei an, hörst du, Ilse?«

»Natürlich.«

Aber Mrs. Guerney fürchtet, das Mädchen könnte sich unsittlich verhalten. Sie bevorzugt schwangere Waliserinnen. Mit ihrer Nörgelei fiel sie Mutter schon oft auf die Nerven. »Ilse ist unreif und verantwortungslos, und es sollte mich nicht wundern, wenn sie ihre Pflicht vergißt und sich im ›Plume of Feathers‹ mit diesen Griechen amüsiert.«

»Das würden mir die Kinder erzählen.« Mutter versuchte, nicht zuzuhören und in ein anderes Zimmer zu enteilen, und hoffte, Mrs. Guerney würde ihr nicht folgen.

Aber so leicht ließ sich die Putzfrau nicht abwimmeln. »Nicht unbedingt. Die sind nicht dumm und wissen genau, wie sie Ilse um den Finger wickeln können. Sie ist so ein langweiliger Waschlappen, daß sie's wahrscheinlich lieber sehen, wenn sie gleich verschwindet, statt hier rumzuhängen und auf die nächste Fluchtmöglichkeit zu warten. Ich kenne mich aus mit Kindern, und ich warne Sie, Mrs. Townsend. Die Waliserinnen wußten wenigstens nicht, wohin sie gehen sollten, und waren viel zu dick, um sich in London rumzutreiben.«

»Diese Mädchen haben mich viel zu sehr deprimiert. Ständig heulten und seufzten sie. Und Sie wissen ja, wie leicht man mir die Laune verderben kann. Jetzt ist Ilse hier, und wir müssen uns damit abfinden.«

Die Putzfrau gab sich geschlagen, machte aber nie einen Hehl aus ihrer Abneigung gegen die arme, liebeskranke Ilse. Nun widerstrebt es ihr verständlicherweise, der Schwedin die Verantwortung für den Haushalt zu überlassen. Sie trödelt herum, braucht endlos lange, um ihren Hut aufzusetzen und ihre Tasche zu packen.

Vanessa beobachtet sie nachdenklich. Sicher wäre Mrs. Guerney entsetzt, wenn sie wüßte, was mit Mutter geschieht, würde sich ohne Zögern auf deren Seite stellen und die Beweggründe der Kinder nicht verstehen.

Gott, was soll sie tun? Wo bleiben die Tränen, die sie retten könnten? Schließlich verschwindet Mrs. Guerneys gewaltiger Busen hinter dem Reißverschluß ihrer Army-Fliegerjacke. »Ich frage mich, ob's diesen Mann überhaupt gibt. Vielleicht ist er nur eine Ausgeburt von Ilses reger Phantasie. Natürlich könnte sie ihn auch erfunden haben, um ihre Verspätung zu entschuldigen.«

Vanessa ist bereit, jeder Theorie zuzustimmen. Wenn die Putzfrau wirklich gehen soll, dann so schnell wie möglich. Sie darf nicht hier in der Halle herumlungern, wo sie's hören könnte, wenn Mutter ausgerechnet in diesem fatalen Moment aus ihrer Lethargie erwachen und schreien würde.

Einerseits fürchtet Vanessa verdächtige Geräusche, andererseits hofft sie darauf. Sie will entlarvt werden. Die Belastung des schrecklichen Geschehen ist zu groß für ein zwölfjähriges Kind. Es drängt sie, in den Fitneßraum hinunterzugehen und die Lage zu sondieren, und gleichzeitig graut ihr davor.

Gäbe Mutter nur einen einzigen Laut von sich – dann wüßte man wenigstens, daß sie noch lebt.

19

Sie kommt erst richtig zu Bewußtsein, als irgendwas am Fenster kratzt. Zuerst glaubt Caroline, sie läge im Bett und Vögel würden sich im Efeu vor dem Schlafzimmer tummeln. Das helle Licht könnte von einem warmen Frühlingsmorgen stammen. Wo, um Himmels willen, war sie letzte Nacht? Die Augen fallen ihr immer wieder zu, ihre Lippen sind wie ausgedörrt, der ganze Kopf dröhnt wie ein glühendheißer Wäschetrockner. Wo zum Teufel war sie? Warum fühlt sie sich so elend?

O Gott, sie liegt auf einem Boden, den sie nicht kennt, spärlich bekleidet. Vorsichtig bewegt sie alle Glieder, hebt den Kopf von den verkrampften Armen und stöhnt, als das Blut schmerzhaft in die Adern zurückrauscht. Automatisch suchen die trüben Augen nach einem belebenden Drink, bleiben verzweifelt am Holzeimer hängen, der mit Wasser gefüllt ist. Der übliche Fluch ist so vertraut wie die Herzschläge, wird gedankenlos geflüstert. »Verdammt noch mal . . .«

Ist sie allein? Sie räuspert sich, falls sie sprechen muß, und das tut so weh, als würde sie ein Pflaster von einer offenen Wunde reißen. Mühsam schleppt sie sich zum Eimer, lechzt nach Flüssigkeit, kommt sich vor wie eine Eidechse, die unter der roten Sahara-Sonne über Sanddünen kriecht. Ihre Zunge flackert wie eine Eidechsenzunge, die Hände sind welk und trocken, Krallen statt Fingernägel, keine Lider – großer Gott . . .

Die sengende Hitze, die zunächst aus ihrem eigenen gequälten Körper zu dringen schien, entströmt offensichtlich irgendwelchen Kohlen in der Ecke. Als sie die brennenden Augen verengt, sieht sie die Luft flimmern wie eine Fata Morgana. Was zum Teufel hat das zu bedeuten? Kraftlos stützt sie sich auf die Arme, taucht ihren Kopf in den Eimer, und das schale, lauwarme Wasser jagt ihr einen Schauer über den Rücken.

Genausogut könnte sie in einem Nichts versinken, das nach feuchtem Holz riecht. Während sie nach Luft schnappt, fällt sie nach hinten gegen die Bank. Mit beiden Händen packt sie den Eimer und entleert ihn über ihrem Kopf. »Um Himmels willen, würde irgend jemand dieses verdammte Licht ausschalten?«

Sie wischt klebriges Haar aus dem Gesicht, zieht die Beine an – ganz langsam, falls es schmerzen sollte – und schlingt die nassen Arme darum. Nun fühlt sie sich etwas besser und wagt den Blick auf das hohe Saunafenster zu richten, auf den Rest ihrer verwirrenden Umgebung. Wurde sie in ein unheimliches Rehabilitationszentrum mit knallharten Sicherheitsvorkehrungen verfrachtet? Kam sie letzte Nacht mit dem Gesetz in Konflikt? Und wo *war* sie letzte Nacht? Stehen da draußen Wachtposten, verkleidet als Krankenschwestern in gestärktem Weiß, die darauf warten, daß sie irgendeine Glocke entdeckt und läutet? Aber erscheint ihr dieser Ort nicht vage vertraut? Sollte sie ihn wiedererkennen? Verdammter Fusel . . . Sie muß sich zurechtfinden, ehe jemand hereinkommt und die Schlacht beginnt . . .

Oder wurde sie von Terroristen als Geisel genommen?

Caroline Townsend bekämpft ihre Panik und steht steifbeinig auf. Alle Muskeln in ihrem Körper scheinen zu schreien, als sie ängstlich zur Tür taumelt. Keuchend drückt sie auf die Klinke, stemmt sie sich gegen das Holz – vergeblich. Sie verflucht ihre Schmerzen, ihre Schwäche. Krampfhaft reißt sie die Augen auf, späht durchs Fenster, leckt sich über die trockenen Lippen beim Anblick des tristen Kellers. Robins Fitneßraum. Leer und kalt wie Robin, kontrolliert und einförmig wie Robin, mitleidlos, erfüllt mit einer Liebe, so rostig wie eine alte Konservendose. »Bald wird nichts mehr von mir übrig sein«, pflegte sie in jenen schlechten Zeiten jammervoll zu behaupten, wenn sie einsam in den Spiegel starrte, »nichts außer meinen Augen und meinem Lachen«.

Eine Bewegung am Fenster drüben in der Wand erregt ihre Aufmerksamkeit – ein Kratzen an der Scheibe, so als versuchte jemand, mit einer Münze den weißen Anstrich herunterzuschaben und hindurchzuschauen. Dies war also das Geräusch, das sie aus dem todesgleichen, traumlosen Schlaf weckte.

Caroline ist daheim. In Sicherheit. In ihrem eigenen Haus. Kein Krankenhaus. Nirgends warten Injektionsspritzen. Was für ein Tag ist heute? Oben müssen Leute sein, die sie hören, wenn sie schreit. Aber mit ihrem trokkenen, rauhen Hals, den sie dieser Hitze verdankt, kann sie nicht schreien. Sie kann nur den leeren Eimer gegen die Rohre schmettern und hoffen, irgendein verantwortungsbewußter Mensch würde sie hören und retten, ehe sie den Verstand verlor.

Sie schlägt den Eimer gegen das Metall, und jedes schrille Klirren quält ihr Gehirn. Ihr Arm ist schmerzhaft schwach. In verzweifeltem Rhythmus bewegt sie ihn, verschließt die Augen vor dem Höllenlärm. Sie erträgt es nicht, eingeschlossen zu sein, bildet sich ein, sie könnte weder schlucken noch atmen, lauscht angespannt – muß wissen, wer da kommen wird, und kämpfen.

O ja, sie muß kämpfen, wagt es nicht, sich hinzulegen, denn sie will sich wappnen, falls sie eintreten mit ihren starken Muskeln, um sie zu bestrafen. Ein Trauma aus der Kindheit. Mittlerweile hätte sie es wirklich bewältigen sollen.

Wie konnte jemand sie so sehr hassen und hier einsperren? Und dann fällt ihr ein, daß Robin nicht mehr hier ist. Er hätte es verhindert. Auf ihn ist Verlaß. Er würde sie beschützen, was immer auch geschieht.

Aber er wohnt jetzt bei Suzie, und Caroline kann nichts dagegen tun. Oh, es war so leicht und wundervoll, sich in Robin zu verlieben. Sie denkt an die köstliche Trägheit des ersten Mals, ihren Körper unter dem dünnen Laken, den Glanz der hübschen Porzellantassen, die betörenden Düfte, die durch grüne Jalousien ins Zimmer drangen; der Tag schwamm dahin, und sie ließen sich mit ihm treiben, von morgens bis abends, in einem brennenden Traum, dessen Fieber stieg, während die Sonne unterging. Und als Purpurrot und Gold erloschen waren und der Mond aufging, verfielen sie dem Wahnsinn.

Er ist weg. Die Erkenntnis, daß er sie verlassen hatte, war schlimm genug. Aber dann erfuhr sie von seiner Liebe zu einer anderen und glaubte, verrückt zu werden. Es heißt, in solchen Situationen müsse man an sich arbeiten, unermüdlich, hartnäckig und mühsam, gegen alle Gewohnheiten kämpfen, gegen alle Wünsche und Ängste und Hoffnungen und Freuden – und wozu? Um den Schmerz zu durchbrechen. Aber das kann sie nicht – sie versteht es nicht einmal. Und am Ende gäbe es keine Belohnung, und wenn doch, wäre es zu schrecklich, darüber nachzusinnen. Kindliche Dinge – danach sehnt sich Caroline.

Sie will an kindliche Dinge glauben, die so erzählt werden, daß man nicht an ihrem Wahrheitsgehalt zweifelt. Denn ohne Robin ist das Leben so dunkel. Weil alles verlorenging und in Finsternis versank. Und Caroline ist nur eine welke Blume, an die Schultern vieler Liebhaber geheftet.

Zum Teufel mit Robin, diesem Tugendbold, diesem kaltblütigen Fisch, diesem Intellektuellen, der niemals Zeit für Fröhlichkeit, Wärme und unbeschwerte Stunden findet . . .

Stoisch hämmert sie den Eimer gegen die Rohre, und die Schläge werden immer schwächer. Einer für Mummy, einer für Daddy, einer für Robin, einer für Caroline – o Gott, und das alles in dieser drückenden Hitze, die das Gehirn lähmt!

Niemand kommt. Sie kann Lärm machen, solange sie will. Niemand wird darauf achten, und es ist sinnlos zu weinen. Sie muß versuchen, so zu tun, als wäre sie nicht eingesperrt, ihre Phantasie ausschöpfen und sich einreden, man habe sie nicht hier unten ihrem Schicksal überlassen, für immer. Und sie muß herausfinden, was geschehen ist. Könnte sie doch klar denken und sich erinnern . . .

Sie hätte nicht das ganze Wasser verschütten sollen. Gibt es eine Möglichkeit, die Heizung herunterzudrehen? Apathisch und durstiger denn je – die Lippen schmecken salziger als das Meer – faltet sie den Pelzmantel zusammen und legt ihn auf die Bank, ein weiches Bett für ihren schmerzenden Körper. Da sind auch Decken. Irgend jemand muß befürchten, sie könnte sich erkälten. Ha! Ihr Gelächter klingt spröde, und sie wünscht, sie könnte es zurücknehmen. Das kleine Lachen würgt sich aus dem Hals heraus, wahrscheinlich von Blut gefolgt. Während sie hier festsitzt, kommt Lachen nicht in Frage. Es hilft ihr nicht beim Versuch, sich etwas vorzumachen. Außerdem ist die Situation nun wirklich nicht komisch. Warum fühlt sie sich immer wieder bemüßigt, was Komisches an schmerzlichen Dingen zu finden? Oder sie in Schnaps zu ertränken, als wären sie Diamanten, die gereinigt werden müssen?

Um Himmels willen, wie spät ist es? Müßten die Kinder nicht aus der Schule nach Hause kommen? Als Caroline auf ihre Uhr schaut, erinnert sie sich, und ihre Kehle wird eng. Weihnachten. Vanessa, Camilla, Dom und die Zwillinge sind daheim. Wahrscheinlich wundern sie sich, wo ihre Mutter stecken mag, ahnen nichts von den versteckten Geschenken, die sie alle für die Vernachlässigung im letzten Jahr entschädigen sollen. Damals ertrug sie es nicht einmal, das Wort »Weihnachten« zu hören. Wann immer sie an einem Geschäft vorbeiging, in dem Weihnachtslieder erklangen, mußte sie weinen.

Dieses Jahr dachte sie an Geschenke, aber nicht an Weihnachtsschmuck. Bei der Heimkehr war sie wütend auf diesen Trottel Bart und auf Vanessa, die ihre Mutter wieder einmal ausgetrickst hatte. Vanessa, stabil und linkisch wie ein Küchenstuhl, weckte ständig Schuldgefühle in ihr, stempelte sie immer wieder irgendwie zur Versagerin.

»Warum kannst du nichts lautlos machen?« schien Vanessa zu schreien. *»Warum kannst du nicht in aller Stille leben und in aller Stille sterben? Wozu dieses endlose Gelächter und Geheul?«*

Und Caroline hätte gern zurückgeschrien: »Ich bin kein Monstrum, Vanessa! Früher starrte ich auch in den zartblauen Himmel, mit offenem Mund, so albern wie du, als wäre ich schrecklich dumm. Aber ich war nicht zu dumm, um das Leben zu genießen und es zu lieben, ganz und gar darin zu versinken. Auch ich sah unsere schöne Welt. Vor ihrem Zauber lag ich sogar auf den Knien . . .«

Die Kinder waren stolz auf ihre Mühe. Hübsch und unschuldig in ihren Morgenmänteln, standen sie da und beobachteten ihre Mutter. Nur mühsam erinnert sie sich, runzelt die Stirn, gerät in eine andere Welt, als sie ihr Gedächtnis erforscht. In jener Nacht schwankte sie am Rand einer schrecklichen Klippe, wo sie schon oft gewesen war. Sie starrte hinab in die beängstigende Erkenntnis, daß es Dinge gibt, für die es sich trotz allem zu leben lohnt – daß sie ihre ganze Willenskraft aufbieten müßte, um die verstreuten Fetzen ihres Daseins einzusammeln, aneinanderzunähen und sich selber eine neue Chance zu geben.

Während Barts grausame Worte noch in ihren Ohren dröhnten, betrat sie das Wohnzimmer. Beim unerwarteten Anblick des geschmückten Baums gewann sie den Eindruck, jemand wollte sie verspotten, ihren Entschluß untergraben, dieses Jahr ein richtiges Weihnachtsfest zu feiern. In ihrer Trunkenheit begann sie das ungeschickt drapierte Lametta zu ordnen, und das mußte die Kinder irgendwie erschreckt haben. Als sie hörte, wie sie hinter ihr hereinkamen, drehte sie sich um, las die Angst in den fünf Augenpaaren – Angst vor den Dingen, die sie tun könnte, vor ihrer Reaktion. Sie schienen abzuwarten, in welche Richtung das Monstrum springen würde, und das Monstrum war *sie selbst,* vulgär und ekelhaft.

Sie starrte die liebe, viel zu dünne Vanessa an, so fremdartig, unheimlich penibel, in ihr elendes Schicksal ergeben, mit unnatürlich großen Augen. Ihr rundes Gesicht war süß, glatt und ehrlich, aber ihr Profil impertinent und der Mund – sinnlich. Trotz des gräßlich mageren Körpers ist diese Tochter ein warmes Kätzchen, voller Zauber.

Irgend etwas in Caroline begann zu vibrieren. Sie sah Vanessa als Trommler, winzig klein und zerlumpt, auf dem Marsch in die Schlacht des Lebens, den Kopf hoch erhoben, die Trommelschlegel in tapferem Wirbel.

Caroline betrachtete das Mädchen und fing zu wanken an. Verzweifelt wünschte sie sich, zu lachen und sie alle zu umarmen, den schläfrigen Talkumpudergeruch ihrer Kinder einzuatmen, ihnen zu sagen, sie sollten nach oben gehen und nachschauen, was im Schrank wartete, die Eintrittskarte für die Pantomime. Und dann müßten sie auch den Schrank in der Speisekammer öffnen. Sie wollte versichern, die Hölle sei vorbei, sie würde zu trinken aufhören . . .

Warum konnte sie es nicht sagen? Oh, warum konnte sie es nicht versprechen?

Warum wäre es gefährlicher gewesen, als das Lametta grimmig und gnadenlos vom Baum zu reißen, in wildem Fieber, sich genauso zu benehmen wie das hassenswerte Ungeheuer, das aus ihr geworden war? In den Augen ihrer Kinder erblickte sie ihr eigenes Spiegelbild. Sie wollte die Arme ausstrecken, wußte aber, daß sie alle vor einer Berührung zurückschrecken würden.

Caroline Townsend wagte nicht, ein Versprechen zu geben, das sie nicht halten konnte, fürchtete die Liebe ihrer Kinder, und ihr graute davor, etwas so Kostbares zu verraten. Sie hat nicht gelernt, um Liebe zu bitten, kann eine Zurückweisung nicht verkraften. Wieviel einfacher ist es, Haß und Angst zu wecken, die Gesellschaft von Menschen zu suchen, die im Grunde keine Rolle spielen, sich in eine bedingungslose Liebe zu stürzen, deren Verlust nicht weh tun wird . . . Und doch scheint jedes leidenschaftliche Erlebnis den Tod in sich zu tragen, jede sexuelle Intimität irgend etwas zu ermorden.

Scheiße. Nur ein anderer Morgen danach, in Rauch aufgelöst. Und was geschah dann? Beschämt zwingt sie ihr träges Gehirn, sich zu erinnern. Hat sie noch was getrunken? Wahrscheinlich. Sie muß ihrer Sucht nachgegeben haben, dem gewohnten Schema gefolgt sein – laut, häßlich, immer häßlicher, von Sinnen, voller Angst vor den rührenden Bedürfnissen ihrer Kinder. Taumelte sie in den Fitneßraum hinab, im sinnlosen Versuch, Robin in seiner verlorenen Geheimwelt zu finden? Schaltete sie die Sauna ein, schaffte sie es irgendwie, sich darin einzusperren?

Wie könnte sie sonst hier sein? Wie lange ist sie schon hier?

Aber trug sie die schwarze Perücke, als sie am Weihnachtsabend ausging? Nein, die kastanienrote. Also muß jemand anderer die schwarze hier auf den Boden gelegt haben – und was noch? Was ist das für ein Papier?

Mit zitternden Händen ergreift sie die Blätter und hebt sie in Augenhöhe. Es ist mühsam, den Kopf zu bewegen, und unerträglich, ihn hängenzulassen, denn jedes zusätzliche Gewicht an ihrem Hals gleicht einem Fegefeuer. Sie hält die Speisekarten so reglos wie möglich vor ihr Gesicht und braucht nicht lange, um sie zu lesen. »Lunch am Weihnachtstag. Lunch am zweiten Weihnachtstag. Tee am Weihnachtstag.« Ihr Lächeln tut weh. Die Haut spannt sich wie eine trockene Pergamentschicht. Früher schrieb sie auch Speisekarten, in ebenso sorgfältiger Schrift, und legte sie vor ihren Puppen auf den Tisch. Es war ein großer Tisch, und man sah die Köpfe der Puppen kaum, obwohl sie auf Stühlen mit Kissen saßen. An diesem Tisch hätten richtige Menschen essen müssen. Aber als Kind – in jenen fernen Räumen, wo die Erinnerungen ruhen – nahm Caroline Heaten ihre Mahlzeit in der Gesellschaft von Puppen mit lockigen Haaren und rosa Schmollmündern ein. Wenn man klein ist, genießt man nicht das Privileg, sich etwas auszusuchen – ganz egal, ob man geliebt wird oder nicht.

Ihre Kinder wissen, wo sie ist. Wieso, um alles in der Welt, wird sie nicht herausgelassen? Wer weiß sonst noch, daß sie hier ist? O Gott, wie bizarr! Vielleicht sollte sie noch einmal den Eimer gegen die Rohre schlagen, aber ihr fehlt die Kraft dazu, und sie wird von einer schleichenden Angst erfaßt. Zweifel und Furcht kühlen ihren Körper ab, schützen sie vor der erbarmungslosen Saunahitze. Sie will keinen Lärm mehr machen, braucht Ruhe und Stille, um nachzudenken, sich vorzubereiten – worauf? Werden ihre Kinder herunterkommen, oder haben sie beschlossen, sie einfach hier sterben zu lassen?

Könnte sie ihnen das übelnehmen? Nach allem, was oben geschah, nachdem sie – die erschöpfte alte Hure – ihnen das Weihnachtsfest zu verderben suchte, in einem dummen Gefühlskonflikt? Als Kind wollte sie oft vernichten, was sie am meisten quälte. Plötzlich wünscht Caroline, sie würde nur auf Männer mit Injektionsspritzen warten. Die könnte sie wenigstens bekämpfen und beschimpfen, sich mit Händen und Füßen gegen sie wehren. Aber wenn die Kinder kommen – was dann? Wenn sie sich weigern, das Gefängnis aufzusperren – was dann? Aber da sind auch noch Ilse und Mrs. Guerney. Offensichtlich ist Weihnachten vorbei, die Zeit verstrichen, ohne daß sie es gemerkt hatte. Nun müßte die Putzfrau jeden Vormittag im Haus verbringen. Und Ilse würde hier sein.

Warum vermißt mich niemand? überlegt Caroline. Hat denn niemand angerufen?

Mrs. Guerney kann es nicht wissen. Niemals würde sich die phlegmatische, vernünftige Frau an einem so unheimlichen Komplott beteiligen, was auch immer dahinterstecken mag. Und wo bleibt Bart? O Gott, Bart mit seinen betörenden, wunderbaren Händen und seiner halb manischen Forderung: »Bumsen wir!« Aber er will sie nicht mehr sehen, hat beschlossen, von nun an seiner Frau treu zu bleiben, dieser armseligen Kuh. Caroline erinnert sich an den Streit, läßt den Kopf in die Hände sinken und stöhnt. Welch ein Schlamassel ... *O Gott, ich fühle mich so elend.*

Das Kratzen am Fenster ist verstummt, sie hört nur mehr die Sauna summen. Und dann ein Klimpern, unverkennbar. Sachas Lieblingslied, so vertraut. »We're walking in the air ...« Carolines Nerven spannen sich an, ihr Atem stockt, und sie riecht sich selbst – ein Tier, in die Enge getrieben. Sie ballt die Hände so fest, daß sich die Nägel ins Fleisch bohren. Ihre Augen sind weit geöffnet, fieberheiß. Ein Frösteln durchströmt ihre Glieder, als die weihnachtlichen Glockentöne wieder erklingen, mit melancholischem Echo, unwirklich in der öden Winteratmosphäre des Fitneßraums.

»We're walking in the air ...«

Die Kinder haben sie hierher verfrachtet – die Kinder mit ihrer glatten, unschuldigen Haut und den leidenschaftslosen Gesichtern, den kurzgeschnittenen Fingernägeln und den Köpfen, die nach süßem grünem Shampoo duften. Mit ihren unmöglichen Erwartungen. Die Gefängniswärter kommen, und sie duckt sich. Ein beängstigendes Prickeln durchfährt ihre Arme wie tausend Nadelstiche. Sie weiß, daß sie kommen, aber was werden sie tun? Caroline fürchtet sich vor ihren fünf Kindern, und sie ist völlig von ihnen abhängig. In diesem Holzkäfig gibt es keinen Schatten, kein Versteck, nur die Bank, und es wäre sinnlos, sich darunter zu verkriechen. Von schmerzhafter Trauer ergriffen, fühlt sie sich unendlich verwundbar. Sie weiß nicht, welche Miene sie aufsetzen soll, besitzt kein Hilfsmittel – nichts, was sie unsichtbar machen würde.

Keine Waffe, mit der sie sich verteidigen könnte.

Und kein Drink in ihrer Hand.

20

Die Augen groß und erstaunt, fängt Lot Dance eine Schneeflocke mit einem behandschuhten Finger ein und schiebt sie behutsam in den Mund. Um den Geschmack auszukosten, schließt er die Lider. Damit er die Dinge klarer erkennt und schneller reagiert, hat er sein Medikament an diesem Tag nicht eingenommen. Deshalb kann er die Schneeflocke richtig genießen.

Ein Fremder eilt auf der anderen Straßenseite vorbei, hält ihn für einen Stadtstreicher und schaut rasch weg. Aber das Bild des klassisch schönen, tragischen Gesichts begleitet ihn, und er fragt sich tief bewegt, welch ein Grauen dieser Mann in seiner Einsamkeit ertragen haben mag. Er stellt sich vor, der Tramp wäre verlacht und verhöhnt und bespuckt worden, hätte krank und unbeachtet unter einer kalten Brücke gelegen oder in einem Wohlfahrtsinstitut auf einem harten, zu kleinen Stuhl gesessen. Wie viele Tage verbringt er auf diese Weise in trostlosen Gassen? Vielleicht ist es ihm egal, wo er sich befindet.

Lot würde dem Fremden sagen, er solle sich nicht lächerlich machen.

Wer ist Lot? Nun, gewiß kein Tramp. Er hat ein Zuhause, eine Familie, und peinlicherweise versucht die Mutter immer noch, auf der Straße seine Hand zu halten. Aber der Fremde irrt sich. Da gibt es Lots Leben und jenes andere – eine ungeheure Macht, die über die Erde hinwegfegt, ihre Pläne verwirklicht und keine Verwendung für Individuen hat, deren Existenz nicht braucht. Mit seinen geifernden Fängen packte das andere Leben die schöne Ruby, benutzte sie und versuchte, sie dann auf den Müllhaufen zu werfen. Lot ist zäher. Ihm hat es so was noch nicht angetan, verdammt. Er hält die Augen offen, aber es ist der Feind. Das darf man nie vergessen. Der Feind aller Menschen. Alle sitzen in derselben Klemme. Schlafwandler, tastende Blinde, die mit einem monströsen Gegner ringen. Jeden greift es an, und jedes Ereignis ist eine Falle. Was immer dieses Leben, dieses knurrende Ungeheuer zu bieten hat, sämtliche Erfahrungen, Freuden und Enttäuschungen gehören zu einem Komplott, das nur ein einziges Ziel anstrebt – den Leuten einen Strich durch die Rechnung zu machen und sie in ihren Träumen gefangenzuhalten. Das Leben ist ein bösartiger Wissenschaftler, vermischt stimulierende Medikamente und Beruhigungsmittel in den richtigen Proportionen, um die Menschen zu betäuben und seine eigenen Zwecke zu verfolgen.

Also muß Lot wach bleiben.

Manchmal, wenn er sich aufregt, erscheint ihm ein Tag wie der andere. Es gibt keinen Morgen, nur einen Tag und eine Nacht, einen Kreis, der sich vom Licht ins Dunkel dreht, vom Dunkel ins Licht.

O ja, für Lot Dance ist die Welt seltsam, voller Mißverständnisse und falscher Botschaften. Er sieht die Dinge nicht so wie gewöhnliche Menschen, und seine Bedürfnisse und Wünsche sind relativ einfach. Aber er ist nicht harmlos. Wenn er Rachegelüste empfindet, vereinnahmen sie seine Seele voll und ganz. Diese abscheuliche Caroline Townsend soll sich verdammt noch mal in acht nehmen.

Und da ist er nun, an einem Nachmittag, der sich allmählich verdunkelt und den Himmel in kränklichem Blaugelb färbt. Verstohlen und doch zielstrebig geht Lot ans Werk. Obwohl er Zugang zu dieser reinen weißen Welt aus verwirrendem Schnee sucht, zum eisigen Wind und den frostbedeckten Zweigen über seinem Kopf, erscheint ihm alles geisterhaft, wie Aschenberge oder Staubwirbel, nicht wie die stabilen Ding seiner eigenen Welt, zum Beispiel die Schachteln. Dies alles gehört zu jenem anderen Leben, hat nichts mit ihm zu tun, und er will es nicht sehen.

Sein Zorn ist jetzt gezähmt und kontrollierbar. Die wilden Krämpfe seiner Wut, stundenlang in der Einsamkeit seines Zimmers durchlitten, wo er während der Weihnachtsnacht Handtücher und Decken zerfetzt hat, sind jetzt zu einem milden Puls verebbt. Heute kann er nicht mehr viel tun. Es wird Zeit, voranzugehen.

Seit dem Trauma des Weihnachtstags war er keineswegs untätig. Wenn er Pläne schmiedet, ärgert es ihn, daß er sich selbst nicht sehen kann, denn er denkt in Bildern, und darin findet er sich so gut wie nie. Wohin ist er gegangen? Wenn er sich an den Anblick eines Zimmers mit einem Klavier oder eines Gartens erinnert, sieht er andere Gestalten, aber niemals seine eigene. Er neigt dazu, vor sich hinzumurmeln: »Warum bin ich immer weg?« Der Barhocker oder der Lehnstuhl, wo er gesessen hat, stehen da, aber sie sind leer. Aber jetzt betrachtet er seinen Handschuh, seinen Ärmel, seinen Stiefel, wenn er den Fuß ausstreckt. Könnte er sich doch nur ein einziges Mal von unten bis oben sehen, von vorn und hinten, welch eine Hilfe wäre das! Wie soll er die Einzelteile zusammenfügen? Das alles frustriert ihn maßlos.

Trotz dieser Handicaps gelang es ihm nach einigen Fehlstarts, Caroline Townsends Adresse und ihre Telefonnummer ausfindig zu machen. Ein freundlicher Mann mit einem ausgefransten Hut, der sich in der Bibliothek wärmte, stand ihm mit Rat und Tat zur Seite, und an diesem Morgen, nach der Ankunft in Highgate, rief Lot von der U-Bahn-Station aus in der Camberley Road an. Natürlich erwartete er, daß sich ein Kind melden würde. Denn jetzt sind Ferien, und er hat schon oft beobachtet, wie eifrig die Kinder, auch im Beisein Erwachsener, zum Telefon laufen, wenn es klingelt. Er gab sich als Bart aus, obwohl er wußte, wie sonderbar eine so hastig hervorgesprudelte Nachricht von einem Liebhaber klingen mußte. Doch er hatte sich eine Erklärung zurechtgelegt – keine Zeit, um lange zu reden – da wartet jemand vor der Zelle ... Aber zu seiner Verwirrung sprach er mit keinem von Caroline Townsends fünf Kindern, sondern mit einer kurz angebundenen Frau. Sie las ihm eine Mitteilung vor und fügte barsch hinzu: »Wieso wußten Sie nicht, daß sie nach Broadlands fährt? Ich dachte, Sie wären eng mit ihr befreundet.«

Vergeblich suchte er nach einer passenden Antwort. Sein Gehirn begann zu schwirren, drohte außer Kontrolle zu geraten. Er begann zu stottern, und schließlich hängte er ein, durchschnitt das scharfe »Hallo? Hallo?« mit einem ungeduldigen Stirnrunzeln. Verdammt. Er will nicht alles noch schlimmer machen, nur die Frau bestrafen, die Ruby so weh getan hat.

Seine hektischen Gedankengänge veranlaßten ihn, ein Rendezvous zu planen. Er mußte die Frau aus dem Haus locken. Und so entschied er sich für das Fat Controller Café mit den klebrigen roten Sitzbänken und Plastikgänseblümchen, die nach Zwiebeln stinken. Es liegt neben der U-Bahn-Station, und normalerweise würde sein Bruder Bart keinen Fuß hineinsetzen, aber es ist besser als gar nichts. Derzeit haben nur wenige Lokale geöffnet, weil die meisten Leute ihre Weihnachtsferien daheim genießen.

Daß sein Opfer verreist war, hatte er nun wirklich nicht ahnen können. »Geduld, Lot, Geduld«, ermahnte er sich. Wenn er das nächste Mal anruft, wird er jemand anderen mimen. Es mißfällt ihm, sich als Bart auszugeben.

Sie ist nach Broadlands gefahren. Wo mag das sein? Vielleicht ein Hotel? Wie soll er das herausfinden, und wieviel würde es kosten, dahin zu gelangen? So viele Probleme, aber sein Gerechtigkeitssinn zwingt ihn zur Verfolgungsjagd.

Er beginnt zu frieren, seine Füße brennen in den Stiefeln, seine Augen tränen in der bitterkalten Luft, aber er verdrängt das verlockende Bild seines gemütlichen Zimmers, seines einladenden Gasfeuers. Er stampft im Schnee um die Bäume herum, erinnert sich an Rubys tragisches Gesicht, an das niedergeschlagene Geschöpf, in das sie sich am Weihnachtstag verwandelt hat, zusammengesunken an ihrem Küchentisch, die Augen geschwollen, die Nase rot geweint, die Stimme halb erstickt bei der grausigen Enthüllung.

»Nein, Lot, sie haben nicht getanzt, sondern gebumst.«

Er klatscht in die Hände, bläst wütend weiße Wolken in die Luft, und seine Augen glitzern. Dunkle Augen, nicht rot geweint. Ruby vertraut ihm, und er wird sie nicht im Stich lassen.

Als er das erste Mal hier war, beschloß er, die Lage zu sondieren, so wie Starsky. Er inspizierte das hohe, vornehme Haus in der Camberley Road und fand nur ein einziges Fenster, das er erreichen konnte – unten neben der Kellertreppe, ein kleines dunkles Fenster. Eines Tages möchte er auch so ein Haus besitzen, obwohl es nicht zu ihm paßt. Zu steif, zu abweisend. Jedenfalls wünscht er sich eine Frau und Kinder und Vorhänge mit Schleifen um die Taillen. Beim ersten Anblick des Hauses hatte er das Gefühl, es würde seine Anwesenheit mißbilligen und ihn zurückstoßen – aber warum sollte es? Warum sollte es über ihn die Nase rümpfen, während es in seinen Mauern ein moralisches Chaos barg? Er überquerte die Straße, spähte verstohlen nach allen Seiten, schlich die Treppe hinab und schob seine Hand zwischen Gitterstäben hindurch, kratzte an der undurchsichtigen Scheibe, nur um festzustellen, daß sie an der Innenseite weiß gestrichen war.

Verdammt.

Lots Kopf fühlt sich wie ein Haus an – statisch wie ein Raum mit vier Wänden, voll lebloser Gegenstände. Er konnte nicht einmal hineinschauen, und er interessiert sich für Häuser – für alle Arten von Häusern und ihren Inhalt. Besonders für Betten – Ungetüme mit vier Pfosten, Messing- und Eisen- und Campingbetten und Luftmatratzen. Auch Treppen faszinieren ihn. Sie wirken so aggressiv, wenn sie sich nach oben winden. Und wahrscheinlich gibt es in diesem Haus unzählige Fläschchen, die in gläsernen Badezimmerregalen das Licht einfangen, ein paar hundert Tiegel mit Gesichtscreme und Schuhe in allen Varianten, genug Kleider, um einen Flugzeughangar zu füllen, und Bücher und Schreibpapier. Bücher voller Druckbuchstaben, einst gelesen und jetzt vergessen, Schreibpapier, vollgekritzelt mit Wörtern in Lila oder Smaragdgrün, Wörter, die irgend jemand einmal geschrieben hat und die ihm jetzt entfallen sind. Füllfederhalter, Bleistifte, Zigaretten und Wein.

An die Dinge, die den Leuten gehören, kann Lot sich besser erinnern als an die Leute selbst. Und obwohl er sich an Ruby so lebhaft erinnert wie an keinen anderen Menschen, sieht er ihre Tücher und Hüte deutlicher vor sich als ihr Gesicht. Getrennt von ihren Kleidern und Möbeln, von Bart und ihren vier Kindern, erscheint sie nicht in seiner Phantasie. Immer ist sie umgeben von ihrer hausgemachten Marmelade, eingehüllt in das ganze Zeug, das ihre Welt prägt. Um sich Ruby vorzustellen, muß er sie in einen Rahmen pressen.

Und ihretwegen ist er jetzt hier.

Bei jener ersten Exkursion hatte er sich eben erst in den Park zurückgezogen, als eine blonde Frau in Blau mit einer silbernen Flugtasche vorbeitrippelte. Wer konnte sie sein? Neugierig trat er hinter seinem Baum hervor, um zu sehen, ob es vielleicht Caroline war, die nach Hause kam. Vielleicht ist Broadlands ein Laden, und sie hatte gerade weiter unten an der Straße einen Laib Brot gekauft oder ein Sahnehörnchen. Aber diese jüngere Marilyn-Monroe-Version, die ihre Locken in den Nacken warf und schmollend die Lippen verzog, die ihn nervös anstarrte und nach hinten spähte, um zu sehen, ob er immer noch da war, konnte nicht Mrs. Townsend sein. Die breitgepolsterten Schultern wiesen eher auf ein Model oder eine Schauspielerin hin, und auf keinen Fall war sie alt genug, um fünf Kinder zu haben. Lot hielt sie auch nicht für Barts Typ.

Offenbar glaubte die junge Frau, er würde sie verfolgen, und das erschreckte ihn.

Nun malt er sich aus, Barts Typ wäre sein eigener – sehr weich, in mütterlichem Kaschmir, mit lockigem Haar und kleinen Perlenohrringen, in einem hübschen Kleid mit Rosenmuster. Trinkt keinen Alkohol. Flucht nicht. Ruby könnte sein Typ sein, wenn sie es versuchte, wenn sie auf Jeans und Make-up verzichtete und weiße Schuhe mit winzigen Absätzen und Schleifchen an den Fersen trüge. Prinzessin Diana könnte diesem Bild entsprechen. Bis jetzt ist Lot seinem Frauentyp noch nicht begegnet, er hat ihn nur im Fernsehen gesehen. Angela Rippon. An den Abenden, wo die Show ›Come Dancing‹ läuft, bleibt er immer in der Anstalt.

Wieder floh er in den Park, stand reglos da wie ein Baumstamm und genauso dunkel in seinem langen schwarzen Mantel und beobachtete geduldig das Haus. Um halb eins kam eine ältere Frau in einer Fliegerjacke heraus, mit einem modischen Filzhut, eine Union-Jack-Tragetasche in der Hand. Sie erinnerte ihn an die autoritäre Anstaltsleiterin, die an zwei Tagen pro Woche auftaucht, im Kamin des Büros Feuer macht und die Biskuits zählt. Diese da eilte geschäftig davon, den Kopf gesenkt, um das Pflaster nach gefährlichen Eisplatten abzusuchen. Sie stemmte sich gegen den Wind, schaute immer wieder zum Park herüber, als erwartete sie, jemanden zu entdekken, aber sie konnte ihn nicht sehen, weil er im Hintergrund blieb.

Mehr kann er nicht tun. Er hat den Wohnort seines

Opfers ausfindig gemacht, kennt einen Teil der Leute, die kommen und gehen. Das Telefonat war nicht sonderlich produktiv, das Kellerfenster undurchsichtig. Offensichtlich ist Caroline Townsend nicht daheim, also muß er sie anderswo suchen.

Er friert, und er hat Hunger. Heute braucht er nicht zu arbeiten. Die Werkstatt ist bis zum sechsten Januar geschlossen, und niemand weiß etwas mit seiner Zeit anzufangen, ehe sie wieder geöffnet wird. In der Anstalt werden sie alle idiotisch herumhängen, am Refektoriumstisch sitzen, Cribbage spielen, Tee trinken und die Luft verräuchern. Oder sie sehen fern, die Gesichter runzlig und leer wie traurige Luftballons. Deprimierend.

Wenn Lot zurückkehrt, wird er sofort in sein Zimmer gehen und den Rest der Schachteln falten, die er auf seine besondere Bitte mit nach Hause nehmen durfte. Er liebt es, seine Hände zu beschäftigen, und der Pullover, an dem er monatelang gestrickt hat, ist jetzt fertig. Er trägt ihn – im Reggae-Stil mit Polokragen und bunten Streifen. Ein bißchen kratzig.

Aber er will noch nicht in die Anstalt gehen. Er kramt in seinen Taschen nach Kleingeld. Würden sich Ruby und Bart aufrichtig über seinen Besuch freuen?

21

Die Abenddämmerung bricht herein, ein Schleier voller Schreie und Flüstern. Sogar in der sterilen, melancholischen Kellerlandschaft spürt man, wie es dunkel wird.

»We're walking in the air . . .«, schluchzen die Glöckchen in den Heizungsrohren.

Weil die Kinder auf leisen, rücksichtsvollen Füßen voranschleichen, wirken sie um so unheimlicher.

»Du bist wieder aufgewacht, Mutter.«

»Ich war gar nicht wach. Erst vorhin bin ich zu mir gekommen.«

»Nein, da irrst du dich. Vor zwei Tagen hast du mit uns gesprochen.«

Mutters ungeduldige Finger schlingen sich in ihr zerzaustes Haar. »Dann kann ich mich eben nicht daran erinnern.« Ruckartig zuckt sie die Achseln. »Vanessa, tut mir leid, ich erinnere mich an fast gar nichts.«

Nach langem, verlegenem Zögern erwidert Vanessa: »Vor zwei Tagen hast du schlimme Dinge zu uns gesagt – und mir eine schreckliche Strafe angedroht.«

Was soll sie darauf antworten? Sie weiß nichts mehr davon – und ist das ein Wunder? Kurz nach dem Erwachen litt sie erst einmal an ihrer Gefangenschaft, hatte keine Ahnung, wo sie war oder was mit ihr geschah. Bissiger Zynismus ist ihre wichtigste Verteidigungsbastion, eine Waffe, mit der sie großartig umgehen kann – aber wirkungslos, genauso wie Schutzanzüge nichts gegen Radioaktivität ausrichten. Aber ja, wahrscheinlich hat sie irgendwas Verletzendes gesagt.

Das Plastikfenster trennt Carolines und Vanessas Gesichter, und jede glaubt, durch einen runden, in Metall gerahmten Spiegel mit sich selbst zu reden, weil dieses Zwiegespräch in einer so ernsthaften Situation einfach verrückt klingt. Die vier jüngeren Kinder stehen hinter Vanessa in Reih und Glied und warten, bis sie drankommen.

»Wie fühlst du dich jetzt, Mutter?« In dieser Frage schwingt keine echte Sorge mit, aber Caroline entdeckt eine gewisse Erleichterung im aschfahlen Gesicht ihrer Tochter.

Sie rückt den Träger ihres BHs zurecht und versucht zu lachen, was sie sofort bereut. »Ich könnte einen Drink vertragen.« Vanessas Gesicht verschwindet für ein paar

Sekunden, und Caroline stellt sich die Miene des Mädchens vor, die schmalen Brauen mißbilligend in die hohe weiße Stirn hinaufgezogen, die Nase angewidert gerümpft.

Vanessa kehrt zurück. »Du hast Wasser«, sagt sie ernsthaft.

Hilflos und gedemütigt, findet Caroline keine Worte, um zu protestieren.

»Und mach dir keine Sorgen, morgen früh gehen wir weg und kaufen dir was Passendes zum Anziehen.«

Plötzlich merkt Caroline, daß sie halb nackt ist, und sie verschränkt züchtig die Arme vor der Brust, obwohl die Tochter nur ihr Gesicht sehen kann, nicht den Körper. »Was Passendes zum Anziehen?« Sie schlägt einen hinterhältig humorvollen Ton an. »In meinem Schrank findest du genug Sachen, Vanessa, und wenn du die Heizung nicht runterdrehst, brauche ich nur einen Badeanzug.« Und dann wagt sie zu fragen: »Was geht hier eigentlich vor, Vanessa? Warum bin ich in der Sauna? Was willst du mit mir machen? Meinst du nicht, du solltest mich jetzt rauslassen? Das alles ist wirklich sehr kindisch.« Aber sie hat Angst.

»Es ist kindisch, weil wir Kinder sind, Mutter.« Ohne die geringste Spur von Ironie . . .

Was zum Teufel soll sie dazu sagen? Könnte sie doch nur mit Camilla reden, die ließe sich vielleicht beeinflussen . . . Sie war schon immer vernünftiger als Vanessa, sanftmütiger, verständnisvoller. Nicht so besessen vom religiösen Glauben und Robin, von Recht und Unrecht. »Ich weiß, du bist mir böse. Es war wirklich grauenvoll – ich meine, Weihnachten und alles andere . . . Und ich verstehe, warum du das getan hast, Darling, wirklich. Doch du wußtest nicht, daß ich für dieses Jahr Pläne gemacht hatte, besondere Pläne. Dann ging alles schief, aber . . .«

Ein ungeduldiger Seufzer läßt das Glas sekundenlang beschlagen. »Immer geht alles schief, das ist es ja.«

»Wie lange bin ich schon hier?«

»Wir brachten dich am Heiligen Abend herunter. Nun ja, eigentlich am frühen Weihnachtsmorgen. Du hattest die Besinnung verloren, warst betrunken – und widerlich.«

»Ihr habt mich hier runtergebracht?« Carolines heiße, feuchte Haut erschauert.

»Wir wollten richtig Weihnachten feiern. Und mit dir ging das nicht. Ich hätte es überlebt, aber wie wäre Dom, Sacha und Amber zumute gewesen, wenn du ihnen auch dieses Weihnachtsfest verdorben hättest?«

Schmerzhaft räuspert sich Mutter. »Wie geht es ihnen? Kann ich sie sehen?«

»Später.« Vanessas Stimme klingt abwehrend. Vielleicht stehen die anderen doch nicht so geschlossen hinter ihr, vielleicht kann Caroline sie umstimmen, wenn sie eine Gelegenheit dazu erhält.

»Wie lange willst du mich hier festhalten?«

»Bis du dich änderst.«

»Ich soll mich ändern?«

»Bis du dich in eine Mutter zurückverwandelst.«

Tränen brennen in Carolines Augen, und sie kämpft mühsam dagegen an. Nichts darf ihren Blick verschleiern. Sie möchte ihre Selbstkontrolle nicht verlieren, damit Vanessa merkt, daß sie keineswegs Herrin dieser Situation ist. »Aber ich *bin* eure Mutter. Die ganze Sache ist wirklich albern. Und sie beginnt dir zu entgleiten, nicht wahr, Darling? Sei doch ehrlich.«

»Wir haben alles im Griff, Mutter, und unser Entschluß steht fest. Du kannst uns nicht mehr drohen.«

Eine lange, peinliche Pause entsteht, während sie einander im imaginären zweiseitigen Spiegel mustern. Nachdem sie einander scheinbar jahrelang aus dem Weg gegangen sind, schauen sie sich jetzt in die Augen. Plötzlich nimmt Mutters Miene einen argwöhnischen Ausdruck an. »Man wird mich an meinem Arbeitsplatz vermissen.«

»Das haben wir geregelt, Mutter. Wir sind nicht dumm.«

»Und Robin? Ich nehme an, dieses kleine Hindernis habt ihr auch aus dem Weg geräumt.«

»Daddy glaubt, du wärst nach Broadlands gefahren.«

»Das habt ihr ihm erzählt? Und er glaubt euch?«

»Warum sollte er uns nicht glauben? Es liegt doch nahe, daß du so was tun würdest.«

Es ist schlimmer, viel schlimmer, als Caroline es für möglich gehalten hat. Vanessa ist so kalt – als würde sie ihre Mutter hassen. Der ganze Groll, im Lauf der Jahre angesammelt – der winzige Groll eines Kindes, dem ein Lutscher oder eine Fernsehsendung verwehrt oder das gezwungen wurde, eine Strickjacke anzuziehen –, all die wütenden kleinen Blicke, die Caroline damals belanglos fand und an die sie sich jetzt erinnert, scheinen in diesen eisigen Augen zu liegen.

»Vanessa, hör mir zu, Darling. Du kannst die Menschen nicht ändern. Du kannst sie nicht nach Belieben gefangennehmen, um sie so zurechtzubiegen, wie du sie haben willst. Um Gottes willen, du bist kein Baby mehr und mußt wissen . . .«

»Wenn du dich nicht änderst, bleibst du hier, denn dann wollen wir dich nicht wiederhaben.«

»So einfach ist das nicht!« Allmächtiger im Himmel! »Nur weil du's geschafft hast, das Geheimnis ein paar Tage lang zu hüten – und das ist schon unglaublich genug –, darfst du dir nicht einbilden, du könntest mich hier für Wochen einkerkern, ohne daß es irgend jemand herausfindet. Du mußt den Verstand verloren haben.«

»Sag so etwas nicht über mich!«

»Ich versuche dir nur klarzumachen, daß deine naive

Idee nicht funktionieren kann. Camilla! Camilla bist du da?«

»Camilla will jetzt nicht mit dir reden.«

»Nein, weil sie's besser weiß . . .«

»Mutter, merkst du denn nicht, daß du immer nur die falschen Dinge sagst? *Ich* bin es, mit der du jetzt sprechen mußt.«

»Ich weiß, ich weiß! Aber was zum Teufel soll ich denn unter diesen ungewöhnlichen Umständen sagen? Ich werde dich nicht anflehen, Vanessa. Was immer auch geschehen mag, niemals werde ich das tun. Eigentlich müßtest du das wissen.«

»Wir kaufen dir was zum Anziehen und ein Shampoo. Auf den alten Fotos sieht man, was für hübsche Haare du hast.«

Seltsam verlegen tastet Caroline nach ihrem Kopf, und dabei streift sie ihre Wange. Erschrocken entsinnt sie sich, daß sie Camilla geschlagen hat, als alles schwarz gewesen ist. Nur ein einziges Mal hat sie die Hand gegen ihre Kinder erhoben, und irgend etwas in Vanessas Gesicht, nur wenige Zentimeter entfernt, muß sie daran erinnert haben.

Vanessa hat jene Ohrfeige gesehen, kann sie nicht verzeihen, und ihre Erinnerungen sind wahrscheinlich kristallklar. Aber sie versteht überhaupt nichts. Während Weihnachten näherrückte, lief im Fernsehen der alte Electrolux-Werbespot, und da kehrte das ungeheure Grauen zurück, wie eine Woge, die Caroline zu ertränken drohte. Wie sollte Vanessa das wissen? Warum sollten es die anderen Kinder wissen? Ist das gegenwärtige Leben nicht schon schlimm genug? Muß man auch noch die Vergangenheit ertragen? Die hoffnungsvolle Caroline Heaten, die den Staubsauger anmutig über den Teppich schob, schick herausgeputzt, mit steifen Mascara-Wimpern, so vielversprechend. Spöttisch lachte Camilla, eine hübsche Hand auf den Mund gepreßt.

Camilla, in deren Reichweite eine Zukunft liegt, wie ihre Mutter sie erträumt hat – ein Mädchen ohne finanzielle Probleme, mit Kontakten in der Medienbranche, begabt und schön. *Camilla lachte.* Es war unerträglich. Irgend etwas in Caroline schien zu zerreißen, und sie mußte ihr ins Gesicht schlagen. Schon in der nächsten Sekunde fühlte sie sich elend, aber da war es zu spät.

Und es geschah noch mehr, o Gott, viel mehr. »Was hast du mit meinem Zimmer gemacht, Mutter?« Entsetzt starrte Dominic seine neue Tapete an.

»Gefällt's dir nicht?« fragte sie ehrlich erstaunt.

»Ich hasse diese Farbe! Ich will es genauso haben, wie's früher war!«

»Wie kannst du diese wundervolle Farbe hassen? Ich habe sie für dich ausgesucht und stundenlang dafür gebraucht. Und dann ging ich sogar zurück und nahm eine andere Tapete, weil mir einfiel, daß du keine unruhigen Muster magst.«

»Du hast das Zimmer ruiniert – und das ganze Haus! Ein Wunder, daß du nicht auch noch auf die Idee gekommen bist, alle meine Spielsachen und Bücher auszuwechseln! Hättest du doch das ganze Zeug ins Feuer geworfen und verbrannt, zusammen mit Daddys Sachen!«

Caroline stöhnte. Wieso um alles in der Welt sollte sie das tun? Begriffen die Kinder denn überhaupt nichts? Sie versuchte, das Haus neu zu gestalten, noch einmal von vorn anzufangen, frei von Erinnerungen an unglückliche Zeiten. Sie konnte sich nur in ihrem Leid vergraben, einen Schluck Schnaps trinken und erwidern: »Nun, Dominic, du wirst dich sicher an die Tapete gewöhnen, wenn du's versuchst.« Und dann fügte sie, von der Reihe unglücklicher Gesichter mitten ins Herz getroffen, hinzu: »Ihr alle werdet euch an dieses neue Leben gewöhnen, wenn ihr euch drum bemüht. Natürlich ist es nicht leicht, für keinen von uns. Versteht ihr das denn nicht?«

»Warum redest du nicht mit uns, Mutter?« Es war Camilla, die diese Frage stellte, das zarte, rosige Kind. »Warum können wir den Kummer nicht miteinander teilen?«

Aber wie zum Teufel spricht man mit Kindern? Wie erklärt man ihnen, daß man sich das Leben nehmen will, weil man den brennenden Schmerz nicht mehr verkraftet? Sie wünschten sich nur eins: Robin sollte zurückkommen. Und was glaubten sie wohl, was sie sich selber wünschte, verdammt noch mal?

Sie vergötterten Robin immer noch, während sie Caroline kalt und gleichgültig behandelten. Denn sie bildeten sich ein, sie hätte ihn aus dem Haus getrieben, und so mußte es ja auch aussehen. Stets erweckte er den Eindruck (und daran hat sich bis heute nichts geändert), er würde mit langen, mühelosen, federnden Schritten seinen Lebensweg gehen und niemals einen Fehler machen. Und sie, besessen vom unkontrollierbaren Dämon ihrer Bedürfnisse, schrie und tobte und beschuldigte ihn, sie würde ihm nichts bedeuten.

Er verlangte von ihr, sie müsse eine perfekte Mutter sein, und am Anfang, als sie sich noch sicher bei ihm fühlte, vertraute sie ihm und versuchte es.

Und später, während jener schlimmen Zeit, mußte sie aus dem Haus fliehen, sonst wäre sie gestorben. Krank vor Angst, umgab sie sich mit Freunden, die laut über sich selber redeten und aufregende Abende in hell erleuchteten Räumen verbrachten. Blindlings, gleichsam mit verbundenen Augen, taumelte sie zwischen ihnen umher, stieß gegen kostbare Stereoanlagen, fiel in Kissenberge, wurde von den Armen eines Mannes aufgefangen, dann landete sie bei einem anderen, der an ihren Brustwarzen saugte. Lauter Männer, deren Gesichter sie nicht genau sah. Und morgens fuhr sie heim, mit Silberspuren im Slip, befeuchtete schwarzlederne Autositze.

Wie paßten ihre Kinder in dieses Bild? Insbesondere Vanessa mit ihren Schwarz-Weiß-Ansichten, durch die kein bißchen Grau schimmern durfte? Schuld, Schuld, Schuld. Und wie konnte sie ihnen helfen, alles zu verstehen?

Caroline bemüht sich, mit normaler, heiterer Stimme zu sprechen. »He, warum wollen wir uns nicht alle hier unten amüsieren? Wäre es nicht so verrückt, würde ich's obszön finden. Nun, wenn ich schon nichts trinken darf, wie wär's mit ein paar Zigaretten? Ich hab' keine mehr.«

»Es wäre mir lieber, du würdest darauf verzichten. Zwei Tage lang hast du nicht geraucht, drei Tage keinen Tropfen Alkohol getrunken, und da ging es dir miserabel. Bald wirst du weder trinken noch rauchen wollen. Dann werden wir dich kuriert haben.«

»Aber Vanessa, zum Teufel, meine Hände zittern.«

»Keine Bange, Mutter, wir sorgen für dich, weil wir dich lieben.« Diese Worte klingen so entschlossen, daß Caroline nach Luft schnappt und zurückzuckt.

»Und was soll ich tun, während du entscheidest, ob du mich rausläßt oder nicht? Bringst du mir was zu lesen? Einen Fernseher? Oder Strickzeug?«

»Hier unten kann man keinen Fernseher anschließen. Natürlich bekommst du Bücher. Und Spielkarten, dann kannst du Patiencen legen. Wenn du willst, besorgen wir dir auch Wolle zum Stricken.«

Um Himmels willen, soll das ein Witz sein? Caroline droht, zwischen Angst und Zorn hin- und hergerissen: »Wenn ich diesen Eimer gegen die Rohre schmettere, wird mich Mrs. Guerney hören. Und ich könnte so laut schreien, daß die Leute auf der Straße zusammenlaufen.«

Vanessas Tonfall mißfällt ihr, hoch und schrill und verzweifelt. »Im Augenblick ist die Saunaheizung ziemlich stark aufgedreht. Wir wollen sie runterschalten, bevor wir gehen. Aber wenn du hier unten Lärm schlägst, wenn wir auch nur das leiseste Geräusch hören, tagsüber oder nachts, kommt Dominic herunter und stellt die Heizung wieder höher. Und glaub bloß nicht, wir wären alle jeden Tag in der Schule. Einer von uns bleibt immer daheim und belauscht dich. Bald wirst du dich hier wohl fühlen, Mutter, und gar keine Lust mehr haben, zu lärmen oder zu schreien. Die Hilfe anderer Leute brauchst du nicht, nur unsere. Wir werden dich viel glücklicher machen, als du's warst. Und du mußt nicht befürchten, wir würden dich verlassen. Jeden Tag um die gleiche Zeit kommen wir hierher und sehen nach dir. Sonst wird dich niemand stören.«

»Aber ihr werdet mir nicht weh tun?« Mit wachsendem Unbehagen fragt sich Caroline, ob ihr ernsthaftes, hochintelligentes ältestes Kind allmählich dem Wahnsinn verfällt. Ist Vanessa nicht nur gestört, sondern regelrecht besessen? Hängt das mit der Pubertät zusammen, mit dieser gespenstischen Religion?

»Vanessa . . .« Vorsichtig beginnt Caroline zu sprechen, ein neues Zittern in der Stimme. Ihre spärliche Kleidung fühlt sich schwer und feucht an in der stickigen Luft. »Kannst du mir sagen, wohin das alles deiner Meinung nach führen wird?«

»Ich glaube, wenn's soweit ist, willst du die Sauna gar nicht mehr verlassen, und wir müssen dich mit irgendeinem Trick rauslocken.«

Nur mit halbem Ohr hört Caroline zu, denn die Situation übersteigt ihr Begriffsvermögen. Die Augen fest zusammengekniffen, lehnt sie haltsuchend an der Tür. »Okay. Wenn du wirklich so wild entschlossen bist, dieses seltsame Spiel fortzusetzen . . . Ich frage das nur aus reiner Neugier, aber – wie lange soll es dauern?«

»Wochen, Monate, Jahre – das können wir jetzt noch

nicht sagen.« Beinahe wirkt Vanessas Unverschämtheit höflich und diskret. Caroline kann kaum noch stehen, ist einem panischen Entsetzen so nahe, daß sie es fast schmecken kann, wie Silberspäne auf Alufolie. Sie möchte sich auf die Bank setzen. Das Gefühl eines schrecklichen Verlustes und bitterer Reue sagt ihr, es sei zu spät, die Hand nach Vanessa auszustrecken. Meine Tochter muß doch wissen, wie labil ich bin, überlegt sie, völlig unfähig, einen Tag allein zu bleiben, auch nur eine Stunde.

Vanessa wendet sich ab, als wollte sie die anderen um Rat fragen, und ihr Gesicht scheint sich in der Luft zu drehen, nackt, losgelöst vom Körper. *Mein Gott, hilf mir, sie meint es tatsächlich ernst!* Caroline gewinnt diese niederschmetternde Erkenntnis, weil Vanessa nicht schauspielern kann, nicht wie Camilla, nicht wie ihre Mutter.

Caroline setzte so große Hoffnungen in Camilla, wollte mit ihr den Traum verwirklichen, den sie selbst verloren hatte.

»Daddy, ich will Schauspielerin werden.«

Streng und kalt: »Nur über meine Leiche.«

Caroline hatte Glück, sie war schön und talentiert. Mit Feuereifer eroberte sie einen Platz an der Schauspielakademie, aber sie brauchte ein Stipendium. So inständig sie Daddy auch anflehte, er wollte das Studiengeld nicht bezahlen. Wie hoffnungslos sah die Welt damals aus . . . Sie wohnte in einem möblierten Zimmer und arbeitete sich langsam hoch, jobbte für einen Hungerlohn als Model und wurde schließlich von einer Werbeagentur engagiert, die ihr winzige Rollen in drei TV-Spots vermittelte. Sie glaubte, nun hätte sie es geschafft. Man mußte zäh und zielstrebig sein. Stolz und Würde konnte man vergessen.

Viele ihrer Freundinnen führten ein ähnliches Leben — einsam, ohne Geld, mit geringen Erfolgsaussichten, klammerten sich verzweifelt an Strohhalme, warteten auf ihre Chancen in einer Welt, wo die Männer Entscheidungen trafen und den Lauf der Dinge bestimmten.

Damals schwor sie sich, ihren Kindern – sollte sie jemals welche bekommen – alles zu ermöglichen. Was immer sie sich wünschten, sie würde tun, was in ihrer Macht stand, um ihnen zu helfen. Bei DOTS, wo sie den rettenden Job fand, beobachtete sie so viele unbegabte Kinder, die von ehrgeizigen Eltern angespornt, ermutigt und unterstützt wurden. Ab und zu tauchte ein besonderes Kind auf, und Caroline wollte es auf ihre flache Hand legen, wegpusten wie Distelwolle und flüstern: »Geh! Flieg! Hinauf zu den Sternen! Du mußt es schaffen – mir zuliebe!«

Und dann erhielt sie ihre große Chance. William Moore, ein steifbeiniger alter Mann im Drehsessel, bestellte sie zu einer Audition für eine Rolle in einem hochaktuellen, gewagten Fernsehspiel. »Sicher werden Sie alle anderen ausstechen«, behauptete seine bebrillte Sekretärin. »Sie eignen sich perfekt für diese Rolle, und er mag Sie.«

Damals erwartete Caroline bereits ihr erstes Baby und war seit zwei Jahren mit Robin verheiratet. Seinerseits ein aufstrebender Star, arbeitete er für die BBCA – eine freundlichere Version von Daddy. Er wollte für sie sorgen, und sie liebte ihn.

Ihre romantischen Ideen von Liebe paßten nicht zu diesem neuen Gefühl mit seiner subtilen, beklemmenden Erregung, seinem Hunger und Durst. Es kroch in ihren Körper, vermischte sich mit ihren Atemzügen und goß ein köstliches und zugleich schreckliches Fieber in ihr Blut. Und ihre Ambitionen wurden durchweicht – ausgerechnet in jenem Augenblick, wo sie sich zu Stein erhärten sollten, und sie fand ihr unbeirrbares Selbstvertrauen nie wieder.

»Wie kannst du die Gesundheit deines Kindes riskieren, nur um deinen selbstsüchtigen Ehrgeiz zu befriedigen?« nörgelte Isobel.

Was riskierte sie denn schon? Nur zu gern nahm Caroline die Rolle an, die man ihr wenig später anbot.

Robin schwieg.

Sie erträgt es nicht, noch länger darüber nachzudenken. Würden sich doch die Nebel in ihrem Gehirn auflösen . . . Es muß irgend etwas geben, das sie sagen oder tun kann, um ihrem Gefängnis zu entrinnen. Was soll sie den Kindern versprechen? Was wollen sie hören?

Mit albernen Eulenaugen starrt sie durch das Glas, und ihre verschwommenen Gedanken überschlagen sich. »Und wenn ich meine Lektion gelernt habe? Wenn ich euch versichere, daß sich nach dem Schock dieser drei Tage alles ändern wird, daß nichts so bleiben kann wie zuvor?«

»Dann würden wir dir nicht glauben«, erwidert Vanessa schlicht.

»Normalerweise lüge ich nicht. Das mußt du mir zugestehen, Vanessa. Ich bin ehrlich.« Schmerzhaft beißt sie sich auf die Lippen, um Haltung zu bewahren.

»Aber wir sind noch nicht bereit, dich herauszulassen. Wir sehen keine positiven Veränderungen.«

Carolines Herz droht in einem Abgrund zu versinken. »Kein Make-up, keine Perücke, keine Seife, kein Drink! Meine Haut ist rissig, meine Augen brennen – und ihr seht keine Veränderungen! Großer Gott! Wenn ihr mich jetzt rausläßt, werde ich nicht schimpfen, das schwöre ich, und ich werde keiner Sterbensseele auch nur ein Wörtchen verraten.« Ihre Klage, so leidenschaftlich hervorgestoßen, klingt nur wie ein schwaches Wimmern. »Frag die anderen, Vanessa, du darfst diese Entscheidung nicht allein treffen. Die anderen sind doch hier, warum diskutiert ihr nicht darüber? Warum bereitet ihr dieser Farce kein Ende?« Sie glaubt, einen Lichtstreifen am Horizont zu sehen, und greift danach.

Vanessas Lächeln wirkt traurig und distanziert, aber nicht mitleidlos. Sie bleibt unbeeindruckt. Verdammt, und sie hält alle Trümpfe in der Hand. »Camilla kocht ein Curry mit Truthahnfleisch. Vielleicht möchtest du was davon probieren. Nur deshalb sind wir runtergekommen, und keineswegs, um mit dir zu reden oder zu verhandeln. Noch nicht. Wir sehen doch alle, daß du noch nicht fähig dazu bist.«

Beim Gedanken an das Truthahncurry krampft sich Carolines Magen zusammen. Nur Gott weiß, wann sie zuletzt einen Bissen gegessen oder echten Hunger verspürt hat. Seltsamerweise braucht sie gerade jetzt, in dieser bedrohlichen, geisterhaften Situation, etwas zu essen – und zwar dringend. Wahrscheinlich, weil ihr Körper nicht von Fusel durchtränkt ist, zum erstenmal seit langer Zeit. Zerknirscht gesteht sie sich ein, daß sie nicht mehr weiß, wann sie zuletzt nüchtern war. Vermutlich in Broadlands.

Gegen ihren Willen sieht sie sich gezwungen, das Angebot kleinlaut zu akzeptieren. Und sie wendet das Gesicht vom Fenster ab, als sie hinzufügt: »Vielleicht seid ihr jetzt so freundlich, die Heizung runterzudrehen.«

»Wenn du dein Dinner ißt, schalten wir sie schwächer, das haben wir bereits beschlossen. Mach dir keine Sorgen, Mutter, dazu hast du wirklich keinen Grund. Niemand wird dir was antun. Wir sind alle hier, wir lieben dich, und wir werden uns um dich kümmern.«

Allmächtiger im Himmel, bitte, verlaß mich nicht! Eigentlich müßte sie über diese absurde Komödie lachen, den Kopf in den Nacken werfen und jenes alte, heisere Gelächter ausstoßen, dessen Echo ihr so oft gefolgt ist. Wie eine Blechbüchse, die eine Kellertreppe hinabfällt.

O ja, sie würde lachen – hätte sie nicht so gräßliche Angst, würde sie sich nicht so gedemütigt und verzweifelt und beschämt fühlen angesichts der Gefahr, die sie schon zeit ihres Lebens bedroht – einsam und ungeliebt im

Dunkel zu sitzen, allein mit der furchtbaren Bürde ihres eigenen Ichs, und im Wahnsinn zu versinken.

22

Vanessas Existenz verwirrte Caroline von Anfang an. Sie konnte nicht glauben, daß dies ihr Baby und sie selbst eine Mutter war. Verständnislos betrachtete sie die anderen stolzen, zufriedenen Frauen auf der Entbindungsstation, die wie Rosen rochen und lächelten. Dann neigte sie sich über das Plastikbettchen zu dem rosa Bündel, das in eine Decke gewickelt war, und manchmal erwiderte es den Blick mit dunklen Ewigkeitsaugen, als könnte es für immer in die Tiefen ihrer Seele schauen.

Sie wagte kaum, ihr Baby in den Arm zu nehmen, denn sie fürchtete, es würde aus Glas bestehen. Glas ist wie Eis – gefrorene Flüssigkeit, nicht wirklich fest.

Bedenk doch mal, wie dir zumute wäre, wenn du die »Mastermind«-Trophäe zerbrechen würdest, die Caithness-Vase, so unbeschreiblich fragil . . . Und wie entsetzt du erst wärst, würde sie nicht dir selbst gehören, sondern jemand anderem . . . Könntest du jemals gestehen, was du getan hast? Vielleicht würdest du einen Brief schreiben oder sogar davonlaufen.

Warum vergibt man so zerbrechliche Preise, die keine Chance haben, sobald sie zu Boden fallen – nicht einmal, wenn sie auf einem dicken Teppich landen würden? Versucht man damit auszudrücken, der Gewinn spiele gar keine Rolle, ein Preis sei überflüssig, nur der Erfolg an sich – in den Gedanken verankert – würde zählen? Läßt man den Preis aus den Händen gleiten, bleibt nichts übrig. Man kann zwar herumlaufen und in alle Welt hinausposaunen, man habe den »Mastermind« errungen, aber nach ein paar Jahren würde einem niemand mehr glauben. Bringen die Preisträger oder ihre Lebensgefährten jemals den Mut auf, sich dieser Vase zu nähern? Wird sie ab und zu aus dem Safe genommen, gereinigt und zur Schau gestellt? Wie leicht kann sie in tausend Stücke zerspringen, und eine solche Trophäe erhält man nur einmal. Sie ist unersetzlich.

Eines Tages wird irgend jemand so eine Caithness-Vase zertrümmern, denn Glas hält nur selten länger als hundert Jahre. Eine unglückselige Putzfrau, ein übermütiges Kind, ein tapriger, betrunkener, seniler Onkel . . . Aber wahrscheinlich wird es die Ehefrau sein, die das verdammte Ding abzuwaschen versucht, um den alten Glanz wiederherzustellen.

Es fing schon vor Vanessas Geburt an. Robin hatte die Caithness-Vase gewonnen, aber Caroline trug sie in ihrem Bauch. Sie gehörte ihr nicht, trotzdem mußte sie dafür sorgen. Acht Monate schwanger, und sie kratzte an der Schokolade, ließ sie langsam schmelzen, ohne sie weichzukochen.

Eine Decke aus gehäkelten rosa Rosenknospen – nach Carolines Meinung zu steif für ein Baby – erhielt einen Ehrenplatz im Kinderzimmer, weil Isobel sich so viel Mühe mit dieser Handarbeit gegeben hatte. Der Raum war eine Klein-Mädchen-Welt, von Robin entworfen, voller Ehrfurcht verwirklicht und bezahlt.

»Und wenn es ein Junge wird?«

»Es wird kein Junge.« In seiner Hochstimmung wußte er einfach alles.

Kein Wunder, daß es eine schwierige Schwangerschaft war, eine Zeit voller Unbehagen, das unter der Anspannung des Wartens wuchs, verschlimmert durch die unausweichliche Hitze und die Atemnot . . . »Das sind die Nerven«, meinte Isobel, die Expertin, und steckte ihre zornig funkelnden Stricknadeln in einen grauen Wollknäuel.

»Es liegt daran, daß ich plötzlich nichts zu tun habe und nur noch daran denke, und Robin nimmt es so furchtbar wichtig . . .« Carolines umschattete, verwirrte Augen hefteten sich auf Isobels kaltes Gesicht, und sie bangte um ihre eigene Seele. Sie benahm sich unnatürlich. Wie konnte sie von Enttäuschung, Bitterkeit und Sorgen reden und sich in ihrem Kummer vergraben, wenn sie dem kostbarsten Ereignis in einem Frauenleben entgegensah – der Geburt ihres ersten Kindes, das sie Robin schenken würde? Wem sollte sie anvertrauen, daß sie den Verlust ihrer Chance in jenem Fernsehspiel – nach all den mühsamen Kämpfen – als schmerzlich empfand, wie eine Fehlgeburt? Sie war so egoistisch, so oberflächlich in ihrem armseligen Drang nach Selbstverwirklichung. Den Sinneswandel des Regisseurs hatte man nicht begründet. Nur eine aalglatte telefonische Mitteilung von der Sekretärin. Das machte alles noch schlimmer. Sie hatte so hart für diese Rolle gearbeitet.

Geburt! Geburt! Das Wort dröhnte wie eine Kirchenglocke. Robin meinte, Caroline müsse sich freuen. In ihren gräßlichen, matronenhaften Pastellkleidern, den häßlichen Jeans mit dem elastischen Einsatz über dem Bauch und den riesigen weißen Unterhosen sollte sie vor Glück zerfließen.

»Sei nicht so enttäuscht«, sagte Robin, nachdem sie erzählt hatte, sie würde die TV-Rolle nun doch nicht bekommen. »Das Baby ist viel wichtiger als deine Karriere und die Mutterschaft dauerhafter als der vergängliche Ruhm, den du vielleicht erzielt hättest.« Und dann ging er davon, um sich seinem wichtigen Job zu widmen.

Sie haßte den Verlust ihrer Selbstkontrolle, den langsamen, heimtückischen Siegeszug der Natur, die ihre riesigen Brüste mit Adern versah wie Straßenkarten und ihr den Atem nahm. Und sie haßte es, wenn Robin feierlich eine Hand auf ihren reizlosen, dicken Bauch preßte, um die Bewegungen des Babys zu spüren. Sie verabscheute es, wenn er seelenruhig eine soeben entzündete Zigarette aus ihrem Mund zog und salbungsvoll mahnte: »Das ist keine gute Idee, Caroline, nicht jetzt. Du darfst nicht nur an dich selber denken.«

Mit jeder banalen kleinen Sünde, die sie beging, nährte sie ihre Verzweiflung und ihre Schuldgefühle. Denn wie konnte sie das ihrem eigenen Kind antun? Und wie konnte sie ihm zumuten, ungeliebt und unerwünscht das Licht der Welt zu erblicken, so wie sie selber vor so vielen Jahren?

Caroline löste den Safran in Weißwein auf. Jetzt mußte sie den Tisch noch nicht decken. Sie ließ laute Musik laufen und tanzte, um für eine Weile alles zu vergessen außer ihrer Energie und ihrer Sehnsucht. Wenn sie so tanzte, hinter geschlossenen Vorhängen, für sich allein, war sie wieder schön, eine verzauberte Göttin, und auf einmal erschien nichts mehr unmöglich. Doch dann sah sie ihr Spiegelbild, häßlich und plump, mit manisch glitzernden Augen und dem Körper einer Muttersau. Und so drehte sie die Musik leiser und stand still, auf zuckenden Beinen, verfolgt vom Gedanken an die freudestrahlenden Frauen, die sie morgen wieder treffen würde, bei der Schwangerschaftsgymnastik.

Niemand, den sie kannte, schien heutzutage zu kichern, und sie hatte oft gekichert, bis ihr Höschen naß geworden war.

Um halb sieben hatte sie alles für die Dinnerparty vorbereitet. Sie schöpfte das überschüssige Fett von der Sauce in der Kasserolle ab. Welch ein interessanter, geschmackvoller Topf . . . Wie glücklich mußte sie sein als Robins Frau . . . Sie wohnte in einem Heim, um das andere sie beneiden würden, mit einem intelligenten, fürsorglichen, attraktiven, erfolgreichen Ehemann. Wie konnte sie es wagen, in diesem schönen Haus Trübsal zu blasen, das sie voller Stolz sauberhielt? (Robin hatte versprochen, nach der Geburt eine Putzfrau zu engagieren, aber er fand, bis dahin würde ihr ein bißchen Bewegung guttun.)

Als sie – vom Vater enterbt – aus ihrem Elternhaus ausgezogen war, hatte sie nicht erwartet, je wieder ein so komfortables Leben zu führen. Welch ein Glück, daß sie nie mehr entwürdigende Jobs annehmen mußte, um die Miete zu bezahlen! Sie brauchte die schlurfenden Pantoffelschritte ihrer Vermieterin auf der Treppe nicht mehr zu fürchten, nicht mehr von vehement gepfefferten Tomaten auf Toast zu leben – und gelegentlich von einem Ei, wenn es was Besonderes zu feiern galt. Nun besaß sie eine Geschirrspül- und eine Waschmaschine mit Trockner, alles aus Deutschland. O ja, und Robert liebte sie. Also sollte sie wirklich Dankbarkeit empfinden.

Sie mußte vorsichtig sein, und so hatte sie ein phantasievolles Menü zusammengestellt. Robin haßte langweiliges Essen, denn er war in seiner Kindheit zu oft mit Brei gefüttert worden, und er hatte seine besten Freunde zum Dinner eingeladen. »Sie werden dir gefallen, Caroline. Frances ist eine faszinierende Frau. Man muß sie einfach mögen.« Er glaubte, er hätte sie »aufgelesen«, von einem Leben in tiefster Verzweiflung erlöst, so wie man ein Kätzchen aus einem schnell dahinströmenden Fluß zieht. In der BBC-Kantine waren sie einander zum erstenmal begegnet. Sie hatte eine katastrophale Audition hinter sich, er eine Probe vor sich. Natürlich beeindruckte er sie, flößte ihr sogar Ehrfurcht ein. Als er sie zu einem Kaffee einlud, knickste sei beinahe und stotterte.

Das gesellschaftliche Strandgut, mit dem sie sich herumtrieb, hatte in seinen vier Wänden nichts zu suchen. Einmal kam einer ihrer Freunde zu Besuch, krümmte und wand sich den ganzen Abend und ging Robin geradezu penetrant um einen Job an. Und Caroline fühlte sich nach ihrem schnellen, kometenhaften Aufstieg unbehaglich, wenn sie in die alte Welt der möblierten Zimmer zurückkehrte, zu den Freunden von früher. »Alternative Typen, Parasiten, Taugenichtse«, nannte er sie. »Solche Leute brauchst du nicht mehr.« Sie mochten ihn auch nicht. Sein Erfolg und sein Luxusleben erregten ihr Mißtrauen.

»Manchmal frage ich mich, was du damals an mir gefunden hast.« Vorsichtig lachte sie in seine fröhlichen braunen Augen. »Immerhin war ich ein alternativer Typ, ein Taugenichts, um es mit deinen eigenen Worten auszudrücken ...«

»Eins zu null für dich«, erwiderte er und gab ihr einen Klaps aufs Hinterteil. »Jetzt, mit deinem runden Bauch, bist du jedenfalls okay.«

Oh, wie sie ihn liebte ...

Sie häutete und entgrätete den frischen, anderthalb Pfund schweren Lachs.

Kurz nach der Hochzeit hatte sie den Kontakt mit ihren Freunden aufrechterhalten. Aber jetzt, während der Schwangerschaft, war das nicht mehr so einfach. Außerdem wußte es Robin zu schätzen, wenn sie an seinen freien Abenden daheim auf ihn wartete. Er brauchte jemanden, dem er sich anvertrauen, mit dem er über seine stressigen Arbeitstage reden konnte. Warum auch nicht? Carolines Freunde kämpften immer noch um Anerkennung, und sie kannte kein anderes Thema als den Erfolg ihres Mannes.

»Und was machst du den ganzen Tag?« fragte ein einstiger Weggefährte, und obwohl sie stets beschäftigt war, fiel ihr keine interessante Antwort ein. Und Robin ... Nun ja, er umgab seine Frau mit den richtigen Leuten, rechnete ihr die Kalorien vor, die sie essen durfte, besorgte ihr die flachen Schuhe, die sie zum Wohl seines Babys tragen mußte.

Sie schlug den Schnee von vier Eiern, bis er steif, aber

nicht trocken war. Dann ging sie nach oben, um ihr Haar zu waschen und bis halb acht in der Badewanne zu sitzen.

»Wie hinreißend du aussiehst!« Sie strahlte, Robin tätschelte ihren Bauch und runzelte die Stirn, als er den Drink auf dem Toilettentisch entdeckte. Er griff nach dem Glas und schnüffelte daran, als befürchtete er, sie könnte eine gefährliche Droge oder Gift nehmen. Dann warf er sein Jackett aufs Bett und riß sich auf dem Weg zur Dusche die Krawatte vom Hals. Ein vielbeschäftigter, wichtiger Mann, stets unter Zeitdruck, und so hübsch . . .

»Ich hatte schon Angst, du würdest wieder zu spät kommen!« Sie fluchte, als sie ihre Wimperntusche verschmierte, aber jetzt rauschte das Wasser, und er hörte es nicht. Auch sie konnte die Antwort nicht hören, obwohl er durch den Dampfschleier schrie.

In diesen letzten Monaten vor der Geburt war es oft schwierig, ihn zu verstehen und sich verständlich zu machen. Sie lag auf dem Bett, roch köstlich nach Seife und heißem Wasser. Von Kissen gestützt, öffnete sie die Schleife ihres Negligés und wartete auf Robin. Wie ein junger Hund schüttelte er Tropfen aus dem Haar, ein weißes Handtuch um die muskulösen Schultern geschlungen. »Mein Hemd! Mein Hemd!« rief er im zufriedenen Rhythmus eines vertrauten Songs. »Darling, warum liegst du da? Unsere Gäste werden jeden Augenblick kommen.«

Sie streckte die Arme aus, fühlte sich sinnlich, trotz ihres unförmigen Körpers. »Keine Panik, alles ist vorbereitet.«

»Aber du bist noch nicht angezogen.«

»Ich muß nur ins Kleid schlüpfen.«

»Und ich bin auch nicht angezogen. Wo ist mein weißes Hemd?«

Sie rekelte sich auf der Bettdecke. »Ich will dich, Robin. Schon den ganzen Tag will ich dich.«

Abrupt blieb er stehen, wandte sich zu ihr und musterte

sie mit seinem durchdringenden TV-Blick, als wäre sie eine Hungersnot, ein Erdbeben, ein Kriegsverbrechen oder irgend etwas anderes Herzzerreißendes, abgrundtief Häßliches. Sie kam sich vor wie eine kühle, berechnende Hure, die ihre Geschäftschancen abschätzte. »In diesem späten Stadium wäre das sehr unklug«, entgegnete er.

»Der Arzt sagt, es sei ungefährlich.«

»Soll er doch sagen, was er will! Jedenfalls werde ich nichts riskieren.« Er ging zum Bett, beugte sich über ihren nackten Bauch und tätschelte ihn wieder besitzergreifend. »Komm schon, Mum, zieh dich an!«

Caroline erschauerte. »Ich bedeute dir überhaupt nichts mehr – nur noch das Baby...«, klagte sie und begann zu schluchzen.

»Da irrst du dich. Gerade weil du mir so viel bedeutest, möchte ich dir nicht weh tun.«

Wie ein wilder Wirbelwind streute sie Nüsse auf den Pudding.

Frances – dünn und sonnenbraun, in einer Art Kampfanzug von Armani – saß ihr gegenüber und inspizierte einen Löffel. »Wie tüchtig! So geschmackvoll!«

»Nun, ich habe ja genug Zeit für so was...«

»Ich finde es so angenehm, wenn eine Gastgeberin das Dinner ohne großes Aufhebens serviert. Sag mal, Robin, stimmt es, was die Leute über Martin Reid tratschen?«

Warum genoß sie die Konversation nicht? Warum konnte sie sich nicht wie eine gute Ehefrau anpassen und Interesse an den Klatschgeschichten aus Robins Welt zeigen? Das alles klang doch faszinierend. Trotzdem hätte Caroline am liebsten ihren Stuhl zurückgeschoben und den Kopf auf die Knie gelegt. Aber dafür war sie zu fett, und außerdem durfte sie ihren Mann nicht blamieren. Fest schlang sie die Finger ineinander und lauschte dem Auf und Ab des Gesprächs. Niemand bot ihr Hilfe an, als sie das Geschirr hinaustrug. Und sie fürchtete jede unvermeidliche Lobeshymne, wenn sie die nächsten Gänge auftischte. ›Dazu solltet ihr euch nicht verpflichtet fühlen!‹ wollte sie schreien. ›Quatscht einfach weiter! Ihr müßt euch nicht ständig unterbrechen, um dem Dienstboten ein Trinkgeld zu geben!‹

Mit jedem Mal, wo sie aufstand, fühlte sie sich dicker und schwerfälliger. Sie schlürfte ihren Wein, ein Grinsen verhärtete ihre Wangen wie eine Gesichtspackung. Während sich die Erwachsenen unterhielten, trieb sie alberne Spiele in der Küche. Manchmal wurde sie ins Eßzimmer geholt, ein bedauernswertes Geschöpf, das Aufmunterung brauchte – meistens von Sam, Frances' Ehemann, der anständig genug war, um Unbehagen zu zeigen, weil sie von den anderen ignoriert wurde.

Frances und Sam, Katie und Jasper . . . Wie hatte Robin sich jemals einbilden können, zwischen seiner Frau und der hochnäsigen Frances oder der eleganten Katie gäbe es Berührungspunkte? Niemand interessierte sich für Caroline und ihr Baby – warum auch, wenn es ihr selber egal war?

Es spielte keine Rolle, daß sie oberflächlichen Unsinn redeten oder fachsimpelten, für Caroline zählte nur das Gefühl, ausgeschlossen zu werden. Sie zögerte, und es dauerte gute zehn Minuten, bis sie über ihre Lippen leckte und sich mit schwacher Stimme zu der Frage aufraffte: »Haben Sie eine Familie, Frances? Oder sind Sie auch ein Workaholic, so wie Robin?« Dabei kam sie sich vor wie eine Redakteurin von *Women's Own.* Genausogut hätte sie ein Strickmuster offerieren können, aufgespießt am Ende ihres langen, bleichen Nadelblicks.

»Ich habe zwei Kinder aus einer früheren Ehe. Die sind jetzt natürlich im Internat. Aber Sam ist noch nicht Vater geworden – nicht wahr, Sam?«

Als wollte Robin seine Frau in Schutz nehmen, mischte er sich ein. »Im Moment ist Caroline noch nicht allzu begeistert von ihrer künftigen Mutterschaft – was, Darling?«

»Jetzt ist es wohl etwas zu spät, um was dagegen zu machen.« Auch Katie war gertenschlank, und sie hatte ein scharfkantiges Profil.

»Nur keine Panik!« witzelte Frances. »Sicher wird Robin ein Kindermädchen engagieren, und dann können Sie wieder arbeiten. Das hab' ich auch getan.« Sie beugte sich vor und musterte Caroline aus zusammengekniffenen kurzsichtigen Augen. Aus Eitelkeit weigerte sie sich, eine Brille zu tragen, und ihre Kontaktlinsen mußte sie daheim vergessen haben. So hatte sie auch bei ihren Live-Reportagen aus Beirut, Belgrad oder Bratislava in die Sonne geblinzelt. »Robin sagte doch, daß Sie Schauspielerin waren. Hatten Sie einen Künstlernamen, an den ich mich erinnern müßte?«

Caroline sank auf ihrem Stuhl in sich zusammen, schlaff hingen ihre Arme zu beiden Seiten hinab. »Ich hab' nur kleine Rollen gespielt – und den großen Durchbruch nicht geschafft . . .«

»Das macht doch nichts«, erwiderte Frances hastig und starrte sie erstaunt an. »Man kann auch leben, ohne sich mit Ruhm zu bekleckern. Wahrscheinlich ist es ohnehin ein Fulltime-Job, mit Robin verheiratet zu sein. Niemals müssen Sie sich langweilen, Sie Glückskind!«

»Und sie ist eine ausgezeichnete Köchin.« Jasper klopfte auf seinen runden Bauch, dann zupfte er seine schlappe rostrote Stirnlocke zurecht.

»Caroline möchte nicht mehr arbeiten«, erklärte Robin und meinte es plötzlich ernst. Alle anderen verstummten. Sein Gesicht war blaß, seine Faust um die Serviette gekrampft. »Für dich war die Mutterschaft was anderes, Frances – vor allem wegen deines Jobs, den du nicht von heute auf morgen aufgeben konntest. Und Katie wollte niemals Kinder haben, obwohl sie in ihren Büchern Erziehungsfragen erörtert. Aber meine Frau wird sich ganz auf ihr Baby konzentrieren. Für eine Familie gibt es nichts Schlimmeres als Eltern, die beide Karriere machen. Ich bin ein Einzelkind, und darunter habc ich sehr gelitten. Deshalb soll dieses Baby bald Geschwister bekommen. Ich wünsche mir ein richtiges Familienleben.«

»Oh, die arme Caroline! Ich fürchte, jetzt spricht deine fromme Mutter aus dir, Robin. Im Grunde hast du die Frauen nie gemocht.« Triumphierend blickte Frances in die Runde, das Haar gebleicht wie Wüstensand, die Fingernägel knallrot, und alle lachten über ihren Scherz. Aber es war nicht komisch.

»Hol dir doch ein Glas Wasser, Caroline«, empfahl Robin. »Offensichtlich hast du zuviel getrunken. Du schaust schon ganz verschlafen drein.«

Hätte sie sich am Anfang nicht so stürmisch in ihn verliebt, wäre es ihnen vermutlich gelungen, einen Kompromiß zu schließen. Caroline hätte ihren Standpunkt energischer vertreten. O ja, auch sie hatte sich Kinder gewünscht, aber erst später. Jetzt wären ihr andere Dinge wichtiger gewesen. In ihrer Gier wollte sie *alles* haben. Und sie hatte nie erwartet, daß sie auf ihre Karriere verzichten mußte. Doch das war nicht die Schuld ihres Mannes, nicht wahr? Nun saß sie da, mit dicken Brüsten und resignierter Miene, die Hüterin der Caithness-Vase, und demzufolge hoffnungslos festgefahren. Es war zu spät, um eine neue Identität zu finden. Ehefrau und Mutter. Nie mehr in den Beruf zurückkehren? Nie wieder ihr Talent zeigen? Wenn sie wartete, bis ihre Kinder erwachsen waren, würde sie zu alt sein, um als Schauspielerin zu arbeiten. Und wenn sie sich weigerte, weitere Babys zu bekommen, würde sie Robin verlieren. Sie konnte aufstehen und protestieren, ihre Forderungen stellen, eine Szene machen, hier und jetzt, an diesem Tisch – oder ihr Schicksal akzeptieren.

Plötzlich erkannte sie bestürzt, daß diese beiden Frauen, die mit ihren Weingläsern und ihren absurden, unterwürfigen Ehemännern spielten, sofort mit Robin ins Bett hüpfen würden. Aber er hat sich nicht für sie entschieden, dachte Caroline, sondern für *mich.* Weil er keine Konkurrenz verträgt. Er interessiert sich nicht einmal mehr für Sex, braucht nur eine Frau, eine Mutter für seine Kinder. Eine Zuchtstute. Aber er kennt mich nicht, weiß nicht, was wirklich mit mir los ist. Ich bin in meiner Kindheit steckengeblieben, so weit von einer Mutter entfernt wie meine eigene Mutter von mir.

Es war nicht seine Absicht gewesen, aber er hatte eine Witzfigur aus ihr gemacht. Und als sie in die Küche ging, um Kaffee zu kochen, und sich eine heimliche, barmherzige Zigarette anzündete, klebte das Grinsen immer noch an ihrem Gesicht. Sie stand am Spülbecken, in einem wehmütigen Traum versunken. Verdammt, so schlimm war es doch gar nicht. Morgen würde sie wenigstens was zu tun haben – den ganzen Vormittag die Geschirrspülmaschine laufen lassen . . .

23

Natürlich blieb er während der Niederkunft bei ihr, gab ihr Anweisungen und ünterstützte ihre Atmung, so wie alle guten werdenden Väter. Die Hebamme, muskelbepackt und kräftig wie ein Mann, nannte Caroline ein »braves Mädchen«. Damit Robin dabeisein und das Ereignis in seinem übervollen Terminkalender unterbringen konnte, war die Geburt eingeleitet worden.

Man gab ihr ein riesiges Handtuch, und das lag wie eine triefende tote Ratte zwischen ihren Beinen, als die Fruchtblase platzte. Nun hatte sie wieder ins Bett gemacht, ein Horror aus Kindertagen, der die schlimmste Strafe verdiente, aber sie ruhte in einem weichen Nest, umgeben von Blumen, und es stank nach Blut und Freesien. Mangels anderer Transportmöglichkeiten humpelte sie zum Kreißsaal, den nassen Fetzen zwischen den Schenkeln. Caroline, das Model, taumelte mühsam dahin, zuckte bei jedem Schritt zusammen.

Entzückt betrachtete Robin seine Tochter. Vanessa war einzigartig, unvergleichlich, die Haut kaum runzlig. Glasklare Gesichtszüge, daunenweicher Flaum am Köpfchen. Alles, worin man sie gehüllt hatte, war weiß und zart wie feinstes Seidenpapier, aber die Milch, die aus Carolines Brüsten tropfte, war ölig und gelb.

Robin bemerkte es und fragte die Schwester: »Ist das normal?«

»Ich hab' darüber nachgedacht«, erklärte Caroline, »und ich würde das Baby lieber mit dem Fläschchen füttern.«

»Darling, das kannst du doch nicht ernst meinen! Jeder weiß, daß es nur das zweitbeste ist, ein Kind aus der Flasche zu ernähren!«

Aber Flaschenmilch ist sterilisiert und gereinigt, während Carolines eigene irgendwelche Schadstoffe enthalten könnte . . .

Die Schwester kräuselte ihre Lippen. »Das müssen wir jetzt wissen. Wirklich, Sie hätten früher drüber sprechen sollen. Dann hätten wir schon angefangen, den Milchfluß zu stoppen.«

»Meine Frau wird unser Baby selbstverständlich stillen«, entgegnete er energisch.

»Wenn's die Mutter nicht will, hat's keinen Sinn.« Die Schwestern flirteten mit ihm und ignorierten die dumme Gans im Bett. Sie wußten, wer er war.

»Natürlich will sie es. Jetzt, am Anfang, fühlt sie sich nur ein bißchen nervös. Das kann man doch verstehen.«

»Ist er nicht phantastisch?« sagte die Schwester zu Caroline, als Robin endlich gegangen war. Im selben Ton hätte sie über irgendein Baby reden können. »Was für ein Glück Sie haben ...«

Und ein glückliches Mädchen darf nicht so unartig sein! Schauen Sie sich doch Mrs. Vine da drüben an! Eine arme graue Maus, hat schon das dritte Kind am Hals hängen, und niemand besucht sie. Und die süße kleine Veronica schluchzt vor Freude hinter ihrem Vorhang. Erst sechzehn Jahre alt! »Erstaunlich«, meinte die Oberschwester, »geradezu zu geboren für die Mutterschaft ... Was für Chancen hat sie denn im Leben?«

Die Glückwunschkarten schienen Caroline anzuschreien: *Eine kleine Tochter! Wie wundervoll!*

Und es war ja auch wundervoll.

In dieser Nacht, als es still wurde bis auf die hastigen quietschenden Schritte auf Linoleum und das gedämpfte Schnarchen der Mütter und Kinder, wartete sie eine Weile. Dann stand sie auf und hob Vanessa aus dem Plastikbettchen.

Sie kehrte zurück in ihr muffiges Bettzeug und setzte sich einigermaßen bequem hin, ungraziös und häßlich, die Beine gespreizt, das Nachthemd geöffnet. Die Gerüche von Milch und Blut und Freesien und Kokosnußseife vermischten sich zu einem schwülen, schwindelerregenden Gestank, den sie niemals vergessen würde. Und da spürte sie, wie es in ihr aufstieg. Ein glühender Schwall, eine wilde Woge aus heißer Liebe, machtvoll wie die Milch, die aus ihren Brüsten quoll, und genauso unkontrollierbar. Sinnlich – mit der Hitze ihres Körpers geladen –, animalisch, nicht geistig. Um diese Liebe zu löschen, würde sie stärkere Medikamente brauchen als die Medikamente, die den Milchfluß unterdrückten. Sie weinte und kicherte vor Erleichterung, denn sie hatte von Frauen gelesen, die ihr Baby nicht lieben konnten. Und das fand sie genauso traurig wie das Schicksal jener gequälten Seelen, die keine Kinder bekamen. Sie war sogar bereit gewesen, zu warten – letzten Endes würde die Liebe von selbst kommen, behaupteten die Experten.

Aber Caroline mußte nicht warten. Trotz ihrer schlimmsten Ängste liebte sie ihr Kind, und verglichen mit dem zerbrechlichen Geschöpfchen in ihrem Arm, fand sie die Rolle in dem Fernsehspiel, die man ihr vorenthalten hatte, völlig bedeutungslos. Welch ein Glück! Sie war normal, für die Mutterschaft geboren. Gott sei Dank!

Der kluge Robin hatte recht behalten, wie üblich.

Als sie die Klinik verließen, versammelte sich zum Abschied eine große Menschenmenge, denn Robin trat nun in einer eigenen TV-Sendung auf und hatte bereits einen gewissen Ruhm erlangt. Alle wollten seine Hand schütteln, aber das klappte nicht, und darüber lachten sie, weil er Vanessa so vorsichtig im Arm hielt.

Welch ein Glück für Vanessa, Robins Kind zu sein und in ein so komfortables Haus einzuziehen, in einem gemütlichen Kinderzimmer zu wohnen, Kleidchen aus The White House zu tragen, in einem Bettchen von Harrods zu liegen . . . Dazu noch eine schöne Fulltime-Mutter, einen ambitionierten, liebevollen Vater – und der beste Gott von der Welt schaute gütig auf sie herab.

»Paß auf, Darling!« Mit Argusaugen beobachtete Robin seine Frau, die auf dem Beifahrersitz saß und sich nach hinten drehte, um ungeschickt nach der Tragetasche zu greifen. »Das strengt dich zu sehr an. Ich mach' das schon. Steig inzwischen aus, geh hinein und leg die Beine hoch.«

»Aber mein Koffer . . .«

»Den hole ich später.«

Es gab niemanden, dem sie das Baby zeigen konnte. Robin fand die wenigen Freunde, die sie noch hatte, unpassend. Deshalb hielt er sie von seinem Haus fern. Und seine eigenen gehörten nicht zu der Sorte, die sich gurrend über ein Kinderbettchen beugten. Außerdem fehlte ihnen die Zeit dafür . . .

»Hermione und der feuerfressende Bär« – jenes Fernsehspiel, das Caroline schon fast vergessen hatte – wurde ein rauschender Erfolg. Sie konnte sich nicht dazu aufraffen, die Sendung anzuschauen, obwohl sie an diesem Abend allein zu Hause saß und auf den anderen Kanälen nichts Sehenswertes lief. Robin brachte ihr die Kritiken bündelweise. Ihr Ersatz, eine unbekannte Schauspielerin, heimste Lobeshymnen ein.

Warum war Caroline ausgebootet worden? Warum hatte man sich anders besonnen? War irgendwas geschehen? Hatte sie was Falsches gesagt? Aber das zählte alles nicht mehr. Sie redete sich ein, es sei ihr egal. Jetzt gab es Vanessa, ein Wunder, das nicht nach neun Drehtagen verblassen würde.

Auf einer Party, die sie mit Robin besuchte, sagte Barry Kittow vom *Observer* zu ihr: »Wie kommt es nur, daß wir Briten immer wieder so erstaunliche Talente aus dem Hut zaubern? Eine unbekannte Schauspielerin schwebt auf Ätherwellen zu uns, entzückt uns mit ihrer Kunst, verhext uns alle . . .«

»Ursprünglich sollte *ich* die Hermione spielen.«

»Wie, bitte?« Seine Zigarettenasche fiel auf den Camembert. Er hielt sie für eine Lügnerin! Aus unerfindlichen Gründen glaubte er, sie hätte das erfunden.

Manchmal, wenn sie allein und deprimiert war, holte sie ihre alte Fotomappe hervor, studierte die Hochglanzaufnahmen, wunderte sich über die Frau, die in jenen Tagen so oft gelacht hatte.

»Warum ignorieren mich deine Freunde, Robin? Warum weichen sie meinem Blick aus? Warum fühle ich mich so unzulänglich – so, als könnte ich nichts zu ihren Gesprächen beitragen?«

»Die meisten sind extrovertiert. Du mußt dich eben behaupten.«

»Moment mal! Bitte, bitte, denk drüber nach und nimm mich ernst. Wärst du an meiner Stelle, was würdest du ihnen erzählen? Wie soll ich meine Selbstachtung zurückgewinnen?«

»Du bist der einzige Mensch in meinem Leben, der nicht über sich selber redet – verstehst du? Deshalb fühle ich mich so wohl in deiner Nähe. Und du bildest dir ja auch deine eigene Meinung. Nicht deine Tätigkeit macht dich interessant, sondern die Art und Weise, wie du Ereignisse interpretierst, wie du deine Ansichten formulierst. Was ist denn aus deinen schauspielerischen Fähigkeiten geworden? Die hast du doch nicht verloren? Sag den Leuten, was du denkst. Sonst glauben sie, du wärst dumm und langweilig.«

Wenn er arbeitete, blieb sie allein in dem schönen Haus, allein mit dem Baby, dem hübschen Kinderwagen, der Hängematte im Garten und der Gefriertruhe voller Delikatessen von Fortnum's. Sie wagte nicht mehr, zu tanzen. Wenn sie tanzte, schien sie Ärger heraufzubeschwören. Ein Holzlöffel rührte den Inhalt irgendeines bösartigen schwarzen Kessels auf. Und sie durfte keinen Zorn empfinden. Sie war eine glückliche Frau mit einem wundervollen Ehemann und einem süßen Baby, und sie müßte sich frisch und knackig fühlen wie grüner Salat.

»Vielleicht sollten wir ein Au-pair-Mädchen engagieren«, meinte Robin im Vorübergehen. »Du siehst müde aus. Offenbar strengt dich der Haushalt zu sehr an.«

Caroline schwieg verwirrt. Sie wollte kein junges Mädchen um sich haben, das Tag für Tag ihre Einsamkeit sah.

Mit Babysittern kam sie mühelos zurecht, und Robin wählte sie alle sehr sorgfältig aus. Mindestens einmal pro Monat gingen sie ins Theater oder in ein Konzert. Noch öfter wurden sie zu einer Party oder einem Dinner eingeladen, oder Caroline fungierte als Gastgeberin in der Camberley Road. Aber sie freundete sich mit keiner der Frauen an, die sie regelmäßig traf, obwohl einige, so wie sie selbst, nicht berufstätig waren. Anscheinend kannten sie keinen anderen Gesprächsstoff als ihre Ehemänner – und Robin. Sie flirteten geradezu schamlos mit ihm. Machte er Seitensprünge? Wie sie bestürzt erkannte, wäre sie die letzte, die es wüßte – wegen seiner unregelmäßigen Arbeitszeiten.

Ohne Umschweife fragte sie ihn eines Tages: »Schläfst du mit Jayne?«

»So was interessiert mich nicht. Für mich gibt es nur dich und Vanessa, und ich würde mein glückliches Familienleben niemals aufs Spiel setzen.«

An einem Sonntag brachte er ihr das Frühstück ans Bett, bevor er zum Gottesdienst ging. Dann kam er nach Hause und schob den Kinderwagen voller Stolz durch den Park. Caroline blieb im Bett und schlief. Sie war ja so glücklich, hatte alles, was sie sich nur wünschen konnte.

Wenn sie in einem Geschäft unfreundlich behandelt wurde, war sie den ganzen Tag deprimiert. Und wenn sie mit dem Kinderwagen spazierenging und Bekannte traf, mußte sie sich räuspern, ehe sie »guten Morgen« sagte, damit ihre Stimme funktionierte, die so selten benutzt wurde.

Manchmal träumte sie davon, einfach wegzulaufen. Aber sie liebte Robin zu sehr, und wie konnte sie ihr Baby verlassen? Niemals brächte sie's übers Herz, Vanessa mitzunehmen, die ihrem Mann so viel bedeutete.

Oft fühlte er sich müde, wenn er nach der Arbeit heimkam, und da war der Großteil des Abends ohnehin schon vorbei. Er trank einen Aperitif, sie aßen und redeten – über Vanessa. Heute hatte sie zum erstenmal das Wort »Hund« gesagt. Ihre Wangen waren leicht gerötet, sie mußte lernen, einen Sonnenhut zu tragen. Und er las Berichte über Persönlichkeiten, die er demnächst interviewen würde, über historische und politische Zusammenhänge, oder er schaute sich ein Video an, das ihm irgend jemand empfohlen hatte. Caroline, aus unbegreiflichen Gründen erschöpft, schlief meistens schon, bevor er nach oben ging. Er war es, der nachts aufstand, um nach dem Baby zu sehen. Sie schlief so tief und fest, daß sie ihr Kind nicht einmal schreien hörte.

Das Haus war voller Blumen, die sie immer wieder neu arrangierte, als wollte sie damit ihre Anwesenheit dokumentieren. Am Anfang ihrer Liebe hatte sie selbstgesammelte Wildblumen bevorzugt, ein Chaos aus Formen und Farben, mit Unkraut und Schnecken und Käfern – Sträuße, die alle Räume erwärmten wie helles Gelächter. Jetzt kaufte sie auf dem Markt wohlgeordnete Buketts, die Stengel von Gummibändern geknickt.

Wie konnte sie ihr Baby so sehr lieben und trotzdem eine schlechte Mutter sein?

»Ich muß aus dem Haus, ich brauche einen Job, meine eigenen Freunde. Siehst du denn nicht ein, daß ich einen schlechten Einfluß auf Vanessa ausübe, wenn ich ständig müde bin und mich langweile? Wir sollten ein Kindermädchen engagieren.«

»Okay, okay«, seufzte er und schien allmählich die Grenzen seiner Geduld zu erreichen, während er immer wieder mit ihren Klagen konfrontiert wurde. Wie verwöhnt sie war ... »Aber was willst du denn machen? Es ist so wichtig für mich, dich daheim zu wissen, zu spüren, daß du für mich und Vanessa da bist. Wahrscheinlich hängt deine Unrast mit postnatalen Depressionen zusammen. Geh lieber zu einem Arzt, statt irgendwas Unüberlegtes zu tun.« Sie wäre der Außenwelt nicht gewachsen – zu schwach, zu dumm oder zu unmoralisch, wie die armen Frauen in den Arbeitshäusern des achtzehnten Jahrhunderts.

»Ich würde nicht unüberlegt handeln. Und es gibt sicher einen Job für mich. Ich bin keine Vollidiotin, weder häßlich noch invalid – ich langweile mich nur. Vielleicht könnte ich an einem Kurs teilnehmen. Ums Geld geht's mir nicht. Ich würde auch umsonst arbeiten – halbtags, für eine Wohltätigkeitsorganisation.« Aber sie redete nur Unsinn, wie ein verhätscheltes, eigensinniges Kind.

»Die meisten berufstätigen Frauen, die ich kenne, sind nicht besonders glücklich, Caroline. Und viele wären lieber daheim, wenn sie die Wahl hätten.«

»Wenn du das in der Öffentlichkeit sagst, wird man dich lynchen.«

Robin ging so früh ins Bett wie sie. Offenbar fand er sie wieder attraktiv, das mußte an ihrem neuen Parfum liegen. Sie benutzte kein Empfängnisverhütungsmittel, weil er so fanatisch dagegen protestierte. Einen Monat später war sie wieder schwanger.

»Warum vergißt du deine Pläne nicht, bis das Baby auf der Welt ist? In der Zwischenzeit kannst du in Ruhe drüber nachdenken. Gerade jetzt willst du dich doch nicht überanstrengen. Wir werden eine Putzfrau engagieren.«

O Vanessa, es tut mir so leid . . . Würde ihre melancholische Stimmung, von der Muttermilch absorbiert, ins Blut des Babys fließen, sich mit Knochen und Sehnen vermischen und das Leben ihres Kindes vergiften? »Also gut, dann bleibe ich vorerst zu Hause. Aber wenn das Baby geboren ist, wenn wir ein Kindermädchen haben, fange ich zu arbeiten an . . .«

Et cetera, et cetera. Und so ging es immer weiter.

Glas ist wie Eis, eine gefrorene Flüssigkeit, nicht wirklich fest.

24

Er klopft an und wartet. Dann klopft er wieder, bevor er die toten, bambusartigen Stauden der Lupinen im winzigen Vorgarten auseinanderschiebt und durchs Küchenfenster späht. Wie ein Kind hat Lot Dance auf dem Weg nach Potters Bar getrödelt. Nun sieht er seinen klugen Bruder Bart allein am Tisch sitzen, den Kopf in die Hände gestützt, völlig verzweifelt.

»Ich bin's nur – Lot! Laß mich rein!« Er zieht die Handschuhe aus und klopft wieder. »Der Wolf mit Kreide im Maul, der ins Haus der sieben Geißlein eindringen will!« ruft er kichernd und preßt das Gesicht so fest an die Scheibe, daß seine klassisch-schöne Nase flachgedrückt wird. Fragend zieht er die Brauen hoch.

Bart hebt seinen müden Kopf, starrt die Gestalt vor dem Fenster wie einen Fremden an, die Augen halb geschlossen.

»Mach auf!« fleht Lot. »Ich bin nicht der böse Wolf, und es so kalt hier draußen.« Er kehrt zu den Eingangsstufen zurück, seine Stiefel scharren über den Fußabstreifer. Höflich wartet er, bis die Tür aufschwingt.

Endlich drinnen, in der Wärme . . . Erst jetzt merkt er, wie erbärmlich er gefroren hat. Sein Gesicht fühlt sich an wie ein eisiger Stein. Das Haus sieht aus wie nach einer Bombenexplosion, es riecht nach Eiern und Haferbrei. Er schlüpft aus seinem langen Mantel, glättet die rauhe Wolle des zerknitterten Pullovers, denn er will Barts Aufmerksamkeit auf das fehlerlos gestrickte Stück lenken – aus dem Gedächtnis angefertigt, nach einer alten, längst verlorenen Anleitung.

»Sie hat mich verlassen.« Bart blickt sich mit hoffnungslosen Augen um, die Lippen verkniffen. Sein Gesicht droht zu schrumpfen. »Offenbar hatte sie's sehr eilig, denn normalerweise geht sie nie weg, ohne aufzuräumen.«

Lot folgt seinem Bruder in die Küche, schnüffelt und schneidet eine Grimasse, als ihm aus dem weißen Abfalleimer ein schwacher, aber eindeutiger Ammoniak-Geruch entgegenweht. »Du mußt den Deckel drauflegen, wenn du die Babywindeln reingeworfen hast. Wo ist er? Und wieso weißt du, daß Ruby dich verlassen hat?«

Aber das weiß er selber auch. Ruby ist weg. Das Haus wirkt an diesem Abend ganz anders, so als wäre plötzlich jemand hereingekommen, um die Teppiche zusammenzurollen. Die kleinen grünen Baumwollvorhänge, von Ruby genäht, scheinen zu seufzen. Alte Toastkrümel in der Abtropfschale warten schon lange auf die Schnäbel hungriger Vögel.

Bart gibt keine Antwort. Er nickt nur dumpf in die Richtung der Küchentheke. Der Zettel mit Rubys dünner, schnörkeliger Handschrift kann das Drama nicht eindeutig erklären. Ganz langsam liest Lot die wenigen Zeilen. Wie alles, was er je gelesen hat, prägen sie sich in sein Gehirn, so daß er sie niemals vergessen wird. »Was zum Teufel ist hier eigentlich los, Bart? Einmal hast Du mich zum Narren gehalten, aber Du wirst keine Gelegenheit bekommen, das zu wiederholen. Warum hast Du mich belogen? Tut mit leid, ich kann mich in dieser Situation nicht wie ein ›erwachsener Mensch‹ verhalten. Ich nehme das Auto und fahre nach Esher. Geh meinetwegen zu ihr, wenn Du's immer noch willst. Alles Liebe, Ruby.«

»Ich verstehe das nicht«, stöhnt Bart. »Das macht alles noch schlimmer – ich versteh's einfach nicht. Und ich dachte, wir würden uns allmählich wieder zusammenraufen. Scheiße . . . Vorhin rief ich bei ihr zu Hause an. Und da sagte ihre Mutter, daß Ruby nicht mit mir reden will.« Er spreizt die Finger, und sie sehen aus, als würde Wasser zwischen ihnen hinabfließen. Dann starrt er seine Hände an und ist ebenso überrascht wie Lot, weil sie leer sind.

»Was soll ich tun? Ich weiß es nicht, und ich weiß auch nicht, warum sie weggelaufen ist.«

Das weiß Lot auch nicht. Er fürchtet, sein Bruder würde sich nicht freuen, ihn zu sehen, und lieber allein sein mit seinem Kummer – wie ein Hund, der in eine Ecke kriecht, um seine Wunden zu lecken. Oder vielleicht freut er sich doch. Lot kann das nicht feststellen, und deshalb fühlt er sich um so elender.

Er begreift genausowenig wie Bart, warum Ruby weggegangen ist, und hat keine Ahnung, wie er ihn trösten könnte. Noch nie hat er ihn so niedergeschlagen gesehen. Es paßt nicht zu seinem Bruder, in tiefste Verzweiflung zu sinken.

»Meine Firma habe ich verloren, mein Heim, meine Kinder, meine Frau . . .«

»Und das Auto.«

Barts Lächeln gleicht einem grimmigen Zähnefletschen, das sein Gesicht durchschneidet wie der Metallstreifen einer Stoßstange. »Oh, vielen Dank, daß du mich dran erinnerst, Lot. Ja, das Auto habe ich auch verloren. Warst du schon mal betrunken, mein lieber Bruder? So sternhagelvoll, daß du nicht wußtest, was für ein Tag war, von der Uhrzeit gar nicht zu reden, daß du nicht einmal mehr deinen eigenen verdammten Namen kanntest?«

Bekümmert schüttelt Lot einen bleischweren Kopf. Bart sieht so aus, als hätte er bereits getrunken, und seine Stimme hört sich auch so an – undeutlich und heiser. So faseln die Männer, die auf Gehsteigen zu schlafen pflegen. Aber es riecht nicht nach Alkohol in der Küche, nur nach den Windeln. Liebevoll befingert er seinen Regenbogenpullover. Nein, den wird sein Bruder nicht bemerken.

»Nun, genau das werde ich jetzt tun. Ich lasse mich volllaufen, und dann halte ich eine Pistole an meine Schläfe.«

»Wir könnten auch Tee trinken.« Lot inspiziert das

Durcheinander der Flaschen hinter der Spüle. »Oder ein Zitronensaft wäre noch besser. Hast du einen Waffenschein?«

Barts Wutanfall verwirrt ihn. »Dieses Biest! Diese Fotze! Diese Kuh!«

Lot zittert am ganzen Körper. Sogar sein Haar scheint sich zu sträuben. Seine Kinnlade klappt nach unten, und er fleht: »Nein, Bart, bitte, sprich nicht so über Ruby.«

»Ich meine nicht Ruby, sondern Caroline!« schreit Bart todunglücklich, und seine Wangen färben sich feuerrot. »Nicht Ruby, du Arschloch – diese verdammte Caroline Townsend! Warum hab' ich das bloß getan? Was ist in mich gefahren? Und wer hat eigentlich hier angerufen und die ganze Scheiße aufgewirbelt?«

Klar, Bart hat recht. Ihn trifft keine Schuld, obwohl Ruby meint, zum Tangotanzen würden zwei gehören. Es bedrückt Lot, seinen Bruder so verletzlich zu sehen, voller Selbstvorwürfe. Das ist nicht richtig. Diese Frau muß ihn gegen seinen Willen verführt haben, wie eine böse Zauberin.

Lot weiß, wie so was passiert. Das beobachtet er oft genug im Fernsehen, und man braucht sich ja nur das Bild von Eva anzuschauen, das in der Anstalt an der Wand hängt. Bart ist unschuldig, und trotzdem muß der ärmste alles auf seine Kappe nehmen. Also wird Lot ihm helfen. Es gefällt ihm, gemeinsam mit seinem Bruder jemanden zu hassen – vor allem, weil es eine so bösartige, verworfene Person ist. Im Grunde unkompliziert, weiß er, daß es nichts Mächtigeres gibt als wilden Haß: und hoffnungslose Liebe. Schmachtendes Gekritzel und wütende Löcher im Papier – damit beschäftigt er seinen Bleistift am liebsten. Und jetzt, wo ihm beides zugleich geboten wird, regt es ihn auf, aber er erkennt auch eine gewisse Harmonie in der Verbindung von Liebe und Haß – einen Kreis, der sich schließt, etwas Ganzes, Vollkommenes.

Minuten verstreichen, unangenehme, beklemmende Minuten, während Lot die traurigen Finger seines Bruders beobachtet, die über das stoppelbärtige Kinn streichen. Da fällt ihm etwas ein. »Vielleicht hast du Feinde, von denen du nichts weißt.«

»Wer sollte mein Feind sein?« Bart starrt ihn blicklos an – oder durch ihn hindurch. Wahrscheinlich sieht er immer noch Ruby auf diesem Stuhl sitzen. »Wer könnte mich beneiden? Ich besitze nichts, was mir irgendwer mißgönnen würde. Und ich habe keine Schulden außer bei der Bank, und die Leute dort empfinden gar nichts. Die sind wie Henker.«

»Aber irgend jemand muß hier angerufen haben.«

»Vielleicht Caroline selbst.«

»Caroline hat Ruby erzählt, was los ist? Um dich in Schwierigkeiten zu bringen? Warum denn?«

»Eine verschmähte Frau!« ruft Bart spöttisch. »Und ziemlich hysterisch. Ich würde ihr das durchaus zutrauen. Alles traue ich diesem Biest zu. Und weißt du, was ich jetzt tue? Ich rufe sie sofort an und versuche, die Wahrheit rauszukriegen.« Ganz im Bann seiner wütenden Feindseligkeit glaubt Bart, es würde seinen Kummer lindern, wenn er etwas unternimmt. Er will sich einen Fluchtweg aus der Realität bahnen.

Jetzt ist nicht der richtige Augenblick, um ihm zu erklären, daß so was nie funktioniert. Seufzend läßt Lot seinen schuldbewußten Blick im Raum umherwandern. Wenn er nervös ist, muß er immer gähnen, und jetzt spürt er wieder, wie es ihn überkommt – so gewaltig, daß sein Kiefer ganz bestimmt knacken wird. Natürlich wird er Bart nicht erzählen, daß er sich den ganzen Tag die Camberley Road hinauf und hinunter geschlichen hat, um seine eigene Rache vorzubereiten. Nicht, solange sein Bruder in dieser Stimmung ist. Er will keinen Ärger mit ihm haben. Es ist Barts Sache, Caroline aufzuspüren, und vielleicht kann Lot von diesen Nachforschungen profitieren.

Er bekämpft seine Kiefer, die sich bedrohlich anspannen, spielt mit dem Salzfäßchen und gibt vor, Barts Telefongespräch nicht zu belauschen. Die Frau ist nicht da, das steht von Anfang an fest. Wer immer sich gemeldet hat, scheint Bart mitzuteilen, Caroline Townsend sei verreist. Seine harte Stimme nimmt einen sanfteren Klang an, also spricht er vermutlich mit einem Kind.

»Hier ist Bart. Kannst du mir sagen, wann sie wiederkommt?«

Eine Pause. Offenbar werden irgendwelche Erklärungen abgegeben.

»Und was ist dieses Broadlands?« Jetzt spitzt Lot die Ohren. »Wann ist sie weggefahren? Könnte ich sie telefonisch erreichen? Oh, ich verstehe. Wahrscheinlich weißt du nicht, ob sie am Weihnachtstag bei mir angerufen hat? Nein? Okay . . . Schon gut, es ist nicht so wichtig.«

Bart legt den Hörer auf und sinkt wieder in sich zusammen. »Jetzt bin ich genauso schlau wie zuvor. Reine Zeitverschwendung, aber das hätte ich mir denken können. Sie ist nach Sussex gefahren, und dort will sie vierzehn Tage in einer Klinik bleiben. Das gehört wahrscheinlich zur Therapie, damit diese Irren wieder zu sich selbst finden. Ich glaube, ich habe mit einer der älteren Töchter gesprochen, also konnte ich nicht ins Detail gehen. Verdammt! Womöglich hat dieses Mädchen Ruby angerufen. Allem Anschein nach hat Caroline ihr Haus erst am zweiten Weihnachtstag verlassen, und wenn sie verrückt genug ist, sich für zwei Wochen in dieser Anstalt zu verkriechen, muß sie ziemlich durcheinander gewesen sein. Ja, Lot, es wäre durchaus denkbar, daß sie Ruby alles erzählt hat.«

Hochzufrieden mit dem Ergebnis von Barts Erkundigungen (jetzt weiß er, was Broadlands ist, und der hilfsbereite Mann, der sich in der Bibliothek aufzuwärmen pflegt, kann ihm die Adresse beschaffen), gibt Lot vorsichtig zu bedenken: »Es war nicht dieser Anruf, der Ruby aus dem Haus getrieben hat. Danach muß noch was anderes geschehen sein – etwas, das Caroline nicht verursacht hat.«

»Wenn Ruby doch nur mit mir sprechen würde! Um Himmels willen, verdiene ich denn keine Erklärung?«

Lot wirft seinem verzweifelten Bruder einen Blick zu, der besagt: ›Nein, du verdienst überhaupt nichts.‹ Dann meint er unheilvoll: »Hoffentlich erfährt Mum nichts davon.«

»Was hat Mum damit zu tun?«

»Sie mag Ruby, genauso wie Dad.«

»Verdammt noch mal, mußt du alles noch schlimmer machen? Ruby wollte ihre Eltern bitten, uns etwas Geld zu leihen, aber das hat sie sich inzwischen sicher anders überlegt. Ich werde dieses Haus verkaufen müssen. Nun habe ich alles verloren ...« Plötzlich verstummt er. Irgend etwas scheint ihm die Kehle zuzuschnüren. Nach einem langen Zögern zuckt er hilflos die Achseln. »Manchmal steht was in der Zeitung über Männer wie mich – über Männer, die alles in ihrem Leben verloren haben.«

Lot holt tief Atem. »Du könntest zu mir in die Anstalt ziehen. Es würde mir nichts ausmachen, mein Zimmer mit dir zu teilen.«

Sein Bruder vergräbt den Kopf wieder in den Händen, am einzigen bequemen Ruheplatz, den er dafür findet.

»Bart! Bart!« schreit Lot in einem Anfall kindlichen Eifers. »Ich weiß was! Du könntest mir helfen, die Schachteln zu falten.«

Weint Bart? Nie zuvor hat Lot seinen Bruder weinen sehen, und das ist ein sehr unerfreuliches Geräusch. Gurgelnd und würgend wie ein Abfluß, der gereinigt werden muß. Es gibt ihm das Gefühl, in einen Abgrund zu fallen, und er versteht die Welt nicht mehr, denn eigentlich ist *er* der Narr, der normalerweise weint.

Während der Kindheit war Bart der Anführer, kümmerte sich um Lot, wenn es Ärger gab, und manchmal ließ er ihn mit seinen Freunden spielen. Er brachte Lot das Radfahren bei und zeigte ihm, wo man die besten Kastanien fand. Und wenn Lot die größten verschenkte, die kugelrund waren und besonders schön glänzten, fand er seine eigenen Freunde. Einmal opferte er einen ganzen Eimer voll, damit man ihm erlaubte, beim Baseball den Schlagmann zu spielen.

Jetzt erfüllt ihn eine zielstrebige Entschlußkraft, wie er sie nie zuvor gekannt hat. Von einer Leidenschaft ergriffen, die an Wut grenzt, weiß er, daß ihn nichts zurückhalten kann. Denn Caroline Townsend hat nicht nur Rubys Glück zerstört, sondern mit ihrem grausamen, rachsüchtigen Telefonat auch Lots tüchtigen, erfolgreichen Bruder in die Knie gezwungen. Man braucht ja nur zu sehen, wie Bart dasitzt! Alles hat er verloren. Und er weint. Die beiden Menschen, die Lot am meisten auf der ganzen Welt liebt, wurden von einer bösartigen Frau ins Unglück gestürzt.

Er denkt an Äpfel und Schlangen. Sie muß sofort gefunden werden – und für alles bezahlen, was sie verbrochen hat.

25

Sie müssen weitermachen, es gibt so viel zu tun.

»Bart versucht immer noch, Mutter zu erreichen. Könnt ihr das glauben? Seine Frau interessiert ihn überhaupt nicht. Ich dachte, nach diesem zweiten Anruf würde es aufhören, aber das war ein Irrtum. Vorerst müssen wir es dabei bewenden lassen. Wir können ihn nicht ständig verpetzen, wenn diese jämmerliche Frau nichts ausrichten kann.« Vanessas Stimme klingt atemlos, denn sie gehen mit schnellen Schritten die Oxford Street hinab, wo nasser gelber Schnee liegt, wie ein Geschirrtuch, mit dem man verschütteten Tee weggewischt hat. Gelegentlich von Passanten getrennt, drängen die Kinder immer wieder zueinander, wie Metallspäne, die einem Magneten zustreben, um ihr eifriges Gespräch fortzusetzen. Sie sind in einer sehr wichtigen Mission unterwegs. Dominic hat sich bereit erklärt, daheim bei Mrs. Guerney zu bleiben. An diesem Vormittag fungiert er als Wachmann. Er verstreute unzählige Puzzle-Teile auf dem Hallenboden, und dort lag er, in sein Spiel vertieft, als die quirlige Putzfrau eintraf.

»Was für eine Rücksichtslosigkeit! Warum mußt du dich ausgerechnet hier breitmachen? Du hast doch das ganze Haus. Warum gerade hier, wo jeder über dich stolpert, wenn er reinkommt? Du bist wirklich ein Ärgernis, Dominic! Deine Mutter würde dich sofort wegjagen, das weiß ich.«

Aber an diesem ersten Morgen nach Mutters Auferstehung mußte er unbedingt in der Nähe der Kellertür bleiben, auf jedes Geräusch lauschen. Und ihm ist es am ehesten zuzutrauen, eventuelle Schwierigkeiten unsentimental zu meistern.

Ilse hat das Haus verlassen – angeblich, um Kerzen und Glühbirnen zu kaufen, aber wahrscheinlich hängt sie stundenlang in der Napier Road herum, und dann wird sie wahrscheinlich nachsehen, ob Paolo im Plume of Feathers sitzt.

Glücklicherweise dreht Mrs. Guerney das Radio ganz laut, wenn niemand da ist, mit dem sie sich unterhalten kann. Falls Mutter beschließt, Radau zu machen, wird Dominic genug Zeit finden, um durch die Kellertür zu schlüpfen und die Saunaheizung höher zu stellen.

»Bist du sicher, daß keiner von uns bei dir bleiben soll?

Immerhin ist es das erste Mal.« Vanessa hat gezögert, ihm die ganze Verantwortung aufzubürden.

»Ich bin lieber allein, denn ich möchte mich nicht beeinflussen lassen.«

Das erste Ziel ist erreicht, und sie versammeln sich um Vanessa, die Mutters Scheckkarte in den Automaten schiebt. Kaum zu glauben, wie einfach man an das Geld anderer Leute kommt . . . Während der letzten Tage haben sie die Karte immer wieder in den Automaten gesteckt und genug Bargeld für ihre unmittelbaren Bedürfnisse zusammenbekommen.

»Wir sind verrückt, wenn wir so viel ausgeben!«

»Das brauchen wir aber, wenn wir alles besorgen wollen.« Es ist eine lange Einkaufsliste. Auf dem Heimweg wird jeder was tragen müssen. »Heute konzentrieren wir uns nur auf das Allerwichtigste. Wenn wir wieder was brauchen, gehen wir eben noch mal zur Bank.«

Von Menschenmassen umgeben – der Winterschlußverkauf läuft auf Hochtouren –, bleiben die vier an einer Kreuzung stehen. Sacha umklammert Vanessas Hand und wirft ihr leise vor: »Ich glaube, Vanny, gestern hast du Mutter ziemlich geärgert.«

Vanessa zuckt zusammen. Die ganze Nacht warf sie sich rastlos im Bett umher und erlebte in Gedanken den Alptraum des Abends noch einmal, wo sie der Mutter zum erstenmal in ihrem Leben die Stirn geboten hatte. Und wenn sie Caroline weh tut, verletzt sie sich selber noch mehr. »Was hätte ich denn sonst sagen sollen? Wäre ich schwach geworden, hätte sie sich wütend auf uns gestürzt. Natürlich, ich war grausam. Weißt du, Sacha, es ist wirklich nicht nett, jemanden einzusperren. Und es fällt einem schwer, mit einem Häftling zu reden, vor allem, wenn's die eigene Mutter ist.« Um die kleine Schwester zu besänftigen, bringt sie alle Argumente vor, mit denen sie sich in der vergangenen Nacht getröstet hat.

Die Ampel wechselt auf Grün, und sie laufen über die Straße, weil sich auch alle anderen beeilen, ganz im Bann des nachweihnachtlichen Trubels. »Ich wußte nicht, daß wir sie so lange da unten festhalten würden.«

»Ich auch nicht, Camilla. Keiner von uns wußte das. Aber jetzt ist sie nun mal in der Sauna, und wir müssen sehen, wie wir die Lage verbessern können – für sie und für uns. Wir haben keine Wahl.«

»Wir hätten vorher darüber reden sollen.«

»Dafür war keine Zeit. Sie fragte, wie lange wir sie noch gefangenhalten würden, und ich sagte, daß wir's nicht wissen. Außerdem hättest du ja mit ihr reden können. Sie bat dich sogar darum. Aber du hast nur den Kopf geschüttelt. Und da dachte ich, du willst nicht mit ihr sprechen.«

»Also, ich freue mich auf eine neue Mutter.« Amber versucht, Camilla ihre Hand zu entziehen. »Ich stehe auf Vannys Seite. Und ich finde es viel schöner, wenn wir allein losgehen und tolle Sachen kaufen und Mutter Geschenke mitbringen, die ihr gefallen werden.« Das Kind in der hellroten Strumpfhose muß große Sprünge machen, um mit den anderen Schritt zu halten.

Vanessa ist dankbar für jede Unterstützung. Sie fühlt sich schon schuldig genug, auch ohne sich das alles von Camilla unter die Nase reiben zu lassen. »Anfangs werden ihr die Sachen nicht gefallen, Amber, das wissen wir. Aber sie wird sich hoffentlich damit anfreunden.«

Camilla ist noch immer nicht glücklich. »Vorläufig gibt's keine Probleme, nachdem wir den Leuten erzählt haben, sie sei verreist. Aber was soll in vierzehn Tagen geschehen, wenn sie angeblich zurückkommt? Was machen wir dann? Davor habe ich Angst. Schreckliche Angst.«

»Darum kümmern wir uns, wenn's soweit ist. Man muß die Dinge an sich rankommen lassen. Niemand legt gesteigerten Wert darauf, Mutter zu sehen. Deshalb lassen sich die Leute so leicht abwimmeln. Ich glaube, wenn wir's richtig anpacken, können wir sie noch jahrelang da unten festhalten – natürlich habe ich das nicht vor. Damit will ich nur sagen, daß wir wahrscheinlich keine Schwierigkeiten kriegen werden.« Vanessa bleibt stehen und schaut Camilla an, umfaßt Sachas Hand noch fester, spürt die zarten kindlichen Finger unter den Wollhandschuhen. Wie die Knöchelchen eines Vogels. »Jedenfalls müssen wir zusammenhalten, so wie immer. Das ist am allerwichtigsten. Wir haben keinen Feind mehr, aber wir müssen trotzdem zueinanderstehen. Solche Meinungsverschiedenheiten dürfen keinen Keil zwischen uns schieben, Camilla.«

»Reg dich ab, das wird nicht passieren.«

Im Dickins & Jones suchen sie ein passendes Nachthemd. In bestem Einvernehmen treffen sie ihre Wahl. Das Baumwollhemd mit dem hübschen Vergißmeinnicht-Muster auf hellblauem Grund ist genau richtig. Bodenlang, mit langen Ärmeln und Rüschen an den Handgelenken, bis zum Hals zugeknöpft. Voluminös. Sehr schön. Weich und kuschelig, in frischen Farben.

»Das erinnert mich an König Arthur. Ich dachte, du würdest was Weißes nehmen – ein Hemd, wie du's selber am liebsten trägst.«

»Nein, Camilla, wir kaufen jetzt was für Mutter, nicht für mich. Reines Weiß wirkt zu kindlich. Und Mutter ist keine Jungfrau mehr. Sie war immerhin verheiratet.« Vanessa wird rot, als sie am Ladentisch steht, die Geldscheine in der Hand. Ihr Herz schlägt heftig, denn nun geben sie zum erstenmal Mutters Geld in der großen Geschäftswelt aus. Der kleine Laden daheim an der Straßenecke zählt nicht.

Aber die Verkäuferin zuckt mit keiner Wimper, während sie das Nachthemd in Seidenpapier wickelt und dann in eine Einkaufstüte steckt. Sie ist viel zu beschäftigt, um nach dem Alter ihrer Kunden zu fragen. Außerdem wirkt Vanessa in ihrem strenggeschnittenen Mantel und mit der alterslosen Frisur viel zu seriös und vernünftig, um Argwohn zu erregen.

Liberty's ist die nächste Station, und hier fällt ihnen die Wahl viel schwerer. Etwas Schlichtes – das gibt es in so vielen verschiedenen Stilrichtungen. Die Zwillinge setzen sich auf den Teppich, während Vanessa und Camilla in alle Richtungen schauen, bestrebt, nur ja nichts halbwegs Geeignetes zu übersehen. Aber das Trägerkleid ist fast unschlagbar. Ebenfalls geblümt, fällt es in weichen Falten über die Brüste der Schaufensterpuppe und kann sogar deren hartes Gesicht unter dem borstigen Pferdehaar mildern, die flache, breite Nase. Und wenn es sogar dieser Plastikfrau sanftere Züge verleiht, müßte das auch bei Mutter klappen. Eine weiße Bluse mit majestätischem Rüschenkragen paßt perfekt dazu.

»Mutter wird aussehen, als wäre sie aus dem Damart-Katalog gesprungen . . .«

»Sei nicht albern, Sacha. Diese Kleider sind teuer, und sie haben Stil.«

»Aber normalerweise würde sich Mutter niemals so was aussuchen.«

»Nein, natürlich nicht. Und genau deshalb kaufen *wir* für sie ein.«

»Sie wird sich nicht gerade vor Begeisterung überschlagen.«

»Aber sie wird sich an die Sachen gewöhnen, weil sie sonst nichts hat.«

Diesmal stellt Vanessa einen Scheck aus, und sie leistet ihre erste gefälschte Unterschrift, die gut gelingt. Mit einer so hohen Summe hat sie nicht gerechnet, aber glücklicherweise besitzt Mutter auch noch eine goldene Kundenkarte.

Um Unterwäsche zu besorgen, gehen sie zu Marks &

Spencer. Mühsam bahnen sie sich einen Weg durch die geschäftige Menge. Aber die Waren, die während des Schlußverkaufs aus hohen Körben quellen, interessieren die Kinder nicht. Sie wollen nur das Beste. Die weißen Unterhosen in der Doppelpackung sehen auf der Illustration, die der Pappkarton zeigt, sehr praktisch aus, mit Gummiband in der Taille und schlichten Zackenlitzen an den Beinausschnitten. Auf der Einkaufsliste steht Mutters BH-Größe, und Camilla schaut rasch nach. Da gibt es ein einfaches, züchtiges Modell, ohne diese unbequemen Rundbügel. Der lange Unterrock aus Baumwollstoff, den sie ebenfalls erstehen, sieht eher wie ein Sommerkleid für ein kleines Mädchen aus. Darin könnte man sogar ausgehen, ohne Aufsehen zu erregen. Schließlich kaufen sie noch drei Paar dicke schwarze Strumpfhosen, sehr sittsam, denn dieselben trägt Vanessa in der Schule.

Und jetzt Bücher. Viele Bücher. Nachdem sie die Einkaufspakete unter sich verteilt haben, kämpfen sie sich durch den Schneematsch. In der Buchhandlung schlägt ihnen stickige Hitze entgegen. »Was für ein Gedränge! Wir müssen ganz nah beisammenbleiben. Gut, daß Dom nicht mitgekommen ist! Das wäre schrecklich für ihn.« Sie gehen in die Taschenbuchabteilung, wo Vanessa ihre Tasche in Camillas Hand drückt. »Bleib da stehen, während ich nachschaue. Ich muß genau das Richtige finden. Wahrscheinlich sind die Bücher wichtiger als alles andere.«

Nachdenklich studiert sie die Titel, die Unterlippe zwischen den Zähnen, und während sie sich konzentriert, streckt sie manchmal die Zunge hervor. Welche Bücher soll sie nehmen? Wäre sie doch älter und klüger . . .

Schließlich entscheidet sie sich für zwei Romane von Daphne DuMaurier, zwei von James Herriot und einen von Barbara Cartland. Doch dann entdeckt sie in einem der hinteren Regale die Miss-Read-Reihe, liest die Titel und die kurzem Texte auf den Rückseiten, bringt den Roman von Barbara Cartland seufzend zurück und nimmt statt dessen drei von Miss Read. Im Vorübergehen greift sie noch nach einer Lillian Beckwith.

»Das müßte sie erst mal beschäftigen«, meint sie zufrieden, als sie sich eine halbe Ewigkeit lang an der Kasse anstellen.

»Aber Mutter liest nie Bücher.«

»Früher hat sie schon welche gelesen, aber keine guten wie die da, sondern irgendwas von dieser Germaine Greer und Nancy Friday. Erst seit Daddy weg ist, liest sie nichts mehr. Seither sieht sie auch keine Fernsehspiele, sondern nur noch diese gräßlichen Shows. Diese Romane hier werden ihr sicher gut gefallen. Ich wette, sie wird uns bitten, noch mehr zu kaufen.«

Aber Sacha schaut immer noch skeptisch drein. Jetzt müssen sie nur noch Schuhe besorgen, und das sollte ihnen nicht schwerfallen – abgesehen vom Gewicht der Einkaufstüten, mit dem sie alle kämpfen.

Sie trotten die Straße hinauf und spähen gelangweilt in die Schaufenster. Mutter liebt Schuhe, sie besitzt einige hundert Paar, alle todschick mit hohen Absätzen. Aber die Kinder halten natürlich nach flachen Schuhen Ausschau. Amber zeigt auf Gesundheitsschuhe.

»Großer Gott! Amber, bist du verrückt? So was Plumpes würde sie niemals anziehen. Sie will was Hübsches, Zierliches haben!«

Amber beginnt zu schmollen, steckt einen Finger in den Mund und zerrt an unbequemen Schulterriemen ihrer Tragetüte. »Bis jetzt habe ich noch gar nichts ausgesucht. Immer nur du und Camilla!«

»Aber was wir gekauft haben, gefällt dir doch?«

»Ja, das schon, aber ich habe nichts ausgesucht. Darauf kommt's an.«

»Okay, bevor wir nach Hause gehen, kannst du zusammen mit Sacha bei Boots die Kosmetika aussuchen.«

»Ich dachte, Mutter soll sich nicht mehr schminken. Du sagtest doch, es würde ihrer Haut guttun, wenn sie aufhört, ihr Gesicht zu bemalen.«

»Aber sie braucht Cremes und Lotions, und ich finde, wir sollten ihr einen dezenten Lippenstift erlauben. Außerdem müssen wir ihr noch Shampoo kaufen . . .«

»Also gut.« Für eine Weile ist Amber besänftigt.

»Ich verkaufe nur ungern Schuhe, wenn die Trägerin sie vorher nicht anprobiert.« Die große, plumpe Frau im Schuhgeschäft ist das erste richtige Hindernis auf dem Einkaufsbummel. Unter ihrem Rock schauen lange Radfahrerhosen hervor.

»Aber das soll ein verspätetes Weihnachtsgeschenk sein.«

»Es ist keine gute Idee, Schuhe zu verschenken. Die muß man sich persönlich aussuchen. Ich will nicht, daß meine Kundschaft zurückkommt und sich beschwert, weil die Schuhe nicht passen, und dann muß ich sie umtauschen, nur weil sie vorher nicht anprobiert wurden.«

»Ich will nur wissen«, erwidert Vanessa in ihrem arrogantesten Ton, »ob das Größe achtunddreißig ist oder nicht.«

Die Verkäuferin preßt die Lippen zusammen, aber sie nickt.

»Das ist alles, was ich wissen will. Ich nehme dieses Paar.«

»Sagen Sie bloß nicht, ich hätte Sie nicht gewarnt.« Die weißen und gelben Lederstreifen kreuzen sich über dem Rist, vorn werden die Zehen durch ein kleines Loch herausschauen. An den Fersen befinden sich verstellbare Riemen, also werden die Schuhe auf jeden Fall passen. Hübsche, flache Sandalen müssen auch gar nicht perfekt sitzen.

»Aber wie werden sie zu den schwarzen Strumpfhosen aussehen?«

»So was paßt zu allem. Das sind ganz gewöhnliche Schuhe, Sacha, um Himmels willen. Sogar Mrs. Guerney würde sie gern anziehen.«

Inzwischen sind alle der Erschöpfung nahe, und sie fauchen einander immer wieder an. Es liegt nicht an den langen Fußmärschen, an der Hitze in den Läden, sondern am ermüdenden Gedränge inmitten der riesigen Menschenmassen. Und an ihrer Angst vor der Heimkehr. Eine wütende Mrs. Guerney, die mit der Polizei telefoniert, ein blasser Daddy mit traurigem Gesicht – gezwungen, diese schreckliche Situation zu meistern, und Mutter in ihrer gewohnten Pose, die Beine übereinandergeschlagen, einen Drink in der Hand, ganz Herrin der Lage, erschrekkend in ihrem Zorn ... Ihre Zigarettenasche würde auf den Teppich fallen – und der ganze Kampf noch einmal von vorn beginnen ...

»Oh, bitte, lieber Gott, laß das nicht geschehen«, murmelt Vanessa vor sich hin, als sie endlich in den Bus steigen. Sacha und Amber sortieren die Kosmetika: Ponds Cold Cream, Reinigungsmilch und Gesichtswasser – alles in rosa oder weißer Verpackung, kein penetranter Duft, dazu ein mildes Vosene-Shampoo. Amber öffnet den Tiegel mit dem Talkumpuder, auf dem eine weiche rosa Quaste liegt. »Wir müssen ein paar hundert Pfund ausgegeben haben.«

»Ja, aber es wird sich lohnen.«

»Und wenn Mutter sich weigert, die Sachen anzuziehen, die wir ihr gekauft haben?«

»Sie hat keine Wahl. Ihr schwarzes Kleid ist ganz feucht und verschwitzt, der Pelzmantel viel zu warm. Der BH und der Slip müssen gewaschen werden, und außerdem bekommt sie nichts anderes.«

»Vielleicht läuft sie nackt herum, nur um uns zu ärgern.«

»Dann drehen wir ganz einfach die Heizung stärker auf.«

»Mutter wird uns hassen, Vanny. Wer weiß, vielleicht haßt sie uns schon jetzt.«

»Dominic hat gesagt, die Gefangenen in Einzelhaft würden ihre Wärter anfangs hassen, aber nach einiger Zeit lieben, was immer auch passiert. Sogar wenn sie gefoltert werden, empfinden sie ein Art von Liebe.«

»Das verstehe ich nicht.«

»Natürlich nicht, Amber, weil du zu jung dazu bist.«

»Ich glaube, ich will niemals alt genug werden, um das zu verstehen.«

Endlich trotten sie durch die Camberley Road, und die Füße werden mit jedem Schritt schwerer. Vanessa möchte sich ausruhen, andererseits will sie niemals zu Haus ankommen. Erleichtert sieht sie, daß weder ein Kranken- noch ein Streifenwagen vor dem Haus steht, und da drängeln sich auch keine Fotoreporter . . .

Dominic öffnet die Tür und lächelt. Es ist das wunderbarste Lächeln, das Vanessa je gesehen hat, und sie möchte es von seinem Gesicht herunterziehen und für immer aufbewahren, getrocknet, zwischen Buchseiten gepreßt.

»Alles ist okay«, versichert er hastig, als er die Verzweiflung in ihren Augen bemerkt. »Ilse ist noch gar nicht da. Tragt das Zeug rein, und wir bringen es sofort zu ihr hinunter. Es hat keinen Sinn, die Sachen erst mal nach oben zu schleppen. Sicher wird's ihr Spaß machen, sie auszupacken.«

»Hat jemand angerufen und Schwierigkeiten gemacht?«

»Nein, niemand.«

»Warst du unten?«

»Das mußte ich nicht. Sie war den ganzen Vormittag still. Dreimal hab' ich das Puzzle zusammengesetzt. Mrs.

Guerney glaubt, ich hätte mich mit irgendwas angesteckt. Morgen will sie Malzmilch mitbringen.«

Amber besteht darauf, ihre »Glocke« erklingen zu lassen und gegen die Heizrohre zu schlagen, obwohl Camilla meint, das sei albern. »Es muß sein«, beharrt sie. »Mutter soll wissen, daß wir kommen, und wenn sie diesen Gong hört, hat sie das Gefühl, daß was Wichtiges passiert.«

So müde sie auch sind, so schnell sie es hinter sich bringen wollen – sie stehen geduldig da und warten das Ende des Rituals ab. Dann steigen sie die Kellertreppe hinab. Mutter tritt nicht ans Fenster, lustlos sitzt sie auf der Bank, das Gesicht dem Plastikkreis zugewandt, und wartet. Sie wartet einfach nur.

»Will jemand anderer mit ihr reden?« Vanessa dreht sich zu Camilla um, die aber den Kopf schüttelt.

Und so tritt Vanessa wieder an das Fenster. »Wir haben dir ein paar Sachen mitgebracht, Mutter. Die schieben wir jetzt durch die Öffnung. Ein paar Päckchen sind zu groß, also müssen wir alles rausnehmen und einzeln befördern.«

Mutter antwortet nicht, bleibt einfach nur sitzen, und Vanessa spürt die Enttäuschung der Zwillinge.

Mit der Hilfe des Verlängerungsrohrs vom Staubsauger bugsiert Dominic einen Gegenstand nach dem anderen durch das Loch. Alles landet am Boden und sieht nicht mehr halb so hübsch und so interessant aus wie in den Läden. Mutter beobachtet die Prozedur desinteressiert.

Als alle Kleider am Boden der Sauna liegen, bedeutet Vanessa ihrem Bruder, die Bücher durch die Öffnung zu schieben. Jedes steckt in einer Papiertüte, und so kann Mutter die Titel nicht sofort sehen. Die Sandalen fallen hintereinander hinab, gefolgt von den Kosmetika.

»Willst du dir die Sachen nicht anschauen, Mutter? Die haben eine Menge Geld gekostet. Das Kleid war zum Beispiel sehr teuer.«

»Vanessa, leider verstehe ich nicht, was das alles soll und was für eine Reaktion du von mir erwartest. Die ganze Nacht war ich allein hier unten, ohne zu wissen, was mit mir geschieht und was in deinem Kopf vorgeht ...«

»Du sollst dir nur anschauen, was wir für dich gekauft haben, Mutter, und dann bringen wir deinen Lunch.«

»Nun, wenn du das willst, dann werde ich's lieber tun.«

»Schaut sie sich jetzt alles an?« zischt Sacha aufgeregt.

Vanessa nickt ungeduldig, ohne den Blick vom Fenster abzuwenden. Nie zuvor hat sie bemerkt, was für kindlich schmale Schultern Mutter hat.

Wie ein Automat steht die Gefangene auf und beginnt, die Kleidungsstücke durchzusehen. Sie legt die Unterwäsche beiseite, ihre Miene verrät nichts von ihren Gedanken. Dann faltet sie das voluminöse Nachthemd auseinander und wendet sich ausdruckslos zum Fenster. Sie sieht besser aus als am vergangenen Tag, aber wahrscheinlich nur, weil sie etwas im Magen hat. Gestern abend aß sie ihre ganze Curryportion und das Obst, heute morgen ihr Frühstück, eine Grapefruit und Toast.

Natürlich wirkt sie ziemlich ungepflegt in der Unterwäsche, die sie schon viel zu lange trägt. Sie zieht die Stecknadeln aus dem Trägerkleid, das im Laden zusammengeheftet worden ist, und breitet es über ihr Knie. Die dünnen Arme schimmern marmorweiß. Wieder schaut sie zum Fenster, und diesmal hebt sie fragend die Brauen. Sie erkennt, daß die Bluse zum Kleid gehört, denn sie legt beides zusammen weg. Weder zufrieden noch unzufrieden. Statt dessen macht sie einen niedergeschlagenen Eindruck. Aber sie inspiziert die Kosmetika, hält sie ins Licht, um die Etiketten auf den einzelnen Tiegeln und Schachteln zu lesen.

»Nun, Mutter, was hältst du davon?«

»Ich werde die Sachen wohl besser anziehen.«

Vanessa erschrickt. Noch nie hat Mutters Stimme so

unterwürfig geklungen. Wenn sie traurig oder enttäuscht ist, bekommt sie normalerweise einen Tobsuchtsanfall.

»Da sind noch die Bücher.« Aber Mutter scheint sich nicht dafür zu interessieren, oder sie fühlt sich zu schwach, um danach zu greifen. Vanessa versucht, sie ermutigen. »Jetzt hast du viel Zeit, um zu lesen, und morgen bringen wir dir deinen Walkman. Dann kannst du Musik hören.«

Gehorsam – als wüßte sie, daß sie ihre Pflicht erfüllen muß – bückt sich Mutter und hebt die Bücher auf, die am Boden verstreut liegen. Sie zieht eins nach dem anderen aus den Papiertüten, liest die Titel und stapelt sie gelangweilt neben sich auf die Bank.

»Wer hat die Bücher ausgesucht?«

»Ich, Mutter.«

»Ja, natürlich. Das dachte ich mir.«

»Wirst du sie lesen?«

»Keine Ahnung . . . Und was wirst du tun, wenn ich sie nicht lese, Vanessa? Drehst du dann die Heizung stärker?«

Vanessa weiß nicht, was sie antworten soll. Hilfesuchend wendet sie sich zu Dominic um, aber der steht unbeschwert da. Er wartet neben dem Loch auf die schmutzige Kleidung.

Auch Camilla macht einen zufriedenen Eindruck. Sie haben ihren Plan ohne größere Schwierigkeiten verwirklicht, die Scheck- und die Kundenkarte erfolgreich benutzt. In der Börse steckt genügend Geld, und Miss Guerney ist arglos nach Hause gegangen, mit dem Vorsatz, morgen Malzmilch mitzubringen.

Wenn Mutter die Bücher liest, wird sie sich besser fühlen. Sie braucht eine Ablenkung. Natürlich ist sie deprimiert – wer wäre das nicht, einsam und allein, in einer Kellersauna eingesperrt?

Aber Vanessa könnte das alles viel leichter ertragen,

würde Mutter sie wütend anschreien. Mit Flüchen und Beschimpfungen wird sie viel leichter fertig als mit dieser Lethargie. Sie muß ganz schnell von hier verschwinden. Etwas Unerträgliches, Neues in der Atmosphäre krampft ihr schmerzhaft das Herz zusammen. Vielleicht ist sie nur müde nach dem nervenaufreibenden Einkaufsbummel.

Aber als Dominic die Kellertür hinter sich schließt, als sie wieder die sichere, normale Luft in der Halle einatmen, dringt Gelächter aus dem Fitneßraum herauf, steigt wild empor wie ätzender Rauch, eiskalt und freudlos. Da wird Vanessa von allen Kräften verlassen. Ihr Gesicht verzerrt sich, sie reißt die Augen weit auf, fängt heftig zu zittern an und bricht in hysterisches Weinen aus.

26

Ein stürmischer Februarmorgen, glitschiger Asphalt, dunkler Regen. Der Wind dreht sich, seine Böen peitschen gegen die kalten Fenster des Bertorelli's.

Suzie sitzt drinnen in der Wärme, an einem gemütlichen Fenstertisch. Sie lacht nicht, denn was sie hört, ist viel zu wichtig, um sie nur zu amüsieren. Immerhin macht es Spaß, die Passanten zu beobachten, die sich die Floral Street entlangkämpfen, die Gesichter grimmig, die Haare wild zerzaust unter kriegerischen Regenschirmen, voller Sehnsucht nach dem Zuhause oder einem anderen Ort, der Geborgenheit verspricht. Konzentriert hört sie Kitty Beavers-St. Clair zu, deren Haut (fast faltenlos, die Nähte vom Lifting unter dem Haaransatz versteckt) sich kaum bewegt, als sie ihrem Gast versichert, die Welt stehe ihm offen, wenn er nur wolle.

Kokett erwidert Suzie, obwohl ihr Herz vor Freude anschwillt: »Wahrscheinlich kriege ich den Job nicht. Die werden sagen, ich sei zu jung, zu unerfahren.«

»Quatsch! Wie *vorsichtig* du plötzlich geworden bist! Vor einem Jahr hättest du nicht so geredet.«

Suzie räuspert sich. »Vielleicht, aber ich hatte noch nie die Aufsicht über irgendwen. Und ich weiß nicht mehr, wie man mit Leuten umgeht. Von Geschäftsführung verstehe ich auch nichts.«

»Okay.« Kitty studiert die Speisekarte, die auf ihren Knien liegt. »Wenn du's mit aller Macht negativ sehen willst . . . Der Job hat nichts mit Geschäftsführung zu tun. Du müßtest nur die Auflage steigern, die Redaktion auf Vordermann bringen und die richtigen Typen engagieren. Hör mal, du kannst nicht bis in alle Ewigkeit in der Versenkung verschwinden.«

»Wer wäre denn sonst noch interessiert?« Suzie hat keinen Appetit mehr auf raffiniertes Essen. Sie wünscht, sie würde daheim sitzen, vor einem schlichten, tröstlichen Eintopf.

Die Gesellschaftskolumnistin Kitty Beavers-St. Clair wird diesen dezenten Lunch in eine hektische Fütterung gieriger Piranhas verwandeln, wenn sie auch nur den Hauch eines Skandals wittert. Sie schwenkt einen eleganten Arm durch die Luft, um die Aufmerksamkeit des Kellners zu erregen. Ihre Hand dreht sich wie die Nase eines Frettchens, die Finger scheinen zu schnüffeln. In diesem Restaurant ist sie bekannt, so wie in den meisten Lokalen an den Plätzen oder in den Hintergassen des Londoner West End. Niemals fällt es ihr schwer, ihre Kolumne mit Klatschgeschichten zu füllen. Robin, eine respektable Persönlichkeit mit kühlem Blick für die öffentliche Meinung, wahrt gesunde Distanz zu Kitty und ihresgleichen. »Das weißt du doch. Während deines selbstgewählten Winterschlafs hat sich nicht viel geändert. Daphne Frazer wird sich bewerben, weil sie sich um alles bewirbt, aber sie ist keine Journalistin, sondern eine Verkäuferin, wenn sie auch ein bißchen Ahnung von diesem verwaltungstechnischen Kram hat. Ihre schrille Stimme ist unerträglich, und sie kann sich längst nicht so gut ausdrücken wie du. Dann wäre da noch Bob Beevis, das wandelnde Mißgeschick. Doch der ist keine echte Konkurrenz. Angeblich erhebt sein altes Problem wieder das häßliche Haupt. Mal sehen . . . Amanda Bracewell könnte sich bewerben. Auch Fiona Hawkins dürfte in die engere Wahl kommen – aber ist die nicht schwanger? Man sollte meinen, in ihrem Alter hätte sie so was längst hinter sich. Die wollen sicher niemanden haben, der ständig wegläuft, um Kinder zu kriegen und großzuziehen. Ich glaube, der Vertrag wird auf fünf Jahre abgeschlossen.«

»Ich müßte erst mal Robin fragen.«

Kittys Augen, von lila Haut umgeben, verengen sich – ein herausforderndes Zwinkern zwischen gestrafften Lidern. Ihr Gesicht neigt sich über den Tisch und verströmt eine sanfte Knoblauchfahne. »Was hast du gesagt?«

Suzie saugt an der Zitronenscheibe, die am Rand ihres Glases steckt. »Natürlich muß ich Robin fragen.«

»Du solltest ihn darüber informieren, ja – aber fragen? Sagtest du *fragen*?«

»Nun, ich hab' mich wohl versprochen.« Die Zitrone schmeckt saurer als erwartet. Suzie zieht die kleine Stupsnase kraus. »Und wenn sie jemanden aus dem eigenen Lager befördern?«

»Ausgeschlossen. Gestern unterhielt ich mich mit Hilary. Sie wollen ein neues Gesicht haben, vorzugsweise hübsch, eine Fachkraft, die schreiben kann, und was am allerwichtigsten ist – sie soll durch und durch britisch sein. Als sie das erwähnte, erbot ich mich, mit dir zu reden.«

»Und was sagte sie?«

»Nicht viel. Aber mein Vorschlag schien ihr zu gefallen.«

»Wann muß ich mich melden?«

»Jetzt. Ruf sofort an.«

Draußen bildet sich eine kleine Menschenmenge. Irgendeine prominente Person verläßt das nahe Theater durch die Bühnentür.

»Weißt du, Kitty, ich komme mir ein bißchen albern vor, wenn ich dir das gestehe, aber ich fühlte mich geehrt, weil man noch an mich denkt. Während meiner Heimarbeit habe ich anscheinend den Kontakt mit dem Leben da draußen verloren.«

»Du meine Güte! Das ist ja ganz was Neues. Früher warst du nicht so bescheiden. Großer Gott, Suzie, ich muß dich doch nicht dran erinnern, daß dich sogar Experten anrufen, wenn sie eine bestimmte Bezeichnung oder detaillierte Informationen brauchen. Tja, Orchideen waren schon immer deine Leidenschaft . . .«

»Robin nennt sie ›schmuddelige Blumen‹.«

»Klar, weil er eifersüchtig ist. Du bist ja auch seine Frau.«

»O Kitty, du mißtraust allen Männern.«

»Mit gutem Grund. Aber du solltest das nicht so übertrieben sehen.«

»Ich brauche ein bißchen Zeit, um drüber nachzudenken.«

»Warum? Stell dir doch vor, wieviel du verdienen und was für ein aufregendes Leben du führen wirst!«

»Ein Fünfjahresvertrag – und ich müßte London verlassen.«

»Nur ganz kurze Flüge, nicht mal lange genug, um ein dünnes Buch zu lesen. Länger als eine Woche solltest du nicht zögern, Suzie. Das ist ein riesiger Konzern. Wenn du diese Zeitschrift aufmöbelst, die dem alten Knaben so am

Herzen liegt – wer weiß, wozu das noch führen wird? Sie war eine seiner ersten. Seine damalige Frau hat daran mitgearbeitet, und die kann er nicht vergessen. Das wäre ein phantastisches Sprungbrett für dich.«

Suzie lacht, und es tut gut – so gut, ein bißchen was von der inneren Anspannung abzuschütteln. »Also gut, wenn du meinst . . .«

»Ruf an, mehr brauche ich nicht, um den Stein ins Rollen zu bringen.«

»Man könnte glauben, da würde auch für dich was rausspringen.«

»Für mich kommt's nur drauf an, daß ich dein Talent kenne, das du derzeit brachliegen läßt.«

»Erzähl das mal Robin.«

»Sei mal ehrlich, Darling. Montag bis Freitag – würde er's überhaupt merken?« Spröde Hände, ein sprödes Gesicht, ein sprödes Lächeln.

Suzie schnauft verächtlich. »Er würde es merken, wenn die Zeitungen und Zeitschriften nicht säuberlich gestapelt daliegen. Und das leere Bett würde ihm vielleicht auch auffallen.« Ja, ganz bestimmt sogar. Sie ist sich ihrer Sache nicht mehr so sicher, aber er scheint sich verzweifelt nach einem Kind aus einer neuen Ehe zu sehnen, und wie kann sie jetzt einen Rückzieher machen, nachdem sie ihn anfangs so eifrig in seinen Wünschen bestärkt hat? Wie kann sie das – angesichts seiner verzehrenden, unerschütterlichen Leidenschaft?

Und jetzt das! Dieser schicksalhafte, unerwartete Lunch mit Kitty, ein Blitz aus heiterem Himmel. Vielleicht mischt sich das Schicksal tatsächlich ein (und es war Suzie immer gewogen), gerade noch rechtzeitig, um eine größere Katastrophe zu verhindern.

Will Suzie wirklich ein Kind bekommen? Entspringt dieser Wunsch einem echten mütterlichen Instinkt, oder will sie nur ihre Position stabilisieren? Gelangweilt, viel zu wenig gefordert, wandert sie durch ihre perfekte Wohnung, zupft die perfekten Vorhänge zurecht, rückt die perfekten Stiefmütterchenarrangements hin und her. Aber was würde sie ohne ein Baby machen? Wie sie herausgefunden hat, verstreicht die Zeit langsam, wenn man alles schnell und geschickt und mühelos erledigt, so wie sie. Manchmal liest sie, oder sie ruft Freundinnen an – die wenigen, die tagsüber daheim sind. Robin hält nichts von ihnen, und sie ertappt ihn oft, wenn er ihre Telefonate belauscht. Eigentlich verspürt sie gar nicht das Bedürfnis, aus dem Haus zu gehen. Sie lädt gern Gäste ein, und sie freut sich auf die Abende, wo Robin früher heimkommt.

Seit Weihnachten zieht sie Bilanz. Sie hat Zeit dafür und den nötigen Seelenfrieden. Neuerdings machen Robins Sprößlinge nicht mehr so viele Schwierigkeiten, weder ihm noch ihr. Die alten Gewohnheiten ändern sich. Aber die Initiative ging nicht vom ihm aus, sondern von den Kindern.

»Seid ihr auch wirklich okay, Vanessa?« fragte er, als sie das letztemal einen Sonntagsbesuch absagten. Und die Antwort schien ihn zu befriedigen. Sie wollten mit Freunden in den Zoo gehen.

»Solange er noch geöffnet ist«, erklärte Vanessa.

»Wir hätten sie in den Zoo einladen sollen«, bemerkte er später mißgelaunt.

»Um Himmels willen, so darfst du nicht denken! Sie kommen mit anderen Leuten zusammen, und das ist sicher viel besser für sie, als jedes Wochenende hier rumzuhängen, Szenen zu machen und sich aufzuregen. Wenn sie ihre eigenen Pläne schmieden, solltest du sie ermutigen.«

»Ich wünschte nur, ich wäre früher informiert worden. Dann hätte ich mir was anderes vorgenommen.«

Statt dessen hatten sie einen Tag für sich – störungsfrei. Suzie konnte ihre Freude nicht verbergen, beugte sich über die Lehne seines Stuhls und umfing seinen Kopf mit beiden Armen. »Du bist gekränkt«, spottete sie sanft. »Spiel kein Theater, das ist überflüssig. Nur ich bin hier. Gib doch zu, daß du beleidigt bist! Vor zwei Wochen warst du's auch, so wie immer, wenn sie anrufen und uns absagen.«

»Manchmal ärgerst du mich wirklich!« Abrupt beugte er seinen Oberkörper vor, um sich der Umarmung zu entziehen.

»Robin! Ach, du meine Güte!«

»Tut mir leid, Suzie. Vielleicht hast du recht.« Er griff nach der Sonntagsbeilage seiner Zeitung und ging davon. Die Entschuldigung erreichte weder seine Augen noch seine Lippen, denn sie lächelten nicht.

Die ganze Sache erschien ihr pervers und beunruhigte sie, denn je seltener sie von seinen Kindern belästigt wurde, desto geringer wurde ihr Wunsch, sie durch eigene zu ersetzen. Während Robins Sehnsucht nach einem Baby von seiner neuen Frau im gleichen Maß zu wachsen schien . . .

Sie eilte ihm nach. »Aber du *verlierst* sie doch nicht. Nur weil sie sich woanders amüsieren, mußt du dich nicht bedroht fühlen. Warum benimmst du dich so komisch?«

»Ich benehme mich überhaupt nicht komisch.«

»Doch.«

Er wollte von seinen Kindern gebraucht werden, darin lag das Problem, und Suzie fand das krankhaft. Sicher, es ist ein angenehmes Gefühl, gebraucht zu werden, aber verstand er denn nicht, wie schwer er ihnen das Leben dadurch machte, wie verwundbar sie werden könnten? Wie traumatisch wäre es für ihn gewesen, hätte sich Caroline wie eine Glucke verhalten und ihn völlig aus dem Familienleben ausgeschlossen, wozu viele Frauen in solchen Situationen neigen . . .

In gewisser Weise war ihr Versagen als Mutter ein Geschenk für ihn, denn es hatte ihm die Anbetung seiner Kinder gesichert und die – wie Suzie es betrachtete – erdrückenden Forderungen, die sie an ihn stellten.

Nun, dieser Unsinn hätte keine Bedeutung mehr, wenn sie schwanger würde. Ihr Kind würde mit vernünftigen, liebevollen Eltern zu einem unabhängigen, starken Menschen heranwachsen. So wie Suzie selbst.

War's schon an der Zeit für den Lunch? O Gott, sie konnte einen Drink vertragen.

Zehn Minuten später, als sie sich gerade beruhigt hatte, steckte Robin den Kopf zur Tür herein und schlug vor: »Da wir nichts anderes zu tun haben, sollten wir vielleicht Isobel besuchen.«

»Wenn du keine bessere Idee hast, verzieh dich lieber in dein Arbeitszimmer. Ich würde die nächsten Stunden sehr gern in meinem Gewächshaus verbringen.«

»Du bist geradezu besessen von diesem Schuppen.« Es war nur ein halber Scherz.

»Immerhin versorgt es mich mit Gesprächsstoff!« fauchte sie, ehe sie sich zurückzuhalten vermochte. Ihre Stimme zischte wie eine wütende Biene. »Ich meine, ich kann das Thema wechseln, wenn ich in der Gesellschaft deiner langweiligen, überheblichen Freunde festsitze.« Sofort verflog ihr Zorn, als sie sein erschrockenes Gesicht sah. Das hatte sie nicht sagen wollen. Sie fand seine Freunde sehr nett, aber neuerdings fühlte sie sich immer so unzulänglich, wenn sie nach einem Besuch gegangen waren, so lächerlich und dumm. Gar nicht wie Suzie. »Fahr zu deiner Mutter«, seufzte sie bekümmert, denn sie hätte es nicht ertragen, wieder einmal auf dem Präsentierteller auszuharren. »Ich bleibe lieber hier.«

Er machte sich nicht die Mühe, mit ihr zu streiten. Sie stritten überhaupt nur selten. Robin pflegte ihr zuzuhören und dann zu flüchten – in die Kirche, zur Arbeit, zu einem Buch, in die Gleichgültigkeit. Aber hin und wieder gelang es Suzie, ihren Standpunkt klarzustellen.

In Gegenwart seiner Mutter schrumpfte Robin zu einem kleinen Jungen zusammen, und seine Ehefrauen, die er ihr ins Haus brachte, galten nur als unbedeutende Freundinnen. Manchmal fragte sich Suzie, ob seine Ambitionen, sein stetiges Streben nach Erfolg und sogar seine Kinder im Grunde Opfergaben waren, die er vor jenem öden Schrein seines Elternhauses darbrachte. Merkte er trotz all seiner Intelligenz denn nicht, daß diese fanatische Frau nie zufrieden sein würde, was immer er auch leisten mochte?

Darüber diskutierten sie oft stundenlang, Robin deprimiert und wortkarg, Suzie mit schriller Stimme. »Nie wird sie dich loslassen. Begreifst du das nicht? Warum wehrst du dich nicht? Warum erlaubst du ihr, eine so große Rolle in deinem Leben zu spielen? Das alles hängt offensichtlich mit deiner Religion und Schuldgefühlen zusammen. Ein Wunder, daß du während deiner Kindheit die Frauen nicht hassen gelernt hast – alle Frauen – und sie rachsüchtig zu vernichten suchst! Ja, in der Tat, das überrascht mich. Eigentlich müßtest du ein kranker Schlägertyp sein, der die Frauen mißbraucht. Statt dessen gestattest du Isobel nach wie vor, dich zu beherrschen, als wärst du immer noch ein kleiner Junge. Sie kann dir niemals Liebe gezeigt haben ... Warum antwortest du nicht? Warum willst du nicht drüber reden? Warum weigerst du dich, den Tatsachen ins Auge zu blicken? Wenn du anderer Meinung bist – warum sagst du's nicht?«

Doch es war sinnlos. Was immer Robin mit seiner Mutter verband, hatte so tiefe Wurzeln, daß Suzies Argumente, mochten sie noch so logisch klingen, keinen Erfolg hatten.

»Ich hole dir einen Drink«, erbot er sich, und das war in diesem Augenblick goldrichtig, denn sie brauchte einen kräftigen Schluck, um sich zu beruhigen. Verdammt, zitterte ihre Hand wirklich und wahrhaftig? Nein, sicher nicht.

»Alles in Ordnung, Suzie? Du bist mit deinen Gedanken ganz woanders. Es klappt doch zwischen dir und Robin? Oder gab's da einen albernen Streit? Trink noch was.«

Hastig reißt sich Suzie zusammen und versucht, aufrichtig in Kitty Beavers-St. Clairs Fischaugen zu schauen. Dieses Lästermaul, diese Klatschtante braucht nur eine vage Ahnung, um der Welt Skandale zu verkaufen.

Hat sie mit ihrer spitzen kleinen Nase und den stechenden Augen gewittert, daß da was nicht stimmt? Hat sie mich deshalb eingeladen? überlegt Suzie. Benutzt sie den Job nur als Vorwand, um in meiner Ehe herumzuschnüffeln? Aber es *ist* ja alles in Ordnung. Sie braucht sich nicht zu verteidigen, und der Zustand von Robins Ehe spielt kaum eine Rolle. Irgendwelche kleine Tratschgeschichten können seiner Karriere nichts anhaben. Da er seine Freunde in höchsten Kreisen so sorgsam kultiviert, müßten es schon sexuelle Perversionen, grausame Mißhandlungen und Betrügereien sein . . . Und er trägt eine strahlend weiße Weste. Für Leute wie Kitty ist er eine bittere Enttäuschung.

Was die Öffentlichkeit betraf, war Carolines Verhalten das Schlimmste, was ihm je passierte, und damals stellten sich die Gesellschaftskolumnisten geschlossen auf seine Seite. Zweifellos hatte die Frau den Verstand verloren. Niemand mochte die ständig betrunkene, wütende Mrs. Townsend, die so peinliche Szenen heraufbeschwor.

Suzies Stimme klingt sanft und überzeugend. »Wir sind beide sehr glücklich, Kitty, und es ist an der Zeit, daß Robin ein bißchen Frieden findet.«

»Ja, er hat wirklich viel durchgemacht.« Was für ein honigsüßes Lächeln . . .

»Jetzt ist alles überstanden.«

»Hörst du noch was von ihr? Belästigt sie dich? Ich weiß, eine Zeitlang war es einfach grauenhaft.«

»Nein, sie rührt sich nicht mehr. Aber natürlich sieht Robin die Kinder regelmäßig.«

»Ach ja, ich erinnere mich . . . Sie wohnen bei ihr, nicht wahr? Damals dachten wir alle, Robin würde sie zu sich nehmen, weil er ja so ein verantwortungsbewußter Mensch ist. Und du, Suzie? Noch nicht bereit für die Mutterschaft, nehme ich an? Ich kann mir auch gar nicht vorstellen, daß du jemals Kinder auf den Knien schaukeln wirst.«

Oh? Unwillkürlich fühlt sich Suzie gekränkt. »Wir haben noch nicht ernsthaft darüber gesprochen.«

»Das würde dich also nicht daran hindern, den Job anzutreten?«

»Gewiß nicht.« Suzie lehnt sich zurück, nippt an ihrem Wein, und die Hoffnung in ihrem Herzen prickelt wie Brausepulver. »Je länger ich über diese tolle Chance nachdenke, desto klarer wird mir, daß ich sie nutzen sollte.«

Kitty lächelt. »Wundervoll! Sicher wird Robin sich mit dir freuen, wenn er sich erst mal an den Gedanken gewöhnt hat. Ich meine – wer will schon mit einem dummen Hausmütterchen zusammenleben.«

Dummes Hausmütterchen? Redet man hinter meinem Rücken so über mich? fragt sich Suzie. »Du hättest dich meinetwegen nicht so bemühen müssen, Kitty. Aber ich bin dir natürlich dankbar.«

Silberhelles Lachen beschlägt Kittys Glas, und ihre Zungenspitze taucht wie eine Cocktailkirsche in den Wein. »Noch hast du den Job nicht, Darling. Und es ist immer schön, dich zu sehen. Übrigens, so groß war die Mühe gar nicht. Solche Informationen fallen mir sozusagen in den Schoß.«

»Nein, nein, laß mich bezahlen. Du mußt bald mal zum Dinner zu uns kommen. Ich werde ein paar amüsante Leute einladen. Und bring Aiden mit.« Das wird schwierig sein. Robin mag weder Kitty noch ihren Liebhaber.

»Oh, das wäre nett. Danke, Suzie. Ich habe den armen, lieben Robin schon seit einer Ewigkeit nicht mehr gesehen.«

27

Zeit für Mutter – Weihnachtszeit – Frühlingszeit – Osterzeit, wo gelbe Narzisseninseln im Unterholz leuchten, wo sich ein wolkenloser Somerset-Himmel über einer atemlosen, sonnigen Landschaft wölbt . . . Ob die irisierenden Libellen immer noch über den kristallklaren Fluß schweben?

Ein solcher Tag erfüllt auch die traurigste Seele mit Lebensfreude. In London blüht goldgelber Liguster, schwer hängen die Fliederdolden an den Zweigen. Der Kirschbaum in Suzie Townsends Garten ist weiß-rosa bestäubt, und als sie an diesem Morgen die Stadt verläßt, hängen süße Frühlingsdüfte in der Luft.

Sie geht durch die Gartentür, die protestierend knarrt – weil sie so lange vernachlässigt wurde? Langsam wandert Suzie weiter – nicht, weil sie einen zu schweren Koffer tragen müßte. Seit der ersten Begegnung mit Robin war sie nicht mehr für ein verlängertes Wochenende hier. Und nun hatte sie zum erstenmal nach jemand anderem Sehnsucht. Instinktiv bleibt sie stehen – eine Gewohnheit aus der Kinderzeit, halb vergessen –, streicht ihr Haar glatt und wischt über den Rock, als hätte sie gerade im Garten gespielt. Als würde die Mutter sie nach oben schicken, damit sie sich frisch macht.

Dann folgt sie dem Gartenweg und öffnet die Haustür. In der Halle kommt sie an den Garderobenhaken vorbei, wo die vertrauten verbogenen Tennisschläger und alten Strohhüte hängen. Eileen spült in der Küche ihr Frühstücksgeschirr. Sie hat immer noch ihren Morgenmantel an. Warum stört das die arme Suzie? Vielleicht, weil dieses bequeme, abgetragene Ding nicht allzu sauber aussieht. Schnurrend rekelt sich eine orangerot gestreifte Katze auf dem Abtropfbrett, das steril sein müßte. Auf dem fraglos sauberen Küchenboden stehen blaue und weiße Schüsseln voll gelblicher Milch, mit Häuten überzogen. Aber das Fenster steht offen, warmer Aprilduft weht aus dem Garten herein, ein ungestümer Geruch, der die Sinne erfrischt und anregt.

Zwei Monate sind verstrichen, seit sie Robert die grandiose, langersehnte Neuigkeit mitgeteilt hat. Nach all den leidenschaftlichen Bemühungen ist sie endlich schwanger. Das paßt natürlich gut zu Ostern und verspielten Dingen wie flauschigen weißen Häschen und Lämmchen und bunten Schleifen und Eiern.

Eileen dreht sich an der Spüle um und mustert ihre Tochter. »Darling! Wie blaß du bist! Ich dachte, du würdest wie das blühende Leben aussehen ...« Plötzlich scheint sie zu merken, daß ihr die Gluckenrolle nicht mehr zusteht. Sie zieht ihre roten Gummihandschuhe aus. »Also, was ist los?«

»Nichts, Mummy. Ich will mich nur mal ausruhen.«

»Warum auch nicht? Kein Wunder, wo du doch so hart arbeitest.«

Sie setzen sich und reden bei einer Kanne Tee. Suzie lehnt sich in ihrem Sessel zurück, in das vertraute Haus, und erzählt Eileen alles über ihre prestigeträchtige neue Stellung. Herausgeberin der Fachzeitschrift *The Garden*, mit einer Millionenleserschaft in Europa und den USA ... Nie hätte sie geglaubt, man würde ihr diesen Job tatsächlich anbieten. Sie erörtern, wie sie ihn bekommen hat, was nun geschehen wird, wie sich alle Freunde mit ihr freuen. »Ich muß hauptsächlich in Brüssel arbeiten. Da ist die Chefredaktion.«

»Soll ich dir was zu essen machen?« fragt Eileen.

»Nein, ich will mich nur entspannen und mit dir reden. Die Fahrt war gräßlich. Dieser dichte Verkehr . . .« Suzies Blick wandert zum offenen Fenster, in den verwilderten Garten ihres Kinderglücks. Das Haus steht zum Verkauf, und sie hofft, es würden sich keine Interessenten finden.

»Und Robin?« erkundigt sich Eileen vorsichtig. »Was macht er an diesem Wochenende?«

»Oh, es geht ihm gut. Er arbeitet.« Suzie streicht mit einer kleinen, wohlgeformten Hand über ihren Rock.

»Und Caroline? Die Kinder?«

»Seltsamerweise ist Caroline okay. Der letzte Aufenthalt in Broadlands muß ihr gut bekommen sein. Sie hat einen neuen Job, in einer Kunstgalerie – irgendwo in Knigthsbridge. Niemand weiß genau, wo. Robin möchte ihr nicht nachspionieren. Er ist so erleichtert, weil sie endlich wieder Fuß gefaßt hat und er sich keine Sorgen mehr machen muß. Bei dieser Stellung wird sie hart rangenommen. Sie geht schon am frühen Morgen aus dem Haus, und manchmal bleibt sie bis spätabends weg. Mrs. Guerney sagt, sie habe sie monatelang nicht gesehen, aber alles sei okay, auch mit den Kindern.«

Suzie muß weiterreden, um die Tränen zurückzuhalten, die ihr in der Kehle brennen. Worin liegt das Geheimnis ihrer Mutter? Sie stand Daddy immer so nahe.

»Jetzt besuchen uns die Kinder nicht mehr so oft, aber inzwischen scheinen sie mich zu akzeptieren. Natürlich ist Ilse die ganze Zeit bei ihnen, ein sehr verläßliches Mädchen. Und soviel wir wissen, gibt es keine neuen Männer in Carolines Leben. So unglaublich es auch klingt: Offenbar hat sie endlich ihren Frieden gefunden.«

»Und wie hat sie's aufgenommen, daß du ein Baby erwartest?«

»Oh, sie war richtig süß und schickte uns eine Glückwunschkarte.«

»Welch ein Sinneswandel . . .«

»Ja, wundervoll, nicht wahr?« Aber Suzie antwortet automatisch, hört selber kaum, was sie sagt. In diesen Tagen arbeitet ihr Gehirn ständig auf Hochtouren, kreist unablässig um die Frage, die sich gar nicht stellen dürfte – eine häßliche Frage, mit der sie nie gerechnet hätte. Nicht in der Ehe mit Robin. Nicht in diesem Zeitalter.

Ihre Schwangerschaft versetzte ihn in einen Glückstaumel, und sie nahm lachend seine übertriebene Fürsorge hin. Sie kam sich wie etwas ganz Besonderes vor, als er den gemeinsamen Skiurlaub abblies. »Die ersten drei Monate sind am gefährlichsten, Suzie, und deine Skikünste nicht gerade olympiareif.« Sie hätte das kalte, triste dunkelgraue London zwar gern für eine Weile verlassen, aber sie zündete bereitwillig ihr Gasfeuer an, saß daneben, von Kissen gestützt, fühlte sich umhegt und verhätschelt.

Wenn sie ihren Job erwähnte, runzelte Robin etwas ungehalten die Stirn. Inzwischen hatte sie ihre Bewerbung abgeschickt und mit mehreren nützlichen Kontaktpersonen zu Mittag gegessen. Als sie zu ihrem ersten Einstellungsgespräch aufbrach, fuhr er sie zum Flughafen und schwirrte wie eine Glucke um sie herum. »Ich weiß nicht, ob du in deinem Zustand fliegen solltest.«

Gereizt riß sie ihre Reisetasche aus seiner hilfreichen Hand und fauchte: »Um Himmels willen, sei nicht so dumm! Was gerade mit mir passiert, ist völlig normal. Gerade du müßtest das wissen. Immerhin bist du fünffacher Vater.«

Als sie in der Cafeteria saßen und warteten, bis die Passagiere aufgerufen wurden, nippte Suzie an einem Tomatensaft. Das erste, was Robin ihr zu Beginn der Schwangerschaft verboten hatte, waren alkoholische Getränke gewesen. Und sie ging darauf ein, weil ihr seine zärtliche Besorgnis schmeichelte. »Wahrscheinlich reagiere ich nur auf Carolines unverantwortliches Verhalten«, entschuldigte er sich. »Tut mir leid. Du mußt dich eben damit abfinden.«

»Carolines Babys waren immer okay.«

»Ja, aber nur, weil ich mich um alle gekümmert habe.« Sie beobachtete, wie der Eiswürfel in ihrem Glas aus der körnigen roten Flüssigkeit aufstieg, und Robin fügte hinzu: »In dieser kranken Welt läßt man sich leicht hinreißen, stellt Geld und Erfolg über alles andere. Aber wirklich wichtig ist nur das, was jetzt in deinem Bauch geschieht.«

Sie lacht. »Schrecklich! Jetzt redest du genau wie Isobel.«

Ernsthaft schaute er sie an. Die *Times* ragte aus einer Tasche seines Jacketts. Er saß in einem roten Plastiksessel, die Beine übereinandergeschlagen, eine Hand lässig um seinen Drink gelegt, als würde er etwas so Banales erörtern wie die Errungenschaften der Fast-Food-Industrie . . .

»Mummy, bis vor kurzem wußte ich nicht, wie autoritär Robin sich in Carolines Leben einmischte, als sie zum erstenmal schwanger war. Er ging schnurstracks zum Regisseur des Fernsehspiels, in dem sie mitwirken sollte, und veranlaßte ihn, ihr die Rolle wegzunehmen.«

Ihr Nacken fühlt sich steif an. Sie steht auf und öffnet die Tür, steht auf der Schwelle und holt tief Atem, starrt in den ungepflegten Garten. Nun klingt ihre Stimme sanfter, vermischt mit Vogelgezwitscher und dem leise rauschenden Wind. »Kannst du dir das vorstellen? Caroline hatte keine Ahnung. Hinter ihrem Rücken lief er zu diesem Regisseur, den er gut kannte, erzählte ihm von ihrer

Schwangerschaft und behauptete, die Dreharbeiten würden sie zu sehr anstrengen. Und dabei hatte sie's endlich geschafft und diese phantastische Rolle gekriegt, Mummy! Sogar Robin gibt zu, daß sie eine brillante Schauspielerin war. Sie stand kurz vor ihrem großen Durchbruch, wäre ein Star geworden – und er mußte ihr alles verderben. Das erfuhr ich erst vor ein paar Tagen. Er erzählte mir die ganze Geschichte und tat so, als hätte er sich völlig richtig verhalten, als könnte er sogar stolz darauf sein. Zuerst wußte ich nicht, was ich sagen sollte, dann fragte ich: ›Warum, Robin?‹ Er schien zu glauben, die Antwort wäre offensichtlich. Bei den Aufnahmen für das Fernsehspiel wären Caroline und das Baby gefährdet worden, denn sie hätte zu verschiedenen Drehorten reisen und in Hotels übernachten und tagsüber viele Stunden lang arbeiten müssen. Genauso würde auch seine gräßliche Mutter reden. Ich wußte gar nicht, wie stark ihn dieser ganze frömmlerische Unsinn beeinflußt. Seither kam kein vernünftiges Gespräch mehr zustande. Ich versuchte, mit ihm über unsere Arrangements zu diskutieren – für die Zeit nach der Geburt. Wegen meines Jobs werde ich oft nur am Wochenende daheim sein. Deshalb habe ich beschlossen, für die restlichen Tage ein Kindermädchen einzustellen.«

Suzie streckt ihre Arme dem Garten entgegen, eine verzweifelte Geste. Das hohe Gras müßte gemäht werden, bevor es völlig außer Kontrolle gerät. Verschlungene Zaunwinden hängen an den Hecken, Hundsrosen und Gestrüpp wuchern in den Blumenbeeten, die Daddy so sorgsam gepflegt hat. Und in der kleinen Senke, Suzies ehemaligem Lieblingsspielplatz, stehen vernachlässigte Weiden mit viel zu langen, dünnen Ästen.

Ihre Mutter ist dick und unscheinbar, das Haar zerzaust. Der schlampige Knoten, zur Seite gerutscht, droht sich aufzulösen. Unter dem Morgenmantel trägt sie keinen Slip, o Gott, nur ihre Gummistiefel.

»Suzie, das wäre wirklich nicht ideal.« Das Unbehagen in der Atmosphäre wächst.

»Das weiß ich, Mummy, aber eine solche Chance bekomme ich wahrscheinlich nie wieder.«

»Könntest du das Kind nicht nach Brüssel mitnehmen? Nur solange es klein ist? Das arme Dinge würde dich sonst kaum kennen.«

»Unter der Woche wäre mein Berufsleben viel zu hektisch. Tagsüber muß ich arbeiten, abends mit Leuten ausgehen. Schau mich nicht so an, Mummy! Das ist ein sehr anspruchsvoller Job, und wenn ich unter Erfolgszwang stehe, will ich mich nicht auch noch mit einem Baby und einem Kindermädchen belasten.« Suzie starrt auf ihre Hände hinab. »Und ich dachte, du würdest mir den Rücken stärken«, fügt sie leise hinzu.

Bedrückt senkte Eileen den Kopf. Sie will keinen Streit, sie bemüht sich, Verständnis zu zeigen, aber das gelingt ihr nicht. »Du traust dir zu wenig zu, Suzie. Ein Baby ist kein unkontrollierbares Monstrum.«

»Ich weiß, Mummy. Ständig denke ich drüber nach, und ich fühle mich schuldig und selbstsüchtig . . .«

Eileens Reaktion verrät deutlich ihre innere Überzeugung. Sie schaut ihrer Tochter unverwandt in die Augen und versucht, ihren Arm zu berühren. »Du hättest besser auf das Baby verzichtet!«

Suzie beobachtet die Hand ihrer Mutter und kommt ihr nicht entgegen. Sie braucht eine Ermutigung, keine teilnahmsvollen, aber sinnlosen Kommentare. »Wie sollte ich denn wissen, daß ich den Job kriege – und daß Robin sich so aufführen würde?«

»Nun, du mußtest dich nicht um den Job bewerben und ihn auch nicht annehmen.«

»Du meinst, ich hätte so weitermachen sollen wie bisher?«

»Wieso nicht, um alles in der Welt? Du warst doch glücklich. Zumindest hatte ich diesen Eindruck.«

Plötzlich wünscht sich Suzie, sie wäre nicht schwanger. Warum hat sie sich so inständig nach einem Baby gesehnt? Weil sie von Robins Liebe zu seinen Kindern beeinflußt wurde und – ja – weil sie eifersüchtig war. Sie litt mit ihm, wenn er geistesabwesend in düsterem Schweigen versank, brachte Verständnis für ihn auf und glaubte, sie müßte selbst Mutter werden, um alle Probleme lösen zu können. Und sie ist ja auch eine normale Frau, nicht wahr? Jede Frau will ein Kind bekommen. Verdammt, Caroline hat sogar fünf! »Mir war langweilig, verdammt noch mal! Tag für Tag tue ich das gleiche. Und du redest genauso wie Robin. Das wollte ich nicht von dir hören. Hätte ich das gewußt, wäre ich nicht hergekommen. Das war ein Fehler.«

»Was sagt Robin?«

»Er schmollt, und zwar höchst effektvoll. Es ist schwierig, mit ihm über irgendwas Wichtiges zu sprechen. Oft fangen wir ganz vernünftig zu diskutieren an, und plötzlich schreie ich – was ich nie in meinem Leben getan habe, verdammt noch mal! Er entzieht sich allen Schwierigkeiten, aber nicht so, wie damals Daddy. Nein, er baut eine Barriere zwischen uns, und dann habe ich das seltsame Gefühl, daß er mich weder sieht noch hört. Er setzt sein trauriges Lächeln auf, und wenn er mich so anlächelt, glaube ich immer, ich müßte wahnsinnig werden. Und in letzter Zeit kommt er noch viel später von der Arbeit nach Hause als früher.«

»O Suzie, es tut mir leid. Aber du wolltest meine Meinung hören, und die habe ich dir offen und ehrlich gesagt. Zu unserer Zeit gab es diese Probleme nicht, und ich glaube, da konnten wir von Glück reden.«

Ärgerliche Skepsis schwingt in Suzies Stimme mit. »Du findest also, ich soll mich nach Robins Wünschen richten und den Job ablehnen – nachdem ich mich so darum bemüht habe? Ich soll mir diese große Chance entgehen lassen und mein restliches Leben lang dasitzen und warten, daß sich irgendwann was Neues ergeben wird?«

»Ich erteile dir keine Ratschläge. So anmaßend bin ich nicht. Du mußt deine Entscheidung selber treffen. Du bist nicht von Robin abhängig – vermutlich könntest du ihn ignorieren, den Job annehmen, ein Kindermädchen engagieren und genau das tun, was du willst.«

Schuldbewußt, verzweifelt und leidenschaftlich sprudelt Suzie all die Argumente hervor, die sie sich wochenlang zurechtgelegt hat. Aber wann immer sie innehält, um ihre Mutter zu mustern, trägt Eileen dieselbe Miene zur Schau – unbeirrbar, die Frau, die alles besser weiß. »So einfach ist das nicht. Robin beharrt sehr energisch auf seinem Standpunkt, aber warum kann *er* das Baby unter der Woche nicht betreuen? Warum läßt er mich nicht gehen? Er weiß, wie sehr ich mich auf den Job freue. Warum können wir kein Kindermädchen in der Wohnung einquartieren? Und er versteht doch so viel von Babys. Oh, Mummy, ich finde es einfach idiotisch, daß das Baby nicht bei ihm bleiben soll, und ich komme an den Wochenenden nach Hause, entspannt und zufrieden. Dann könnte ich dem Kind meine ganze Liebe schenken. Ich verstehe nicht, warum es immer die Mutter sein muß, die auf ihr Eigenleben verzichtet.«

Eileen rückt ein schmutziges Kissen in ihrem knarrenden Sessel zurecht und seufzt unglücklich. »Es muß nicht die Mutter sein, Suzie. Aber es steht nun mal fest, daß die meisten Mütter bei ihren Babys bleiben wollen.«

»Vielen Dank, Mummy, nun hast du dich klar und deutlich ausgedrückt. Ich brauche deine Unterstützung, und statt dessen erklärst du mir, ich sei anormal und unweiblich. Vielleicht hätte ich als Mann auf die Welt kommen sollen!« Suzie vertraut ihrer Mutter nicht an, daß Robin seit Beginn ihrer Schwangerschaft kein Interesse am Sex zeigt.

»O Gott, wie grauenvoll!« stöhnt Eileen. »Eine Frau sollte doch glücklich sein, wenn sie ein Baby erwartet. Ich dachte, wir würden miteinander Ostereier bemalen, so wie früher . . .«

Aber Suzie möchte nur allein im Garten sitzen, solange er noch ihr gehört, solange sie noch Zeit dazu hat.

28

Endlich ist Lots Engelsgeduld belohnt worden! Er hat sie gesehen! Caroline Townsend! Zum erstenmal! Eine winzig kleine Person . . . Es war nicht geplant, sondern reiner Zufall, und er stand nur deshalb früher auf seinem Beobachtungsposten, weil er seinen Wecker falsch gestellt hatte.

Fast jeden Tag kommt er hierher. In der Werkstatt sind sie gar nicht zufrieden mit ihm, weil er neuerdings so wenig Schachteln faltet, und sie sagen, bald würde er seinen Rekord an einen Kollegen verlieren und dessen Name dann ganz oben auf der Liste prangen. Aber sie wissen, daß er mit anderen Dingen beschäftigt ist, und so macht es ihnen nicht allzuviel aus.

Oh, schon vor Wochen sprach er mit ihr, als er durch seine clevere detektivische Arbeit herausfand, daß sie gar nicht in Broadlands war. Er besorgte sich die Adresse, fuhr in einem ungemütlichen, ungeheizten Bus hin, suchte und fand das Haus, betrat die grandiose Empfangshalle und fragte ohne Umschweife nach Caroline. Die Reise an sich war schon ein zu großes Unternehmen, so daß er auf halbem Weg nach Sussex fast vergessen hatte, was er überhaupt hier wollte.

»Mrs. Townsend ist im Augenblick nicht bei uns, tut mir leid, Sir.«

»Aber sie muß da sein«, widersprach Lot. »Sicher irren Sie sich. Schauen Sie noch mal nach. Oder lassen Sie mich auf Ihre Liste schauen.«

Die wachsame Frau im weißen Kittel sah ihn hochmütig und verächtlich an, als hätte er einen seiner ganz schlimmen Wahnsinnsanfälle erlitten. Sie hatte kleine Ohren und sah Mr. Spock ähnlich. »Tut mir wirklich leid, Mr . . .?«

»Dance.«

»Nun, Mr. Dance, wenn Mrs. Townsend hier wäre, wüßte ich es. Dazu brauche ich meine Unterlagen nicht zu konsultieren, und meine Liste ist viel zu vertraulich, um fremden Leuten ausgehändigt zu werden. Wir kennen alle unsere Klienten persönlich, und wir beherbergen nie mehr als zwanzig. Dies ist kein Hotel, müssen Sie wissen.«

Lot fingerte in seiner Picknicktüte herum und zog eine Käsescheibe aus einem halbgegessenen Brötchen. Das würde ihm auf der Heimfahrt sicher schmecken. »Aber ich bin eigens aus London hergekommen, mit dem Bus.« Ein paar Leute starrten ihn an, aber daran war er gewöhnt. Einige, die ihn nicht kannten, behandelten ihn manchmal sogar ehrfürchtig, weil sie von seiner ungewöhnlichen, dramatischen Schönheit fasziniert wurden, von den durchdringenden Augen, den ebenmäßigen Zügen.

»Darf ich fragen, warum Sie sich für Mrs. Townsend interessieren? Sind Sie vielleicht ein Verwandter?«

»Durch eine Eheschließung bin ich mit einem ihrer Freunde verwandt.«

Während die mißtrauische Empfangsdame über Lots eigenartige Begründung für seine Forderung nachdachte, beobachtete er ihre Stirn, die sich wie eine frisch genähte Operationswunde kräuselte. »Leider wurden Sie falsch informiert, Mr. Dance, ich kann Ihnen nicht helfen.«

»Ich gehe nicht, bevor ich mit dem Boß gesprochen habe.« Lot postierte sich neben einer Topfpalme, er war es gewöhnt, einfach nur dazustehen und zu schauen. Die Finte der Frau – ihn nicht mehr zu beachten und ihn einfach warten zu lassen, bis er genervt verschwinden würde – funktionierte nicht. Schließlich rief sie den Anstaltsleiter in die Halle herunter, und nun blieb Lot nichts anderes mehr übrig, als die Tatsachen zu akzeptieren. Nein, schwor der Mann, die Hand auf seine Brust gepreßt, Caroline Townsend sei nicht in Broadlands. Verdammt.

Vielleicht hatte sie Wind von ihm bekommen und wußte, daß er hinter ihr her war. Und deshalb versteckte sie sich irgendwo. Während der ganzen Rückfahrt kochte er vor Wut. In London angekommen, ging er schnurstracks zu Bart. Bedrückt las er das Schild, das an dem vertrauten Haus hing: »Zu verkaufen«. Sein Bruder hatte andere, wichtigere Dinge im Kopf, als sich Lots langwierigen, umständlichen Bericht anzuhören. Er schien kein Interesse daran zu haben, noch einmal Kontakt mit Caroline aufzunehmen. Die Bank zerrte ihn vor Gericht, Ruby wollte immer noch nicht mit ihm sprechen. Er war zu ihr gefahren, aber ihre Mutter hatte sich geweigert, ihm die Tür zu öffnen. »Nicht einmal die Kinder darf ich sehen!« jammerte er. »O Gott, o Gott!«

Auch Lot vermißt die Kinder – und Ruby. Er erinnert sich nicht einmal mehr, wie sie aussieht, und es ist qualvoll, im Gedächtnis zu suchen. Wenn er versucht, an sie zu denken, verflüssigen sich die Schatten in seinem Gehirn. Sein Kopf verwandelt sich in eine dunkle, überflutete Höhle, wo Wellen hinaus- und hereinströmen. Und wenn es ihm gelingt, Rubys Bild festzuhalten, dann nur für eine leidvolle Sekunde, und peng – schon ist sie wieder verschwunden. Er sieht ihren Scheitel und ihre Hüte, aber nicht ihr Gesicht. Natürlich konnte aus seiner Liebe, von Anfang an hoffnungslos und unschuldig, nie etwas werden. Aber bis jetzt war Ruby immer da, sehr nahe und sehr fern, bei ihm und doch außerhalb seiner Reichweite, und er dachte, dieser wunderbare Zustand würde ewig währen. Denkt sie überhaupt an ihn? Er hat ihr nie etwas zuleide getan.

Er weiß, daß sie böse auf Bart ist, und das versteht er bis zu einem gewissen Grad. Aber nun ist sie weit genug gegangen und sehr dumm, wenn sie Bart immer noch ärgert. Gerade jetzt braucht er seine Frau, ihre Liebe und Unterstützung. Es widerstrebt Lot, die Liebe seines Lebens zu kritisieren – Ruby mit ihrem süßen, freundlichen, reinen Wesen. Aber obwohl er sich schrecklich illoyal vorkommt, läßt seine Bewunderung ein wenig nach, und er muß seine Gefühle kräftig schüren, um sie zu erhalten. Er braucht jemanden, den er lieben kann. In seinem Inneren bewahrt er eine ungeheure Schönheit, und die muß er auf jemanden projizieren, sonst wird er sie vielleicht nie wiederfinden.

»Sie ist nicht nach Broadlands gefahren«, beharrte er. Aber Bart schaute ihn verständnislos an, als hätte er vergessen, wovon Lot redete. »Warum sagte Caroline, sie würde eine Zeitlang in Broadlands bleiben, wenn sie gar nicht da ist?«

»Das hat sie nie gesagt«, erwiderte Bart geistesabwesend. Er hat nun wirklich andere Sorgen. »Eins ihrer Kinder hat mir das erzählt. Laß mich jetzt damit in Ruhe, Lot, ja? Was zum Teufel interessiert es mich, wo Caroline steckt!« Seine Stimme klang düster und seltsam fremd.

Und Lot verließ das trostlose kleine Haus, die Schultern unter der Last von Barts Verzweiflung gebeugt. Aber so entschlossen wie eh und je. Und auf dem Heimweg zerriß irgend etwas in ihm. An einer Mauer stand eine leere Bierflasche, und er packte sie am Hals und schleuderte sie von sich. Er wartete nicht ab, um zu sehen, was geschah, hörte nur den Krach, als das Glas gegen einen Stein prallte, und rannte in die Anstalt. Er warf sich aufs Bett und ließ seinen ganzen Kummer am Kissen aus. Ein paar Tage später wählte er wieder Carolines Telefonnummer. Der Anrufbeantworter teilte ihm mit, sie sei verreist. Er hinterließ keine Nachricht, brauchte Zeit, um nachzudenken. Warum wurde ständig behauptet, sie sei nicht da? Wo war sie?

Er probierte verschiedene Taktiken aus, läutete an der Haustür, gab sich als Kraftfahrzeugmechaniker aus und bat um ein persönliches Gespräch mit Caroline. Da antwortete man, Mrs. Townsend besitze kein Auto – und was bilde er sich eigentlich ein? Er fand heraus, daß sich vormittags immer dieselbe mürrische Stimme am Telefon meldete. Nachmittags ging eine Ausländerin an den Apparat – nicht ganz richtig im Kopf, dachte Lot und tippte an seine Stirn. Immerhin glaubte ihm das Mädchen, als er behauptete, er habe eine persönliche Nachricht für die Hausherrin. Die Lispelstimme erklärte ihm, Mrs. Townsend würde am Wochenende nach Hause kommen. Aha.

»Wo ist sie?« fragte Lot mit verstellter Stimme.

»In Broadlands«, entgegnete das Mädchen.

Wenn er abends anrief, meldete sich eins der Kinder. Mittlerweile konnte er sie alle auseinanderhalten. Sie sagten, Caroline sei wieder da, aber es änderte sich nichts. Sie blieb unerreichbar.

Nun beobachtet er das Haus schon seit einiger Zeit. Er weiß, wann die Kinder zur Schule gehen, wann die ältere Frau eintrifft – etwa Viertel vor neun. Das junge Mädchen, das wie Marilyn Monroe aussieht, ist offenbar eine Gammlerin. Man weiß nie, wann sie da ist und wann nicht. Jeden Abend scheint sie auszugehen. Dann sind die Kinder meistens allein im Haus, und sie kommt erst in den frühen Morgenstunden zurück. Das alles registriert Lot aus einem sicheren Versteck heraus.

Caroline Townsend läßt sich immer noch nicht blicken. Neuerdings erfährt er am Telefon, sie würde arbeiten.

»Aber ich muß sie unbedingt sprechen«, beharrte Lot, als er letztesmal anrief, an einem Abend.

»Im Augenblick ist sie schrecklich beschäftigt, und ich weiß nicht, wann sie zu Hause sein wird«, entgegnete das Kind. »Vielleicht kommt sie auch nicht sofort nach der Arbeit heim, sondern besucht eine Freundin.«

»Nun, es ist wirklich dringend«, behauptete Lot.

»Sind Sie der Mann, der schon ein paarmal angerufen hat?«

»Ja, mein Name ist Mr. Walsh«, log Lot. »Und es geht um eine Privatsache – um eine Steuerangelegenheit.«

»Können Sie ihr nicht schreiben?«

»Nein, ich muß unbedingt persönlich mit Mrs. Townsend reden.«

»Nun, tut mir leid, ich kann Ihnen nicht sagen, wann sie zu erreichen ist. Sie geht jeden Morgen sehr früh zur Arbeit.«

»Hat sie dort ein Telefon?«

»Das darf sie nicht benutzen, denn es würde den Gepflogenheiten der Firma widersprechen.« Nach einer kurzen Pause schlägt das Kind vor: »Wenn Sie mir Ihre Nummer geben – vielleicht wird Mrs. Townsend Sie zurückrufen – falls sie einmal früher von der Arbeit nach Hause kommt, Mr. Walsh.«

Lot, von Natur aus hartnäckig und ausdauernd, blieb auf seinem Beobachtungsposten. Wie er bald feststellte, verließ Mrs. Townsend das Haus an keinem einzigen Morgen, und sie kehrte abends auch nicht heim. Niemals. Diese Situation hätte er gern mit Bart diskutiert, aber der schien keine Zeit mehr für ihn zu finden. Außerdem würde er sich wundern, warum sein Bruder immer noch hinter Caroline herspionierte, und kein Verständnis dafür aufbringen.

Wenn man mal drüber nachdenkt – warum versucht er eigentlich, Caroline aufzuspüren? Was will er machen, wenn er sie endlich gefunden hat? Darüber grübelt er stundenlang nach, dann beschließt er, sie zur Rede zu stellen, wenn er mit ihr allein ist, ihr vorzuhalten, was sie getan hat. Äpfel und Schlangen. Es würde ihr nichts nützen, alles abzustreiten. Er wird sich nicht beirren lassen. O ja, sie wird ihre Unschuld vergeblich beteuern. Er möchte ihr nicht richtig weh tun, denn er sieht es nicht gern, wenn jemand leidet. Ganz sanft und doch fest, wird er seine Hände um ihren Hals legen und zudrücken, bis kein Leben mehr in ihr ist, bis der schreckliche, erstaunte Ausdruck in ihrem Gesicht erlischt, bis sich die bösen Augen schließen. Dann wird sie vor seinen Füßen zu Boden sinken, während er sich an Rubys Gesicht zu erinnern sucht. Nicht nur an einen Hut oder an einen Stuhl, sondern an ihr *Gesicht.*

Und dann wird er Caroline zusammenfalten und in eine seiner Schachteln legen.

»Hier ist wieder Mr. Walsh. Ich habe gestern und vorgestern angerufen – und am letzten Montag.«

»Warten Sie einen Augenblick, Mr. Walsh. Meine Mutter wird sofort mit Ihnen sprechen.«

Ungläubig, aber hoffnungsvoll umklammerte er den Hörer. Nach einigen Minuten hörte er ein Hüsteln, dann drang eine neue Stimme aus der Leitung. »Hallo, wie kann ich Ihnen helfen?«

Sein Herz schlug wie ein Hammer gegen die Rippen. »Spricht da Mrs. Townsend?«

»Ja.«

»Es war furchtbar schwierig, Sie zu erreichen.«

»Leider bin ich nur selten zu Hause. Im Moment habe ich sehr viel zu tun. Was wünschen Sie?«

»Es geht um eine wichtige Steuerangelegenheit, die ich gern mit Ihnen erörtern möchte. Wenn wir uns einmal treffen könnten ...«

»Ich befasse mich nicht mit Steuerangelegenheiten, Mr. Walsh. Da müssen Sie sich mit meinem Steuerberater in Verbindung setzen. Und außerdem, wer sind Sie überhaupt? Für welche Abteilung arbeiten Sie?«

»Es ist wirklich sehr dringend, und ich finde, wir sollten uns sehen.«

»Was soll das? Wer sind Sie?«

»Wo waren Sie die ganze Zeit, Mrs. Townsend?« Verdammt! Er hatte sich zu weit vorgewagt – zu schnell. Plötzlich war die Leitung tot, und er stand unverrichteter Dinge da, so nah und doch so fern ... Aber Moment mal – wenn er jetzt an der Tür läutete, würde er Caroline antreffen.

Er verließ die Telefonzelle, stürmte die Camberley Road hinab, hielt seinen Hut fest, den Mantel eng um die Schultern gezogen, und verfluchte das glitschige Pflaster. Dann sprang er die Eingangstreppe hinauf, die er an so vielen Tagen, in so vielen Nächten geduldig beobachtet hatte. Es war bereits dunkel, die ananasförmigen Lampen zu beiden Seiten der Tür verströmten ein bleiches Licht inmitten dichter Regenschleier. Er drückte auf den Klingelknopf – und noch einmal. Wasser rann in seinen Ärmel, und er erschauerte. Rasch trat er zurück, als ein kleiner Junge die Tür öffnete, sehr auf Haltung bedacht, in einer grauen Uniform. »Ja, kann ich Ihnen helfen?« fragte er höflich.

Als Lot sich auf die Zehenspitzen stellte, sah er die anderen Kinder in der Halle stehen, die ihn beobachteten und lauschten. Er versuchte einzutreten, aber der Junge hatte die Türkette nicht gelöst.

»Ich muß Mrs. Townsend sprechen«, erklärte Lot.

»Sie ist nicht da«, erwiderte der gutaussehende Junge und reckte herausfordernd das Kinn hoch.

»Aber sie muß da sein. Gerade habe ich mit ihr telefoniert, vor zwei Minuten.«

Der Junge drückte die Tür etwas weiter zu, so daß Lot durch einen schmalen Spalt spähen mußte, und erklärte: »Sie mußte ganz plötzlich weg. Was wollen Sie von ihr?«

»Ich muß über etwas Wichtiges mit ihr reden. Das versuche ich ihr schon seit Wochen klarzumachen.«

Der Blick des Jungen verriet etwas mehr als Interesse – ein gewisses Unbehagen. »Sind Sie Mr. Walsh?«

Lot wollte das Kind nicht erschrecken. Aufgeregt schob er seinen Hut von einer Seite des Kopfs zur anderen. Ein Regenschwall aus der leckenden Rinne des Verandadachs traf sein Ohr. »Ja, ich bin Mr. Walsh.«

»Ich werde ihr sagen, daß Sie hier waren.« Und dann wurde die Tür geschlossen. Hätte er seine Finger dazwischen gelegt, wären sie zerquetscht worden. Lot stand da und fühlte sich furchtbar albern, den Mund immer noch offen. Warum wurde Caroline von ihren Kindern versteckt? Warum wagte sie sich nicht in die Welt hinaus? Aber er hatte mit ihr gesprochen! Das war ihm immerhin gelungen. Enttäuscht und doch hoffnungsvoll ging er nach Hause.

Er hat es aufgegeben, das Haus schon vor Tagesanbruch zu beobachten, denn mittlerweile weiß er, daß es sinnlos ist. Vormittags ändert sich die Routine in der Camberley Road nur geringfügig. Die Kinder brechen gemeinsam auf und trennen sich am Ende der Straße. Manchmal benutzt die Putzfrau ihren eigenen Schlüssel, oder die Kinder sind noch da und lassen sie herein.

Aber als Lot an diesem Morgen hinter seinem Baum hervorspäht, sieht er vier Kinder aus dem Haus treten. Das passiert gelegentlich, und dann nimmt er an, daß eins krank ist. Kinder sind nun mal so – ständig erkältet und verschnupft. Er selbst hat früher auch alle möglichen Tricks angewandt, um sich die Schule zu ersparen. Und so hängt er herum und beachtet die Putzfrau kaum, die um die Ecke biegt und mit ihrer Union-Jack-Tragetasche auf das Haus zugeht. Als er sich abwenden will, öffnet sich die marineblaue Haustür, und Caroline Townsend kommt heraus. Ja – sie muß es sein . . .

Sie trägt eine Aktentasche. Wie klein sie ist! Ein Tuch verhüllt ihren Kopf, ein langer Trenchcoat schwingt hinter ihr her. Mit selbstsicheren Schritten geht sie die Camberley Road hinab, dreht sich um und sieht die Putzfrau, die aus der anderen Richtung kommt, hebt eine Hand, um sie zu begrüßen, und eilt weiter. Gleichzeitig tritt ein Nachbar aus dem Haus, tippt an seinen Hut, und Caroline lächelt ihn an, bleibt aber nicht stehen.

Abrupt hält die Putzfrau inne und kneift die Augen zusammen. Sie reckt den Kopf hoch wie ein schnüffelnder Jagdhund und ruft: »Hallo! Mrs. Townsend! Mrs. Townsend! Warten Sie doch!« Dann hält sie ihren Hut fest, stemmt sich gegen den Wind und beginnt, auf ihren kurzen, dicken Beinen zu laufen. Heftig schwankt sie hin und her, blickt alle paar Sekunden hoch, um den gefährlichen Laternenpfählen auszuweichen. Aber sie ist zu alt, um Mrs. Townsend einzuholen, die beinahe an der Straßenecke angekommen ist.

Die Putzfrau bleibt wieder stehen und greift sich keuchend an die Brust. Die Schultern neigen sich, bleischwer hängt die Tasche an ihrer Hand. Inzwischen ist Mrs. Townsend verschwunden – mit so schnellen Schritten, daß sie ihre Kinder erreicht haben muß.

Immer noch atemlos ruft die ältere Frau: »Mrs. Townsend!« Aber es hat keinen Sinn. Ihre Arbeitgeberin kann ihre schwache Stimme nicht hören.

In seiner Aufregung vergißt Lot beinahe, seinem Opfer zu folgen. Er fühlt sich versucht, der Putzfrau beizustehen, die immer noch keucht und bedrohlich schwankt, nach ihren tapferen athletischen Bemühungen einem Zusammenbruch nahe. Aber er reißt sich noch gerade rechtzeitig zusammen, verläßt sein Versteck und eilt hinter Caroline Townsend her, ohne seine Schritte allzusehr zu beschleunigen. Er will kein Aufsehen erregen. Nach etwa vier Minuten biegt er um die Straßenecke.

Zu spät. Da sind nicht nur vier Kinder, sondern fünf. Drei schlendern in die eine Richtung, zwei in die andere, so wie an jedem anderen Morgen, so als wäre die Mutter nicht gerade noch hinter ihnen hergelaufen.

Verwirrt steht Lot an der Kreuzung und kratzt sich am Kopf. Seltsam, sehr seltsam. Das zweitälteste Kind, das er zunächst vermißt hat, trägt nicht nur seinen Schulranzen, sondern etwas, das wie die Aktentasche seiner Mutter aussieht.

Das ist zuviel für den armen Lot. Frustriert und wütend seufzt er. Jetzt, so dicht am Ziel, kann er nicht aufgeben. Er weiß, daß Caroline Townsend existiert, daß sie hier wohnt, und deshalb wird er morgen abend nach Einbruch der Dunkelheit in die Camberley Road zurückkehren und durch das Kellerfenster ins Haus einbrechen.

29

Stundenlang sitzt sie still da, dann beginnt sie zu sprechen. »Du nennst dich eine Christin, und trotzdem tust du mir das an! Drei Monate und weiß Gott wie viele Tage hältst du mich schon hier fest. Ich habe keine Ahnung, was als nächstes geschehen wird, welches lächerliche Spiel du mit mir treiben wirst. Alles hast du mir genommen und mir nichts gelassen, keine Würde, keinen Stolz. Und du scheinst zu glauben, du würdest ungeschoren davonkommen. Zum Teufel mit dir, Vanessa!«

Sie fühlt sich wieder schwächer, den Tränen nah, das Echo ihrer Worte dröhnt im Gehirn. Vage erkennt sie, daß sie in Ohnmacht fallen wird, wenn sie sich dermaßen aufregt, so wie letztes Mal. Sie wird erwachen, von einem widerlichen Geruch umgeben, einem ranzigen Gestank, dessen Herkunft sie damals erst feststellte, als sie den feuchten Fleck an ihrem Kleid spürte und merkte, daß sie in der Pfütze ihres Erbrochenen lag. »Du sagtest letzte Woche, du würdest mich herauslassen. Aber das war eine Lüge. Ich *rede* mit dir, Vanessa – verdammt, ich weiß, daß du da draußen bist. Kannst du mich nicht hören? Natürlich hörst du mich. Warum antwortest du nicht?«

In ihrem Zorn müßte sie mit lauter, schriller Stimme sprechen, doch das gelingt ihr nicht. Die Welt dreht sich, Caroline Townsend stößt unzusammenhängende Worte hervor, und schließlich weiß sie kaum noch, wer sie ist – oder ob sie ernst meint, was sie da sagt. »Ich sollte dir den Hals umdrehen, du verdammtes kleines Biest«, murmelt sie verächtlich und angeekelt. Dann sinkt sie kraftlos auf die Bank und wickelt eine sanft gewellte Haarsträhne um einen Finger. »Und wenn ich hier rauskomme, werde ich's tun, so wahr mir Gott helfe.« Dieser letzte Satz wird verzweifelt und leise geflüstert, dringt nicht durch die Saunawände nach draußen.

Es kann ohnehin niemand zuhören. Caroline ist allein, die Kinder werden erst in einer halben Stunde kommen. Sie weint, bis ihr ganzer Körper schmerzt, und wispert vor sich hin. Der gedämpfte Monolog beruhigt sie, schenkt ihr einen gewissen inneren Frieden. Wie sie aus Erfahrung weiß, ist dies die einzige Methode, die ihr hilft, durchzuhalten und nicht den Verstand zu verlieren. Sie streichelt sich selbst, tut so, als wären es andere zärtliche Hände, die ihre Stirn kühlen und besänftigen. »Du bist okay, Carrie, nichts wird dir passieren. Warum gehst du nicht da hinüber und füllst deinen Becher? Trink einen Schluck Wasser.«

Nicht, daß sie in den langen, warmen Monaten ihrer

Einzelhaft grausam gelitten hätte ... Sie mußte nicht hungern oder im Dunkeln sitzen, wurde nicht mißhandelt, konnte Bücher lesen und Musik hören. Auf unheimliche Weise hat sie sich sogar an dieses Leben ohne Streß gewöhnt. Sie muß nicht mehr vorgeben, anders zu sein, als sie ist. Und die Kinder quälen sie nicht, drohen ihr schlimmstenfalls an, die Temperatur im Holzkäfig zu erhöhen. Das ist überflüssig, denn sie bemüht sich, alle Anweisungen zu befolgen – abgesehen von gelegentlichen unvermeidbaren Wutausbrüchen, die sie nur wagt, wenn es die Situation zu erlauben scheint. Ansonsten gehorcht sie allen Befehlen. Sie ist vorsichtig, denn Kindern darf man nicht trauen – nicht so wie Erwachsenen. Sie fühlt sich wie Gulliver, von Zwergen gefesselt. Schon bald hat sie begriffen, daß sie ihre Gefängniswärter weder bestechen noch einschüchtern oder zum Narren halten kann.

Oft weint Caroline, wenn sie wieder nach oben gehen.

Manchmal gewann sie den Eindruck, sie würde angegriffen. Tag für Tag, Nacht für Nacht lag sie in ihrem Kerker, leckte ihre Wunden, schämte sich des grotesken, an ihr begangenen Verbrechens – beinahe so, als wäre sie vergewaltigt worden. Allein schon der Gedanke, jemals einer Menschenseele davon zu erzählen, peinigte sie. Was zwischen ihr und den Kindern geschehen ist, muß für immer geheim bleiben. Sie fühlte sich beschmutzt, obwohl sie ständig ermutigt wurde, ihren Körper zu waschen, obwohl sie ihr Medikamente brachten, um die Qualen zu lindern, über die sie klagte – das Kopfweh, die Schmerzen in den Knochen, die Entzündungen im Mund, die wunde Kehle. O ja, und sie hielten Wort, brachten ihr den Walkman und eine Box mit Kassetten – von Vanessa sorgfältig ausgewählt. Nur klassische Musik, keine verruchte Tina Turner, keine wundervolle Marianne Faithfull.

Mittlerweile ist sie geradezu versessen auf ihre Mahlzeiten. Jeden Tag versucht sie zu erraten, was ihr die Kinder vorsetzen werden, und das macht ihr Spaß. Was immer durch das Loch für die Heizungsrohre geschoben wird – sie muß es essen bis zum letzten Krümel. Sie ist dick geworden wie ein Rossetti-Engel oder eine Putte auf einem dieser alten Gemälde, wo Madonnen ein ekliges, schneckengleiches weißes Kind an die Brust drücken. Ihre Hände, früher schmal und sehnig, sind jetzt rundlich, sogar die Fingerspitzen. Sie legt Wert darauf, sich regelmäßig zu bewegen. Viermal pro Tag, nach dem Essen, geht sie in der Sauna hin und her. Fünfzigmal. Und sie steigt auf die Bank und springt hinunter. Trotz der neuen Körperfülle fühlt sie sich nicht krank, nicht so wie vor der Gefangenschaft.

Sie hat gedacht, sie würde nie vom Alkohol loskommen. Jetzt erschauert sie, wenn sie nur an einen Drink denkt. Und der Gedanke an eine Zigarette in ihrem neuen, angenehm duftenden Mund ist widerlich. Immer wieder bittet sie vergeblich um einen Spiegel. »Du bist nicht mehr eitel, Mutter«, erklärt Vanessa. »Nicht das Äußere zählt. Du mußt dich innerlich schön fühlen.«

Caroline Townsend bringt es nicht fertig, auf eine so alberne Bemerkung zu antworten.

Manchmal, zu Beginn ihrer Gefangenschaft, schluchzte sie hysterisch und flehte um ihre Freilassung. Aber die Kinder hielten sich von ihr fern, wenn sie solche Szenen machte. Königlich nickte Vanessa ihren Geschwistern zu, und sie verkürzten ihren Besuch.

Caroline überlegte, ob sie eine Glasschüssel zerbrechen und sich mit einer Scherbe die Pulsadern aufschneiden sollte. Aber selbst wenn sie tapfer genug wäre, sich selber so etwas anzutun – die Kinder würden das Gefängnis nicht öffnen. Ob sie starb oder nicht, war ihnen egal. Obwohl sie offensichtlich nicht beabsichtigten, sie zu töten.

Anfangs betete sie täglich zu einem Gott, an den sie nicht glaubte. Sie betete, Robin möge kommen und sie retten. In jenen ersten Wochen, die so langsam verstrichen, bildete sie sich ein, ihn immer noch zu lieben, und der Gedanke an ihn tat ihrer Seele weh. Doch in ihren einsamen Stunden gelangte sie allmählich zu einer bitteren Erkenntnis: Ihre Sehnsucht nach ihm war kein inneres Bedürfnis mehr, sondern eine Gewohnheit, so hartnäckig und berechenbar, daß es beinahe schon obszön wirkte. Mit der Zeit hatte sich die Liebe zu einem bösartigen Sturm in der Tiefe ihres Herzens entwickelt. Das wurde ihr jetzt langsam klar.

Ruhig und würdevoll richtete er sich zu seiner vollen Größe auf. »Verzeiht ihr«, bat er seine Freunde. Dann schlug er – sarkastisch, heuchlerisch und verächtlich – vor: »Trink noch was, Caroline! Dann wirst du erst richtig interessant, und das willst du doch.« Seine Stimme klang hart und metallisch – ein neuer Unterton. Das Haus war voller Blumen. Dafür sorgte sie. Wieso nahm niemand außer ihr den kränklichen Gestank neben dem Blütenduft wahr?

Es stimmte. Bei ihrer ersten Schwangerschaft begann er jene subtile Kampagne durchzuführen, die sie systematisch vernichtete. Die Zeit des Sturms und Drangs lag hinter ihr, und jetzt, wo er sie zur *Mutter* gemacht hatte, mußte sie ihre Kinder betreuen und *brav* sein. Sie selbst war noch so kindlich, daß ihr allein schon das Wort »Mutter« Angst einjagte. Es gab so viele Beispiele für Robins abwegiges Verhalten, das um so unheimlicher wirkte, weil er es als selbstverständlich betrachtete. Sie sah immer deutlicher, wie stark ihn die religiöse Peitsche beeinflußte, die von seiner Mutter geschwungen wurde.

Da Caroline keine eigene Familie hatte, war sie eine ungeschickte Mutter – und verletzlich, denn sie konnte sich an keinem Vorbild orientieren. Trotz des Milchflusses war sie unfähig, die Kinder zu stillen, obwohl sie es ihrem Mann zuliebe eine Zeitlang versuchte. Zu verwirrt und beschämt, vermochte sie ihm nicht zu gestehen, warum. Als Model und Schauspielerin nahm sie ihre Brüste ebenso wichtig wie Robin sein markantes Fernsehgesicht, und in seiner Männerwelt würde sie vielleicht eines Tages von ihren körperlichen Vorzügen abhängig sein. Hätte sie ihm das erklärt, wäre die Verachtung in seinen Augen unerträglich gewesen. Und so bemühte sie sich, die Babys zu stillen, schöpfte aus dem großen Reservoir ihrer Liebe, gegen die sie nicht anzukämpfen wagte, und verstand ihren eigenen Zorn nicht. Es tat schrecklich weh. Schließlich benutzte sie eine häßliche Maschine, um sich wie eine Kuh selber zu melken, und füllte die Milch in Fläschchen, die sie im Kühlschrank verwahrte. War sie dafür geboren worden?

Die Antwort lag glasklar in Robins Blick, böse und anklagend. Letzten Endes war sie wie alle Frauen nur geboren, um neues Leben hervorzubringen. Bald verkraftete sie es nicht mehr, seine kalte Stimme zu hören. Ja, sicher – ihre eigene Mutter hatte es oft genug betont –, sie war ein Mensch, den man unmöglich lieben konnte.

Sogar der eheliche Beischlaf änderte sich, und sie fürchtete, Robin könnte ihr untreu werden. So unscheinbar und langweilig, wie sie war (vielleicht stimmte was nicht mit ihrem Haar oder ihrem Gesicht), tat sie ihr Bestes, um attraktiver auszusehen. Sex war kein Vergnügen mehr, durfte nur dem edlen Ziel der Zeugung dienen. Und die aalglatten Beleidigungen ihres Mannes, die allem galten, was sie mit den Kindern machte . . . O Gott, warum bemühte sie sich überhaupt, wenn sie von Anfang an dem Untergang geweiht war?

Bald wurde sie übervorsichtig, wagte in Robins Nähe kaum noch eins ihrer Kinder anzufassen. Da er einen leichten Schlaf hatte, wachte er sofort auf, sobald ein Baby schrie. Und wenn sie sich benommen und frierend und unentschlossen aus den Tiefen ihres Schlummers emporkämpfte, hatte er bereits das Fläschchen gewärmt und wiegte das nuckelnde Kind hin und her, die Lippen verkniffen. »Ich muß vor sieben aufstehen«, verkündete er kühl und vorwurfsvoll. Und sie stand in der Tür, im Negligé, nicht wie eine Mutter, eher wie eine Hure, das Gesicht voller Nachtcreme.

»Ich war schon unterwegs, keine Bange. Leider dauert es etwas länger, bis ich aufwache. Geh wieder ins Bett, ich mach' das schon.«

Aber je verzweifelter sie sich anstrengte, desto offenkundiger wurde ihre Unzulänglichkeit. Sie zog die Kinder nicht richtig an, kam nicht mit dem Haushaltsgeld aus, konnte am Sonntag nicht einmal rechtzeitig aufstehen, um mit der Familie in den Park zu gehen.

Eines Morgens hörte sie erschrocken, wie Robin wisperte: »Stört eure Mutter nicht, sie braucht ihren Schlaf.« Arme, hoffnungslose, unfähige Mutter. Wie unschuldig jene heimtückische Verschwörung begann ... Sie schlichen im Haus herum, zogen sich an, gingen in unpassenden Kleidern weg und lachten darüber, wenn sie heimkamen. Allmählich fühlte sie sich wie ein Kind inmitten ihrer Kinder.

Da saß sie nun in ihrem schönen Haus, fünfundzwanzig Jahre alt, konnte nichts vorweisen außer ihren vereitelten Ambitionen und einer neuen Schwangerschaft. Mit Robins gräßlichen, arroganten Freunden aus der TV-Branche wußte sie nichts anzufangen. Sie selbst hatte kaum noch Freunde. Die meisten waren von Robin verscheucht worden, der sie »unmöglich« fand. Nun begannen die Streitigkeiten. Auf Partys unterbrach sie ihren Mann, nur um den Leuten klarzumachen, daß sie sich ihre eigene Meinung zu bilden pflegte. Höflich ließ er sie ausreden, hob die Brauen und bemerkte: »So kann man's auch sehen, Caroline, aber was ich sagen wollte, Alan . . .«

Bald nahmen alle diese Haltung ein. Oh, sie wurde natürlich immer eingeladen, begleitete Robin überallhin. Aber im Kreis so vieler geistreicher Frauen war es immer Caroline, die nichts zu sagen oder so wenig im Kopf hatte, daß es sich nicht lohnte, ihr zuzuhören. Über Leute und Tagesereignisse konnte sie recht amüsant plaudern, aber sobald es um tiefschürfende Themen ging, verstummte sie, und die hungernde, unterentwickelte Hälfte ihres Ichs saß am Tisch und suchte verzweifelt nach Worten.

Wann immer sie sich beklagte, war sie eine unzufriedene Ehefrau und Nörglerin. »Darling, du redest dummes Zeug«, pflegte Robin zu tadeln. »Du machst dich lächerlich.« Wenn sie zu ihm in sein Arbeitszimmer ging, spürte sie sofort, wie lästig sie ihm war, also blieb sie nicht lange. Im Grunde interessierte er sich nur für seine eigene Person, seine Arbeit, seine Kinder, sein Haus und seine Möbel. Und nachdem sie ihm Kinder geboren hatte (sein Gelübde, vor dem Allmächtigen abgelegt, war erfüllt), gehörte auch seine Frau zur Einrichtung, ein Möbelstück voll unglückseliger Makel. Seine Leidenschaft stillte er, indem er arbeitete und sonntags die heilige Messe besuchte.

»Warum mußt du ständig so gekränkt dreinschauen?«

Und so ging das Leben dahin, für lange Zeit. Die Kinder hörten auf, sie »Mummy« zu nennen (sie kann sich nicht entsinnen, daß die Zwillinge sie jemals so angeredet hätten), weil Robin so oft in kühlem, geringschätzigem Ton von »eurer Mutter« sprach.

Isobel schaute entzückt zu und schickte der Schwiegertochter zu Weihnachten fromme Verse, mit aufgedunsenen Madonnen illustriert. Die Karten rochen nach Weihrauch.

Und sie liebte ihn immer noch – *unglaublich*! Immer

noch begehrte sie ihn. Etwas ging in ihm vor, das sie nicht verstand, und je mehr er sich zurückzog, je subtiler er sie maßregelte, desto größer wurde ihre Verzweiflung.

Niemand konnte den höflichen, rücksichtsvollen Robin als gefühllos bezeichnen, und alle sahen, welch ein phantastischer Vater er war. »Was für ein Glück du hast, Caroline! Er kann ja so großartig mit den Kindern umgehen!« Solche Ehemänner verließ man nur, wenn man den Verstand verloren hatte.

»Er hat ganz bestimmte Vorstellungen vom Familienleben«, erklärte Caroline. Vielleicht war sie paranoid, steigerte sich in unbegründete Ängste hinein. Offensichtlich – denn jeder fand Robin wunderbar, während man ihr zu verstehen gab, sie sei einfach unmöglich. Und sie sehnte sich so sehr nach Zuneigung, nach Freundschaft. Sie schob ihren Kinderwagen durch den Park, wenn die hohen, einsamen Bäume sich rot, braun und gelb färbten, wanderte in der Dämmerung durch die Straßen, vorbei an hellerleuchteten Schaufenstern, dann wieder in den Park, wo sie sich im schütteren Wäldchen zu verlieren suchte und sich bemühte, im rostfarbenen Adlerfarn die Vogelstimmen zu erkennen. Ein Tag verschmolz mit dem anderen. Einmal rannte sie nach Hause und hämmerte wie eine Verrückte gegen die Tür, weil sie den Schlüssel vergessen hatte.

»Wenn du dich so aufführst, solltest du in Zukunft nicht mehr mit dem Kinderwagen spazierengehen.« Robin musterte sie kühl. »Überlaß das Mrs. Guerney. Dafür wird sie doch bezahlt.«

Da konnte sie sich nicht mehr beherrschen und schrie ihn wütend an.

Dem Himmel sei Dank für Mrs. Guerney, dachte sie. Dieses Bollwerk aus gesundem Menschenverstand war gerade zur rechten Zeit gekommen, putzte und schrubbte, erledigte den gesamten Haushalt und bewahrte Caroline davor, vollends die Nerven zu verlieren.

Als Mrs. Guerney erfuhr, Mrs. Townsend habe auf ihre schauspielerische Karriere verzichtet, fand sie das »ungeheuerlich«. Sie erinnerte sich an die Caroline, die ihr in dem Fotostudio begegnet war, wo sie beide gearbeitet hatten – ein so schönes, hoffnungsvolles, anmutiges Mädchen.

»Was um Himmels willen ist aus Ihnen geworden?« fragte sie, das runde Gesicht so dicht vor Caroline, daß es beinahe deren Nase berührte.

»Ich brauche einen Job! Hier bin ich zu nichts nütze – und völlig verzweifelt!«

»Verlassen Sie ihn«, riet Mrs. Guerney energisch. »Packen Sie Ihre Sachen, nehmen Sie das Baby und verschwinden Sie.«

»Ich liebe ihn, und wohin sollte ich gehen?« *Außerdem kann ich nicht für mein Baby sorgen.*

»Dann kämpfen Sie.« Mrs. Guerneys dunkle Augen blickten sich düster und mißtrauisch um. »Sie waren noch nie ängstlich, Mrs. Townsend, sondern sehr selbstsicher, wie ich mich erinnere. Und so müssen Sie wieder werden.« Sie sog an einer Plastikzigarette, denn sie hatte eben erst zu rauchen aufgehört. »Hoffentlich schaffen Sie's.«

»Wogegen soll ich kämpfen?«

»Sie haben einen Mann geheiratet, der Frauen nicht mag; er liebt nur die Jungfrau Maria und seine Mutter.«

Aber es dauerte noch Jahre, ehe Caroline den Mut fand, einen Job zu suchen. Mittlerweile war sie widerstandsfähiger geworden, gestählt im Feuer ihrer Demütigungen und Verluste, und trotzdem fühlte sie sich immer noch verletzlich wie ein Baby.

»Mutter, kennst du einen gewissen Mr. Walsh?«

»Nie gehört. Warum?«

»Er versucht dich zu erreichen. Ständig ruft er an, und heute abend stand er vor der Tür. Dominic glaubt, der Mann könnte ein Polizist in Zivil sein.« Vanessa ist blaß und nervös. Sie wird nicht mehr lange durchhalten.

»Vielleicht ist er das.«

»Oder er könnte pervers sein. Ilse fürchtet sich vor ihm. Sie hält ihn für den Mann, der ihr im Park aufgelauert hat.«

Am letzten Wochenende spielten Sacha und Amber fast einen ganzen Nachmittag im Keller. Erstaunlich ... Caroline empfand absurden Stolz. Sie brachte ihnen französische Lieder bei, dann schoben die Zwillinge ein Buch durch das Loch, und sie las ihnen das« Lederpferd« vor.

Neuerdings essen die Kinder im Fitneßraum zu Abend, und Caroline genießt ihre Gesellschaft. Vor drei Wochen trugen sie zwei Stehlampen, fünf Klappstühle und einen runden chinesischen Teppich herunter. Vanessa entzündet manchmal eine Kerze und veranlaßt ihre verlegenen Geschwister zu beten.

Mittlerweile unterhalten sie sich alle wie eine richtige Familie. Nur die verschlossene Tür zwischen der Mutter und den Kindern stört diesen Eindruck, aber sie sind zu höflich, um das zu erwähnen. Sie erzählen ihr, was sie tagsüber gemacht haben, sprechen von ihren kleinen Problemen, und sie hört zu. Während Sacha und Amber spielen und Dominic an Daddys Geräten turnt, teilen sich die älteren Mädchen mit ihrer Mutter Toast und Haferbrei, bei sanfter Radiomusik.

Caroline hält den Atem an, als sie Amber flüstern hört: »Vanny, meinst du nicht, du solltest tun, was du gestern sagtest, und Mummy rauslassen? Ich würde sie gern anfassen.«

»O Amber«, seufzt Caroline leise, »das wünsche ich mir auch.«

30

Ist Mr. Walsh ein Polizist?

Und wer ist der seltsame Mann, der das Haus beobachtet?

»Da steht er wieder!« ruft Dominic oft, wenn er abends zwischen den Vorhängen hinausspäht. Ärgerlicherweise leuchten seine Augen, so als würde er Schwierigkeiten begrüßen, und Vanessas Herz wird schwer.

Angstvoll tritt sie ans Fenster. Sicher wird sie's auch heute nicht schaffen, ihre Hausaufgaben ordentlich zu erledigen und morgen in der Schule einen Rüffel bekommen. »Vielleicht sollten wir rausgehen und ihn fragen, was er will.«

»Nein«, widerspricht Dominic entschieden. »Er sieht wie ein Irrer aus.« Seit Mutter gefangengehalten wird, macht er erstaunlicherweise nicht mehr ins Bett, und er scheint sein Machtgefühl mehr zu genießen als die anderen.

Er ist schwierig. Vanessa dachte, die Zwillinge würden ihr die größten Sorgen bereiten, doch das war ein Irrtum – abgesehen von den wenigen gefährlichen Situationen, wo sie in Gegenwart anderer Leute beinahe mit der Wahrheit herausgeplatzt wären.

Als ihre kleine Freundin Jessie zum Tee kam, hörte Vanessa zu ihrem Entsetzen, wie Amber und Sacha das Geheimnis seelenruhig erörterten, während sie auf dem Schlafzimmerboden saßen. Sie holten ihre zerfledderten Papierpuppen hervor. Die lagen zu Hunderten in einer Schachtel, aus Mrs. Guerneys Versandhauskatalogen herausgeschnitten – eine bizarre Mixtur verschiedener Typen und Altersgruppen: ältere Frauen in langen Unterhosen und Fischbeinkorsetts, Männer mit Zipfelmützen, im Golfdreß, kleine Mädchen in gerüschten Badeanzügen, Teenager in Jeans und Leder.

»Das ist Mutter«, verkündete Sacha mit träumerischer Stimme. Sie packte Mutter am Hals und legte sie in den leeren Schuhkarton, der auf dem Teppich stand. Von der Tür aus beobachtete Vanessa, wie ihre kleine Schwester die Schachtel mit dem Deckel verschloß. »Jetzt kann sie nicht mehr raus, siehst du's, Jessie? Nicht mal, wenn sie auf und ab hüpft.«

»Warum hast du sie eingesperrt?« fragte die kleine Jessie, riß die Augen auf und zupfte an ihrer zitternden Unterlippe. »Ich würde meine Mummy nicht einsperren.«

»Warum nicht?« entgegnete Amber herausfordernd. »Da kannst du viel besser für sie sorgen, und es macht Spaß.« Altklug fuhr sie fort: »Schau, da kommt ein freundliches Kind mit Süßigkeiten. Was meinst du, wie Mutter sich freut, wenn sie so lange allein war und endlich ihre kleine Tochter wiedersieht! Und wenn sie sich nicht freut, wird sie bestraft.«

»Was? Bestraft?« Erschrocken über die beängstigende Wende, die das vertraute Spiel nahm, begann Jessie zu schmollen. »Das gefällt mir nicht. Wenn wir Mutter rauslassen, kann sie sich da drüben zu Daddy setzen und fernsehen. Seht mal, er wartet schon auf sie.«

»Wage es bloß nicht, sie freizulassen, sonst kriegst du Ärger, mein Mädchen!«

Jessie weinte lautlos, was genau zu ihrem Wesen paßte, aber Amber kicherte über die perfekte Mrs. Guerney-Imitation. Erst als Vanessa das Zimmer betrat, ging den Zwillingen ein Licht auf. Zerknirscht starrten sie ihre Schwester an.

»Jetzt ist Schluß mit diesem Spiel!« Vanessa bückte

sich, um die Papierpuppen einzusammeln. »Eure Freundin mag es nicht, und ihr wißt, daß ihr's nicht spielen sollt. Hab' ich's euch nicht immer wieder gesagt?« schimpfte sie vielsagend. Ihre nächsten Worte waren hauptsächlich für Jessies Ohren bestimmt: »Ständig geht eure Phantasie mit euch durch! Wenn ihr euch nicht besser benehmt, wird Jessie euch nicht mehr besuchen.«

Alles droht auseinanderfallen. *Sie ist einfach noch nicht alt genug . . .* Wie soll sie es schaffen, Tag und Nacht aufzupassen, um solche Gefahren abzuwenden? Das Leben läuft an ihr vorbei. Abends wagt sie nicht mehr, mit ihren Freundinnen ins Kino zu gehen, und in der neuen Schultheateraufführung nimmt sie keine Rolle an, wegen der vielen stundenlangen Proben. Jetzt ist sie dreizehn, im nächstem März, am 10., wird sie vierzehn. Wahrscheinlich heirate ich niemals, überlegt sie. Ich werde Missionarin oder Ärztin oder Nonne. Längst hat sie den Versuch aufgegeben, sich klug zu verhalten. Sie wird sich unter der Treppe verstecken, während schnüffelnde Hunde das Haus durchsuchen, und dann in einer Gefängniszelle landen, von aller Welt gemieden und verachtet.

Letzte Woche brachten die Zwillinge ihre vollgekritzelten Zeichenhefte nach Hause, zusammen mit einem Schwan aus Pappe, der an einer Schnur hing und ein Mobile darstellen sollte. Im Klassenzimmer sitzen sie nebeneinander, aber selbst wenn sie getrennt arbeiten, fallen die Ergebnisse unheimlich identisch aus.

»Amber, was ist das?« Vanessa blätterte auch in Sachas Zeichenheft, und darin fand sie fast das gleiche Bild mit der unglücklich formulierten Unterschrift »Mummys Zimmer«. »Was hat Mrs. Brightwater dazu gesagt? Wollte sie nicht wissen, was das bedeutet?«

Mummys Zimmer war eine düstere, quadratische Kammer. Eine nackte Glühbirne hing von der Decke herab wie eine Spinne, deren Beine die Breite und Länge des

Lichtstrahls illustrierten. Darunter stand Mummy, in einem dreieckigen, buntgestreiften Rock, mit roten Plattfüßen. Ihr großes rosa Gesicht schaute durch ein Fenster, ihr Lächeln mit herabgezogenen Mundwinkeln glich einem finsteren Tunnel. Sie schien zu schreien. Dicke, senkrechte Linien, über die ganze Zeile gezogen, markierten Gitterstäbe.

»Aber Mutter sieht nicht mehr so aus!« In ihrem Frust begann Vanessa fast zu schluchzen. »Wie konntet ihr sie so zeichnen?« Am liebsten hätte sie die Zwillinge gepackt und geschüttelt. Das hatten sie Mutter doch nicht angetan, oder? So grausam wären sie niemals gewesen. »Was sagte Mrs. Brightwater, als sie das sah? *Was sagte sie*?«

Amber, erschrocken über Vanessas Zorn, begann zu stottern: »Das – das sind alte Bilder. Jetzt würden wir Mummy niemals so zeichnen, nicht wahr, Sacha?«

»Nein.« Sacha umklammerte den Arm ihrer Zwillingsschwester und zupfte am Ärmel, als könnte sie ihr damit noch zusätzlich helfen. »Wir würden sie mit einem Lächeln zeichnen.«

»Aber was sagte Mrs. Brightwater?«

Sacha runzelte die Stirn, als sie sich an jenen Augenblick erinnerte, und ihre Brillengläser glänzten trübe. »Sie sagte, das sind wohl ganz neue Ideen, und sie fragte sich, was unsere Mutter davon halten würde ... O ja, und dann fragte sie dich, ob's dir manchmal schwerfällt, näher an unsere Mummy ranzukommen, nicht wahr, Amber?«

Ihre Schwester nickte eifrig. »Ich weiß nicht, was sie damit meinte.« Sie nickte immer weiter, bis ein Spiel daraus wurde, so als wollte sie Schwindelgefühle erzeugen. Vanessa packte sie an den Schultern und hielt sie fest. Nun schüttelte Amber lebhaft den Kopf. »Ich sagte, natürlich könnten wir gar nicht an sie rankommen, wegen der Tür.«

Erschöpft sank Vanessa aufs Sofa und vergrub das Gesicht in den Händen. Wo blieb der Allmächtige? Wohin war Er verschwunden? Wenn sie nicht über die Zwillinge zu wachen vermochte, warum tat Er es nicht? Allein schaffte sie das alles nicht mehr – nicht mehr lange.

»Tut mir leid, Vanny. Es konnte irgendeine Tür sein. Mrs. Brightwater wußte nicht, daß es *diese* Tür ist. In jedem Haus gibt's viele Türen. Es hätte ja auch die Klotür sein können, nicht wahr, Sacha?«

Früher war das Leben voller Türen, aber jetzt wagt Vanessa kaum, durch eine zu schauen, aus Angst vor den Dingen, die sie dahinter finden würde. Keine guten Dinge. Die warten nicht mehr auf sie.

In der Schule gibt es Ärger. Sie gerät ins Hintertreffen, und letzte Woche wurde sie zu Schwester Agnes gerufen. »Stimmt was nicht mir dir, Liebes? Hast du Schwierigkeiten zu Hause? Mir kannst du alles anvertrauen, das weißt du doch.« Die Nonne weiß Bescheid über Mutter.

Klar, alle wissen, wie sich Mutter in ihrer Glanzzeit aufführte – und dann in jenen schlimmen Tagen, nachdem Daddy sie verlassen hatte. Großspurig erzählte sie überall, es sei ihr schnurzegal, aber sie hätte nicht all diese schrecklichen Dinge getan und Schlagzeilen gemacht, wenn's ihr wirklich gleichgültig gewesen wäre. Alle hatten's in der Zeitung gelesen, und Vanessas beste Freundin, Hazel Ledson, brachte Zeitungsausschnitte in die Schule mit, sorgsam zusammengefaltet in einem großen braunen Kuvert. »Du könntest ein Album anlegen«, sagte sie neidisch zu Vanessa.

»Vielleicht sollte ich mal mit deiner Mutter reden.« War das eine Drohung? Wußte Schwester Agnes irgendwas? Sie saß an ihrem Schreibtisch, drehte zwischen ihren Händen einen dünnen schwarzen Bleistift hin und her. Vanessa fürchtete, die ernsten grauen Augen würden bis auf den Grund ihrer Seele schauen. »Oder mit deinem Vater. Wir haben seine Telefonnummer. Nun, ich glaube nicht, daß dir die Arbeit plötzlich zu schwer fällt«, fuhr sie kühl und verächtlich fort. »Du hattest nie Schwierigkeiten mit dem Lernstoff, also muß es eine andere Erklärung geben.«

Aber eigentlich wollte sie es gar nicht wissen. Gott war es, der mit so etwas belastet werden sollte, nicht eine vielbeschäftigte Nonne, die eine Schule leiten und jeden Abend und jeden Morgen Gallkrautsaft in Mund und Nase reiben mußte. Ein paar grausige Sekunden lang stellte sich Vanessa vor, wie sich Schwester Agnes verhalten würde, wenn sie die Wahrheit wüßte. Sicher würde sie angewidert erschauern.

»Es ist sehr wichtig für dich, Vanessa. Verstehst du das nicht? Nimmst du dir nicht genug Zeit für deine Hausaufgaben? Du mußt jeden Abend drei Stunden arbeiten – mindestens.«

Schwester Agnes' Meinung interessierte Vanessa nicht mehr, und plötzlich wurde es erschreckend klar, daß die Nonne sie nie gemocht hatte. Nicht als Mensch. Sie interessierte sich nur für die Schülerin, die gute Arbeit leistete, und sobald etwas schiefging, glaubte sie, da würde Absicht dahinterstecken. Vanessa wollte das nicht. Sie würde arbeiten, wenn sie es könnte, und ihren Lehrerinnen Freude machen. Schwester Agnes roch nach Mottenkugeln und Kreide, und auf ihren Schultern lasteten zu viele Bürden. Sollte doch Valerie Anderson jetzt ihre Favoritin werden, warum sollte das Vanessa stören? Sie kann sich kaum konzentrieren. Wann immer sie das Haus für länger als eine Stunde verläßt, gerät sie in Panik. Nur zu gut weiß sie, welche Gefahren daheim lauern, wie leicht irgend jemand das Geheimnis ergründen könnte.

Wenn die Zentralheizung zusammenbräche, würde Mrs. Guerney die Wartungsfirma anrufen. Eine halbe Stunde später würden die Männer mit ihren kleinen Werkzeugtaschen die Kellertreppe hinabsteigen – und wer könnte sie aufhalten? Und was soll geschehen, wenn Mr. Walsh an die

Tür klopft, einen Hausdurchsuchungsbefehl in der Hand? Wenn das Wasser in den Leitungen gefriert (zur Zeit ist es kalt genug), würde die Putzfrau den Installateur verständigen. Und der würde sofort in den Keller hinunterlaufen.

Und vielleicht wird Daddy bald beschließen, seine Fitneßgeräte holen zu lassen. Womöglich hält er schon in dieser Minute den Telefonhörer in der Hand, um alles zu organisieren.

Als sie merkte, daß eine ganze Menge Geld fehlte, war sie völlig verwirrt. Beim besten Willen konnte sie sich nicht vorstellen, was da geschehen sein mochte. Sie verwahrt das Bargeld – manchmal sammeln sich über hundert Pfund an – in ihrer Spieldose auf. Die rückwärtige Holzplatte wird von zwei Schrauben festgehalten, die man mühelos herausdrehen kann. Dahinter versteckt sie oft geheime Sachen – selbstverfaßte Geschichten, die Mutter nicht lesen soll, Gedichte für Daddy.

Plötzlich vermißte sie fünfundzwanzig Pfund, und sie begann am ganzen Körper zu zittern – nicht wegen des Verlustes, sondern weil irgend jemand herausgefunden haben mußte, daß da irgendwas nicht stimmte. Ilse mußte es gewesen sein. Wenn Mrs. Guerney das Geld zufällig gefunden hätte – wäre ihr die Spieldose beim Abstauben aus der Hand gefallen, könnten sich die Schrauben gelokkert haben –, dann hätte sie Vanessa sofort zur Rede gestellt und gefragt, warum sie eine so große Summe hortete. Niemals würde die Putzfrau etwas stehlen! Nach ihrer Meinung müßten allen Dieben die Hände abgehackt werden.

Aber Ilse brauchte Geld, um Kleider zu kaufen und für Paolo möglichst hübsch auszusehen. Erst vor kurzem hatte sie sich ein Paar neue Timberland-Stiefel geleistet. Und sie brauchte Geld, um im Pub Runden auszugeben.

Vanessa fühlte sich alt und müde, als sie die Treppe hinabstieg. Sie schaltete den Fernseher aus und informierte die anderen. »Es ist weg. Ich habe überall gesucht. Und ich weiß nicht, was das bedeutet . . .«

»Ich hab's genommen!«

Drückendes Schweigen sank herab, während sie alle diese Mitteilung zu verkraften suchten. »Du hast fünfundzwanzig Pfund aus meiner Spieldose genommen, Dominic? Wozu?«

»Für ein Boot mit Fernbedienung – so eins, wie's Josh Collins hat.«

»Warum hast du uns nicht gesagt, daß du unbedingt eins haben wolltest?« fragte Camilla.

»Kriegen wir auch Geld?«

»Halt den Mund, Amber. Natürlich können wir uns nicht alle Geld nehmen und kaufen, worauf wir gerade Lust haben. Erstens müssen wir genau überlegen, wofür wir's ausgeben, sonst würden die Leute mißtrauisch werden, wenn wir das Haus mit neuen Spielsachen und mit Büchern vollstopfen. Das brauche ich dir wohl nicht eigens zu erklären, Dom. Sicher verstehst du es. Wo ist das Boot?«

Er zeigte nicht die geringste Reue. Seelenruhig erwiderten seine großen braunen Augen Vanessas Blick, dann senkte er gelangweilt die Wimpern. »Am letzten Samstag vormittag bin ich mit Jonathan rumgezogen. Da hab' ich's gekauft und dann bei ihm zu Hause gelassen, weil er beim Fluß wohnt.«

»Und warum hast du uns nichts erzählt?«

»Ich fand's nicht so wichtig. Und ich sehe nicht ein, warum ich kein Geld ausgeben darf. Es gehört doch uns allen.«

»Nein, es ist Mutters Geld.« Aber Vanessa redete vergeblich auf ihn ein. Desinteressiert sank er aufs Sofa und vertiefte sich in seinen Gameboy. Offenbar betrachtete er die ganze Diskussion als reine Zeitverschwendung.

»Wenn es Mutters Geld ist und nicht unseres, dann haben wir's also gestohlen und dürfen es überhaupt nicht ausgeben«, erwiderte er. »Aber das stimmt nicht. Es gehört uns.«

»Und dieser Gameboy?« wollte Camilla wissen. »Du sagtest, ein Schulkamerad hätte ihn dir geliehen, und ich fand das sofort ein bißchen komisch. Jetzt hast du ihn schon eine ganze Weile. Wann mußt du ihn zurückgeben?«

»Ich habe ihn eingetauscht.«

»Gegen was?«

»Gegen meinen Walkman.«

»Wie konntest du nur! Daddy hat dir den Walkman geschenkt!«

»Mit meinen eigenen Sachen kann ich machen, was ich will, und du bist blöd, wenn du so ein Getue um Daddy machst. Nur weil er uns was schenkt, muß das nichts Besonderes sein. Er hätte das alles niemals zulassen dürfen. Jedenfalls können wir uns jetzt selber was kaufen und müssen nicht mehr auf Geburtstage oder Weihnachten warten. Wir müssen auch nicht mehr brav sein.« Das Gerät auf seinen Knien begann laut zu piepsen, und er stieß einen tiefen Seufzer aus. Blicklos musterte er Vanessa, als würde er gerade aus einer Trance erwachen. »Warum glaubst du eigentlich, du könntest mir sagen, was ich tun soll? Niemand hat das Recht dazu. Ich mache nur das, was ich will.«

»Vanny ist die älteste, also muß sie bestimmen, was geschehen soll.« Vanessa warf der hilfreichen Camilla einen dankbaren Blick zu.

»Wer behauptet denn so was?«

»Hier geht's nicht drum, daß ich Befehle geben möchte«, versuchte Vanessa einzulenken. Irgendwie mußte sie ihrem Bruder Vernunft beibringen. »Wir müssen zusammenhalten, wenn alles gut ausgehen soll. Und das wollen wir doch, nicht wahr?« Aber sie selbst fühlte sich keineswegs vernünftig. Am liebsten hätte sie geschrien. Und sie empfand auch nicht jene Zuversicht, die in ihrer ruhigen Stimme mitschwang.

»Wie kann's denn gut ausgehen? Manchmal bist du wahnsinnig dumm. *Wie kann denn irgend etwas jemals wieder in Ordnung sein? Begreifst du das nicht?«* Er sprang auf und marschierte zur Tür hinaus. Sie hörten, wie er immer zwei Stufen auf einmal nahm, wie er sich in seinem Schlafzimmer einsperrte.

Mit Dominic stimmt was nicht, und deshalb müssen sie Mutter so bald wie möglich freilassen. Auch aus vielen anderen Gründen. Aber ist sie bereit dazu? Was wird sie tun? Oh, lieber Gott, Vanessa wünscht inständig, jemand wäre bei ihr, jemand, der substantieller ist als der Allmächtige, der Hände hat und mit ihr reden kann, der ihr Ratschläge gibt und ihr hilft *und sie in die Arme nimmt.*

31

Letzte Nacht erwachte Vanessa mit Schmerzen in den Handflächen. Es waren keine Stigmata. Im Schlaf hatte sie ihre Hände ganz fest geballt und die Fingernägel ins Fleisch gegraben.

Ist Mutter wirklich bereit, oder tut sie nur so? Die Entscheidung liegt ganz allein bei Vanessa, denn es gibt noch immer niemand anderen.

Etwas sehr Wichtiges muß noch erledigt werden, bevor sie Mummy aus der Sauna herauslassen, und Amber weiß es. Sie hätte diese Möglichkeit nicht erwähnen und keine Hoffnungen in Mummy wecken sollen, ehe diese letzte wichtige Aufgabe erfüllt ist.

Die Zeit läuft ihnen davon, vor allem, wenn dieser Mr. Walsh wirklich ein Polizist ist und falls sie's nicht geschafft haben, Mrs. Guerney gestern mit der kleinen Komödie zu beruhigen. In letzter Zeit nörgelt sie ständig. Jedesmal, wenn sie ihr über den Weg laufen, jammert sie. »Es klingt unglaublich, aber neulich ist mir klargeworden, daß ich Mrs. Townsend schon monatelang nicht mehr gesehen habe.« Nachdem sie das gesagt hatte, holte sie tief Luft, als wollte sie einen Ballon aufblasen. »Ja, schon seit Weihnachten nicht mehr!«

»Aber Sie bekommen doch immer Nachrichten von ihr. Sie legt Ihnen Zettel hin und entschuldigt sich, sie hat erklärt, wie das mit ihrem neuen Job ist.«

»Das weiß ich, Vanessa, aber ich finde es trotzdem merkwürdig. Irgendwas stimmt hier nicht, und ich habe keine Ahnung, was es sein könnte.« Die Putzfrau zerrte ihren schweren Tweed-Rock hoch und kratzte an den roten Abdrücken ihres Strumpfhalters, ehe sie die Strümpfe nach oben zog. Sogar ihre Kleidung roch vage nach Bohnerwachs.

»Sie haben doch mit Daddy telefoniert. Und Daddy weiß, daß alles okay ist. Das sagte er ja, als Sie ihn letztes Mal anriefen. Und Ilse hat Mutter gesehen.«

Aber Mrs. Guerney zog die Nase kraus, schüttelte den Kopf und winkte verächtlich ab. »Ach, Ilse . . .«

Also wurde Camilla gestern verkleidet, um Mrs. Guerney zu beruhigen. Zunächst sträubte sie sich. »Du mußt nur aus dem Haus und die Straße runtergehen . . .«

»Aber ich bin viel zu klein. Und ich sehe Mutter überhaupt nicht ähnlich.«

»Deshalb mußt du aus dem Haus kommen, wenn Mrs. Guerney noch weit weg ist. Aus der Ferne sieht man nicht, wie groß jemand ist. Du mußt bloß den richtigen Gang hinkriegen und ihr winken, das ist alles.«

Es schien zu klappen.

Alles schien zu klappen, was sie bisher getan hatten. Als sie bei DOTS anriefen und erklärten, Mutter habe vorübergehend einen lukrativen Job als Schauspielerin angenommen und würde eine Weile nicht für die Agentur arbeiten, gab es kein großes Getue. »Sag ihr, daß wir uns wirklich für sie freuen, Schätzchen. Im Moment ist hier ohnehin nicht viel los.« Das alles ist keine reine Glückssache, sondern das Resultat von Vanessas Gebeten. Gott steht auf ihrer Seite, weil sie völlig richtig handelt. Sie tut es nicht für sich, sondern für Sacha und Amber, Camilla und Dom. Mutter wird immer schöner und anmutiger, mit dichten braunen Locken und frischer Haut; sogar ihre Stimme klingt weich und sanft. Es fällt einem schwer, oben zu bleiben, wenn man weiß, daß sie ganz allein da unten in der Sauna sitzt. Alle wollen möglichst oft bei ihr sein, aber die Besuchszeit muß streng geregelt werden, damit sie sich auch weiterhin darauf freut.

Ilse mußte natürlich eingeschüchtert werden. Das gehörte zu den schwierigsten Problemen, weil keins der Kinder sicher war, ob ihre Methoden funktionieren würden. Sie logen. Obwohl Ilse mit aller Macht in diesem Land und in der Nähe ihres Liebsten bleiben wollte (der offensichtlich wenig Interesse an ihr zeigte), würde sogar sie protestieren, wenn sie herausfände, daß ihre Arbeitgeberin in einem Gefängnis saß. Also erzählten sie ihr, Mutter sei verreist, und niemand dürfe es wissen, nicht einmal Mrs. Guerney.

»Wie, bitte? Sag das noch mal. Das verstehe ich nicht ganz. Ich dachte, Mrs. Townsend wäre inzwischen aus Broadlands zurückgekommen.« Sie hatten sie eines Nachts auf der Treppe ertappt, wieder einmal zu sehr später Stunde.

»Ja, Mutter kam aus Broadlands zurück, mußte aber gleich wieder wegfahren. Sie bat uns, Ihnen das zu erklären, denn sie hatte es viel zu eilig, um es Ihnen selber zu erzählen.«

»Fährt sie wieder aus gesundheitlichen Gründen weg?«

»Ja, aus gesundheitlichen Gründen. Aber es ist sehr wichtig, daß niemand davon erfährt. Also müssen Sie Mrs.

Guerney sagen, Mutter sei hier. Erzählen Sie ihr, Sie hätten Mutter gesehen, und das muß glaubhaft klingen.«

Ilses Augen verengten sich. »Aber warum? Wieso sollte ich so was Dummes tun?« Sie schaute völlig verwirrt drein.

»Weil wir Sie darum bitten, das ist alles. Und weil Mutter Sie selber darum bitten wollte, aber es ging alles so schnell.«

»Ich finde das sehr seltsam. Und ich weiß nicht recht, ob ich da mitmachen soll. Was führt ihr eigentlich im Schilde?« Mißtrauisch starrte sie ihnen in die Augen. Plötzlich wirkte sie sehr fremdartig und einsam, als würde sie nicht auf der Treppe stehen, sondern mitten in einem großen, kalten, leeren Raum.

Angelegentlich studierte Dominic seine Fingernägel. »Ich glaube, neuerdings macht sich Mutter große Sorgen, weil Sie so oft weg sind, Ilse.«

»Was?« Das hübsche Gesicht lief rot an. Entsetzt riß sie die Augen auf. Jetzt sah sie dümmer aus denn je.

Die Kinder bildeten einen undurchdringlichen, engen Kreis um Ilse und beobachteten sie. »Ich meine die Abende, die Sie nicht hier im Haus verbringen, obwohl Sie dazu verpflichtet wären«, fuhr Dominic fort. »Die Abende, wo Sie die Hintertreppe rauf und runter schleichen. Wenn wir Mutter die Wahrheit erzählen, werden Sie sofort nach Schweden zurückgeschickt, und dann können Sie sich nicht einmal von Paolo verabschieden.« Ha, da sollte sie sich erst mal rauswinden!

Vanessa warf ihr einen verlockenden Köder hin. »Während Mutter verreist ist, werden wir Sie abends nicht brauchen. Es würde uns nicht stören, wenn Sie weggehen – und es würde uns nicht einmal was ausmachen, wenn Sie die ganze Nacht wegbleiben, solange Sie zurückkommen, bevor Mrs. Guerney auftaucht. Und daß Ihre Arbeitserlaubnis bald abläuft, interessiert uns auch nicht, was, Camilla?«

»Aber wo ist Mrs. Townsend?«

»In einer Schweizer Klinik.«

»Und wie lange wird sie dort bleiben?«

»Bis es ihr wieder gutgeht. Arme Mutter! Hoffentlich ist sie zu Ostern wieder bei uns.«

»Darüber muß ich erst mal nachdenken.«

»Nun, an Ihrer Stelle würde ich mir nicht zuviel Zeit dafür nehmen«, bemerkte Dominic vielsagend, und sie sahen, wie Ilses Widerstandskraft ins Wanken geriet.

»O Gott«, murmelte sie immer wieder, »o Gott.«

Und jetzt kommt der Augenblick, für den Camilla so lange und so fleißig geprobt hat. Die Telefonate mit Carolines Freundinnen (Mutter pflegte ihre Freundschaften immer nur dann, wenn sie gerade Lust dazu hatte, also lassen sich alle mühelos abwimmeln), mit Bekannten und den Leuten an ihrem Arbeitsplatz sind ein Kinderspiel.

Aber das ist jetzt was anderes. Sie muß Daddy anrufen und sich als Caroline ausgeben. Und sie muß überzeugend wirken. Das ist für den ganzen Plan so überaus wichtig, weil all die Qualen und Aufregungen umsonst gewesen wären, wenn sie versagt.

Sie versammeln sich um das Telefon im Salon wie Räuber um einen Safe.

»Ich wette, er ist nicht da. Das wäre typisch.« Camilla zittert und stöhnt. »Ich weiß nicht, ob ich mich noch ein zweites Mal dazu durchringen könnte.«

»Das schaffst du schon. Du weißt genau, was du sagen mußt, und du wirst es sicher hinkriegen.«

»Ja, aber wenn Daddy was Persönliches erwähnt, irgendwas, von dem wir nichts wissen können? Wenn sie auf ganz besondere Art miteinander reden?«

»Das tun sie nicht. Sei nicht so nervös! Du steigerst dich da künstlich rein. Hör auf damit, sonst verdirbst du alles.«

Sacha tritt vor und pflanzt einen Kuß auf Camillas weiche Wange. »Bitte, Camilla! Du wirst großartig sein. Und du machst es nicht nur für uns, sondern auch für Mummy.«

Sie schalten den Lautsprecher des Telefons ein, damit sie

das Gespräch belauschen können. Daddy meldet sich und scheint maßlos zu staunen, als er die Stimme am anderen Ende der Leitung erkennt.

»Caroline? Ich habe schon so lange nichts mehr von dir gehört, daß ich schon dachte, du hättest wieder eine deiner Anti-Telefon-Phasen.«

»Nein, Robin.« Jetzt ist Camilla ganz ruhig. »Ich hatte nur wahnsinnig viel zu tun, und ich bin ziemlich erschöpft. Nicht nur wegen meines neuen Jobs. In letzter Zeit war ich oft unterwegs, um ein neues Haus zu suchen.«

»Ach ja, als die Kinder letztes Mal hier waren, erwähnten sie so was ähnliches.«

»Ja, sie freuen sich alle sehr. Und nun rufe ich an, um dir mitzuteilen, daß ich dieses Haus hier verkaufen möchte. Ich habe eins gesehen, das mir gefällt, und ich möchte der Besitzerin ein Angebot unterbreiten.«

»Das klingt ja sehr aufregend. Ich hätte nie geglaubt, daß du umziehen willst. Erzähl mir mehr darüber . . .«

»Ich muß einfach weg von London«, erwidert Camilla ein bißchen kampflustig.

»Nun, das versuchen viele Leute.«

Dominic starrt aus dem Fenster, aber er sieht nichts. In einem Socken, der heruntergerutscht ist, klafft ein Loch.

»Und ich habe mich für ein Cottage im West Country entschieden.«

»Sag das noch mal.«

»Du hast es doch verstanden, Robin. Und du kannst dir deine Ironie sparen.«

»Nun, die Kinder sagten irgendwas in der Richtung . . . Aber ich dachte, sie hätten eine zu lebhafte Phantasie. Sie haben so viele Geschichten über Suzies wunderbare Kindheit gehört. Ihre Mutter muß ihr Haus verkaufen. Sie schafft's nicht mehr. Das bedrückt Suzie sehr, denn ein Haus, in dem man die ersten Lebensjahre verbracht hat, ist viel mehr als nur ein Haus. Die Ärmste ist furchtbar niedergeschlagen.

Sie versuchte sogar, mich zu veranlassen, das Cottage als Ferienhaus zu kaufen. Aber ausgerechnet du – da draußen auf dem Land vergraben! Weit weg von den Clubs und Theatern, ohne Auto . . .«

»Ich bin kein Kind mehr, Robin, und durchaus fähig, meine eigenen Entscheidungen zu treffen, ohne von dir in die Zange genommen zu werden.«

»Tut mir leid. Es kommt nur so plötzlich.«

Sacha kneift die Augen fest zusammen, ihre Fäuste sind harte Kugeln zu beiden Seiten ihrer Schenkel.

»Es kommt gar nicht plötzlich. Ich habe monatelang darüber nachgedacht, und schließlich ging's nur mehr darum, das richtige Objekt zu finden. Nun, und jetzt hab' ich's! Ich rufe dich nicht an, um deine Zustimmung zu erbitten, Robin, sondern um den Stein ins Rollen zu bringen. Wie gesagt, ich möchte der Eigentümerin des Hauses ein Angebot machen, und vorher muß ich wissen, ob in London alles reibungslos laufen wird. Mit dem Verkauf dieses Hauses hier wird es keine Probleme geben. Unser Nachbar, Mr. Morrisey, hat mich oft gebeten, ihn zu informieren, falls wir jemals umziehen wollen. Schon seit Jahren wirft er ein Auge auf dieses Haus, wegen der Garage und des größeren Gartens. Man müßte ihm also nur Bescheid geben und den Anwalt verständigen.«

»Also, ich finde, wir sollten uns erst mal treffen . . .« Vanessa drückt Camilla die Daumen, mit der ganzen Kraft ihres Herzens und ihrer Seele.

»Das geht leider nicht, Robin. Ich bin viel zu beschäftigt, und außerdem gibt es sonst nichts zu sagen. Mein Entschluß steht fest.«

»Soll ich die nötigen Arrangements treffen?«

»Nein, du sollst dich nur um die Dinge kümmern, die hier in London abgewickelt werden müssen. Alles andere erledige ich selber. Sicher freut es dich, daß ich aus deiner Nähe verschwinde.«

Er ist vermutlich betroffen, kann aber nichts anderes tun, als zuzustimmen. »Gut, dann mach dieser Hausbesitzerin dein Angebot und sag mir, wann die Camberley Road zum Verkauf stehen soll.«

»Ich werde mich schon morgen früh mit der Frau in Verbindung setzen. Außerdem lasse ich eine Schätzung des Hauses vornehmen.«

»Ist alles in Ordnung, Caroline?«

»Warum sollte es anders sein?«

»Deine Stimme klingt – energischer als sonst, viel zielstrebiger.« Komisch, es hört sich traurig an, wie Daddy das sagt. »Kommen die Kinder trotzdem morgen abend zu mir?«

»Ja, soviel ich weiß, Robin. Warum fragst du? Ich ziehe es vor, wenn sie ihre eigenen Pläne machen, und ich habe zuviel zu tun, um mich mit solchen Dingen zu befassen.«

Als Camilla den Hörer aufgelegt hat, fällt sie in Vanessas Arme. Ihre Glieder zittern, und sie kann nicht aufhören zu lachen. Das wirkt ansteckend. *Country Life*, die Zeitschrift, die sie immer sorgsam versteckt haben, ist schnell gefunden. Kreischend, die Gesichter voller Lachtränen, blättern sie wieder darin. Und da ist es, das Cottage, das Haus aller Kinderträume, ein Garten, der die Phantasie verführt, fünf Morgen groß – ein Strohdach, ein plätschernder Bach, rautenförmige Fensterscheiben. Liebevoll winkt es ihnen aus einem duftenden Tal zu, halb verborgen zwischen Büschen und Bäumen.

Nur Vanessa weiß, wem das Haus gehört. Schon seit Wochen kauft sie einschlägige Zeitschriften, weil sie sich nicht genau erinnert, welche Suzie erwähnt hat. »Laß es nicht verkauft sein, lieber Gott, oh, bitte, laß es noch nicht verkauft sein! Laß niemand anderen einziehen!« Nur Vanessa, die keine Kindheit hatte, kann verstehen, wie sehr die arme Suzie leidet.

Nun werden sie nicht mehr länger anders sein als Suzie.

Daddy gehört ihnen bereits, auf eine Art und Weise, die ihr für immer verwehrt ist. Sie haben beinahe eine solche Mutter wie sie, und jetzt werden sie auch die gleichen Träume haben, ein glückliches Zuhause. Soll Daddys neue biestige Frau seine Kinder nur verachten, von jetzt an sind sie ihr gewachsen.

Bald werden sie alle aufs Land einladen – Suzie und Daddy und das neue Baby. Sie werden im Garten auf Dekken picknicken, und wenn Suzies Baby älter wird, können sie mit ihm Verstecken spielen und es einfach irgendwo sitzen lassen, bis es sich die Seele aus dem Leib schreit . . . Oder sie werden ganz schrecklich nett zu ihm sein, auch zu ihrer Stiefmutter, und ihr ständig unter die Nase reiben, daß sie eine *Fremde* ist.

Suzie und Daddy werden sehen, wie glücklich sie alle sind. Vielleicht will er sogar zurückkommen, aber da ist sich Vanessa nicht so sicher. Am besten läßt man die Dinge erst mal auf sich beruhen. Sie sind durch die Hölle gegangen, um eine richtige Mutter zu bekommen, und damit wollen sie sich zunächst begnügen.

Frische Eier, Hühner und Rührkuchen. Holzfeuer, Ponys und Kränze aus Gänseblümchen – aus alldem bezieht Suzie ihre Überlegenheit, ihr Selbstvertrauen, ihre Arroganz. So oder so, jetzt müssen sie Mutter rausholen. Sie kann nicht in der Sauna bleiben – und ebensowenig in diesem Haus überleben. Nicht mehr. Sie muß woanders wohnen. Schon bevor sie das Foto von dem Cottage fanden, wußten sie, wie es aussehen würde.

Vanessa starrt das Bild an, zu verängstigt, um an ihr Glück zu glauben. Hat sie sich zu große Hoffnungen gemacht?

»Nehmen wir's morgen mit und zeigen es Daddy!«

»Nein! Nein! Er würde es seltsam finden, daß Mutter ein so abgelegenes Haus ausgesucht hat, und sich vielleicht einmischen . . . Der Preis ist zu hoch, oder das Dach sieht schäbig aus. Und wir wollen nicht, daß Suzie uns mit ihren bissigen Bemerkungen alles mies macht Nein, noch nicht. Wir müssen das für uns behalten, so wie alles andere.«

»Und wann lassen wir Mummy raus?«

»Morgen noch nicht, weil wir den ganzen Abend weg sind, und sie soll nicht allein sein. Wenn sie erst mal aus der Sauna herausgekommen ist, können wir sie nicht wieder drin einsperren. Das verstehst du doch, Sacha?«

Aber die Sehnsucht in dem kleinen Kindergesicht – eine Sehnsucht vieler Jahre – greift Vanessa so schmerzlich ans Herz, daß sie klein beigibt. »Was meint ihr? Sollen wir sie am Samstagmorgen herauslassen? Dann bleiben wir das ganze Wochenende bei ihr. Morgen wird der Anwalt dieser Hausbesitzerin ein Angebot machen, und wenn es angenommen wird, erzählen wir Mutter davon. Dann werden wir sehen, wie sie sich benimmt.«

Niemand außer Sacha und Amber ist tapfer genug, um eine Entscheidung zu treffen. Sie haben sich einen so wundervollen Traum ausgedacht, und es ist verlockend, ihn weiterzuträumen. Es wäre grauenhaft, ihn zerstört zu sehen.

Zögernd beginnt Dominic zu sprechen: »Ich glaube, wenn sie sich bis jetzt nicht geändert hat, wird's nie passieren. Das müssen wir uns vor Augen halten. Fast vier Monate sitzt sie jetzt da unten. Mehr können wir nicht tun.«

»Ich will, daß sie hier bei uns ist, und ich möchte nicht mehr grausam zu ihr sein!«

»Waren wir sehr grausam, Camilla?«

Da meldet sich Sacha zu Wort. »O ja, das waren wir, aber nur, weil wir's gut gemeint haben.«

32

Freitagabend, und die Wolken sind dunkler als der ferne Kiefernwald. Londoner Stare fliegen scharenweise in wilden Bögen und Ellipsen tief über dem Park dahin, ehe sie sich ordentlich aneinandergereiht auf den Telegrafendrähten ausruhen, wie ein Publikum, das ihn beobachtet. Lot Dance bereitet sich auf seinen großen Coup vor. Es scheint besser zu klappen als erhofft. Noch ist niemand zu Hause, von der mysteriösen Caroline Townsend natürlich abgesehen. Verdammt, sie muß irgendwo da drin sein.

Ganz in Schwarz gekleidet, schwebt er dahin wie ein bartloser Zauberer. Lot braucht eine solche Tarnung, obwohl er das selber nicht versteht. Seine nachtschwarzen Haare und die kantigen Wangenknochen fallen den Leuten zuerst auf, und dann können sie gar nicht anders, als in die leuchtenden, verwirrend marineblauen Augen zu starren. In den Schatten geduckt, mit verstohlenen Schritten und äußerst zielstrebig, hätte man ihn in einem anderen Londoner Stadtteil, in einer anderen Zeit vermutlich mit Sherlock Holmes verwechselt. Aber zu seinem Glück begegnen ihm keine Passanten, als er die Straße überquert und die Kellertreppe hinabhuscht, seinen kostbaren Glasschneider in der Tasche. Er will alles richtig machen. Nichts darf schieflaufen. Er biegt einen der rostigen alten Gitterstäbe nach außen. Das hätte er schon längst tun sollen, statt seine Zeit mit albernen Telefonaten zu vergeuden und sinnlos hier rumzuhängen.

Aber vielleicht hat's ihm Spaß gemacht. Vielleicht ist er's leid, Schachteln zu falten, und es ist auch nicht mehr lustig, Bart zu besuchen. Und heimzulaufen, zu Mum, die ihn immer herzlich willkommen heißt – das betrachtet er als Eingeständnis seines Versagens. Irgendwie hofft er sogar, Caroline nicht in diesem Haus anzutreffen, denn dann könnte er seine Nachforschungen fortsetzen, die ihm so gute Gründe verschaffen, morgens aufzustehen.

Eine Taschenlampe zwischen den Zähnen (was ihm gewisse Schwierigkeiten bereitet, weil er nicht schlucken kann und beinahe sabbert), beginnt er die Fensterscheibe zu bearbeiten. Der abblätternde Anstrich behindert ihn, winzige weiße Partikel kleben an der scharfen kleinen Klinge. Aber er braucht nicht lange, um ein quadratisches Loch ins Glas zu schneiden, groß genug, daß er hindurchgreifen und den Riegel öffnen kann. Glücklicherweise gibt's hier keine Alarmanlage.

Er klettert ins Halbdunkel hinab. Die schale Luft rührt sich nicht, so als wäre sie schon lange nicht mehr aufgewirbelt worden – wie in einem Supermarkt, wo alles verpackt ist, wo nichts riecht und nichts altern darf. Die Atmosphäre wirkt schäbig, und in der Mitte des Raums steht etwas, das wie ein Kühlschrank aus den fünfziger Jahren aussieht, schwach von innen beleuchtet. Aber als Lot seine Taschenlampe darauf richtet, stellt er fest, daß der Kasten aus Holz besteht und ein Glasfenster hat.

Draußen gleiten Wolken am Mond vorbei, während sich Lot an das Gehäuse heranpirscht, emotional völlig unvorbereitet auf das gewaltigste Trauma seines Lebens. Er muß sich bücken, um durch das Fenster zu sehen, und dann erstarrt er vor Schreck und unterdrückt ein Stöhnen. Damit hat er nun wirklich nicht gerechnet. Auf einer Bank, mit Pelz bedeckt (und der Pelz ist hübsch drapiert wie auf einem berühmten Gemälde), liegt eine Märchenfee, elfenbeinweiß gekleidet. Silbriges Licht spielt mit ihrer Schönheit. Neben ihr steht eine Vase voller Primeln und Veilchen, und sie scheint sich völlig auf die Musik zu konzentrieren, die aus ihren Kopfhörern dringt.

Lots Gedanken überschlagen sich, durchstreifen den ganzen Bereich seiner Erfahrungen – Filme, Bücher, Plakattafeln, TV-Werbespots –, kehren aber immer wieder zu denselben, unerträglich süßen Gefühlen zurück. Glockenblumen, wilder Knoblauch und weiche silberne Tücher . . .

Nie zuvor hat er eine so vollkommene Frau gesehen. Mutter, Geliebte, Ehefrau und Kind. Eine Vision. Ein sanftes Lächeln umspielt ihre zarten Lippen. Als sie eine Hand hebt, um eine ihrer Locken zu entwirren, erinnert er sich an das Damwild, das im Park unter den Bäumen grast und mit den Hinterbeinen nach den Fliegen tritt. Menschenstimmen erschrecken diese Tiere.

Stunden scheinen zu verstreichen, aber Lot steht nur wenige Sekunden lang zitternd da, wie festgewurzelt. Seine Sehnsucht gleicht einem Hurrikan, der ihn davonzuwehen droht. Und diese Frau will er töten? Bebend vor Reue und Zärtlichkeit, spürt er, wie sich seine Augen schärfen, wie der Blick einer Dohle, wenn sie etwas entdeckt, das sie unbedingt besitzen muß, und koste es ihr Leben. Da sieht er das Vorhängeschloß und blinzelt entsetzt. Die Tür ist verschlossen! Sie ist eine Gefangene, so wie er selbst fast immer ein Gefangener war, und sie hat sich genauso wie er mit diesem Schicksal abgefunden.

Lot tritt zurück und bricht in Tränen aus. Tief in seinem Inneren fühlt er eine so gewaltige Explosion überirdischer Schönheit, daß er zu sterben glaubt.

Er muß einen Schatten an die Decke des Kerkers geworfen haben, oder vielleicht hat die Frau seinen halberstickten Schrei gehört. Denn Sekunden später steht sie am Fenster, starrt in den mondhellen Fitneßraum, und ihre Augen schimmern wie graugrüne Meeresgischt.

»Alles ist in Ordnung! Wirklich!« Oh, bitte, bitte, sie darf sich nicht vor ihm fürchten.

»Wer ist da?«

Sogar sein Name, heiser ausgesprochen, wirkt in ihrer Nähe wie Blasphemie.

»Und was machen Sie in diesem Haus, Lot?«

Ihm fällt nichts Klügeres ein als die schlichte Wahrheit »Sind Sie Caroline Townsend?« Als sie nickt, erklärt er: »Ich habe Sie gesucht.«

»Hätten Sie nicht zur Vordertür kommen können? Sind Sie der geheimnisvolle Mr. Walsh?«

Das wird er schon zum zweitenmal gefragt. »Nein, Barts Bruder. Was tun Sie da drin? Wer hat Sie eingesperrt?«

Caroline gibt keine Antwort. »Auf dem Absatz der Kellertreppe liegt ein Schlüssel. Vielleicht wären Sie so nett, mich rauszulassen.«

Er schämt sich seines fast überwältigenden Wunsches, sie gefangenzuhalten wie einen seltenen, wunderschönen Schmetterling, eine kostbare Reliquie, die zerbröckeln und entschwinden könnte, würde man sie der frischen Luft aussetzen. Doch er besiegt sein Widerstreben und läuft davon, um ihre Bitte zu erfüllen. Tolpatschiger denn je, stolpert er beinahe über seine eigenen Füße.

»Schalten Sie das Licht ein!« ruft sie. »Dann werden sie den Schlüssel leichter finden!«

Und Lot, fieberheiß im kühlen Keller, beeilt sich, sie zu befreien. Sie lächelt ihren Retter an, von seiner ungewöhnlichen Schönheit entwaffnet wie die meisten Leute. Und wie so viele andere ahnt auch sie nichts von jener grausamen Laune der Natur, die sein Äußeres so perfekt und sein Inneres so kompliziert und chaotisch gestaltet hat. Als kleines Mädchen erschauerte Caroline beim Anblick alter Vetteln, die durch ihre geschminkten Masken göttliche junge Männer angafften. Und jetzt kommt sie sich selber wie eine solche Frau vor. Er sieht aus, als wäre er vor Schreck erstarrt – kein Wunder nach seiner dramatischen Entdeckung in diesem Keller. Auch sie fühlt sich beunruhigt, weil ihre Idylle von einem Eindringling gestört wurde. »Danke, daß Sie mich herausgelassen haben. Darf ich Ihre Hand schütteln?«

Er zuckt zusammen, als sie ihn berührt. Vor lauter Staunen bringt er kein Wort hervor. Sie zieht ihr Negligé an, scheint darin zu schweben. Der Baumwollstoff glänzt glatt wie Seide, heller als der Mond. »Ehrlich gesagt, es ist mir egal, wer Sie sind und was Sie hier tun. Nehmen Sie das ganze Tafelsilber, wenn Sie wollen.« Sie lächelt wieder. Wie ein Hündchen folgt er ihr, während sie tief Atem holt und in die oberen Bereiche ihres Hauses zurückkehrt.

Caroline ist entschlossen, alles wiederzusehen, alles anzufassen, sich zu überzeugen, daß dies Wirklichkeit ist und kein Traum. Sie geht in ihrem Haus umher wie durch das Dickicht eines dunklen Walds, und Lot ist der Prinz, der ihr den Weg durch böse Erinnerungen bahnt, durch das Gewirr ihrer Scham. Vor dem Spiegel in der Halle bleibt sie stehen, dreht sich hin und her, betrachtet fasziniert ihr Bild. Tränen verschleiern ihren Blick, als sie sich vorbeugt und mit einem Finger die Konturen ihres Gesichts nachzeichnet – nicht mehr hart und schmal, sondern rund und glatt. Die harten Linien, die sie früher zu überschminken suchte, sind jetzt weich. Warum hat sie jahrelang ihr Haar versteckt?

Sie streichelt die braunen Locken, wundert sich über ein paar graue Strähnen, bemüht sich, den Haaren Form zu geben, aber sie fallen so, wie sie wollen. Immer noch kurz, umrahmen sie die neue Reinheit ihres Gesichts. Sie sieht viel jünger aus! Sogar unschuldig. Der Nebel ihres eigenen Atems auf dem Spiegelglas scheint sie zu erschrecken, und sie weicht zurück, bestürzt wie eine Mutter, die versehentlich ihr Baby erstickt hat. Nun versucht sie jenes alte sarkastische Lächeln, aber es mißlingt ihr, und sie will nichts erzwingen. Das Lächeln, das ihr jetzt entgegenstrahlt, ist echt und süß!

»Wer kann das sein?« wispert sie, und Lot beobachtet sie ehrfürchtig.

Dies alles geschieht so schnell, zu schnell für den armen Lot, der keinen Sinn darin findet. Caroline knipst alle Lampen an, wandert durch die Räume, greift nach verschiedenen Dingen, nimmt seufzend Einzelheiten in sich auf. Aber das Haus gleicht ihr nicht. Nie hätte er geglaubt, daß es so eingerichtet wäre – schrill wie eine Illustrierte, teuer und raffiniert, ungemütlich. »Genauso wie früher ...« Ihre

Stimme klingt erstaunt. Sie wendet sich zu ihm und flüstert: »Ich weiß nicht, warum – aber ich dachte, hier wäre alles verändert. Aber das stimmt nicht. Nur ich habe mich verändert. Sonst nichts . . .«

Ihr überwältigter Bewunderer würgt hervor: »Davon weiß ich nichts. Hier sieht alles so aus, wie ich's mir vorgestellt habe, bevor ich Ihnen begegnet bin.«

»Seltsam, jetzt fühle ich mich viel kleiner in diesem Haus. Wahrscheinlich, weil ich monatelang in der winzigen Sauna eingesperrt war. Aber warum haben Sie versucht, sich die Einrichtung meines Hauses vorzustellen?«

»Keine Bange, so was tu ich immer.« Aber er verstummt lieber, aus Angst, ihr zu mißfallen. Liebe auf den ersten Blick – so heißt, was ihm widerfahren ist. Das hat er schon zuvor erlebt, aber noch nie so intensiv. Ein sonderbares Phänomen, ein chemischer Prozeß, in dem einige Billionen Atome zueinanderrauschen und sich mit dem Herzen vereinen, mit dem Gehirn, mit dem Bauch und allem anderen . . .

Für Lot wurde die ganze Welt verzaubert, gerade in dem Augenblick, wo er glaubte, er würde sie verlieren. Niemals darf Caroline wissen, daß er in mörderischer Absicht hierherkam, wie sehr er sie haßte. O Gott, sendet irgendein Instinkt in seinem Inneren vielleicht Signale aus, durch seinen Atem, seine erweiterten Pupillen? Nein, offensichtlich fürchtet sie sich nicht vor ihm. Warum sollte sie auch? Er ist entschlossen, sie für den Rest ihres Lebens vor allen Gefahren zu schützen. Wenn sie es erlaubt.

Sie erschrickt, als sie ihr chaotisches Schlafzimmer sieht, die abgestandene Luft riecht. Ein zerstörter Ort, eine gespenstische Lagune voll sexueller Energie, die vergammelt. »Warum scheinen die Dinge hier ewig zu bestehen?« Sie schließt die Augen, als wollte sie versuchen, nicht vor dem Schmerz zurückzuzucken. Auf dem Toilettentisch stehen halbleere, verschlußlose Flaschen, beschmiert mit Make-up und Lippenabdrücken, zerknüllte alte Papiertaschentücher füllen den Abfallkorb.

Lot erkennt Caroline nicht wieder in der großen Fotografie im Messingrahmen, die auf dem Fensterbrett steht. Sie sieht, wie er das Bild anstarrt, und lächelt. »Da war ich schwanger. Diese Aufnahme wurde kurz vor der Geburt meiner Zwillinge gemacht.« Alte Kleider, ein Durcheinander aus Rüschen und Volants, hängen schlaff über der Lehne eines weißen, mit Kalbfell bezogenen Sessels. Sogar das Bett ist zerknüllt, als hätte sie eben erst die Decke zurückgeschlagen, der Morgenmantel liegt am Boden. Die Augen voller Mitleid, ruft sie aus: »Die Kinder haben hier absichtlich für Unordnung gesorgt, jeden Tag, verfolgt vom Geist einer alten Schlampe . . .«

Hätte Caroline es nicht erwähnt, wäre Lot nie auf den Gedanken gekommen, dies könnte ihr Zimmer sein. Jeder würde doch sehen, daß sie nicht hier war, und den Staubgeruch bemerken. Und was er noch viel ungewöhnlicher findet: Abgesehen von ein paar Spielsachen und Büchern weist nichts in diesem Haus auf die Anwesenheit von Kindern hin. Kaum hat er diesen Gedanken zu Ende gedacht, faßt sie ihn in Worte. »Hier wohnen Kinder, aber man merkt nichts davon. Das ist Ihnen sicher aufgefallen. Ich habe ihnen nie erlaubt, irgendwas herumliegen zu lassen.«

Wie schmeichelhaft . . . Sie nimmt einfach an, er würde sie verstehen. Als sie die Treppe hinabsteigen, scheint sie sich zu erinnern, wer er ist, denn sie fragt: »Wie geht es Bart?«

»Nicht besonders gut. Er ist pleite, und Ruby hat ihn verlassen.«

»Ruby?«

»Seine Frau, mit der Sie telefoniert haben.« Die Lots Leben verschönert hat, aber jetzt hinter einem Schleier verschwunden ist. Er kann sich nicht einmal mehr an ihre Hüte erinnern.

»Ich nicht. Nie habe ich von einer Ruby gehört und auch mit keiner telefoniert.« Langsam und wehmütig fügt sie hinzu: »Natürlich wußte ich, daß er verheiratet ist. Aber Bart sprach nie von seiner Frau.«

Das muß er richtigstellen, obwohl es keine Rolle mehr spielt. Er fühlt, wie er in einer seiner verwirrenden Bewußtseinstrübungen zu versinken droht. »Aber Sie hatten eine Affäre mit Bart? Sie trafen ihn an den Abenden, wo Ruby allein war?«

»Ja, ich hatte eine ›Affäre‹ mit Bart, wenn Sie es so altmodisch ausdrücken wollen. Aber das gehört jetzt zu einem anderen Leben.«

Lot kennt sich aus mit so einem anderen Leben. Da gerät man jedesmal hinein, wenn man sich in einer wichtigen Sache anders besinnt. Man muß einen neuen Blickwinkel finden und noch mal von vorn anfangen, während sich das alte Leben ringsum arrangiert.

In der Küche geht sie schnurstracks zum Schränkchen neben dem Kühlschrank. Sie ist hinter ihrem Gin her, auf das Tonic Water verzichtet sie. Mit den müden, geübten Bewegungen einer Süchtigen holt sie die Flasche hervor, in jener ungeduldig brutalen Art, wie Raucher ihre Zigaretten aus der Tasche ziehen. Sekundenlang starrt sie den Schnaps an, dann stellt sie ihn in den Schrank zurück, mit einem wundervollen, zufriedenen Lächeln, erfreut und zugleich verängstigt angesichts ihrer neuen Haltung. »Sogar an den Gin haben sie gedacht«, sagt sie mehr beeindruckt als erstaunt. »Immer wieder haben sie ihn ausgegossen und durch neue Flaschen ersetzt, um Mrs. Guerney zum Narren zu halten.«

»Alle haben sie zum Narren gehalten. Sicher sind Sie jetzt wütend.«

»Wütend?«

»Sie müssen doch sehr lange eingesperrt gewesen sein.«

»Eingesperrt?«

»Ja.« Lot starrt sie an, elektrisiert von seinen Gefühlen, die er zu kontrollieren versucht, während er in ein Magnetfeld zu gleiten glaubt. Warum ist sie so begriffsstutzig? Sie weiß doch, wovon er redet. Erst vor kurzem hat er sie aus ihrem Gefängnis befreit . . .

Gelassen hält sie seinem Blick stand. »Niemand hat mich eingesperrt, Lot, und ich bin nicht wütend.«

»Aber ich brach in Ihr Haus ein und fand Sie in der Sauna. Da war ein Vorhängeschloß an der Tür.«

Er hält den Atem an, lauscht angestrengt, versucht zu verstehen, was sie meint. »Wenn Sie das glauben, müssen wir beide geträumt haben.«

»Ja, das ist anzunehmen . . .« In seiner Verwirrung fühlt er sich verpflichtet, zuzustimmen. Und dann warnt er Caroline: »Wahrscheinlich kommen sie bald zurück. Es ist schon fast halb elf.« Was immer hier geschehen sein mag, und da ist sich Lot nicht ganz sicher, sie muß doch die erste Begegnung mit ihren Kindern fürchten.

Aber sie wirkt kein bißchen nervös. Vielleicht weiß sie, daß er sie beschützen wird. »Woher wissen Sie so genau, wann die Kinder kommen und gehen? Sind Sie ein Privatdetektiv?«

Vielleicht hat sie recht. Und eigentlich möchte er es bestätigen, denn dieser Gedanke gefällt ihm. Es ist im Grunde auch gar keine Lüge. Außerdem darf Caroline nicht erfahren, daß er Schachteln faltet. Warum soll er sich herabwürdigen? Gerade will er eifrig nicken, als sie die Schultern zuckt. »Aber das spielt keine Rolle. Es ist nur wichtig, daß wir hier in der Küche sitzen, daß ich keinen Drink in der Hand halte und ganz offen und furchtlos mit Ihnen rede. Wissen Sie was, Lot? Das habe ich schon lange nicht mehr erlebt. Jahrelang war ich unfähig, mich ganz entspannt mit Leuten zu unterhalten – ohne das Gefühl, zu ersticken oder gedemütigt zu werden.« Mit strahlenden Augen schaut sie ihn an. »Unglaublich! Ich kann mich nicht erinnern, wann ich das letzte Mal so natürlich mit jemandem geredet habe. Liegt's an Ihnen oder an mir?«

»Es ist ein Zauber, den irgend jemand bewirkt hat«, erklärt Lot, der nur selten von der Wahrheit abweicht. Aber seine Lüge, er sei Mr. Walsh, hat sich bezahlt gemacht. Alles ist so verwirrend. »Wenn ich nach Hause komme, werde ich mir die Haare waschen.«

33

Alle sind sehr erregt. Vanessa wünscht, sie wären nicht so aufgedreht. Bevor Daddy ankam, um sie abzuholen, mußte Amber beruhigt werden und aufhören, umherzuhüpfen und immer wieder zu schreien: »Morgen lassen wir Mummy raus!« Sogar jetzt, in Daddys Wohnung, stoßen die Zwillinge einander immer wieder an und grinsen geheimnisvoll.

Sie glauben, es würde wundervoll sein, aber wenn sie sich täuschen? Niemand weiß, was geschehen wird. Ginge es nur um sie selbst, könnte Vanessa alles ertragen. Aber die Angst, ihre jüngeren Geschwister könnten wieder verletzt werden, bricht ihr fast das Herz.

Daddy freut sich. »Heute abend haben wir Grund zum Feiern. Unglaublich! Suzies Mutter hat ihr Haus verkauft!« Aber Suzie wirkt kein bißchen fröhlich, und auch nicht so kompetent wie sonst.

In letzter Zeit konnte Vanessa beobachten, wie Suzie immer schwächer wurde, und hatte das Gefühl, sie aufzusaugen, Stück um Stück, wie durch einen Strohhalm.

»Der Käufer machte sich nicht mal die Mühe, das Haus zu besichtigen«, klagt Suzie, während sie einen häßlichen grünen Salat mischt. Die alte Stalltür zum Garten steht offen, und wenn es nicht regnet, wollen sie draußen essen – zum erstenmal in diesem Jahr. »Wahrscheinlich ein reicher Yankee. Alles wurde telefonisch abgewickelt von einem wortkargen Anwalt, der nur von ›seinem Klienten‹ sprach, als Mummy ihn fragte.«

Daddy kauert in der Küche auf einem Barhocker und beobachtet ihre Bemühungen ungeduldig. »Du solltest dich nicht beschweren, Suzie. Eileen ist froh, daß das Haus verkauft ist und daß sie keine Unannehmlichkeiten damit hatte. Sie mußte niemanden rumführen, alles ging kurz und schmerzlos über die Bühne.«

»Sicher ist es ein Millionär, der das Cottage abreißen und einen grandiosen Landsitz bauen wird«, bemerkt Dominic tückisch.

»Bitte, mach keine solchen Witze!« jammert Suzie.

Robin schaut seinen Sohn warnend an. »Erzähl mir mal von dem Haus, auf das deine Mutter ein Auge geworfen hat.«

»Heute morgen hat sie der Besitzerin ein Angebot unterbreitet, das offensichtlich angenommen worden ist.«

»Hat sie ihre Wahl allein getroffen, oder habt ihr das Haus auch gesehen?«

»Natürlich haben wir's gesehen.« Dominic lügt wie immer überzeugend. »Wir waren ein paarmal da, und wir haben sogar schon unsere Schlafzimmer ausgesucht.«

»Beschreibt das Haus doch mal! Habt ihr ein Foto mitgebracht?«

Sacha, die gerade eine Brotscheibe mit Butter bestreicht, schaut weg und stößt Amber an, um sie zu erinnern, daß sie den Mund halten muß.

»Nun, es ist sehr alt«, erklärt ihre vernünftige älteste Schwester.

Daddy hat Suzie das Messer aus der Hand genommen, weil alle ihre Finger zittern. Er arbeitet schneller und tüchtiger und macht Ordnung. Mutter warf er immer vor, sie würde ein Chaos in der Küche hinterlassen und zu viele Töpfe benutzen. »Erzähl.«

Suzie nimmt einen großen Schluck Cognac, was ihren Kummer verdeutlicht.

»Man könnte das Haus pittoresk nennen.«

»Mit Garten?« fragt Suzie.

Ist sie schon jetzt neidisch? Besitzen sie endlich etwas, das Suzie haben will? Jetzt kann sie die Kinder ihres Mannes nicht mehr so verächtlich behandeln. Bald werden *sie* alle Macht in den Händen halten.

»Ja, es ist ein großer, verwilderter Garten. Mummy sagt, unter dem ganzen Unkraut würde er wahrscheinlich wunderbar aussehen.«

»*Mummy*? Das ist neu. Seit wann interessiert sich eure Mutter für einen Garten? Unseren hat sie völlig verkorkst. Dann wurde er von Mr. Broomhead übernommen. Erinnert ihr euch?«

»Ich glaube, sie will in ihrer Freizeit in unserem neuen Garten arbeiten.«

Robin schaut Suzie an, die in ihren eigenen Garten hinausstarrt. Draußen ist es dunkel und nicht allzu warm. Es war ein alberner Vorschlag von ihr, um diese Jahreszeit im Freien zu essen. »Jetzt gibt's schon zwei Frauen, die plötzlich Zeit haben. Schade, daß ihr euch nie vertragen konntet . . .«

Sie fährt zu ihm herum. »Wie meinst du das, Robin? Möchtest du etwa andeuten, Caroline und ich sollten unsere Freizeit miteinander verbringen? O Gott! Nach allem, was sie uns angetan hat . . .«

»Jetzt ist sie okay und drüber weg, so wie ich's vorausgesagt habe. Gestern telefonierte ich mir ihr, und da kam sie mir völlig verändert vor.«

»Warum mußt du sie immer entschuldigen? Ständig hast du sie verteidigt und kein einziges Mal verurteilt. Weil du von Gewissensbissen geplagt wirst?« Suzie hat ihren Job aufgegeben. Sie arbeitet nicht mehr, nicht einmal tageweise. Anfangs hatte sie alle Hände voll zu tun, als sie auf dem Dachboden ein Kinder- und ein Spielzimmer einrichtete.

»Das müssen wir jetzt klären, Suzie – willst du wirklich einen Innenarchitekten engagieren?« fragte Robin erstaunt. »Macht es dir keinen Spaß, die Tapeten und die Möbel selber auszusuchen?«

»Dafür würde ich nicht allzu lange brauchen, um Himmels willen!«

»Darauf kommt es nicht an.« Sie hatte das Angebot aus Brüssel bereits abgelehnt, denn es wäre tatsächlich selbstsüchtig gewesen, diesen Job anzunehmen. Niemals wollte sie eine so gefühllose, desinteressierte Mutter werden wie Caroline. »Diese Zeit soll für uns beide bedeutsam und erfreulich werden«, hatte er betont. »Es ist *unser* Baby. Und ein so besonderes Kind verdient eine Fulltime-Mutter, findest du nicht auch?«

Anfangs lachte sie. »Was um alles in der Welt soll ich mit meiner freien Zeit anfangen? Ich arbeite gern. Und es ist keine Schwerarbeit.«

»Aber sie führt dich weg von mir. Verstehst du das nicht?«

»Ehrlich gesagt, nein.« Und sie dachte über seine erste Frau nach, erinnerte sich an das Fernsehspiel, die Rolle, die Caroline entgangen war. Unbehaglich lag Suzie in ihrem Bett, sorgte sich wegen des Kindes in ihrem Bauch, hatte schon jetzt das Gefühl, es würde wie ein Parasit an ihr saugen, und befürchtete, sie würde es vielleicht nicht lieben können. Wenn sie auf etwas verzichtete, das ihr wichtig war, würde sie doch etwas beweisen, nicht wahr?

»Du siehst müde und blaß aus«, sagten alle. »Warum trittst du nicht ein bißchen kürzer?«

»Später kannst du immer noch arbeiten«, meinte ihre vernünftige Mutter. »Nimm ein bißchen Rücksicht auf Robin. Die Männer mögen das. Er liebt dich zu sehr, darin liegt das Problem.«

Und Robin verhätschelt sie, als wäre sie eine Porzellanpuppe. Sie gibt vor, das würde sie beglücken, doch das stimmt nicht. Noch nie hat Vanessa sie einen zweiten Cognac trinken sehen, und Daddy schaut gekränkt drein. Er weiß, daß Alkohol während der Schwangerschaft schädlich ist. Jetzt streckt er eine Hand nach Suzie aus. Wahrscheinlich will er . . .

»Verdammt!« schreit sie. »Ich brauche das! Warum läßt du mich nicht in Ruhe, zum Teufel? Oder verspürst du auch noch den krankhaften Zwang, mich zu bessern – neben all deinen anderen beschissenen Komplexen?«

Alle sind verlegen. Normalerweise geht es in Ammerton Mews nicht so zu. Eher in der Camberley Road. Amber springt auf, läuft zu Daddy und versucht, ihre kleine Hand in seine zu schieben. Aber er ist angespannt und wütend und läßt es nicht zu. Für den Bruchteil einer Sekunde empfindet Vanessa Mitleid mit Suzie, die nicht gegen ihren Mann kämpfen kann. Niemand kann das. Er ist viel zu sanftmütig und zu gut. Er entfernt sich einfach, flüchtet zu Gott oder in seine Arbeit.

Draußen ist es finster und kalt, und insgeheim wollen alle nach oben gehen und Feuer machen.

»Wohin wird Eileen ziehen?« fragt Camilla höflich.

Robin muß antworten, weil Suzie nicht kooperationsbereit ist. Sie sieht nicht gut aus, sondern erschöpft und nervös. Der Boden wurde ihr unter den Füßen weggezogen. »Nicht weit weg, in einen Bungalow im Dorf. Das ist viel besser für eine alleinstehende Frau. Sie kann alle ihre Katzen mitnehmen, wenn ich auch nicht weiß, wie lange sie den Autoverkehr vor der Tür überleben werden. Da fällt mir ein – hat eure Mutter schon festgestellt, in welche Schule ihr gehen werdet? Sicher verläßt du die Klosterschule nur ungern, Vanessa. Das alles muß ich genau wissen. Ich nehme an, eure Mutter hat sich nicht die Mühe gemacht, in eurer neuen Umgebung nach einer passenden Schule zu suchen? Am Telefon erwähnte sie jedenfalls nichts davon.«

Ja, Vanessa bedauert es, die Klosterschule und die glorreiche fromme Schwester Agnes zu verlassen, obwohl sie nicht mehr deren Favoritin ist. Als Kind fühlt sie sich sicher, als Frau wird sie Daddy verlieren. Doch jetzt möchte sie nicht mehr ins Kloster eintreten. Auch als Nonne könnte sie es nicht verhindern, erwachsen zu werden. Vielleicht würde sie ein Kindergesicht behalten, umrahmt vom Schleier, aber unter der Tracht wird ihr Körper weibliche Formen annehmen. Ihre Brüste wachsen schon jetzt, die eine schneller als die andere, und sie kann nichts dagegen tun. Wenn sie nachts Bandagen darum schlingt, schmerzen ihre Brüste am Morgen, und sie wachsen trotzdem weiter. Nicht einmal die inbrünstigsten Gebete halten sie davon ab.

Nein, es gibt kein Entrinnen vor der Tatsache, daß Daddy seine Frau liebt. Er mag diesen Typ mit den harten Gesichtszügen, und Vanessa sieht nur einen einzigen Ausweg: Sie muß entschlossen in Suzies Fußstapfen treten, sich von ihr beeinflussen lassen. Noch ist es nicht zu spät.

»Die jüngeren Kinder gehen in die Dorfschule, Camilla und ich in die alte High School. Die genießt einen sehr guten Ruf, das hat Mutter bereits herausgefunden.« Diese Informationen stammen aus der Broschüre des Immobilienmaklers. Und sie weiß, daß Suzie diese Schulen besuchte, bevor sie an der Universität studierte. Auch Vanessa strebt ein Studium an derselben Universität in Bristol an, die rechtsorientiert und ziemlich snobistisch sein soll.

Suzie runzelt ärgerlich die Stirn, während Daddy sich immer noch Sorgen macht. »Nachdem ihr in London gelebt habt, wird das eine gewaltige Umstellung für euch sein.«

»Sicher werdet ihr euch auf dem Land nicht wohl fühlen«, meint Suzie bissig, und Vanessa spürt zum erstenmal die ehrliche, unverhohlene Abneigung ihrer Stiefmutter.

Jetzt werden der ätzende Sarkasmus und das Hohngelächter allmählich verebben.

»Willst du uns etwa hier aufnehmen?« kontert Dominic.

»Ich glaube, das würde eurem Vater gefallen«, erwidert Suzie trocken. »Er kann so gut mit Kindern umgehen, und er weiß alles über Kinderbetreuung und -erziehung.«

»Diese Dinge haben wir oft genug erörtert, Suzie«, mahnt Robin. »Jetzt ist nicht der richtige Zeitpunkt dafür.«

»Was immer du wünschst, Liebster«, spottet sie, aber sie ist den Tränen nahe.

Er weigert sich, nach dem Köder zu schnappen. Komisch, Caroline pflegte das im gleichen ironischen Ton zu sagen, bevor sie nach ihrem nächsten Drink griff. Das tut jetzt auch Suzie. Irgendwas stimmt da nicht, ganz eindeutig.

»Die Ferien müßt ihr bei uns verbringen«, fährt Daddy fort. »Und kommt doch an allen Wochenenden, wenn ich auch nicht weiß, wo wir euch einquartieren sollen – nachdem jetzt der Dachboden umgebaut wird.«

»Früher dachte ich, man könnte da oben ein ideales Arbeitszimmer einrichten, hübsch und ruhig, mit wunderschöner Aussicht.« Aber niemand hört Suzie zu. Sie ist einfach nur schwierig und albern, fühlt sich ausgeschlossen und will mit diesem kindischen Benehmen die Aufmerksamkeit ihres Mannes erregen.

»Du mußt uns auch besuchen und bei uns übernachten, Daddy. Und bring Suzie und das Baby mit. Darüber würde sich Mutter bestimmt freuen.«

Er glaubt, Vanessa hätte gescherzt, und lächelt. »Vielleicht werden wir in irgendeinem Gasthof weiter unten an der Straße absteigen. Ich bezweifle, daß eure Mutter uns in ihrer unmittelbaren Nähe haben will. Wo liegt dieses Dorf eigentlich genau? Caroline sprach nur vom West Country.«

»Wahrscheinlich dürfen wir eine Katze halten.« Amber kann nicht länger schweigen, und Daddy ärgert sich über Suzie, das merkt man ihm an.

Zu Vanessas maßloser Erleichterung vergißt er die problematische Frage. Somerset ist ein großes County, aber es wäre gefährlich, es jetzt zu erwähnen. Suzie, ohnehin schon in die Defensive gedrängt, würde diesen Zufall unglaublich finden.

Vanessa genießt es, nicht mehr mürrisch dasitzen zu müssen, wenn sie mit Daddy und Suzie zusammen ist. Zum erstenmal geben ihr die geheimen Hoffnungen ein Gefühl der Ebenbürtigkeit, das sie im Haus ihrer Stiefmutter stets vermißt hat. Sie möchte ihre Hoffnungen in hartes Holz packen, auf Suzie schleudern und ihr weh tun. »Wir alle freuen uns sehr und können es kaum erwarten, aufs Land zu ziehen.«

»Das ist nur eine dumme Laune von Caroline«, behauptet Suzie. »Dieses Glück wird nicht lange anhalten. Sie paßt nicht in eine ländliche Umgebung, fährt nicht mal Auto – und wo will sie ihre Männer hernehmen?«

»Bitte, verdirb's ihnen nicht, Suzie, bitte!« warnt Daddy. »Du siehst doch, daß es ihr Herzenswunsch ist.«

»Hast du heute einen schlechten Tag, Suzie?« Diese Frage stellt Amber im gleichen unschuldigen Ton, als würde sie mit ihrer Mutter reden.

Suzie zertrümmert einen Teller. Klirrend zerspringt er am Boden, die Scherben fliegen nach allen Seiten. Es läßt sich schwer feststellen, ob sie es absichtlich oder versehentlich getan hat.

Aber Vanessa weiß, daß Suzie am liebsten schreien würde: ›Du kleines Biest!‹, und sie lächelt in bittersüßer Freude, als Daddy sich müde bückt und die Scherben aufhebt.

Jetzt ist die Nacht stockdunkel, und Vanessa fühlt sich in Daddys Auto erleichtert und geborgen nach der angespannten Atmosphäre dieses Abends. Sie sitzt vorn neben ihm, stets der beste Platz, und seine Traurigkeit bedrückt sie, aber sie freut sich über Suzies Zorn.

O Gott, morgen ist vielleicht alles anders. Morgen wird Suzie womöglich in schallendes Gelächter ausbrechen, wenn sie erfährt, daß die Übersiedlung aufs Land nicht stattfinden kann, daß Vanessa von der Polizei abgeholt wurde, daß sich die Kinder trennen müssen. Das wird Suzie neue Kraft geben, und sie wird sich wieder auf ihrem Podest emporrecken.

Vanessa zuckt zusammen, glaubt zu hören, wie Suzie zu Daddy sagt, sie habe es immer gewußt. ›Irgendwas stimmt nicht mit ihr. Ständig sitzt sie still und in sich gekehrt da und starrt ins Leere. Offensichtlich hat dieses Mädchen psychologische Probleme.‹

Sobald Vanessa das Licht sieht, das aus dem Haus auf die Straße fällt, beginnt ihr Herz schmerzhaft gegen die Rippen zu hämmern, und der Schock fühlt sich an, als hätte man sie in den Bauch geschlagen. *Was ist passiert?* Die Vorhänge sind nicht zugezogen, jeder Raum leuchtet strahlend hell, aber nichts bewegt sich. Niemand steht am Fenster und hält Ausschau. Sie wendet sich zu Daddy, so verängstigt, daß sie sich eine gefährliche Sekunde lang versucht fühlt, alles auszuplaudern. Doch er blickt hinaus und bemerkt: »Eure Mutter muß ausnahmsweise daheim sein. Vielleicht sollte ich reingehen und mit ihr reden.«

»Aber Suzie ist so durcheinander.« Vanessa sagt das erstbeste, was ihr einfällt. »Fahr lieber sofort zu ihr zurück.« Hinter sich hört sie Sacha wimmern. Sie muß die Zwillinge aus dem Auto schaffen, ehe sie anfangen, dumme Fragen zu stellen. »Und Mutter sitzt vermutlich in der Badewanne, wenn sie eben erst heimgekommen ist, und meistens bleibt sie stundenlang drin.«

»Wahrscheinlich hast du recht.« Doch er ist nicht restlos überzeugt. Erleichtert atmet sie auf, während die Kinder den Wagen verlassen, ausnahmsweise ohne großes Getue, und Daddy davonfährt.

Verschreckt drängen sie sich am Fuß der Eingangstreppe

aneinander und schauen nach oben. »Irgendwer muß da drin sein.« Dominics Stimme klingt geisterhaft. »Wenn's ein Einbrecher ist – oder Mr. Walsh?«

»Wir hätten Daddy mitnehmen sollen«, jammert Sacha. »Das gefällt mir nicht.«

Langsam stellt Camilla die einzig wichtige Frage: »Wie ist sie rausgekommen?«

»Wir wissen noch nicht, ob es Mutter war, die überall Licht gemacht hat, oder?« *Noch eine Nacht, o Gott, nur noch eine Nacht – das ist alles, worum ich Dich bitte. Es ist doch nicht zuviel verlangt. Warum mußt Du mich im Stich lassen und alles verderben?*

Von bösen Ahnungen unberührt, läuft Amber die Stufen hinauf. »Warum steht ihr alle hier rum? Schließt die Tür auf! Gehen wir zu Mummy!«

Entschlossen holt Dominic den Schlüssel hervor, öffnet die Haustür und verschwindet in der Nummer 14, Camberley Road. Camilla folgt ihm, schützend einen Arm um Ambers Schultern gelegt. Ihr goldblondes Haar schimmert im Licht der Verandalampe, als sie die Schwelle überquert. Sie schauen nicht zurück, kümmern sich nicht um Vanessa. Für sie alle ist es einfach, vertrauensvoll da hineinzugehen – sie sind Kinder, haben nichts verbrochen.

Aber Vanessa, kreidebleich, kann das Haus nicht betreten. Da drin wird Mutter warten, das Haar zerzaust, mit wilden Augen, völlig verrückt. Ein Alptraum.

Vanessas Kopf ist riesengroß und schwer geworden, und sie muß ihn vorsichtig auf dem Hals balancieren, wenn er nicht herunterfallen und auf dem Pflaster in tausend scharlachrote Stücke zerspringen soll. Sie schlingt die Finger ineinander, beißt sich auf die Lippen, starrt zum Wohnzimmerfenster hinauf. Ihre Grausamkeit wird ihr bewußt, schmerzhaft und überwältigend, und sie weiß, daß Mutter niemals, niemals verzeihen wird, geschweige denn Gott.

Plötzlich sind alle Lichter im Lachkabinett erloschen, und es verwandelt sich in ein Schreckenshaus.

Als sie ihr einen Kuß gab, tat sie es ganz sanft, und sie berührte die Wange ihrer Tochter nur ganz vorsichtig. Die Tränen strömten wie Regen über ihre Gesichter.

34

Es war so unglaublich gefühlvoll – und Vanessa fast wahnsinnig, völlig besessen von Dingen, die irgendwie nicht ganz normal anmuteten. Keine schämte sich, sie beschlossen einfach, es nicht zu erwähnen. *Niemals.* Der Kuß schien das zu besiegeln und zu sagen: ›Versteck es, bis ich tot bin, und dann kannst du's hervorholen, aber nur, wenn es unbedingt sein muß.‹

Aber wie man's auch immer betrachtet – Mutter ist gerettet.

Herbst, Winterzeit, Frühlingszeit, Zeit für Mutter – sie ist es, nach der sich jeder sehnt, aber sie ist nicht nur Milch und Honig. Notfalls kann sie auch streng sein. Und obwohl sie erst seit einem knappen Jahr in Poppins leben, gehört sie bereits dem dörflichen Festkomitee und dem Elternbeirat der Schule an, und sie organisiert die Vorträge während der Debatten im Rathaus. Sie hat neue Freunde gefunden, und anscheinend ist sie sehr beliebt – auf schickliche Weise. Ständig kommen Leute vorbei, wollen Mutters hausgemachte Limonade trinken und ihre knusprigen braunen Biskuits essen. Und immer wieder sagen sie: »Was für eine bemerkenswerte Frau Sie sind!«

Sie hat begonnen, Cello zu spielen. Abends, wenn es dunkel wird, musiziert sie im Garten. Bei Vollmond schwimmt sie nackt im Bergsee, und sie erklärt, nun wisse sie, wie man sich im Inneren eines Diamanten fühlt.

Wie klein ihre Welt jetzt ist . . . Aber das scheint sie nicht zu stören. Man kann ihr ganz nah sein, mit ihr kuscheln, sie *einatmen.* Die ist eine Mutter, der man diese komischen Karten schicken müßte, mit der Aufschrift: »Mutter ist ein anderes Wort für Liebe . . .«

Sie ist eine Mutter wie aus einem Märchen. Eine etwas tragische Figur, sieht sie aus, als wäre ihr sehr weh getan worden, als würde sie ihr Kampf gegen dieses Leid für den Rest ihres Lebens zeichnen. Aber ihr schönes, versonnenes Lächeln zeigt so viel Weisheit, so viel Verständnis, daß der arme Lot immer wieder von neuem sein Herz verliert. Sie gleicht der ertrunkenen Statue, die er im Brunnen gefunden hat.

Der Heide Lot in seinen ausgebeulten Hosen, den kragenlosen, gestreiften viktorianischen Hemden – ausgebleicht und fadenscheinig –, und den Sandalen ist ihr nützlich wie ein Hündchen an der Leine, und er wird geliebt. Er hält ihr andere, gefährliche Männer mit primitiven Neigungen vom Leib, und das wissen die Kinder zu schätzen. Er will nur in Carolines Nähe sein und ihr Freude machen. Mit seinen starken, geschickten Händen baute er einen Hühnerstall und sägte aus der Küchentür eine Klappe heraus für die Katze. In Somerset sieht er viel »normaler« aus. Er glaubt, das müßte es gewesen sein, was in London nicht mit ihm gestimmt hat. »Ich bin fürs Landleben geboren, ein erdverbundener Mensch, den es zur Erde zieht.«

Er läßt seine Muskeln spielen, bringt Mummy Blumensträuße und Obst, manchmal in seltsamen Arrangements. Und er scheint sich vorzustellen, sie wäre eine Art Baumgöttin. Er wechselt Steckdosen aus, hackt Holz, schnitzt Flachboote für Dominic, arbeitet unermüdlich im Garten, verschwitzt und bronzebraun, gräbt das Erdreich um, in dem sich Würmer winden. Sein Hemd hängt am Spatengriff, wie eine Fahne, die sein Glück verkündet. Den Leuten, die er liebt, schickt er Lavendelsäckchen – Mum und Dad, Bart und Ruby. Natürlich ist sie zu ihrem Mann zurückgekehrt, wollte ihm nur eine Lektion erteilen. Hinter den Kulissen rettete ihr Dad das Haus und die Firma. Im Aufsichtsrat verlor Bart seine ausschlaggebende Stimme, aber das störte ihn nicht.

Der Garten gleicht einem Wandteppich, mit hohen Hekken und schmalen grünen Pfaden und restaurierten alten Rosenlauben. Auf altmodischen Beeten wuchern Mummys Lieblingsblumen – Malven, Lupinen und Glockenblumen. Wenn sie an Sommerabenden mit einem Limonadenkrug draußen sitzen, fliegen Mauersegler über ihre Köpfe hinweg.

Viele kleine Hütten stehen im Garten, neue und alte. Immer wieder finden die Kinder vergessenes Spielzeug – Teile eines zierlichen Puppenteeservices im Unkraut, die rostenden Räder eines Puppenwagens.

Mrs. Guerney wollte nicht mitkommen, obwohl Mummy sie darum bat. »Jetzt brauchen Sie mich nicht mehr«, sagte sie keineswegs beleidigt. »Das sieht doch jeder. Ich hab' mir wirklich Sorgen um Sie gemacht und mich gewundert, was da wohl los war. Aber Vanessa ist so ein verläßliches Kind, und da dachte ich mir: Alte dumme Gans, misch dich da nicht ein! Die zwei Wochen in Broadlands und Ihr letzter Job, was immer das auch gewesen sein mag, und ich will nicht neugierig sein, Mrs. Townsend – jedenfalls sind Sie in dieser Zeit viel reifer geworden. Nun brauchen Sie mich nicht mehr – und *ihn* schon gar nicht. Sie brauchen überhaupt niemanden. Ich kann mich um meine Untermieterin kümmern und bei Mr. Morrisey saubermachen, wo's doch seiner Frau so schlechtgeht, der armen alten Seele. Sind Sie jetzt wirklich okay, Mrs. Townsend?«

Es war ein rührender Augenblick. Und Caroline küßte Mrs. Guerney. Auch die Kinder umarmten und küßten sie, und sie preßte die Lippen fest zusammen, und ihr großer Busen zitterte. Aber man merkte ihr an, daß es ihr gefiel. Vor dem Umzug legten sie alle zusammen und kauften ihr eine Büste von der Queen.

Ilse kehrte nach Schweden zurück. Davor ließ sie sich von Paolo einen Ring an den Finger stecken. Es ist fraglich, ob sie sich die nötigen Qualifikationen aneignen wird, um wieder nach England zu kommen, und ob Paolo überhaupt britischer Staatsbürger ist. Aber Mrs. Guerney bewies menschliche Größe und schenkte ihr eine funkelnagelneue Union-Jack-Tasche.

Die Sonne weckt die Kinder in goldenen Morgenstunden; sie späht durch die mit Klematis überwachsenen Fenster herein, küßt sie mit flatterndem Licht, ruht sich auf den Patchwork-Decken aus, die sie mit Mummys Hilfe genäht haben. Amber und Sacha wollen sich nicht trennen lassen, aber die anderen bewohnen ihre eigenen Zimmer. Vanessas Reich liegt in der Mansarde, mit zwei winzigen Fenstern im Strohdach, genauso eingerichtet, wie es ihr gefällt.

Es ist zu heiß, um zu verreisen – besonders mit einem schreienden Baby in der Tragetasche auf dem Rücksitz. Suzie fährt den Peugeot, denn Robin kann Holly viel besser beruhigen als seine nervöse Frau. »Wahrscheinlich, weil ich an Kinder gewöhnt bin, im Gegensatz zu dir. Du wirst es schon noch lernen, du darfst dich bloß nicht so krampfhaft drum bemühen. Holly liebt dich, aber Babys fühlen sich nun mal sicherer, wenn sie fachkundig behandelt werden.«

Wie ein Kind läßt sie den Kopf hängen. Natürlich wäre die Reise komfortabler, hätten sie den Jaguar genommen. Aber dann müßten sie ständig nach Parkplätzen suchen, damit Robin aussteigen und das Baby besänftigen könnte. Und Suzie läßt er nicht ans Steuer seines Wagens. »Nicht, daß ich kein Vertrauen zu dir hätte, Darling. Jeder weiß, daß Frauen besser fahren als Männer. Ich glaube, es hängt mit Caroline zusammen. O Gott, du hättest sehen sollen, wie sie mit ihren Autos umging! Seit man ihr den Führerschein weggenommen hat, sind die Straßen viel sicherer.«

Wie stickig es im Peugeot ist . . . Das Wagendach darf nicht geöffnet werden, denn Robin befürchtet, Holly könnte sich erkälten. Und Suzie wagt es nicht, ihr Seitenfenster allzu weit herunterzukurbeln, sonst würde er sich für die nächsten Stunden in seinem Schmollwinkel verkriechen. Sie fühlt sich schuldig an seinen schlechten Stimmungen, und sie hofft, an diesem Wochenende werde alles gutgehen, damit er sich endlich damit abfindet, daß seine Kinder ihn nicht mehr brauchen – nicht so dringend wie früher.

»Wir sind jetzt eine Familie«, betont sie. »Deine neue Familie. Du mußt die anderen loslassen.«

»Sie sind immer noch meine Kinder.«

»Natürlich, Robin.«

»Und ich will dafür sorgen, daß sie ordentlich erzogen werden.«

»Wie altmodisch du dich ausdrückst . . .«

»Man kann Caroline nicht trauen. Übrigens, hast du die Ersatzfläschchen eingepackt?«

»Nein, nur eins. Ich dachte, man könnte es jedesmal ausspülen.«

»Du hast es vergessen! Ich habe dich eigens darum gebeten, und du hast es vergessen! Sicher, das klingt merkwürdig – aber manchmal glaube ich, du tust so was mit Absicht. Dabei hängt viel von einer einwandfreien Sterilisation ab. Kinder in Hollys Alter sind sehr anfällig für Bakterien. Darauf muß ich dich wohl nicht hinweisen.«

Suzie versteift sich, aber sie schweigt. Eine Antwort wäre sinnlos. Er beobachtet alle ihre Bewegungen, den rechten Fuß auf einer imaginären Bremse vor dem Beifahrersitz, das Kinn verkrampft, einen Arm über der Lehne. Immer wieder atmet er auf, als wäre er soeben einer tödlichen Gefahr entronnen, und das ärgert sie maßlos. Die Räder streifen das Rasenbankett. Das ist ihr noch nie passiert. Sie war immer eine gute Fahrerin. Angst steigt in ihr auf. Sie zuckt zusammen, ihre heißen, schweißnassen Hände umklammern das Lenkrad etwas fester. Früher ist sie gern gefahren. Und nun hat sie sich sogar das falsche Auto ausgesucht. »Viel zu beengt. Ein Kombi wäre vernünftiger. Caroline hatte immer einen Kombi. Da kann man alles viel besser unterbringen, den Kinderwagen und die Einkaufstüten.«

Sie wollte Jeans anziehen, aber Robin erklärte, die wären viel zu warm. »Du willst doch braune Beine kriegen, oder?« Und sie protestierte nicht, obwohl sie gern Jeans getragen hätte, so wie immer in Poppins.

Erst bei Carolines Übersiedlung erfuhren sie, daß sie Poppins gekauft hatte. Es gab keinen Kontakt zwischen Robin und seiner ersten Frau, nur ein seltsames, entnervendes Schweigen ging von der Camberley Road aus, während der Tag des Umzugs näherrückte, als bestünde kein Interesse mehr an Robin. Das Spiel war endgültig vorbei.

Caroline und die Kinder verließen London im Juli, und Vanessa – die verantwortungsbewußte Vanessa – schickte ihm eine Karte mit der neuen Adresse, ebenso allen Freunden und Bekannten. Um so etwas kümmerte sich ihre Mutter natürlich nicht. Sie würde ihre Freunde ganz spontan anrufen, wenn sie merkte, daß niemand wußte, wo sie war.

»Was ist das, Robin?« Suzie war zur Tür gewatschelt, um die Post zu holen, hochschwanger und tolpatschig wie ein Pinguin, nicht mehr flink, nicht mehr behende. Sie kniff die Augen zusammen, als sie die Karte las, und preßte eine Hand auf den Mund. Ihre Küche, in hellem, freundlichem Gelbgrün, schien sich zu verdunkeln, und sie ging mit der Karte zum Fenster. »Was soll das heißen? Will sich Vanessa einen Scherz mit uns machen?«

»Laß mal sehen.« Er saß am Frühstückstisch und blätterte in der restlichen Post, auf das fröhliche grüne Tuch gestützt, während sie Orangensaft für ihn auspreßte und Kaffee für ihn kochte. »Poppins! Merkwürdig ... Da steht auch die frühere Telefonnummer deiner Mutter.«

»Das kann doch nicht wahr sein ...«

Er lachte höhnisch. »Natürlich nicht. Warum mußt du immer die falschen Schlüsse ziehen und alles dramatisieren?«

»Was soll ich denn davon halten?« schrie sie, beugte sich vor und klopfte mit einem verzweifelten Finger auf die Karte. »Daraus geht eindeutig hervor, daß sie jetzt in Poppins wohnen. Mummy weiß noch immer nicht, wer das Haus gekauft hat. O Gott, wie schrecklich! Jetzt ist alles zu Ende.« Schwerfällig sank sie auf einen weißen Küchenstuhl – platsch – und begann zu zittern und zu sabbern und um Hilfe zu rufen.

»Bitte, weine nicht, Suzie. Nach all den Monaten durften wir mit gutem Grund glauben, Caroline hätte das Schlimmste überstanden. Und wie sich nun herausstellt, muß sie die ganze Zeit überlegt haben, wie sie dich am schmerzhaftesten treffen kann. Nur um dich zu kränken, hat sie das Haus gekauft. Sogar ich – obwohl ich sie nun wirklich gut kenne – bin entsetzt, weil die Frau, die ich einmal geliebt habe, zu einer solchen Bosheit fähig ist.«

Aber obwohl er so viel Mitgefühl demonstrierte, konnte er seine Genugtuung nicht verbergen, als wäre dies der Beweis, auf den er gewartet hatte, der Beweis, daß Caroline ihn immer noch liebte. Aus welchem anderen Grund hätte sie es tun sollen? Warum sollte sie sonst so grausam sein? Warum würde sie die arme Suzie immer noch hassen?

»O ja, sie ist clever«, schluchzte Suzie, die Arme über ihr ungeborenes Baby gelegt. »Das muß ihr der Neid lassen. Sie ist cleverer und viel feinfühliger, als ich dachte, denn sie weiß, wieviel Poppins mir bedeutet. Und das konnte sie nur herausfinden, indem sie die Kinder aushorchte. Wie kleine Spione kamen sie in mein Haus und versorgten Caroline mit Informationen. Ich glaub's einfach nicht! Wie heimtückisch sie ist! Wie raffiniert!«

»Jetzt würde Poppins so oder so jemand anderem gehören.«

»Ich weiß, ich weiß«, heulte Suzie. »Aber ausgerechnet Caroline und den Kindern! Es sieht so aus, als hätten sie letzten Endes doch noch gewonnen.«

»Es war niemals ein Kampf, Suzie.« Er griff nach seiner vollgestopften Aktentasche, um zum Fernsehsender zu fahren.

»Für dich nicht, nein.« Den ganzen Tag hatte Suzie nichts zu tun. Nicht einmal ein Termin beim Zahnarzt. Gar nichts.

»Sie wird es nicht einmal eine Woche lang aushalten . . .«

»Oh, hoffentlich nicht! Jedenfalls werden sie zu Weihnachten nicht hierherkommen, Robin. Ich warne dich. Noch einmal halte ich das nicht aus.«

Aber während sich die rachsüchtige Caroline in Poppins breitmacht, weiß Robin, daß er sie noch immer nicht verloren hat. Und die Kinder auch nicht. Immer wieder schickt er Vanessa kleine Geschenke – hauptsächlich religiöser Art, ein ledernes Lesezeichen, Weihrauchstäbchen, bedeutsame Verse, die er irgendwo ausgegraben hat. Holly wird in seinem Glauben erzogen werden, das ist Suzie klar. Nie hat sie etwas anderes erwartet. Und bis vor kurzem war es ihr auch nicht so wichtig. Aber nun sieht sie eine subtile Intrige darin, voll von geheimnisvollem Hokuspokus, der sie zur Außenseiterin stempeln soll.

Nur ein einziges Mal fragte sie ihn, ganz am Anfang ihrer Liebe: »Möchtest du, daß ich zum katholischen Glauben übertrete? Du hast es nie erwähnt. Und manchmal fühle ich mich ein bißchen ausgeschlossen, weil du deine Religion so wichtig nimmst.«

Er warf ihr einen ironischen, mißbilligenden Blick zu.

»Das ist nun wirklich kein stichhaltiger Grund, um den Glauben zu wechseln.«

Und so sprach sie nie wieder davon.

Nun sind sie fast am Ziel. Wochenlang wartete Robin vergeblich auf eine Einladung und lud sich schließlich selber zu einem Wochenende in Poppins ein. »Was?« schimpfte Suzie. »Ohne mich zu fragen? Wie konntest du! Wenn Caroline dich sehen wollte, hätte sie um deinen Besuch gebeten. Jedenfalls fahre ich nicht mit. Du kannst nicht von mir verlangen, daß ich mich in diese Räuberhöhle begebe. Mit mir haben diese Leute nichts zu tun. Fahr allein hin.«

Suzies Reaktion war verständlich, aber Robin beharrte auf seinem Standpunkt. »Denk doch an Holly, bitte, und werde endlich erwachsen! Du solltest dich allmählich mit der Situation abfinden. Das sind Hollys Stiefgeschwister. Und wenn sie dir auch aus unerfindlichen Gründen mißfallen – vielleicht infolge einer tiefverwurzelten Unsicherheit, die ich sogar begreife –, sind sie nette, intelligente, wohlerzogene Kinder. Natürlich müssen sie Holly kennenlernen. Und es ist höchste Zeit, diese Fehde zwischen euch zu beenden. Du bist jetzt eine Mutter, Suzie, kein kleines Mädchen mehr. Als ich mit Caroline telefonierte, beteuerte sie, alle würden dich gern wiedersehen. Und sie freuen sich auf Holly. Nun ist das Baby schon acht Monate alt, und sie konnten es noch nie bewundern.«

Sie tobte und fluchte, ohne Erfolg. Robin erklärte, sie müsse mitfahren, und dabei blieb es.

Es ist so seltsam. Seit der Übersiedlung fragten seine Kinder kein einziges Mal, ob sie ein Wochenende in London verbringen könnten.

Oh, wie der armen Suzie davor graut, ihr Elternhaus zu betreten, in dem jetzt andere Leute wohnen.

35

Ich frage mich, ob Caroline inzwischen besser kochen kann.«

Suzie wirft ihm einen scharfen Blick zu.

»Und wie kommt sie mit dem Garten zurecht? Sie weiß nicht einmal, wie ein Spaten aussieht.« Robin kichert spöttisch.

Sie parken neben dem Gartentor, und Suzie muß die Augen schließen. Der duftende Wind weht Erinnerungen heran. Als sie das letzte Mal hier war, saß sie in Eileens Küche, beobachtete die zitternden Hände ihrer Mutter, trank aus der vertrauten blau-weißen Teetasse. Sie bekam ein Gefühl für Zeit und Raum, das heilsam wirkte. »Das ertrage ich nicht«, würgt sie hervor und umklammert Robins Ärmel.

»Sei nicht so albern, Suzie. Du trägst das Gepäck herein, und ich nehme Holly. Später kannst du ja mit ihr spazierengehen, wenn du's nicht in Carolines Nähe aushältst. Ich mache die Räder an der Tragetasche fest, aber du mußt aufpassen. Diese schmalen Landstraßen sind nicht asphaltiert . . .«

Mit wichtiger Miene steigt er aus dem blauen Auto, dann bleibt er abrupt stehen, als er Caroline sieht. Sie eilt den Weg herab. Schüchtern wippen ihr Locken unter dem breiten Strohhut. Sie ist sonnengebräunt, ihr dünnes himmelblaues Kleid fast durchsichtig. Ihre lächelnden Augen schimmern im sanften Grün der Trauerweiden, an denen sie vorbeiläuft. Sie streckt die Arme aus – eine Geste, die nur aufrichtige Herzlichkeit bedeuten kann –, und alles wirkt so perfekt. »Robin!« ruft sie. »Endlich! Danke, daß Sie gekommen sind, Suzie. Sicher ist es Ihnen schwergefallen. Nun wollen wir alles wiedergutmachen, wenn Sie's uns erlauben. Darf ich das Baby nehmen?« Und sie bückt sich, entblößt einen sanft gewölbten Busenansatz und nimmt Holly in ihre nackten, weichen, mütterlichen Arme.

Kann dieses Geschöpf Caroline sein? Suzie versucht, ihr Erstaunen zu verbergen, aber das ist schwierig. Sehr schwierig. Über dem Gatter sieht sie die nackten Zwillinge in kleinen, aufblasbaren Schwimmbecken planschen. Das blaue Plastikmaterial ist ein weiterer Farbfleck im üppigen Grün. Ein Mann, der wie Adonis aussieht und einen Sonnenhut trägt, bringt ein Tablett mit Sandwiches aus dem Haus und stellt es im Schatten auf den alten Korbtisch, von den ausgebeulten verbogenen Stühlen umgeben. Dominic hängt an einer Strickleiter, auf halbem Weg zu einem Baumhaus. Aufmerksam, wie ein zufriedener Wiederkäuer, beobachtet er die Ankunft der Gäste, während Camillas schmales Koboldgesicht zwischen den Zweigen herabgrinst. Dieses zierliche Kind, die hübsche Ballerina, sieht jetzt wie Tom Sawyer aus, eher wie ein Junge als ein Mädchen.

»Daddy! Daddy!« Die nackten Zwillinge laufen zu Robin, klammern sich aber nicht an ihn wie früher. Ihre Augen verraten andere Gefühle, zum Beispiel Stolz. Sie ergreifen seine Hände, dann schreien sie: »Komm doch und schau!«

Er räuspert sich, als er davongezerrt wird. »Moment mal . . .« Nun wird er zu falscher Jovialität gezwungen. »Ich wollte euch alle zum Tee ausführen. Das habe ich doch gesagt. Und ich dachte, ihr würdet alle angezogen und fertig sein.«

»Es ist so heiß, Daddy, viel zu heiß. Und wir haben so viele Sandwiches, die müssen gegessen werden.«

»Also, dann gehen wir heute abend vielleicht in ein Restaurant und gönnen eurer Mutter ein bißchen Ruhe. Zuerst müssen wir Hollys Sachen in die Küche bringen, weg von den Fliegen.«

»O Daddy, mach nicht so ein Getue. Gib das Zeug einfach Lot.«

Er runzelt die Stirn. »Wem?«

»Lot wird sich um alles kümmern. Komm jetzt, Daddy, und schau, wie wir springen!«

Wenn das eine Show ist, die Verwirrung stiften soll, dann wurde sie gut geprobt. Aber es kann keine Show sein. Verblüfft schaut sich Suzie um. Alles ist genauso wie damals, als sie mit Mummy und Daddy hier lebte und ihre kleinen Freunde zu Besuch kamen. Wunderbar, vollkommen, eine naturgetreue Wiedergabe einstiger Zeiten.

Und wie Caroline sich verändert hat . . . Sie strahlt vor Zufriedenheit. Ohne zu überlegen, sagt Suzie: »Ich glaube, ich hätte Sie nicht wiedererkannt, Caroline. Sie sehen so schön aus, so glücklich.«

»Oh, das bin ich.«

»Oh, das ist sie. Der Mann unten an der Straße, der Werbespots fürs TV macht, hat vorgeschlagen, sie soll was mit ihm drehen, für sehr viel Geld. Aber sie hat keine Lust dazu. Nicht wahr, Mummy?«

Nichts an ihr wirkt gekünstelt. Sie ist eine Schauspielerin, aber niemand könnte sich natürlicher verhalten. Und niemand könnte es einstudiert haben, wie Dominic jetzt zu ihr schlendert, seine kleine braune Hand in ihre schiebt und geduldig wartet. Auch Camilla spielt nicht Theater, als sie selbstsicher herbeiläuft. »Essen wir jetzt? Soll ich den Brombeerwein holen oder den Rote-Bete-Saft?«

»Nein, Liebes, wir trinken Tee.«

Dieser saftige Rührkuchen kann nur mit sehr viel Liebe gebacken worden sein. Und niemand, der Kinder nicht liebt, könnte ein so idyllisches Plätzchen für Holly gefunden haben, unter einem Sonnenschirm – unter natürlichen Windglöckchen aus Blättern und Zweigen. Das Baby weiß es. Das Baby gluckst entzückt. »Oh, sie ist hinreißend, Suzie. Sie müssen sehr stolz auf sie sein. Sie ist einfach wundervoll. Camilla, schau doch, diese winzigen Fäustchen! Tut mit leid, Suzie, ich bin ganz verrückt nach den Babys anderer Leute.« Caroline scheint das Bild des kleinen Mädchens geradezu einzusaugen, dann schließt sie kurz die Augen, als wollte sie es in ihrer Erinnerung festhalten.

Ist Holly wundervoll? Wirklich? Suzie hat es fast vergessen. Sie sieht das Baby durch die Spinnweben ihrer Sorgen und aller möglichen schwierigen Probleme.

Robin steht etwas abseits und blinzelt wie eine Eule, die Hände hinter dem Rücken verschränkt, während er die wilde Planscherei der Zwillinge beobachtet. Man könnte fast meinen, sie hätten seine Anwesenheit vergessen. »Wo ist Vanessa?«

Plötzlich fällt ein schmerzlicher Schatten über Carolines Gesicht. Sie nimmt ihren Hut ab, fächelt sich Kühlung zu, und dann hören sie alle einen grausigen Schlagzeugrhythmus. Robin schaut zu den obersten Fenstern des Hauses hinauf, mühsam kann man die verdammten Worte »Inject The Venom« verstehen.

»Grauenvoll!« Robin hält sich die Ohren zu, mißtrauisch verengen sich seine Augen. Nicht alles ist hier in Ordnung.

»A C-D C«, erklärt Dominic mit eifrigem Lächeln. »Sie hört jetzt nichts anderes als A C-D C.«

»Heavy Metal«, ergänzt Caroline und stülpt sich wieder den Sonnenhut auf den Kopf. »Sie wußte, wann ihr kommen würdet. Und sie ist wirklich ungezogen. Sie hätte runterkommen sollen. Wenn du willst, rufe ich sie, aber vielleicht sollten wir ein bißchen warten.«

Alle sehen, wie gekränkt Robin ist. Sein kleines Mädchen hätte ihm entgegenlaufen müssen.

»Ich rief nach ihr, als ich euch vorhin ankommen hörte«, beteuert Caroline ein wenig nervös. »Entschuldigt mich, ich werde mal nach ihr sehen . . .« Sie verschwindet im Haus für gute fünf Minuten, während Robin wartet, auf seine Uhr schaut, den Zwillingen und Suzie ein schwaches Lächeln schenkt. Alles wirkt so seltsam – an diesem fremden Ort verliert er den Boden unter den Füßen.

Suzie sinkt vorsichtig in einen der alten wackligen Sessel, einfach nur erleichtert, weil ihr schwieriges Baby ausnahmsweise still ist und friedlich an einem winzigen Daumen saugt. Sie blickt sich in ihrem wunderbaren Garten um, erinnert sich an jene glücklichen alten Zeiten. Wie ein Boxer möchte sie die Arme heben und ihr Gehirn vor dem Ansturm dieser Erinnerungen schützen. Hier gehört nichts mehr ihr, und sie fühlt sich, als wäre es ihr gestohlen worden.

Welcher Schock! Vanessa ist ganz in Schwarz gekleidet, ihr Haar ein Wust aus violetten, mit Gel zurechtgezwirbelten Stacheln, und sie sieht aus wie ein prähistorisches Ungeheuer. Ein Silberring hängt an ihrer Nase. In den hautengen Jeans klaffen Löcher über den Knien, in den plumpen Stiefeln hat sie häßliche Entenfüße. Unsicher geht Robin ihr entgegen. »Darling?«

Sie späht zwischen dicken schwarzen Wimpern hervor und würdigt ihn keiner Antwort.

»Was hat das zu bedeuten?«

Schweigen. Nur ein gelangweilter Blick. Eine der monströsen Fußspitzen klopft ins Gras. Warum trägt seine Tochter Arbeiterstiefel?

»Nun, du hast dich sehr verändert. Wie lange dauert das schon?« Er mustert sie wie ein strenger Richter, der ein Strafmaß verkündet, aber er gibt seiner ersten Frau die Schuld. Die ist es, die ihm das alles erklären muß.

Caroline lacht unsicher. »Ach, das ist nur eine Phase, Robin. Sie ist jetzt vierzehn, weißt du, und sie mußte so lange die Verantwortung tragen, daß sie sich jetzt einfach ein bißchen abreagieren muß, verstehst du . . .«

»Aber auf diese Weise? Vanessa!« Er schlägt sich mit der flachen Hand auf die Stirn. »Das glaube ich einfach nicht. Das Mädchen muß krank sein.«

»Nein, Robin, nein.« Caroline lacht leise und traurig. »Man muß sie nur in Ruhe lassen, damit sie mit sich ins reine kommen kann, ohne daß sich irgendwer einmischt.«

»Wie kannst du so reden, Caroline? Als Mutter warst du schon immer unglaublich dumm und pflichtvergessen, aber ich hätte nie gedacht . . .«

»Robin, bitte! Das klingt so . . .«

»Sei still, Suzie. Du weißt nicht, wovon du sprichst.«

»Aber warum mußt du so unfreundlich sein?«

»Ich bin jetzt erwachsen, Daddy. Eine Frau.«

»Das weiß ich. Und du siehst widerwärtig aus!«

Vanessa schenkt ihm ein Clownslächeln unter dem kreideweißen Make-up. Es ist nicht das Lächeln eines Kindes. Abrupt macht sie auf ihrem fünf Zentimeter dicken schwarzen Gummiabsatz kehrt.

Das Blut steigt in Carolines Wangen. »Sollen wir Tee trinken? Ich glaube, alles ist fertig. Die Kinder werden gleich die Tassen bringen. Setzt dich, Robin, es ist viel zu heiß für ein Drama. Versuch, dich zu entspannen.«

Erbost läßt er sich in einen Sessel fallen und starrt den Rücken seiner Tochter an, die im kühleren Schatten verschwindet und durch die offene Haustür stapft, unter einer rustikalen Augenbraue aus Stroh. Ist es möglich, daß diese gräßliche Musik jetzt noch lauter dröhnt?

Silbrig schimmern die Hügel im Sonnenlicht, Butterblumen übersäen die Wiesen mit ihrem Gold. »Hier ist es wirklich sehr hübsch«, bemerkt Robin. »Offenbar hast du das Beste aus deinem Leben gemacht, Caroline.« Während Robin wartet, bis der Tee eingegossen wird, grinst er gezwungen.

Hinter den Dachfenstern lärmt der Beat, eine Voodoo-Atmosphäre hängt in der Luft, als Caroline ihm seine Tasse reicht. »Für Vanessa ist das eine schwierige Zeit. Sie verändert sich . . . Nimm dir doch ein Sandwich!«

»Wie kannst du bloß so reden, Caroline? Du hast dich nicht verändert, oder? Immer noch dieselbe armselige . . .«

»Robin, bitte!«

»Schon gut, Suzie. Ich bin an so was gewöhnt. Vanessa ist schön auf ihre eigene Art, wenn du nur hinter das Schwarz und Weiß schauen würdest.«

»Das werde ich nicht tun. Ich hätte überhaupt nicht genauer hinschauen dürfen. Das ist meine Tochter, und ich wäre gern mit ihr ausgegangen, aber jetzt habe ich wirklich keine Lust auf Hamburger und Chips in irgendeiner Kneipe am Straßenrand . . .«

Erstaunt wenden sie sich zu Suzie, die in lautes Gelächter ausbricht. Vielleicht liegt es an der Hitze und an der schrecklichen Fahrt, vielleicht an ihrem geliebten Garten, den sie jetzt wiedersieht, und damit mischt sich die Angst vor Carolines und Robins haarsträubendem Benehmen. Das alles könnte ihre Nerven überstrapaziert haben. Jedenfalls wirkt ihr Lachen ansteckend.

Suzie zittert am ganzen Körper, wischt sich über die Augen, und Caroline – von Robins Zorn verunsichert – kann sich nicht länger beherrschen, beginnt ebenfalls zu lachen. Sie schauen einander an, während sie erschöpft dasitzen und das Gefühl der Unabänderlichkeit in sich aufnehmen, das Suzie als Kind immer getröstet hat. Ein beruhigender Balsam. Während der Beat durch die Dachfenster donnert und Robins Wutgeschrei den Wind durchschneidet, sinken sie in sich zusammen und lachen und schwenken die Hände durch die Luft, um die erhitzten Gesichter zu kühlen. Schließlich würgt Suzie hervor: »Das ist kein Wettstreit, Robin! Deine Frauen, deine Kinder – jetzt kämpft niemand mehr um den ersten Platz in deinem Herzen!« Ihre Stimme droht zu ersticken, und sie wischt sich Lachtränen von den Wangen. »Deshalb wolltest du doch herkommen, nicht wahr? Und deshalb mußte ich dich begleiten!«

Zum Schweigen gebracht, starrt er seine Frau in verkniffenem Staunen an.

»Gehen wir hinein, Suzie«, schlägt Caroline vor. »Nehmen Sie Ihre Teetasse mit. Hier draußen ist es zu heiß, und die Kinder können sich mit Robin unterhalten.«

»Und Holly?« Nervös zögert Suzie, kichert immer noch hysterisch.

»Bei mir ist Holly viel besser aufgehoben«, bemerkt Robin bissig.

»Lot kann sich um Holly kümmern – oder vielleicht müßte Vanessa sie für eine Weile zu sich nach oben holen ...«

»Vanessa?« ruft Robin entsetzt. »Bist du wahnsinnig? Du mußt den letzten Rest deines Verstandes verloren haben, wenn du glaubst, ich wäre so verantwortungslos, dieser Kreatur mein Kind anzuvertrauen.« Schweiß strömt über sein Gesicht, und er wischt ihn kraftlos ab.

»Aber Vanessa ist keine deiner Ehefrauen, Robin, sondern deine dich liebende Tochter, nach deinem Ebenbild geschaffen. Sicher kannst du ihr vertrauen. Außer Isobel und dem lieben Gott muß es doch sonst noch jemanden geben, dem du nach wie vor trauen kannst.«

Die jüngeren Kinder haben zu spielen aufgehört. Sie stehen da und gaffen, und es verblüfft sie, so viel Zorn zu erleben – an diesem stillen, friedlichen Ort, wo normalerweise nur die Mehlschwalben die Sommerluft aufwirbeln.

Taktvoll versucht Caroline, Fröhlichkeit auszustrahlen. »Während ich Suzie das Haus zeige, könntet ihr mit Daddy spazierengehen. Führt ihn doch zum See oder zum Dachsbau.«

Während alle unschlüssig dastehen, zischt Robin: »Ich kann's nicht glauben – das hast du getan, Caroline! Klammheimlich hast du auf diesen Augenblick hingearbeitet, und jetzt genießt du deinen Triumph. So ist es doch, nicht wahr? Du hast meine Tochter und *alle* meine Kinder gegen mich aufgehetzt. Sieh sie doch an! Wie Wilde laufen sie herum!«

»Sie sind nur nicht an solche Szenen gewöhnt, Robin, das ist alles. Eine solche Atmosphäre kennen sie nicht mehr, und sie wissen nicht, wie sie damit umgehen sollen. Glaub mir, es hat nie eine Verschwörung gegeben.« Ein paar Sekunden lang beobachtet sie seine Wut, fasziniert und entsetzt, wie man einem Löwen zuschauen könnte, der sich auf seine Beute stürzt. Dann lächelt sie. »Sei kein Idiot.

Suzie, ignorieren Sie ihn ganz einfach und kommen Sie mit mir.«

»Und wer ist dieser Mann, wenn ich fragen darf?« Beide Frauen beachten seine Unhöflichkeit nicht, und er schreit ihnen hitzig nach: »Verdammt, verdammt, verdammt!«

»Das hört sich so an, als wäre er jetzt endgültig verrückt geworden.«

»Es liegt an der Luft – er vergiftet sie!« Suzie zittert heftig und kann ihre Tränen nicht länger zurückhalten. Am liebsten würde sie ihn schlagen oder in sein Gesicht spukken. Gut, daß Caroline sie ins Haus führt, weg von Robins Zorn, weg von der Hitze. Drinnen ist es kühl.

Suzies Schlafzimmer sieht so aus wie immer, heißt sie mit seinen sanften Pastellfarben willkommen. Das Bett knarrt wie eh und je. Ein schwacher Geruch nach frischgemähtem Gras weht ihr entgegen – oder ist es der Duft von Bügelwäsche? Er scheint aus den Vorhängen zu strömen, deren rote Kreuzstichborte sie vor Jahren stickte, als sie lernte, eine Frau zu sein. Süß und vertraut flattert die Brise ins Zimmer.

»Dieses Bett will ich nicht mit Robin teilen. Es ist doch meins? Mein altes Bett? Welch ein subtiler Zerstörungsprozeß . . .« Schwerfällig sinkt sie auf die Matratze und vertraut Caroline, die stets ihr Feindin war, schüchtern an: »Da draußen hätte ich lachen oder weinen können, es wäre einerlei gewesen. Ich weiß, das klingt verrückt – aber was immer er Ihnen antat, was immer geschah, ich glaube, jetzt tut er's auch mir an. Das weiß ich. Oh, ich war so blind! Ich wollte es nicht sehen, aber da unten im Garten wurde es offensichtlich, es starrte mir ins Gesicht. Arme Vanessa! In Robins Leben gab es nur eine einzige Frau, die ihn unglücklich machte, und das waren nicht Sie, Caroline – niemals. Es war Isobel. Darüber habe ich in vielen schlaflosen Nächten nachgedacht. So oft sah ich den Tag anbrechen und fragte mich: Was hat sie mit ihm gemacht? Lieber Gott, was hat sie mit ihm gemacht?«

»Sie sind in das alles verstrickt, so wie ich damals, und jetzt brauchen Sie Zeit für sich allein, weg von ihm. Diese Zeit müssen Sie sich nehmen, um Ihre Gedanken zu ordnen.«

Suzies Gesicht ist ein Bild des Jammers. Sie greift in ihren Korb und zieht ein Päckchen Zigaretten hervor. Ihre Hand bebt, als sie sich eine anzündet. Robin würde jetzt angewidert die Stirn runzeln und rufen: »O Suzie, muß das sein!«

»Früher war ich so stark«, schluchzt sie verzweifelt, »aber das werden Sie nicht glauben, wenn Sie mich jetzt sehen. Ich fürchte mich vor meinem Baby! Niemals gehörte Holly richtig zu mir, und auch alles andere scheint mir zu entgleiten. Wie kann ich ihn verlassen, wenn ich auch meine Tochter zurücklassen müßte? Caroline, ich wage sie kaum anzurühren! Ich bin keine Mutter, und trotzdem liebe ich sie. Verstehen Sie das?«

Caroline tritt ans Fenster. Sie sieht Robin allein im Garten sitzen, in sich zusammengesunken, verwirrt und niedergeschlagen. »Vanessa wußte es. Ich glaube, ein kindlicher Instinkt hat's ihr verraten. Sie wußte es schon lange vor mir. All die Jahre hatte sie Angst, erwachsen zu werden. Robin mochte die Frauen niemals, und kann man sich darüber wundern, wenn man an Isobel denkt? Immer wieder fühlt er sich gezwungen, Frauen herabzusetzen, in kleine Mädchen zurückzuverwandeln. Er vergöttert seine Kinder.«

Seufzend setzt sie sich neben die unglückliche Suzie. »Ich glaube, das alles weiß er gar nicht. Er ist kein grausamer Mann. Wie muß er sich auf dieses Wochenende gefreut haben . . . Sicher glaubte er, seine Kinder würden ihn anflehen, er solle bei ihnen bleiben. So wie früher. Und ich hab ihn auch angefleht und gejammert – o Gott, viele Jahre lang!« Sie mustert die Frau, die lautlos auf dem zerknüllten Bett weint, und ihre Stimme nimmt einen wehmütigen Klang an. »Wissen Sie, was so schrecklich daran ist, Suzie? Es gibt keinen Ausweg. Robin wird uns niemals loslassen.«

Carolines Augen gleichen zwei feuchten Steinen. »Er wird das Sorgerecht für meine und Ihre Kinder erkämpfen, wenn wir versuchen, die Flucht zu ergreifen. Und er ist ein mächtiger Mann, mit Freunden an den höchsten Stellen. Immer würde er sein Ziel erreichen.«

36

Sie ist tüchtig. Das weiß Vanessa. Immerhin trug sie die Last eines ganzen Haushalts auf ihren Schultern. Aber was wird jetzt geschehen? Die Atmosphäre droht sie zu ersticken! Sie hatten ein Barbecue vorbereitet, also war Robin wenigstens beschäftigt. Die jüngeren Kinder halfen ihm in der schwülen Dämmerung, und so passierte einiges, was die schreckliche Spannung des Abends etwas lockerte.

Er sprach kaum mit Suzie, und Caroline spielte die mütterliche Gastgeberin, fing die harten emotionalen Splitter auf, die durch den Garten flogen, glättete die Wogen. Schließlich rückte sie mit ihrem Vorschlag heraus. »Suzie könnte eine Weile bei uns bleiben, mit Holly. Sie müßte sich mal erholen, Robin.«

»Wenn sie will, soll sie hierbleiben, aber ich werde meine Tochter nicht in diesem Irrenhaus zurücklassen.« Und dann kümmerte er sich wieder um seine Würstchen.

Und wie fühlt sich Vanessa unter der lähmenden Hitze des Strohdachs, im stickigen Dunkel ihres Zimmers mit dem Schrank voller Haar-Gel, mehreren Akne-Cremes und Make-up-Tuben? Wie verkraftet sie es, daß ihre alte Erzfeindin am warmen Busen dieses Hauses willkommen geheißen wird? So hat sie das nicht geplant in jenen schweren Zeiten vor all den Monaten.

Sie starrt in das Schlafzimmer, ein langer, kühler, gelassener Blick. Weder beschämt noch verängstigt, strafft sie den Rücken und stemmt die Hände in die Hüften. Ihre malvenfarbenen Lippen kleben noch eine Weile aneinander, ehe sie sich teilen und den Kußmund einer Hure formen. Endlich versteht sie es. Vielleicht mußte sie erst vierzehn werden, um die Dinge so klar zu sehen – wenn auch durch dunkles Glas. Sie ist bereit, die arme Suzie zu akzeptieren. Der Konkurrenzkampf war ohnehin schon immer sinnlos. Beide haben die Schlacht verloren, weil sie erwachsene Frauen sind. Und Daddy will alle Frauen in kleine Mädchen zurückverwandeln. Vielleicht glaubt er, kleine Mädchen wären unschuldig und liebenswert.

Sie lauscht den Stimmen im Garten, und ihr Gesicht nimmt den Ausdruck milden Ekels an. O Gott, warum sind sie alle so langweilig?

Letzte Woche trat Amber von einem Fuß auf den anderen und fragte: »Glaubst du, haben wir Mummy glücklich gemacht?«

Vanessa brauchte nicht lange nachzudenken. »Nein, ich bezweifle, daß sie richtig glücklich ist. Aber sie liebt Daddy nicht mehr, also ist sie wahrscheinlich zufrieden.«

Es war Camilla, die das allgemeine Unbehagen in Worte faßte. »Warum sagen wir nicht, was wir denken? Wir waren genauso schrecklich wie Daddy, sogar noch schlimmer. Auch wir haben versucht, Mummy umzumodeln, um unsere eigenen Interessen zu verfolgen.«

Gibt sie Vanessa die Schuld? Das ist unfair. »Aber jetzt hat sie wenigstens eine Chance.«

»Welche?«

»Die Chance, herauszufinden, was sie will.«

»Wie kann sie das, wenn wir wie die Kletten an ihr hängen?«

Verächtlich starrte Vanessa das unwissende Kind an. »Sie liebt uns. Immer hat sie uns geliebt. Außerdem sitzt sie hier nicht fest, sie lebt in diesem Haus, weil's ihr gefällt.«

Und der arme Daddy? Wer wird ihn vor sich selbst retten? Er sah so bedauernswert aus, als er an diesem Vormittag wie ein verwirrter, sonnengebleichter Gnom in diesem wackeligen Gartenstuhl saß. Warum sollte Vanessa mit ihm essen gehen wollen? Wozu das ganze Getue? Begreifen sie denn nicht, daß die halbe Erde hungert?

Man könnte meinen, die Welt würde zusammenbrechen, wenn sie, Vanessa, sich weigert, ihr schwarzes Outfit mit einem Kleid zu vertauschen. Niemand in dieser Familie kennt seine Prioritäten. Keiner kümmert sich so wie sie um die Vivisektion, die Zukunft der Wale, die Elefantenjagd, die skandalöse Vergewaltigung des Nordpols durch habgierige Ölmagnaten.

Jesus, wie kann es einen Gott geben? Vanessa läßt sich nicht mehr vom Grundsatz des freien menschlichen Willens blenden. Warum muß ein bösartiges Tier mit einem freien Willen ausgestattet sein? Also ist jetzt alles viel einfacher als früher. Zum Teufel mit der ganzen Bande! Sollen sie doch alle ihr Leben vermasseln! Jeden Morgen, bevor sie zur Schule geht, stopft sie zusammengeknüllte Strumpfhosen in ihren BH, denn sie hat sich von Gott und Schwester Agnes entfernt. Und gestern, in der Pause, sagte Carl Baker, Tierschützer und völlig kahl auf dem Kopf, er würde sie mögen. Ob sie Lust hätte, nächstes Wochenende mit ihm an der Demo für die Rechte der Tiere teilzunehmen? Wenn ja, könnte sie bitte ihre eigene Fahne mitnehmen?

Aber was soll jetzt aus ihnen werden, wo Daddy so wütend ist? Vanessa will nicht, daß sich ihre Welt ändert. Alles soll so bleiben, wie es ist.

Es war Dominic, der das Gespräch belauschte, als die anderen schon längst schliefen, und am nächsten Morgen erstattete er Bericht. Die Stimmen waren aus dem nächtlichen Garten wie Nebelschleier durch sein Fenster gedrungen.

»Ich meine es ernst, Caroline. Nicht einmal einen Tag lang lasse ich Holly in diesem Haus. Das alles macht mir solche Sorgen, daß ich sofort meine Anwälte aufsuchen werde, wenn ich wieder in London bin. Die Kinder müssen bei mir leben. Wir haben genug Platz in der Wohnung. Schon bei der Scheidung wollte ich sie zu mir nehmen, aber Suzie war dagegen.«

»Dazu werde ich niemals meine Einwilligung geben, das weißt du.«

»Überleg doch mal, Caroline! Jeder Richter, der von deiner Labilität und deiner Vergangenheit erfährt, würde keine Sekunde lang zögern, dir die Kinder wegzunehmen.« Daddy senkte die Stimme, und Dominic spitzte die Ohren. »Ich müßte ihm gar nichts erzählen, er könnte es in alten Zeitungen lesen.«

»Die Kinder werden sich weigern, Poppins zu verlassen.«

»Weil ihre Seelen vergiftet sind! Sie werden tun, was *ich* sage. Und wovon würdest du leben? Du besitzt keinen Penny. Ohne mein Geld könntest du dir dieses Haus nicht leisten.«

»Denk an deine Stellung in der Öffentlichkeit.«

»Es wird meiner Karriere gewiß nicht schaden, wenn ich meine Vaterpflichten erfülle.«

»Die Leute werden sich fragen, warum du die Kinder nicht schon früher zu dir genommen hast«, mischte sich Suzie ein. »Deine Frau war Alkoholikerin, und aus mir wäre beinahe auch eine geworden. Warum bestehst du *jetzt* auf deinem Sorgerecht, wo sich alles zum Guten gewendet hat?«

»Nennst du dieses Chaos gut? Sie lebt in wilder Ehe mit einem Mann, der halb so alt ist wie sie, läuft nackt über die Berge . . .«

Suzie schien zu erkennen, was für ungeheuerliche Dinge sie jetzt sagen würde, denn sie sprach sehr leise. »Während es Caroline so schlecht ging, konntest du die Kinder nach deiner Pfeife tanzen lassen, und das gefiel dir. Und du mußtest gar nicht bei ihnen im Haus wohnen, um deinen unredlichen Krieg zu führen. Die Trennung von deiner Frau, ein neues Leben mit einer anderen – das war natürlich viel einfacher. Es ist so widerlich – so *krankhaft.* Verstehst du das denn nicht?«

»Du lieber Himmel, wenn du so was einem Richter erzählst, wird er dich für verrückt erklären.«

Nach einer langen Pause – nur eine Grille zirpte irgendwo, ein Streichholz wurde angerissen – fragte sie: »Und wenn ich mit dir komme, läßt du sie dann in Ruhe?«

»Nein, tut mit leid, Suzie. Du hast doch gesehen, was aus Vanessa geworden ist. Und denk an die anderen. Sie sind noch so klein und verletzlich.« Seine Stimme klang beiläufig, wie bei einem leichten Geplänkel.

»Überlegen Sie sich, was Sie sagen, Suzie!« warnte Caroline. »Ich will nicht, daß Sie meinetwegen ein Opfer bringen.«

»O Robin, warum verschwindest du nicht einfach und läßt uns alle in Ruhe?«

»Weil ich die Verantwortung trage und weil die Kinder mich brauchen – deshalb . . .« Seine Worte verloren sich in der Dunkelheit.

Er schlief auf dem Sofa im Wohnzimmer, seine unausgepackte Reisetasche neben sich am Boden.

Caroline bereitet das Frühstück vor, und sie essen im atemberaubenden Garten, wo Tautropfen die Spinnweben in glitzernde Spitze verwandeln. Aber niemand spricht. Scheu und beklommen sitzen die Zwillinge da, als würden sie die Gefahr wittern. Schließlich räuspert sich Robin. »Bald werden Suzie und ich aufbrechen.« Offenbar hofft er, sie würde nicht den Mut aufbringen, ihm zu widersprechen und eine Szene zu machen.

»Euer Vater irrt sich«, erklärt Caroline den Kindern. »Suzie und Holly bleiben ein paar Tage bei uns.«

»Ich warne dich, Caroline!« faucht Robin, und alle Kinder senken den Blick, in ihre Frühstückseier vertieft. Aber Mummy bestreicht seelenruhig ihre Toastscheibe mit Butter, zuckt die Achseln und lächelt ihn wehmütig an. »Wo ist Vanessa?« fragt er.

»Oh, die schläft leider noch. In den Ferien steht sie fast nie vor eins auf.«

»Will niemand wissen, warum ich abreise?« ruft er ärgerlich. »Interessiert es keinen, was eigentlich los ist?«

Aber die Kinder werden rot vor Verlegenheit und antworten nicht. Es gibt nichts zu sagen. Nach einer Weile holt Dominic die Reisetasche seines Vaters, so als wollte er ihn loswerden.

»Danke, Dominic«, murmelt Robin kühl.

»Man wird uns fragen, Daddy. Das macht man heutzutage so. Die Kinder dürfen mitreden.«

»Was?« Robin blinzelt erstaunt. »Ihr habt gelauscht – oder du hast mit ihnen gesprochen, Caroline. Oder du, Suzie. Unglaublich! Mit dir hat das nichts zu tun, Dominic, also misch dich da nicht ein.«

»Warum fährst du nicht einfach nach Hause, Daddy?«

»Was hast du gesagt?«

Der Junge zuckt mit keiner Wimper. »Ich habe gefragt, warum du nicht einfach nach Hause fährst, Daddy.«

Vanessa ist nicht hier, aber ihre vier jüngeren Geschwister stehen im Halbkreis um Robin herum und beobachten ihn – ein Geschworenengericht. Er hält so lange wie möglich durch, läßt das Kleingeld in seiner Tasche klirren, als würden sich Rosenkranzperlen zwischen seinen Fingern bewegen. Ein paarmal beginnt er zu reden, aber es hat keinen Sinn. Die Worte verhallen ohne Ziel und Zweck, scheinen am strahlend blauen, wolkenlosen, selbstsicheren Himmel zu verpuffen. »Jetzt habe ich endgültig die Nase voll«, verkündet er, um Widerspruch zu provozieren. »Ich fahre! Gib mir den Autoschlüssel, Suzie.«

Langsam wandert er den Weg hinab, wie in lethargischer Erschöpfung, und erwartet, die Kinder würden ihm nachlaufen. Aber nur Dominic folgt seinem Vater. Sie gehen hintereinander durch das Gartentor, und Robin setzt sich ans Steuer von Suzies Peugeot, steckt umständlich den Schlüssel ins Zündloch, während sein Sohn neben der Wagentür steht und ihn durch lange, mädchenhafte Wimpern mustert.

»Wenigstens du nimmst mich wichtig genug, um mich zu begleiten und dich von mir zu verabschieden.«

»Daddy, wußtest du, daß das Fell eines Eisbären in Wirklichkeit so schwarz ist wie seine Nase? Es reflektiert nur das sichtbare Licht.«

»Manchmal wünschte ich, du würdest klipp und klar sagen, was du denkst, Dominic. Deine Gewohnheit, dich in Gleichnissen auszudrücken, tötet mir oft den Nerv – leider auch jetzt.«

Robins Ungeduld verfehlt jede Wirkung, Dominic verzieht keine Miene. »Nichts ist so, wie es scheint, nicht wahr, Daddy. Und es war auch nie so. Ich hörte von einer Familie, die in London lebte. Da waren fünf Kinder – vier Mädchen und ein Junge. Und weißt du, was sie taten?«

»Nein. Was taten sie?« Gepeinigt von den unerwarteten Ereignissen, kann Robin sich nur mühsam beherrschen. Aber sein hübscher kleiner Sohn war schon immer sensibel, und man muß auf ihn eingehen. Das ist sehr wichtig . . .

»Sie mochten ihre Mutter nicht besonders und hielten sie vier Monate lang im Keller gefangen, in der Sauna des Vaters. Der war nicht da. Er ist eine bedeutsame Persönlichkeit und hat keine Zeit zu verschwenden. Und er ging einfach weg und ließ seine Kinder im Stich.«

Robin starrt durch das Autofenster, grelles Sonnenlicht

treibt ihm Tränen in die Augen. »Was für eine außergewöhnliche Phantasie du hast . . .«

»Ich frage mich, was mit diesem berühmten Mann passieren würde, wenn die Leute das alles erfahren. Der Mutter würde es nichts ausmachen, die ist jetzt glücklich, den Kindern auch nicht, denn die sind mittlerweile in Sicherheit und werden gut betreut. Nur den Vater würde es stören, wenn die Wahrheit ans Licht käme.«

»Versuchst du mir zu erzählen – soll ich wirklich glauben . . . Das ist doch absurd!«

»Zu Weihnachten habe ich eine Instamatic von dir bekommen und Fotos damit gemacht. Die sind sehr gut und scharf geworden. Beim Knipsen stellte ich die Kamera genau so ein, wie du's mir gezeigt hattest. Manche Leute würden diese Bilder sicher skandalös finden. Übrigens hätte ich gern eine Dunkelkammer und alles, was man zum Entwickeln braucht. Mummy sagt, so was sei zu teuer, aber sie könnte nichts tun, wenn du meinen Wunsch erfüllst.«

»Einfach unglaublich! Ich weiß nicht, worauf du hinauswillst, aber ich werde zurückgehen und mich ausführlich mit deiner Mutter unterhalten – *sofort.*«

Dominic lächelt honigsüß. »Wenn du das tust, wirst du die bewußten Fotos in der Zeitung sehen, Daddy, wahrscheinlich am Dienstag. Leute wie Kitty Beavers-St. Clair werden sich brennend dafür interessieren. Und werden sie sich nicht fragen, was für ein Mensch du bist – wenn deine Kinder solche Dinge tun, während du im Fernsehen über Gott und die Welt redest? Da ließe sich eine wundervolle Story draus machen. Und was glaubst du, für wen man Partei ergreifen wird, Daddy?«

»In der Sauna?« fragt Robin mit dünner Stimme, die Lippen verkniffen.

»In der Sauna.«

»Vier Monate lang?«

»Vier Monate lang.«

»Eingesperrt?«

»Eingesperrt.«

»Und Mrs. Guerney? Und Ilse?« Robin fühlt sich wie in einer Falle – eingeschlossen, eingekerkert. Es kann nicht wahr sein. Aber *wenn* es stimmt – was soll dann aus ihm werden? Für den Rest seiner Tage wäre er niemals frei, müßte in ständiger Angst vor kindlichen Forderungen leben, vor der Gefahr peinlicher Enthüllungen. Machtlos – seinem Sohn ausgeliefert . . . »Es ist nicht wahr! Ich hätte es gemerkt!«

Dominic zuckt die Achseln. Ein schmaler weißer T-Shirt-Träger rutscht über eine sonnenbraune Schulter hinab. »Ich glaube, wenn ich die Welt gesehen habe, möchte ich Fotograf werden. Und ich will segeln. In ein paar Jahren hätte ich gern eine eigene Jacht. Ich nehme an, auch Vanessa und Camilla und Amber und Sacha werden dir von ihren Wunschträumen erzählen, wenn sie älter sind. Die willst du sicher hören – wo du uns doch alle so liebst, nicht wahr, Daddy?«

Da ist Mummy. Da ist Daddy. Eine perfekte Mutter. Ein perfekter Vater. Wie in einem schönen Roman.

»Er ist weg! Oh, verdammt!« Lot taucht aus den Nesseln auf, die er gemäht hat, und wischt sich über die Stirn. »Das war eine ziemlich grauenvolle Szene!«

Jetzt herrscht wieder Friede in Poppins. Während schriller Heavy-Metal-Beat aus den Dachfenstern dröhnt, sinken Robins zwei Ehefrauen in ihre Gartensessel. Es gibt so viel zu sagen, aber es ist noch zu früh für Gespräche.

Caroline fächelt sich mit einer Hand Kühlung zu. Jahrelang hat sie sich selber verachtet, und nun beobachtet sie ihre Kinder liebevoll. Sie zupft ein Blatt von ihrem Rocksaum. Eine Libelle schwebt über dem karierten Tischtuch, weiches sommerliches Gesumm erfüllt die Luft. Sie rückt ihren Strohhut zurecht und schließt die Augen, während Suzie sich vorbeugt, um den Tee einzugießen.

Erleichtert lächelt Caroline, als sie das Auto davonfahren hört. Dominic ist sehr lange weggeblieben. Er greift nach ihrer Hand, sie spürt seine trockenen, kräftigen, warmen kleinen Finger und möchte weinen. Ein paar gräßliche Minuten lang hat sie gefürchtet, ihn an Robin zu verlieren – dieser übersensible Junge, so empfänglich für den Kummer anderer Menschen und klug, weit über seine Jahre hinaus. Nicht so impulsiv und leidenschaftlich wie die arme Vanessa. Wenn er liebevoll betreut wird, kann er in seinem Leben viel erreichen.

Sie seufzt. Irgendwie müssen sie mit Robins Attacken fertig werden. Wenigstens ist sie nicht mehr allein. Sie kann ihn gemeinsam mit Suzie bekämpfen.

Caroline streift ein Insekt von ihrer Wange. Als sie heute morgen erwachte, fand sie eine Nachricht auf ihrem Kissen, einen Notizzettel mit der Aufschrift »Rettet den Wal«.

»Ich habe nachgedacht. Wenn ich das durchgestanden habe – falls ich's schaffe –, wäre ich gern Deine Freundin. Liebe Grüße, Vanessa.«

Im sanften Morgenlicht stieg Caroline die Wendeltreppe hinauf, um den Zettel zurückzubringen. Sie hatte die Unterschrift durchgestrichen und ihren eigenen Namen daruntergeschrieben.

Band 12285

Michael Allegretto

Die Frau, die aus dem Dunkel kam

»Die Geschichte einer tödlichen Bedrohung, spannend bis zur letzten Seite.«

Berliner Morgenpost

Fröhlich und mit gespannter Erwartung bereiten sich die Whitackers in ihrem alten, romantischen Haus in einer friedlichen Kleinstadt auf das Weihnachtsfest vor: Alex und Sarah, seit kurzem glücklich verheiratet, zusammen mit Brian, Sarahs sechsjährigem Sohn aus erster Ehe. Doch die Idylle trügt; es gibt nämlich schreckliche Dinge in Alex' Vergangenheit, die er Sarah verheimlicht hat. Und nun ist ihm eine von Rachegelüsten besessene Frau auf der Spur, um sein und Sarahs Glück zu zerstören...

BASTEI LÜBBE